Cornelia Engel
Herzklopfen unterm Sternenhimmel

Das Buch

Borkums allseits beliebter Tierarzt Hark Harksen ist überzeugter Single. Doch dann tritt seine Jugendliebe Ella wieder in sein Leben. Zwischen Zwillingskälbern und einem drolligen Minischwein kommen die beiden sich allmählich wieder näher. Bald merkt Hark, dass seine Gefühle für Ella noch genauso präsent sind wie die alten Probleme zwischen ihnen. Tierarzt ist Hark schon immer mit Leib und Seele, aber wird es ihm auch gelingen, Platz für die Liebe in seinem Leben zu schaffen?

Die Autorin

Cornelia Engel wurde in Bamberg geboren und wuchs in einer literaturbegeisterten Familie auf. Sie lebte längere Zeit im Ausland und übte danach verschiedene selbstständige Tätigkeiten aus, bevor sie Kommunikationswissenschaften studierte. Mittlerweile arbeitet Cornelia Engel hauptberuflich als Autorin.

Unter dem Pseudonym Isabel Morland hat sie bereits mehrere erfolgreiche Romane bei namhaften Publikumsverlagen veröffentlicht. Diverse Aufenthalte auf den Friesischen Inseln inspirierten sie zu der Borkum-Serie um die Groß- und Kleintierpraxis von Dr. Hark Harksen.

Mit ihren vier Kindern lebt Cornelia Engel in der fränkischen Heimat.

Cornelia Engel

Herzklopfen unterm Sternenhimmel

Verliebt auf Borkum

ROMAN

 Montlake

Deutsche Erstveröffentlichung bei
Montlake, Amazon Media EU S.à r.l.
38, avenue John F. Kennedy, L-1855 Luxembourg
Juli 2021
Copyright © der Originalausgabe 2021
By Cornelia Engel
All rights reserved.

Umschlaggestaltung: semper smile, München, www.sempersmile.de
Umschlagmotiv: © weerawath.p/Shutterstock;
© Marcin-linfernum/Shutterstock; © Hugo Felix/Shutterstock;
© Thammanoon Khamchalee/Shutterstock;
© IndustryAndTravel/Shutterstock; © lunamarina/Shutterstock;
© Akifyeva S/Shutterstock; © Westend61/Getty Images
1. Lektorat: Dorothea Kenneweg
2. Lektorat und Korrektorat: VLG Verlag & Agentur, Haar bei München,
www.vlg.de
Gedruckt durch:
Amazon Distribution GmbH, Amazonstraße 1, 04347 Leipzig /
Canon Deutschland Business Services GmbH, Ferdinand-Jühlke-Straße 7,
99095 Erfurt /
CPI books GmbH, Birkstraße 10, 25917 Leck

ISBN 978-2-49670-707-6

www.montlake.de

*Für dich, liebe Leserin/lieber
Leser.
Und für Tanja, Johannes
und Frodo.*

KAPITEL 1

»Was mache ich hier überhaupt?« Irritiert betrachtete Hark die Eisenleiter, die vom Inneren des Neuen Borkumer Leuchtturms hinauf zur Aussichtsplattform führte. Auf einmal sah er wieder dieses Lächeln vor sich, das vertraute, herausfordernde Funkeln zweier unglaublich blauer Augen und das glänzende blonde Haar, das stets nach einer Mischung aus Seeluft und Apfelkuchen roch. Ella … In ihrer Gegenwart hatte er auch immer einen leichten Schwindel gefühlt. Bei der Erinnerung an die alten Zeiten musste er lächeln, dann wandte er sich zu Wanda um. »Nenn mir einen guten Grund, warum ich mir das hier antue.«

»Also schön …«, erwiderte seine Sprechstundenhilfe scheinbar gleichmütig, doch nach zwei Monaten Arbeit an seiner Seite kannte Hark sie gut genug, um zu bemerken, dass ihre Geduld nur gespielt war. Das Blitzen ihrer Augen verriet sie. Sie stemmte die Hände in die Taille und trommelte mit den Fingern. »Doc, wir sind hier, um deine Höhenangst in den Griff zu bekommen. Was übrigens deine Idee war. Gestern erst hast du mir erklärt, dass es so nicht weitergehen kann, weil du als praktizierender Landtierarzt mit deiner Akrophobie quasi berufsunfähig bist. Also könntest du jetzt bitte weitergehen? Wir stehen schon seit zehn Minuten hier.«

»Okay, okay.« Hark wischte sich die schwitzigen Hände an der Arbeitshose ab und bemühte sich, seiner Nervosität und der leichten Übelkeit Herr zu werden. Er hätte nicht hierherkommen sollen. Verflixte Höhenangst! Damals, als er zum ersten Mal die über sechshundert Stufen des Leuchtturms erklommen hatte, war Ella es gewesen, die ihm mit ihrer ruhigen, zuversichtlichen Art geholfen hatte, die aufkommende Panik in den Griff zu bekommen. Doch jetzt, beim Anblick der Eisenleiter hier im Turmzimmer, schlug sein gesamtes limbisches System Alarm. Das war doch Wahnsinn, was er hier tat! Sein Körper war einfach nicht dafür geschaffen, auf Leitern zu klettern. Das fing bei seinen Füßen an, die auf den viel zu schmalen Sprossen kaum Halt fanden, und zog sich über den Rücken hinauf bis zu seinen Schultern. Verflixt, er war einfach zu groß und zu schwer, um auf diese suspekten Dinger zu steigen, auch wenn rein rational betrachtet eine Eisenleiter wohl kaum unter ihm zusammenbrechen würde. Die Panik, die er gerade spürte, war real, eine Mischung aus Schwindel, dem Gefühl, über dem Boden zu schweben, und der Angst zu fallen. Mit zittrigen Knien machte er einen unmerklichen Schritt von der Leiter weg und warf Wanda einen beschwörenden Blick zu. »Ich finde, für heute reicht's. Warum willst du mich zwingen, auf die Plattform zu gehen?«

»Weil die Wendeltreppe nicht zählt. Hier drinnen bemerkst du die Höhe überhaupt nicht. Wenn du deine Angst besiegen willst, musst du nach oben ins Freie.« Wanda setzte einen einfühlenden Blick auf. »Vertrau mir, es wird dir gefallen. Tag für Tag strömen Massen von Touristen auf den Turm, um den Wahnsinnsausblick zu genießen. Ganz Borkum liegt dir auf der Galerie zu Füßen, die Küste, das Nord- und das Südbad mit den vielen bunten Strandzelten, die Seehundbank, dazu noch endlose Flächen aus feinem weißem Sand mit einem tiefblauen Meer dahinter. Du wirst begeistert sein. Und deine Praxis siehst du auch aus einer völlig neuen Perspektive, gleich am Fuß des Turms. Das hat doch was.«

Angespanntes Schweigen. Von draußen klang das Schreien der Möwen.

»Na gut …« Er schluckte ein paar Mal trocken und wünschte sich meilenweit weg. »Wenn du darauf bestehst, werfe ich eben einen Blick auf Borkum. Aber von hier aus.« Äußerlich gelassen, als wäre nichts weiter dabei, schlenderte er zum Fenster und legte die Hände gegen das Mauerwerk. Er schloss die Augen. Der Stein fühlte sich kühl an. Stabil. Und dennoch … Allein die Vorstellung, dass er sich sechzig Meter über dem Boden befand, schickte einen Schauer über seinen Rücken. Er musste sich selbst gut zureden, aber dann öffnete er die Lider einen Spaltbreit und wagte einen Blick in die Tiefe. Unwillkürlich zuckte er zurück. Die Häuser des Kurviertels wirkten klein wie Schuhkartons. Einen irrwitzigen Moment hatte er das Gefühl, ins Bodenlose zu stürzen. Unter Aufbietung aller Willenskraft zwang er sich, den Blick in die Ferne zu richten, in den weiten Himmel. Schon besser … Benommen ließ er die angestaute Luft aus den Lungen entweichen und drehte dem Fenster den Rücken zu. Das hier war zu viel. Es überforderte ihn. So wie vieles in seinem Leben ihn überforderte, seit … Verdammt. Die Zeit heilt alle Wunden, hieß es doch immer. Aber offenbar war er doch noch nicht so weit. Was hatte er sich nur dabei gedacht, nun auch noch das Projekt Höhenangst anzugehen? Irgendwie musste er aus der Nummer hinauskommen, ohne wie ein Versager dazustehen. Vorgeblich gefasst, blickte er in Wandas Richtung, während sein Gehirn fieberhaft nach einem Ausweg suchte. »Hast du gesehen? Ich habe die Lage im Griff. Abgesehen davon … mir kommt gerade eine Idee. Warum

9

delegiere ich nicht die Arbeiten, die mit Höhe zu tun haben, an dich?«

Regungslos starrte Wanda ihn an, nur auf ihrer Stirn bildete sich eine steile Falte. Eine ganze Weile sagte sie nichts. Schließlich strich sie sich das lange, dunkle Haar zurück. Ihre Stimme klang gepresst. »Wenn ich dich daran erinnern darf, das tust du bereits. Ich klettere ständig auf irgendwelche Leitern für dich. Allerdings scheinst du dabei zu vergessen, dass ich gelernte Flugbegleiterin bin und keine Tierärztin.«

»Da ist was dran.« Betreten scharrte er mit der Spitze seines Sneakers über den Boden. Er fühlte sich ertappt.

Doch Wanda schien es zum Glück nicht zu bemerken. Sie kam gerade so richtig in Fahrt und wedelte mit dem Zeigefinger vor seiner Brust herum. »Hör zu, vor dir steht eine Expertin für Höhe. Als Flugbegleiterin habe ich die letzten Jahre zehn Kilometer über dem Boden gearbeitet und versichere dir, dass man sich an den Blick in die Tiefe gewöhnen kann. Sieh es doch mal so: *Immerhin* befindest du dich nicht an Bord eines Flugzeugs, dessen eine Turbine ausgefallen ist, während der Pilot im Cockpit mit einer Lebensmittelvergiftung kämpft. So betrachtet, was kann dir passieren? Das hier ist ein massiv gebauter Leuchtturm, aus stabilem Stein.« Demonstrativ holte sie aus und klopfte mit der Hand gegen die weißgetünchte Mauer der Innenwand. »Und die Plattform ist rundum mit einem Eisengitter gesichert. Vor einer knappen Stunde war eine Kindergartengruppe dort oben. Ich habe sie vom Fenster der Praxis aus beobachtet. Die Kleinen hatten einen Heidenspaß. Als sie wieder unten waren, haben sie die Betreuerinnen angebettelt, noch einmal auf den Turm zu dürfen, statt Eis essen zu gehen.«

»Prima Idee«, fiel er ihr ins Wort, bevor sie ihn weiter bequasseln konnte. »Lass uns hinuntersteigen, und ich spendiere dir ein Eis, bevor die Sprechstunde beginnt.« Er tat einen

Schritt zur Seite und versuchte, sich an ihr vorbeizuschlängeln. Aber Wanda war schneller. Blitzartig versperrte sie ihm den Weg.

»Doc, machst du Witze?« Ungläubig schüttelte sie den Kopf. »Du wirst doch nicht etwa aufgeben wollen, so kurz vor dem Ziel? Warte …« Sie unterbrach sich und überlegte. »In den Trainings bei der Airline hieß es immer, dass Gäste mit Flugangst etwas brauchen, das sie ablenkt und gleichzeitig ihr Selbstvertrauen stärkt. So etwas wie ein Mantra.«

Ungläubig starrte Hark sie an. Dass jetzt auch noch Wanda das Wort *Mantra* benutzte, löste eine Mischung aus Erstaunen und Entsetzen in ihm aus. Seit Frauke, seine Mutter, glühende Yogaanhängerin geworden war, war ihm alles suspekt, was auch nur annähernd esoterisch klang. Er spürte, wie sich etwas in ihm versperrte, und starrte finster zu Wanda hinüber. »Was ist denn in dich gefahren? Du glaubst doch nicht im Ernst an so einen Unsinn?«

Doch Wanda hielt seinem Blick stand. Sie schien sich nicht beirren zu lassen. »Wieso? Bei komplizierten Operationen hörst du doch auch Musik im Hintergrund. Das ist vom Prinzip her das Gleiche.« Bekümmert wackelte sie mit den Augenbrauen. »Schade nur, dass du auf Sting und dieses ganze Zeugs aus den Achtzigern stehst. Das ist so ultimativ out. Aber, was soll's …« Entschlossen stemmte sie die Hände in die Hüften. »Versuchen wir es. Auch wenn ich mir dabei unglaublich bescheuert vorkomme.« Ohne Vorwarnung legte sie den Kopf in den Nacken und schmetterte die ersten Takte von Billy Joels »A Matter of Trust«.

Einen unbehaglichen Augenblick lang konnte Hark nichts anderes tun, als dazustehen und Wanda mit offenem Mund weiterhin anzustarren. Schließlich fand er seine Stimme wieder. »Damit könntest du in einer Karaokebar auftreten. Allerdings geht es in dem Song nicht um Vertrauen in Leuchttürme,

11

sondern um Vertrauen in die Liebe.« Er löste den Blick von ihr und schaute auf seine Uhr. »Los. Worauf warten wir? Die Sprechstunde fängt gleich an.«

Wanda musterte ihn, als könnte sie nicht glauben, dass alles umsonst gewesen sein sollte. Aufgebracht stampfte sie mit dem Fuß auf. »Himmel noch mal, Doc, warum versuchst du es nicht wenigstens? Schließlich kann ich nicht jedes Mal, wenn eine Kuh festliegt, für dich auf die Schaufel des Hofladers klettern und den Kanister hochhalten, damit die Infusion läuft. Und ganz sicher weigere ich mich, noch einmal Entenküken aus Frau Drostes Dachrinne zu retten. Ihrer alten Obstleiter fehlen mindestens zwei Sprossen.«

»Okay, okay …« Er bemühte sich, seiner Stimme einen besänftigenden Ton zu verleihen. »Jetzt beruhige dich.«

»Ich will mich aber nicht beruhigen«, zischte sie zurück. »Ich bin Sprechstundenhilfe, kein Stuntgirl.«

Angespannte Stille.

Schließlich war es Hark, der den ersten Schritt machte. Er strich sich über das zu einem Pferdeschwanz zurückgebundene Haar und grinste. »Schön, ich hab's kapiert. Also, leg los, was weißt du aus deinen Flugtrainings über den Umgang mit Angst?«

»Einiges, und ich habe auch schon eine Idee.« Wanda strahlte siegessicher. »Versuchen wir es mit einer einfachen Technik. Bereit? Okay. Schließ die Augen und stell dir den Moment, als du zum ersten Mal Höhenangst bekommen hast, noch einmal vor. Dann lässt du den Film verblassen und ersetzt ihn durch eine positive Variante der Geschichte. Eine, aus der du als strahlender Held hervorgehst.«

»Ähm … na schön«, ächzte Hark und tat wie befohlen, obwohl er das Ganze immer noch für ziemlichen Schwachsinn hielt. »Ich bin zwölf Jahre alt. Meine Klasse unternimmt einen Ausflug auf den Leuchtturm, und ich habe Magenkribbeln vor

Aufregung wegen Ella. Ich habe eine Schwäche für sie, und nun soll ich zusammen mit ihr ein Referat über die Turmfalken halten, die dort brüten. Das ist meine Chance, vor ihr zu glänzen, weil ich ziemlich viel über Vögel weiß. Doch dann, als ich mich auf der Plattform befinde und nach unten sehe, dreht sich plötzlich alles. Ich fange an zu zittern, bekomme keine Luft mehr. In nächsten Moment bin ich starr vor Angst und kann nicht mehr richtig denken. Panik überrollt mich, ich sehe mich vor meinem geistigen Auge in die Tiefe stürzen und fange an zu schreien ...«

Er riss die Augen auf und keuchte.

»Doc!« Wanda schüttelte den Kopf. »Was machst du denn da? Ich sagte, denk an etwas *Positives*. An das Meer, den weiten Himmel, an das Gefühl von Freiheit und Leichtigkeit. Oder an Liebe.« Sie nickte entschlossen. »Ja. Das ist gut. Denk an die Liebe.«

»Okay ... Ich hab's gleich.« Hark gab sich alle Mühe, Wanda nicht zu enttäuschen, aber sein Hirn fühlte sich leer an. »Ach ja ... Mein erster Kuss. Ella bemerkt, was mit mir los ist, und kommt über die Plattform auf mich zugelaufen. Dann küsst sie mich auf den Mund. Vor der ganzen Klasse.«

»Super.« Wanda klatschte in die Hände. »Jetzt stell dir vor, Ella wäre hier. Sie nimmt deinen Arm, ihr macht ein paar Schritte auf die Brüstung zu, und dann küsst sie dich.«

»Besser nicht.« Harks Gesichtsausdruck veränderte sich schlagartig. Er spürte, wie etwas in ihm eng wurde. Ella ..., der Klang ihres Namens war wie ein Prisma, in dem sich unzählige Erinnerungen an seine Jugendliebe brachen. Für einen Moment schien die Vergangenheit so lebendig, als wäre sie nur einen Herzschlag weit entfernt.

Wie durch einen dichten Nebelschleier drang Wandas Stimme an sein Ohr. »Du und Ella, ihr wart doch *das* Traumpaar der Insel schlechthin. Sagt zumindest deine Mutter. Außerdem behauptet sie, Ella hätte nach wie vor eine Schwäche für dich.«

»Von wegen.« Hark riss sich aus seiner Trance. Er fuhr sich mit der Hand in den Nacken. »Ella geht mir seit Jahren aus dem Weg, was auf der Insel gar nicht so einfach ist. Wir beide sind wie Feuer und Wasser. Außerdem, was Frauke betrifft, solltest du inzwischen kapiert haben, dass sie vor nichts zurückschreckt, wenn sie sich etwas in den Kopf gesetzt hat. Und im Moment ist es ihr erklärtes Ziel, mich zu verkuppeln. Da kommt ihr sogar Ella recht.«

»Schön.« Wanda verdrehte entnervt die Augen. »Dann denk eben nicht an Ella. Aber ...« In diesem Moment klingelte ihr Handy.

»Willst du nicht rangehen?« Hark bückte sich und tat, als müsse er den Schnürsenkel seines Sneakers neu binden, damit Wanda sein breites Grinsen nicht bemerkte. Wer auch immer am anderen Ende der Leitung war, der Anruf kam genau im richtigen Moment.

»Muss nicht sein«, sagte Wanda mit einem winzigen Zögern in der Stimme. »Das hier ist wichtiger.«

»Das kannst du erst wissen, wenn du abnimmst«, schob Hark hinterher. »Vielleicht ist es ja Mo, der sich mit dir für heute Abend verabreden will.« Mit wachsender Genugtuung beobachtete er, wie Wanda mit sich rang. Er konnte förmlich sehen, wie es in ihren Fingern zuckte. Schließlich griff sie zum Handy. »Wanda Jahnsen?«

Eine ganze Weile lauschte sie schweigend in den Hörer. Hark erhob sich und stupste sie in die Seite. »Alles okay?«

Wanda hielt die Hand über das Mikro und rollte bedeutungsschwer die Augen. »Jemand vom Kabelnetz. Keine Ahnung, was die wollen ...«

Pause. Wanda presste das Ohr an den Hörer.

»Ein neuer Receiver?« Irritiert schüttelte sie den Kopf. »Ich besitze bereits einen.«

Wieder Pause. Wanda hob die Hand und massierte sich die Nasenwurzel, eine Geste, die Hark schon oft an ihr beobachtet hatte, wenn sie in Gedanken war. »Verstehe ich das richtig? Sie rufen mich an, damit ich einen günstigeren Tarif bekomme *und* Sie mir einen Receiver schenken können?«

Mehr Kopfschütteln.

»Um ehrlich zu sein, brauche ich keine zweihundert Programme. Ich sehe so gut wie nie fern«, sagte Wanda.

»Leg auf.« Hark hob den Finger und fuhr sich damit demonstrativ quer über die Kehle. Das Ganze stank zum Himmel, das musste Wanda doch merken. Warum verschwendete sie ihre Zeit?

Doch Wanda beachtete ihn nicht. Sie runzelte die Stirn.

»Also wird es unterm Strich teurer, wenn ich dieses Hightech-Teil nehme? Kann ich nicht einfach meinen alten Receiver behalten?«

Schweigen, dann: »Wie soll ich denn bitte schön etwas vermissen, das ich nicht nutze?«

Hark spürte, wie die Ungeduld in ihm immer höhere Wellen schlug. Mit jeder Information, die Wanda dem Typen gab, lieferte sie ihm eine Steilvorlage für das nächste Argument. Harks Nacken verspannte sich. Anscheinend hatte Wanda keine Ahnung, wie man solche Gespräche führen musste. Am liebsten hätte er ihr das Handy aus der Hand genommen. »Sag, dass du kein Interesse hast«, zischte er finster. »Und dann leg endlich auf.«

Wanda nickte, zum Zeichen, dass sie verstanden hatte. »Dieses Risiko trage ich gern«, sagte sie und beendete das Gespräch.

»Großer Gott, Wanda.« Kopfschüttelnd kratzte er sich den Ziegenbart. »Du machst wirklich *alles* falsch. Weißt du nicht, wie man mit Werbeanrufen fertig wird?«

Wanda hob entnervt die Hände. »Du hast leicht reden, Doc. Was soll ich denn machen? Der Typ hat mich einfach zugetextet.«

»Logisch.« Hark strich sich eine Haarsträhne zurück, die sich aus seinem Pferdeschwanz gelöst hatte. »Du gibst ihnen zu viele Infos. Fängt schon damit an, dass du ihm deinen Namen genannt hast, bevor du überhaupt wusstest, worum es geht. Damit bist du tot. Sobald sie deinen Namen wissen, bist du tot.«

»Ja, da ist womöglich was dran«, räumte Wanda ein. »Danke für den Tipp. Ich werde es mir merken. Möchtest du jetzt auf die Plattform oder nicht?«

»Heute nicht.« Hark bemerkte erleichtert, dass das Zittern seiner Knie in den letzten Minuten nachgelassen hatte. So schnell würde er ganz sicher nicht wieder leichtfertig behaupten, es sei Zeit, seine Akrophobie in den Griff zu bekommen. Andererseits hatte er auch nicht damit gerechnet, dass Wanda zu so drastischen Maßnahmen griff.

»Und deine Höhenangst?«

»Die muss warten. In zehn Minuten geht die Sprechstunde los.« Er wandte sich um und begann, die breiten Treppenstufen hinunterzusteigen. »Kommst du?«

KAPITEL 2

Im steten Rhythmus rauschten die Wellen der Küste entgegen. Der Tag ging zur Neige. Wie ein glühender Ball versank die Sonne im Meer und setzte den Abendhimmel in Brand. Ella stand wie gebannt da, den Blick in die Ferne gerichtet. Obwohl sie unzählige Sonnenuntergänge auf Borkum erlebt hatte, raubte es ihr auch heute den Atem. Über ihr der Himmel, rot fließend und im Vergehen. Zu ihren Füßen das Meer, dunkel und geheimnisvoll, dem sich der Himmel entgegenzustürzen schien. Ein Aufeinandertreffen wie die Vereinigung zweier Liebender. Urplötzlich frischte der Wind auf und drehte nach West, Ella strich sich über das blonde, kurz geschnittene Haar. Feinste Sandkörner, durchmischt mit Salzkristallen, wirbelten vom Strand hinauf zu den Hotels an der Seefront, wo sie Fensterscheiben, Tische und Bänke mit einer schmierigen Schicht bedeckten. Von der Strandpromenade drang das Lachen von Kindern, die noch einen letzten Zipfel des Tages zu erhaschen versuchten, herüber. Auf der anderen Seite der Straße, direkt vor dem Käptäns Eck, benutzten Jugendliche den barrierefreien Zugang zum Strand als Rampe, um Tricks mit ihren Skateboards zu üben. Das Surren der Räder wurde von mörderischem Krachen begleitet, wenn die Boards nach dem Sprung auf die Fahrbahn prallten.

Ella störte sich nicht an dem Lärm. So leicht brachte sie nichts aus der Ruhe. Geboren und aufgewachsen auf Borkum, war sie mit dem Rhythmus der Insel mehr als vertraut. Mit der Ruhe verhielt es sich ähnlich wie mit Ebbe und Flut. Auf die Hochsaison, in der die Tage lang und arbeitsreich waren, folgten einsame, dunkle Wintermonate, in denen das Leben sich nach innen kehrte und den Menschen auf Borkum vor allem eines schenkte: Zeit. Ein Gut, das weltweit knapp wurde, ohne dass sich jemand groß Gedanken darüber zu machen schien.

Doch bis das Leben auf der Insel wieder zur Ruhe kam, würde es dauern. Es war gerade erst Mitte Mai. In den meisten Bundesländern hatten die Pfingstferien begonnen. Im Käptäns Eck hatte an diesem Tag reger Andrang geherrscht. Ella und Carla, ihre aus Andalusien stammende Kellnerin, hatten ordentlich rennen müssen, um die Gäste zufriedenzustellen. Jetzt freute sich Ella darauf, nach Hause zu kommen und die Füße hochzulegen. Seit sie vor ein paar Jahren nach dem Tod ihres Vaters die Kneipe übernommen hatte, hatte sich ihr Leben von Grund auf geändert. Es war nicht immer einfach, aber in der Regel kam sie über die Runden. Abgesehen von der letzten Saison, denn die war das reinste Desaster gewesen. An der Jann-Berghaus-Straße hatten direkt vor dem Käptäns Eck Bauarbeiten stattgefunden. Im Nachhinein hatte es sich als Minusgeschäft erwiesen, geöffnet zu halten, denn die Kosten hatten die Einnahmen um ein Vielfaches überstiegen. Um über den Winter zu kommen, war es nötig gewesen, einen Kredit bei der Bank aufzunehmen, an dem sie jetzt noch knabberte. Doch die Kneipe aufzugeben, kam für sie nicht infrage. Zum einen, weil so viele Erinnerungen an früher daran hingen. Ihre gesamte Kindheit hatte sie hier verbracht, zusammen mit Hark, ihrem besten Freund. Gemeinsam hatten sie ihre Hausaufgaben hier gemacht, die Köpfe über die Hefte gebeugt und heißen Kakao geschlürft, und zwischen den Tischen und Bänken Fangen oder Verstecken gespielt. Später dann …

Der andere Grund war ihre Mutter, die ihr Leben lang in der Kneipe gearbeitet hatte. Und von aller Sentimentalität mal ganz abgesehen, war da noch Ellas Sturkopf, der sie daran hinderte zu verkaufen. Irgendwo tief in sich drinnen glaubte sie nach wie vor fest daran, es schaffen zu können.

Störend war nur, dass sie in letzter Zeit immer öfter das Gefühl hatte, sie müsste sich vervielfachen, um den verschiedenen Anforderungen gerecht zu werden: denen an Ella-Kutschenbesitzerin, verantwortlich für zwei in die Jahre gekommene Schleswiger Kaltblutpferde nebst dem alten Kristian, der bereits Gäste zu den Seehundbänken gefahren hatte, als Ella noch ein Kind gewesen war. Damals hatten fünf Kutscher für das alteingesessene Fuhrunternehmen Lübbens gearbeitet. Dann war da Ella-Geschäftsfrau, Inhaberin des Käptäns Eck, die in der Saison mehrere Aushilfen beschäftigte und selbst bis spätabends hinter dem Tresen stand. Als Nächstes Ella-Tochter, die schon immer unter dem komplizierten Verhältnis zu ihrer Mutter Brigitte gelitten hatte. Außerdem Ella-Mama, alleinerziehend und verantwortlich für ihren elfjährigen Sohn Rasmus, der sich gerade von einem aufgeschlossenen, fröhlichen Jungen in einen vorpubertären Kaktus verwandelte. Dann gab es noch Ella-Glücklich und Ella-Verliebt, aber die waren ihr schon seit Jahren nicht mehr begegnet. Sie seufzte. Es würde ein schrecklicher Moment werden, sollten Ella-Fulltimejob und Ella-Ich-will-Liebe irgendwann aufeinandertreffen, aber dass dies in absehbarer Zeit geschehen würde, war unwahrscheinlich.

Sie wandte den Kopf. Das ältere Pärchen, welches über zwei Gläsern Bier neben dem Eingang zum Lokal gesessen und über den Tisch hinweg Händchen gehalten hatte, erhob sich und spazierte in den Sonnenuntergang davon. An den übrigen Tischen saßen vereinzelt Gäste vor halb leeren Gläsern und ließen sich von der Stimmung des Abends bezaubern. In einer Stunde, wenn es richtig dunkel geworden war und die Luft zu kühl, um draußen zu sitzen, würden sie zu ihren Kurhäusern, Hotels und Pensionen schlendern. Bis dahin würden sie hoffentlich noch das eine oder andere Getränk bestellen. Ella lächelte ihren Gästen im Vorbeigehen zu, bevor sie zum Lappen griff. Mit geübten Bewegungen wischte sie den frei gewordenen Tisch sauber. In den Fensterscheiben spiegelte sich das untergehende Licht, ihr Blick fiel auf die Ansammlung von Solarfiguren hinter der Scheibe. Klammheimlich hatten sie in den letzten Jahren die Kontrolle über das Käptäns Eck übernommen. Ella runzelte die Stirn. Wie hatten sich die Wackelmännchen in ihr Leben geschlichen, überlegte sie kopfschüttelnd. Eigentlich hatte es harmlos angefangen. So, wie solche Dinge meist beginnen, nämlich mit einem Spontankauf vor vier Jahren. Irgendwann im Winter war es ihr zu aufwendig geworden, die Fenster mit frischen Blumen und Zweigen zu dekorieren. Als sie bei Woolworth ein Set Plastikblumen entdeckt hatte, die mit den Blättern wackeln konnten, hatte sie nicht widerstehen können und die Solarfiguren waren in ihrem Einkaufskorb gelandet. Das war der Anfang vom Ende gewesen. Carla war die Erste gewesen, die ihr zwei weitere Figuren für das Fensterbrett der Kneipe mitbrachte. Hätte Ella geahnt, welche Lawine das auslösen würde, hätte sie die Dinger, ohne mit der Wimper zu zucken, in den Mülleimer wandern lassen. Es schien nämlich so zu sein: Besaß man mehr als drei oder vier Exemplare von einer Sache, machte einen das in den Augen seiner Mitmenschen zum leidenschaftlichen Sammler. Sie verdrehte innerlich die Augen. Zu jedem Geburtstag, zu Weihnachten und sogar mitten unter dem Jahr bekam sie von Freunden, Bekannten und auch von den Stammgästen Figürchen geschenkt.

Sosehr sie Borkum liebte, empfand sie es manchmal als ein wenig belastend, in einer kleinen Inselgemeinde zu leben, wo jeder meinte, alles über den anderen zu wissen. Dabei waren die meisten Menschen in Ellas Umfeld schrecklich kurzsichtig, und sogar diejenigen, die Brille trugen, hatten Schlieren auf den Gläsern. Im Grunde gab es nur einen einzigen Menschen auf Borkum, der scharfsichtig genug war, um zu erkennen, was sie dachte, und das war Hark.

Genau da lag die Gefahr.

Der Gedanke an ihn schmerzte. Das Loch, das er in ihrem Leben hinterlassen hatte, ließ sich durch nichts füllen. Eigentlich hatte sie geglaubt, dass sie füreinander bestimmt waren. Doch dann war alles anders gekommen. Aus diesem Grund machte sie einen großen Bogen um ihn.

Und wegen einiger anderer Dinge auch.

»Zahlen, bitte«, rief es von Tisch drei. Ella tauchte aus ihren Gedanken auf.

»Ebenso.« Das kam von Tisch eins.

»Wir möchten auch gehen«, rief der freundliche ältere Herr mit der Halbglatze, der in Begleitung seiner Frau an Tisch sieben saß. Die beiden kamen seit Jahren nach Borkum.

Verwirrt blickte Ella sich um. Woher die plötzliche Unruhe? Bisher hatten die Gäste den lauen Abend genossen, und nach Regen sah es auch nicht aus. Jetzt hatten es alle brandeilig, wegzukommen.

»Keine Sorge, das haben wir gleich«, rief sie und begann an Tisch drei abzurechnen. Sie lächelte den beiden Seniorinnen zu. »Dann bekomme ich bitte vierzehn Euro siebzig.«

Die Dame in der roséfarbenen Seidenbluse, mit der schwarzgeränderten Chanel-Brille auf der Nase, legte zwei Scheine auf den Tisch. »Bitte sehr. Passt so.«

»Vielen Dank.« Ella steckte die Scheine in ihre Geldtasche. Als ihr Blick auf den halb geleerten Rotwein im Glas fiel, fasste sie einen Entschluss. »Entschuldigung, dürfte ich Ihnen eine Frage stellen?«

»Sicher.«

»Hat der Wetterbericht Sturm gemeldet?«

»Wetterbericht?« Die Seniorin schüttelte verständnislos den Kopf. »Wer richtet sich denn heutzutage noch danach? Ich nutze das Regenradar auf meinem Handy. Es ist erstaunlich zuverlässig. Heute Nacht bleibt es übrigens trocken.«

»Ach …«

»Wenn Sie wissen wollen, warum alle aufbrechen, dann schauen Sie mal dorthin.« Die Dame streckte den Arm und deutete auf das Meer hinaus.

Ella drehte sich um. Geisterhaft, wie die *Black Pearl* in »Fluch der Karibik« zog ein kastenförmiges schwarzes Schiff vorbei, so nahe, dass man die Umrisse der tanzenden Menschen an Bord klar erkennen konnte. »MS Piranha« prangte in großen Lettern auf dem Bug. Jetzt waren auch wummernde Beats zu vernehmen, die über die Wasseroberfläche hallten, Stroboskopblitze und Laser zuckten, dazu das Grölen der Partygänger. Verflixt, schoss es Ella durch den Kopf, die wollten sich doch nicht dauerhaft hier breitmachen? Es war nicht das erste Mal, dass das Discoschiff vor Borkum auftauchte, und immer gab es Ärger. Dabei hätten der Krach und die Lichter Ella nicht einmal gestört. Sie hatte Verständnis, dass das überwiegend junge Großstadtpublikum sich auch mal austoben und Spaß haben wollte. Ungünstig war nur, dass die meisten Inselbesucher zur Erholung nach Borkum kamen. Und Lärm und Ausspannen passten nun mal schlecht zusammen. Verständlich, dass auch die Kundschaft des Käptäns Eck wenig Lust hatte, mit Techno beschallt zu werden. Rasch kassierte sie noch Tisch eins und Tisch sieben ab.

»*Dios Mios! Va te a la mierda!*« Carla kam aus dem Schankraum gestürmt, Zorn im Blick, und schleuderte die

22

geschlossene Faust gen Himmel. »Du hältst dich wohl für die letzte Coca Cola in der Wüste!«

»Motorschiff«, korrigierte Ella geistesabwesend. »Es muss Motorschiff heißen, nicht Coca Cola. Aber ich versteh trotzdem nicht, was du damit sagen willst.«

»Coca Cola«, beharrte Carla trotzig. Sie verdrehte die Augen. »Was soll ich denn mit einem Motorrssssiff in der Wüste?«, knurrte sie mit rollendem *rr*. Beim *ss* stieß sie mit der Zunge gegen den Gaumen, wie immer, wenn ihr andalusisches Temperament mit ihr durchging. »Das hat meine südamerikanische Großmutter gesagt, wenn sich ein Mann für einen ganz tollen Hecht hielt. Und glaub mir, die Frau kannte sich aus. Sie hatte mehr Liebhaber als Don Juan Frauen.«

»Trotzdem, der Vergleich hinkt.«

»Ssseiß drauf.« Carla zog die Nase kraus und klimperte mit ihren langen falschen Wimpern, die zusammen mit dem schwungvoll aufgetragenen Kajal und den orange lackierten Fingernägeln ihr Markenzeichen waren. »Das Boot erinnert mich an ›Der weiße Hai‹. Sieh dir mal die breiten weißen Streifen an, wie ein riesiges Maul voll scharfer Zähne.«

»Quatsch. Das Boot ist schwarz, und abgesehen davon, dass es Jahre her ist, als ich den Film gesehen habe, kann ich mich nicht erinnern, dass der Hai Lichterketten um den Hals trug.«

»*Idiota* da draußen! Ihr habt doch eine Ziege!«

»Du meinst, eine Meise.« Ella zuckte die Schultern. »Was soll's. In Zukunft werden wir uns an mehr Lärm gewöhnen müssen. Discoschiffe liegen im Trend.«

»*Madre de Dios!*« Carla schnalzte gereizt mit der Zungenspitze. »Dann verdient es die Menschheit nicht zu überleben.«

»Was steigerst du dich so rein? Lass sie doch ihr Ding machen, und wir machen unseres.«

»*Bueno*«, sagte Carla und pustete sich den Pony aus der Stirn. »Du bist die Chefin. Es ist dein Geld, das wir verlieren, wenn die Gäste malen gehen.«

»Mach dir keinen Kopf, wir hatten einen super Start in die Saison. Und die Kundschaft geht stiften, nicht malen.« Ella grinste. Der Rhythmus der Beats ergriff sie und floss in ihre Hände. Wie von selbst bewegten sie sich auf und ab. »Weißt du was? Wenn wir schon Musik haben, können wir auch genauso gut tanzen. Na los, mach mit!«

Carla sah sie an, als wäre Ella übergeschnappt. »Was soll das werden?«

»Expressionistischer Ausdruckstanz«, antwortete Ella und schlenkerte ausgelassen die Arme. »Humor ist die beste Waffe.«

»Na, dann hoffe ich, du trägst es mit Humor, wenn ich dir erzähle, was ich herausgefunden habe«, sagte Carla und zog den schwarzen Pferdeschwanz straff. »Google hat mir verraten, wem das Monsterschiff gehört.«

»Ach ja? Wollen wir das wissen?«

»*Sí,* wollen wir.«

»Na schön«, seufzte Ella hüftschwingend. »Spuck es aus.«

»Es gehört Oliver Becker.«

»Du meinst unserem neuen Nachbarn? Dem Typen aus Krefeld, der das Dünenblick gekauft hat?« Ella hörte auf zu tanzen. Als Grundstückseigentümerin hatte man sie darüber informiert, dass das angrenzende Hotel an einen Investor verkauft worden war. Bislang hatte Ella keinen Anlass gesehen, sich deshalb groß Gedanken zu machen. Zwar hatte Herr Becker sicherlich vor, das Dünenblick über den Winter von Grund auf zu renovieren, doch damit musste sie wohl oder übel leben. Auch wenn das konkret Lärm, Schmutz und weniger Umsatz für Ella bedeutete. Umso wichtiger war es, jetzt in der Hauptsaison gute Umsätze zu machen. Das Käptäns Eck hatte schon so manchem Sturm getrotzt, es würde auch diesen überstehen.

»Becker, *exactamente*.« Carla verzog das Gesicht. »Der Typ ist fett im Geschäft. Ein Baulöwe wie Donald Trump, bevor er Präsident wurde. *Ay!* Was, wenn dieser Becker vorhat, ganz Borkum zu kaufen?«

»Blödsinn. Man kann nicht einfach eine Insel kaufen. Zumindest nicht in Deutschland«, erwiderte Ella, aber etwas in ihr schlug Alarm. Was, wenn Herr Becker gar nicht vorhatte zu renovieren, sondern das Dünenblick abriss, um ein extravagantes, hippes Hotel aus dem Boden sprießen zu lassen? Möglich war es. Seit der Tourismus an Nord- und Ostsee boomte, passierte das überall. Alte Gebäude wurden abgerissen, die Orte verloren an Individualität. War Becker ein Immobilienhai, wie Carla vermutete? Nachdenklich ließ sie den Blick über ihre Kneipe schweifen. Das graue, ebenerdige Gebäude mit dem Flachdach erinnerte an einen Schuhkarton. Ihr Vater hatte es in den Sechzigerjahren gebaut. Im Grunde war es kaum mehr als eine Baracke, aber die Leute, die hierherkamen, liebten es, denn es stand für Zeiten, die die meisten nur aus Erzählungen kannten. Durch die rosarote Brille der Nostalgie betrachtet, wirkte all das, was normalerweise als verplüscht und spießig verschrien war, plötzlich magisch. Ein Ort, an den man sonst nur in Gedanken reisen konnte. Ella spürte, wie sich ihre Brust zusammenzog. Würde das auch in Zukunft so sein? Neben all dem Glamour eines riesigen Luxushotels konnte das Retroflair des Käptäns Eck schnell schäbig wirken. Abgesehen davon würden die Bauarbeiten bis weit in den nächsten Sommer reichen. Noch eine Saison ohne Einnahmen konnte sie nicht verkraften.

»Ich bin gespannt, wie dieser neue Hoteldirektor funktioniert«, sagte Carla.

»Du meinst, wie er tickt?«

»*Sí*. Wann hat er vor, hier aufzukreuzen?«

»Was weiß ich? Vielleicht ist er schon längst da, und wir wissen nichts davon?«

»*Ay, dios mios!* Möglicherweise will er uns ausspionieren, und wir haben wir ihn schon bedient. Vielleicht hier …« Sie rückte von dem Tisch ab, neben dem sie stand, und beäugte ihn, als wäre er mit Krankheitserregern übersät, die Eiterbeulen, Hautjucken und Zahnausfall übertrugen.

»Das glaube ich nicht«, erklärte Ella müde. »Typen wie der haben so etwas nicht nötig. Die haben ganz andere Tricks drauf.«

»Das wird ein schlimmer Sommer«, orakelte Carla düster und drückte dem Kreuz, das sie um den Hals trug, einen Kuss auf. »Ich schreibe meiner Tante in Galizien. Sie soll für uns eine Kerze in Santiago de Compostela am heiligen Grab des Apostels entzünden.«

Ella seufzte. Obwohl sie nicht glaubte, dass das half, schaden konnte es nicht. Abgesehen davon gab es nur eine Möglichkeit, herauszufinden, was passieren würde. Sie musste mit dem neuen Hoteldirektor reden. Mit einem Gefühl drohenden Unheils im Bauch starrte Ella in die Dämmerung.

Kapitel 3

Ein paar Tage nach dem Ausflug auf den Leuchtturm stand Hark im Wartezimmer seiner Praxis und beobachtete, wie Wanda die Mittagspause nutzte, um ihren roten Cocker zu erziehen.

»Sitz, Krümelchen!«, sagte Wanda. Sie hob den Zeigefinger und warf dem Cocker einen strengen Blick zu. Erst kürzlich hatte sie die Hündin von Oma Leni übernommen. Die ältere Dame war in ein Pflegeheim umgesiedelt. Krümelchen hatte einen unschuldigen Blick, aber wenn man nicht aufpasste, klaute sie wie ein Rabe. Als Krümelchen noch bei Oma Leni lebte, hatte Hark den Spaniel regelmäßig behandeln müssen, weil er sich den Magen verdorben oder Schokolade gefressen hatte, die für Hunde bekanntlich giftig war.

»Bleib!« Ohne den Blick von der Hündin zu nehmen, hielt Wanda dem Tier die ausgestreckte Hand entgegen, um das Kommando durch Körpersprache zu verstärken. Erst dann drehte sie sich um und nahm ein Leckerli aus dem Glas, das sie von der Theke mitgenommen hatte.

Gespannt verfolgte Hark, wie Wanda sich wieder der Hündin zuwandte. Bis jetzt machten die beiden das vorbildlich. Krümelchen hatte sich keinen Zentimeter gerührt. Erwartungsvoll blickte sie aus runden braunen Augen zu Wanda auf. Diese beugte sich vor und ließ eines der Leckerlis wenige Zentimeter vor der Hundeschnauze schweben.

»Nein!«, sagte Wanda streng, bevor sie den Keks vor Krümelchen auf den Boden legte.

Der Hund hielt den Kopf schräg und rutschte unruhig mit dem Popo hin und her, um zu testen, ob Wanda es tatsächlich ernst meinte.

»Nein«, wiederholte Wanda in ruhigem Ton.

Krümelchen starrte wie hypnotisiert auf das Leckerli und schluckte, blieb aber sitzen, obwohl ihr sichtlich das Wasser im Mund zusammenlief. Hark hielt gespannt den Atem an. Der Grundbefehl klappte, doch jetzt näherten sich beide dem kritischen Moment. Er wusste, dass Wanda sich für heute vorgenommen hatte, an der Ausdauer zu arbeiten. Das bedeutete, dass Krümelchen immer länger vor dem Keks warten musste, bevor Wanda ihr die Erlaubnis gab, zu fressen. Die Schwierigkeit lag darin, den Hund zu fordern, aber nicht zu überfordern. Wenn Krümelchen es nicht mehr aushielt und sich das Leckerli von selbst schnappte, war die Übung verdorben. Mit wachem Auge beobachtete Hark die beiden.

»Nimm«, sagte Wanda zwei Sekunden später. Genau im richtigen Moment, wie Hark fand.

»Das hat ja prima geklappt«, stellte er anerkennend fest und bückte sich, um Clooney, den grauen Kater mit dem schiefen Gesicht und dem amputierten Schwanz, auf den Arm zu nehmen. »Du machst dich gut als Hundebesitzerin.«

»Danke, aber bis Krümelchen zuverlässig hört, liegt noch jede Menge Arbeit vor uns«, relativierte Wanda das Lob. Im nächsten Moment verzog sich ihr Mund zu einem Schmunzeln.

»Was ist? Warum grinst du so?« Irritiert strich sich Hark über den Bart. »Hab ich irgendwo Reste vom Mittagessen hängen?«

»Nein, ich stelle nur gerade fest, dass du mit dem Kätzchen auf dem Arm ein göttliches Bild abgibst. Kein Wunder, dass die Frauen hinter dir her sind.«

»Ach ja?« Verblüfft kraulte er das Kinn des Katers. »Ist mir noch gar nicht aufgefallen.«

»Ha, ha, Doc, da bist du aber der Einzige. Klar sind sie das.« Lachend schüttelte Wanda den Kopf. »Du verkörperst den Typ, auf den viele stehen: männliche, selbstsichere Ausstrahlung, dazu top Aussehen, Charme und Einfühlungsvermögen. Außerdem bist du jemand, der souverän und gelassen zupacken kann und sich nicht scheut, auch mal Gefühle zu zeigen. Zum Glück bin ich schon vergeben, sonst würde ich sagen: Jackpot.«

»Du schmeißt ganz schön mit Komplimenten um dich. Was ist los? Zielt das auf eine Gehaltserhöhung ab?« Er zwinkerte belustigt. Obwohl sich ein Teil tief in seinem Inneren geschmeichelt fühlte, war es blanker Unsinn, was Wanda erzählte. Mit dem Tod seiner Frau Julia hatte sich etwas in ihm verschlossen. Dieser vermaledeite Reitunfall hatte alles in seinem Leben verändert. Bei einem Springturnier war ihr Pferd schwer gestürzt und hatte Julia unter sich begraben. Sie war auf der Stelle tot gewesen. Einfach so. Von einer Sekunde auf die andere. Seit dem Unfall war in seinem Leben nichts mehr wie davor. Sein Glück war zerstört, alles war dunkel. Warum hatte er sie nicht davon abhalten können, an diesem Turnier teilzunehmen? Er hasste das Reiten, er hasste Pferde! Seither weigerte er sich, Pferde zu behandeln. Und was Frauen betraf, gelegentlich gab es zufälligen, unverbindlichen Sex, mehr war nicht drin. Wer ihn kannte, wusste das. Wenn es stimmte, dass Frauen ausgesprochen feine Antennen für Schwingungen hatten, mussten sie erst recht spüren, dass er nicht offen für eine Bindung war. Jedenfalls bemühte er sich, diesen Eindruck zu vermitteln. Er setzte Clooney auf den Boden ab. Dann verschränkte er die Hände und ließ die Knöchel knacken. »Irgendwelche Anrufe?«

»Nein, Doc. Keine Gebärmuttervorfälle, festliegenden Kühe oder Sonstiges. Sieht so aus, als könntest du in Ruhe deine Mittagspause genießen.«

»Prima.« Geistesabwesend griff er nach dem Stethoskop, das von seinem Hals baumelte, und legte es auf die Theke. Beinahe musste er über sich selbst schmunzeln. Manchmal ertappte er sich dabei, wie er im Behandlungszimmer verzweifelt nach dem Ding suchte, obwohl er es umhängen hatte, wie in der Witzgeschichte über den tattrigen Senior, der die Brille auf die Stirn geschoben hat und stundenlang danach sucht. Mit einem hörbaren Seufzer stieß er die Luft aus. Möglicherweise sollte er sich wirklich öfter eine Auszeit gönnen und einfach mal nichts tun. Entschlossen öffnete er die Tür, die hinaus in den Garten führte. Im Schatten unter dem Apfelbaum lag Tassilo, sein krummbeiniger schwarzer Kurzhaardackel, eng an Agathe und Christie, die beiden Hennen, gekuschelt, und döste. Der Neuzugang, ein schwarz-weiß geflecktes Minischwein, hatte den Rüssel in den Fressnapf getaucht und schmatzte genüsslich vor sich hin. Kopfschüttelnd betrachtete Hark die Menagerie. Jedes der Tiere stammte aus einer Rettungsaktion. Obwohl er sich geschworen hatte, aus der Praxis keine Arche Noah zu machen, hatte er es einfach nicht übers Herz gebracht, eines von ihnen wegzugeben. Zusammen waren sie ein Herz und eine Seele. Außerdem lieferten ihm die Hühner frische Eier und fielen somit unter die Kategorie Nutztiere. Clooney und George, die beiden Kater, zählten ebenfalls nicht, denn abgesehen von Pflege und Futter machten sie nicht viel Arbeit. Was Tassilo betraf, der war mit seinem ausgeprägten Helfersyndrom ohnehin der Juniorchef der Praxis. Und das Schwein, verlegen kratzte er sich den Nacken, na ja … es war einfach liebenswert. Mit gespitzten Lippen pfiff er nach dem Dackel. Tassilo sprang auf und kam schwanzwedelnd auf ihn zu. Direkt vor Hark warf er sich auf den Rücken, um sich den weichen Bauch ausgiebig kraulen zu lassen. Hark bückte sich. Als sein Rücken zu schmerzen anfing, richtete er sich wieder auf. »Okay, wenn nichts los ist, dann schnapp ich mir ein Handtuch und verschwinde mit Tassilo für eine halbe Stunde an den Strand.«

»Mach das mal. Ich war gestern im Wasser. Es war herrlich.« Wanda verdrehte schwärmerisch die Augen.

Hark starrte sie ungläubig an. »Baden? Bist du verrückt? Die Nordsee hat allerhöchstens siebzehn Grad.«

»Davon gehe ich aus. Hat mich einige Überwindung gekostet, aber immerhin war ich bis zum Bauchnabel drin. Nicht schlecht, was?« Wanda nahm ein paar Leckerli aus dem Glas und verfütterte sie an Krümelchen und Tassilo. »Du hast selbst gesagt, dass es Situationen im Leben gibt, für die man abgehärtet sein muss.«

»Damit meinte ich keine Kneippkur.«

»Ach ja? Was denn dann?«

»Keine Ahnung. Ich erinnere mich nicht einmal daran, das gesagt zu haben. Vielleicht meinte ich damit, man sollte gelegentlich über seine Grenzen hinausgehen.«

»Verstehe. Und warum bist du dann wie festgenagelt vor der Leiter im Leuchtturm stehen geblieben?«, fragte Wanda. Manchmal konnte sie wirklich nervig sein.

Hark ging zur Empfangstheke gegenüber dem Wartezimmer und griff nach der Hundeleine. »Nach deinem Endlostelefonat mit diesem Werbetypen war keine Zeit mehr. Aber es steht auf meiner Liste.«

»Wow. Es gibt eine Liste?« Wanda stemmte die Hände in die Taille.

Bevor sie die Diskussion vertiefen konnten, klingelte Harks Handy. Eine unbekannte Nummer. Er legte die Hundeleine beiseite und grinste. »Scheint auch ein Werbeanruf zu sein. Hör zu und lerne.« Er drückte die Freisprechtaste.

»Hallo?«, meldete er sich betont knapp.

»Guten Tag. Ich rufe im Auftrag der Neues Wohnen Gruppe an«, antwortete eine weibliche Stimme. »Spreche ich mit Anton Kirsch?«

»Nein.«

»Aha. Mit wem spreche ich dann?«

Hark zwinkerte Wanda bedeutungsvoll zu und senkte seine Stimme zu einem vertraulichen Raunen: »Das darf ich Ihnen leider nicht verraten.«

Wanda zwinkerte zurück. Mit Daumen und Zeigefinger formte sie ein O zum Zeichen, dass sie verstanden hatte. »Schon klar. Keinen Namen nennen. Sonst bist du tot«, flüsterte sie ihm zu.

»Ich spreche mit Anton Kirsch, richtig?«, fragte die Stimme.

»Falsch.«

Stille in der Leitung. Dann, lauter als zuvor: »Hören Sie mit dem Unsinn auf! Ich weiß genau, dass Sie Anton Kirsch sind.«

»Sorry, aber das stimmt nicht.«

»Und ob Sie es sind! Geben Sie es endlich zu!«

Hark holte tief Luft und zwang sich, gelassen zu bleiben. In der Hoffnung, dass Wanda das Zucken seines linken Augenlids nicht bemerkte, lehnte er sich über den Tresen und tat, als starre er konzentriert in den Terminkalender. »Wirklich witzig. Leider habe ich keine Zeit, mich weiter mit Ihnen zu unterhalten. Ich lege jetzt auf.«

Grabesstille. Dann: »Tun Sie das. Aber ich rufe wieder an, da können Sie sicher sein.«

»Prima. Darauf freue ich mich schon jetzt«, sagte Hark betont ironisch und beendete das Gespräch. Er zwinkerte Wanda zu. »Siehst du. So geht das. Keine Infos.«

»Beeindruckend«, erwiderte Wanda und zupfte eine Klette von Krümelchens Hinterlauf.

»Die rufen so schnell nicht wieder an.«

»Vermutlich. Was ist, willst du jetzt wirklich an den Strand, oder sollen wir es noch mal mit dem Leuchtturm versuchen?«

Das Läuten der Türglocke unterbrach das Gespräch. Hark atmete innerlich auf. »Schade, aber daraus wird wohl nichts«, konstatierte er und lächelte bedauernd. Mit einer energischen Bewegung scheuchte er Tassilo hinaus in den Garten. »Wärst du so nett nachzusehen, wer da ist?«

»Gern. Aber aufgeschoben ist nicht aufgehoben.« Wanda schlüpfte in ihren Praxiskittel und ging öffnen. Hark reckte den Hals. In der Tür stand Rasmus, in der Hand einen Schuhkarton mit Luftlöchern. Unglaublich, wie sehr der Junge Ella ähnelte: das gleiche blonde, kurze Haar, die gleichen blauen Augen, der gleiche Blick, so von unten herauf. Früher hatte Hark sich ausgemalt, wie die Kinder, die er und Ella einmal haben würden, wohl aussähen. Doch dann hatte er Julia geheiratet, und Ella war von einem anderen Mann schwanger geworden. Trotzdem musste Hark jedes Mal, wenn Rasmus mit seinem verschmitzten Grinsen vor ihm stand, an die vergangenen Träume denken.

Wandas Stimme holte ihn zurück in die Gegenwart. »Du bringst ein verletztes Tier?«

»Hallo, Kumpel.« Hark machte ein paar Schritte auf den Jungen zu. Als er Rasmus' Blick bemerkte, legte er ihm die Hand auf die Schulter. »Was ist los? Ich dachte, deine Mutter erlaubt dir keine Haustiere?«

»Ich habe eine verletzte Blaumeise gefunden. Ich glaube, sie ist gegen eine Fensterscheibe geflogen.« Rasmus' Wangen waren ganz rot vor Aufregung. »Kannst du ihr bitte helfen?«

»Bestimmt. Komm mit, wir schauen, was wir tun können«, sagte Hark mit ruhiger Stimme und öffnete die Tür zum Sprechzimmer.

* * *

Nachdenklich setzte Hark den matten Vogel kurz darauf zurück in die Schachtel und überreichte sie dem Jungen. »In zwei, drei Tagen können wir sie sicher wieder fliegen lassen. Wenn du willst, kannst du mit Wanda hinüber in die Tierstation gehen und helfen, einen Käfig herzurichten.«

Rasmus bekam leuchtende Augen. »Darf ich? Das wäre cool.«

»Klar.« Hark strubbelte ihm über den Kopf. Armer Rasmus, er wünschte sich so sehr ein Haustier. Dass er die Meise aufgelesen und in die Praxis gebracht hatte, bewies Verantwortungsgefühl. Nicht jeder Junge in seinem Alter hätte so gehandelt. Und bei weitem nicht jeder Erwachsene, dachte er mit Bedauern. Er zog die Stirn in Falten. Was ging bloß in Ella vor? Warum war sie so strikt dagegen, dass Rasmus ein Haustier bekam?

In Gedanken vertieft verließ er hinter Rasmus das Sprechzimmer. Unwillkürlich blieb er stehen und kräuselte die Nase. Es roch penetrant nach Lavendel und Melisse, statt nach Desinfektionsmittel. Er spürte, wie sein Nervensystem mit Abwehr reagierte. Das hier war verkehrte Welt. Seit dem Studium verband er den Geruch von Antiseptikum mit ärztlichem Handeln und professioneller Sorgfalt. Doch jetzt roch es in seiner Praxis, als wäre er in einem hawaiianischen Massagesalon gelandet. Missmutig betrachtete er die brennende Duftkerze auf der Theke. Seit ein paar Wochen setzte Wanda auf Aromatherapie, um die Vierbeiner im Wartezimmer zu beruhigen. Mittlerweile hatte sie ihre Umgebung mit den wüstesten Duftmischungen bombardiert. Einen besonderen Effekt hatte Hark nicht feststellen können, außer dass ihm permanent danach war, die Fenster aufzureißen und zu lüften. Das Zeug, das Wanda heute verwendete, roch besonders erbärmlich. Er nahm sich vor, ein deutliches Wort mit ihr zu reden. Von Chef zu Mitarbeiterin. Am besten gleich. Doch bevor er die

Gelegenheit nutzen konnte, flog die Tür zum Garten auf und Frauke stürmte herein.

»Hach, was duftet das heute wieder.« Lächelnd entblößte sie eine Reihe kräftiger, strahlend weißer Zähne. »Wanda, meine Liebe, ich muss schon sagen, dich einzustellen, war ein Glücksgriff. Seit du bei uns bist, weht im wahrsten Sinne des Wortes ein frischer Wind in diesen Räumen.« Sie stellte die Handtasche auf der Theke ab und wandte sich mit ernstem Blick an Hark. »Hallo, mein Sohn. Täusche ich mich oder geht Wandas vereinbarte Probezeit morgen zu Ende?«

»Du täuscht dich nicht.« Hark zwinkerte Wanda zu. »Wir haben das gestern geklärt. Ich habe ihr einen unbefristeten Arbeitsvertrag angeboten.«

»Wunderbar.« Frauke blickte erwartungsvoll zu Wanda hinüber. »Du hast doch hoffentlich unterschrieben?«

»Habe ich.«

»Hervorragend.« Frauke zupfte das seidene Stirnband zurecht, das mit dem gleichen orangefarbenen Blumenmuster bedruckt war wie die Tunika, die locker um ihre hochgewachsene, hagere Gestalt fiel. Hark musterte sie skeptisch. In letzter Zeit kleidete sich seine Mutter, als wollte sie sich den Hare-Krishnas anschließen. Er konnte sich an allen zehn Fingern abzählen, auf wessen Einfluss dieser neue Spleen beruhte. Hinni natürlich, Fraukes beste Freundin. Zusammen war den beiden wirklich alles zuzutrauen.

Die langen Gehänge an Fraukes Ohren klimperten. »Hallo, Rasmus. Wie geht es deiner Mutter? Ich habe sie schon lange nicht mehr gesehen.«

»Es geht ihr prima. Sie hat viel zu tun.« Rasmus stellte den Karton mit der Meise vorsichtig auf der Theke ab. Erwartungsvoll schielte er nach draußen, in den Garten. »Darf ich Tassilo Hallo sagen, bevor ich mit Wanda in die Tierstation gehe?«

»Klar doch. Er langweilt sich ohnehin. Wenn du willst, kannst du Bällchen mit ihm werfen.« Hark griff in den Korb mit dem Hundespielzeug und reichte dem Jungen einen Tennisball. Dann trat er an die Tür, steckte zwei Finger in den Mund und pfiff.

Schlagartig brach ein Tornado los. Tassilo kam wild kläffend angestürmt. Sein kurzes schwarzes Fell mit den hellen Abzeichen um die Augen glänzte in der Sonne. Agathe und Christie, die beiden Hühner, rannten flügelschlagend und gackernd um die Apfelbäume. George, dem blinden rot gestromten Kater war der Wirbel zu viel. Blitzartig verkroch er sich in eine Hecke, während Clooney das schiefe Gesicht verzog und laut miauend mit der Pfote in die Luft hieb. Angesichts des Chaos verdüsterte sich Harks Miene.

»Ruhe!«, brüllte er energisch, was sich leider als Fehler erwies, wie er einen Wimpernschlag später feststellte.

Krümelchen, die bislang brav neben Wanda gesessen hatte, bekam das Kommando in den falschen Hals. Aus Angst, die schöne Party zu verpassen, stürmte sie mit wildem Gebell los, obwohl Wanda ihr befohlen hatte, auf der Hundedecke zu bleiben. Dabei stieß sie so ungeschickt von hinten gegen Wandas Knie, dass diese ins Wanken geriet und sich gerade noch an der Theke festhalten konnte. »Verflixt, Krümelchen, was soll denn das?« Wanda schüttelte den Kopf. Sie war vor Schreck ein wenig blass um die Nase geworden. »Das reinste Irrenhaus hier. Ein Wunder, dass wir diese Meute bis jetzt überlebt haben. Die sind einfach in der Überzahl. Und statt weniger werden es immer mehr Tiere.«

»Tja, das liegt daran, dass jeder hier weiß, wie Hark tickt. Wenn es um ein Tier in Not geht, kann er einfach nicht nein sagen«, kommentierte Frauke lapidar. Dann hob sie den Arm und zeigte nach draußen. »Seht euch mal Rasmus an. Ich glaube, da haben sich zwei gefunden.«

36

Hark reckte den Hals. Das Durcheinander hatte sich halbwegs beruhigt. Unter dem knorrigen Apfelbaum lag Rasmus auf dem Rücken im Gras, während das Schweinchen begeistert sein Ohr leckte und mit den Vorderbeinen auf den Oberkörper des Jungen kletterte. Rasmus kicherte wie irre und stupste das Schweinchen spielerisch in die Seite, worauf die Balgerei wilder wurde. Schließlich richtete Rasmus sich auf, keuchend und vor Freude quietschrot im Gesicht.

»Abgefahren«, sagte er. »Ich habe noch nie ein Tier gesehen, das so cool ist wie dieses Schwein. Hat es schon einen Namen?«

»Äh ...« Hark kratzte sich den Kopf. »Nein. Aber du kannst ihm gern einen geben, wenn du willst.«

»Günther«, erwiderte Rasmus wie aus der Pistole geschossen.

»Das ... ist ein klasse Name«, sagte Hark. »Wie kommst du denn darauf?«

»Keine Ahnung.« Rasmus zuckte die Schultern und grinste über beide Backen. »Im Kindergarten hatten wir einen Günther. Irgendwie musste ich gerade an ihn denken.«

»Ja«, meinte Hark gedehnt. »So etwas passiert. Gibt es denn noch andere Jungs, an die du dich erinnerst?«

»Nö.«

Hilfe suchend blickte Hark zu Wanda hinüber, aber diese kämpfte gerade mit einem Lachanfall und brachte kein Wort hervor.

»Gut. Dann eben Günther«, erklärte Hark und verzog resigniert das Gesicht. »Du darfst Günther gern so oft besuchen, wie du möchtest. Unter der Voraussetzung, dass deine Mutter es erlaubt.«

Rasmus strahlte. »Cool.«

»Dann spielt mal schön weiter«, sagte Hark und schloss vorsichtshalber die Tür nach draußen. Man konnte ja nie wissen ...

Inzwischen hatte sich Frauke auf einen Stuhl im Wartebereich fallen lassen, direkt vor der Fototapete, auf der ein Basset, ein Dackel und eine Katze in Überlebensgröße Männchen machten. Mit strahlender Miene blickte sie in die Runde. »Ich habe euch etwas mitzuteilen.« Sie machte eine ausladende Geste mit der Hand, als stünde sie auf der Bühne des Dolby-Theatres, bereit, den Oscar verliehen zu bekommen. Die Reife an ihrem Handgelenk klimperten. »Hinni und ich hatten eine großartige Idee. Phänomenal, geradezu revolutionär.«

Bei der Erwähnung des Namens Hinni verspannte sich Harks schlimmer Rücken. Finster starrte er vor sich hin. Fraukes Hippie-Freundin hatte einen grauenhaften Einfluss auf seine Mutter.

»Nachdem ich fast vierzig Jahre in dieser Praxis mitgearbeitet habe, wird es Zeit, zu neuen Ufern aufzubrechen. Schließlich habe ich noch etwas anderes vor mit meinem Leben, als Flohmittel für Hunde zu verteilen«, sagte Frauke.

»Großer Gott«, raunte Hark Wanda hinter vorgehaltener Hand zu. »Das klingt nicht gut. Lass uns verschwinden, bevor sie uns erklärt, dass sie vorhat, mit Hinni nach Indien in den Ashram zu gehen.«

»Hark Hallvard Harksen! Ich habe sehr gute Ohren.« Frauke kniff missbilligend die Augen zusammen. »Ich höre jedes Wort.«

Wanda prustete los, dabei warf sie Hark einen Blick zu, der Bände sprach. »Hallvard ist dein zweiter Vorname? Dein Ernst? Du heißt also Ha-Ha-Ha?«

»Ich hatte eine schwere Kindheit«, gab Hark mit starrem Unterkiefer zurück, aus Sorge, dass Frauke inzwischen die Fähigkeit besaß, von den Lippen zu lesen.

»Wenn ihr endlich mit den Albernheiten aufhören würdet, wäre ich euch sehr verbunden.« Frauke klimperte gereizt mit den Armreifen an ihrem Handgelenk. »Wollt ihr nun hören, was ich euch zu sagen habe, oder nicht?«

»Natürlich«, sagte Wanda.

»Haben wir eine Wahl?«, fragte Hark.

»Schluss jetzt«, zischte Frauke. Sie richtete die Wirbelsäule gerade, wie ein Schauspieler vor einer wichtigen Textstelle. »Also schön. Jetzt, da Wanda fest in der Praxis angestellt ist und ich hier nicht mehr ständig gebraucht werde, ist der Zeitpunkt gekommen, um das zu tun, was ich schon immer tun wollte.« Dramaturgische Pause. Eine Sekunde, zwei Sekunden, drei … »Hinni und ich werden uns selbstständig machen.«

Hark schüttelte entsetzt den Kopf. Für einen Moment verschlug es ihm völlig die Sprache.

»Bist du verrückt? Du willst ein Geschäft aufmachen? Zusammen mit *Hinni*?«, fragte er schließlich und bemühte sich nicht einmal ansatzweise, seinen Sarkasmus zu verbergen.

»Das habe ich vor.«

»Das ist der größte Unfug, den ich je gehört habe. Kannst du mich bitte vorher enterben? Dann bin ich aus der Haftung raus.«

»Spar dir den Unsinn«, erklärte Frauke verärgert. »Ich verstehe gar nicht, warum du dich so aufregst!«

»Also bitte, Mama.« Hark ließ sich neben Frauke auf einen Stuhl fallen. »Alles, was recht ist. Selbstständig machen, in deinem Alter! Da sind andere längst in Rente. Und dann auch noch mit Hinni!«

»Für erfolgreiche Geschäftsideen ist es nie zu spät. Außerdem baut unser Jahrgang mit dem Alter *auf* und nicht ab.«

»In zehn Minuten fängt die Sprechstunde an«, warf Wanda ein und lächelte übertrieben fröhlich. »Soll ich den Behandlungstisch desinfizieren, oder hast du das schon gemacht, Doc?«

»Na schön«, knirschte Hark, ohne auf Wandas Versuch einzugehen, die drohende Eskalation zu vermeiden. Betont desinteressiert nahm er das Kleintiermagazin vom Tisch und tat, als vertiefte er sich in einen Artikel über Zahnfehlstellungen bei Kaninchen. »Was habt ihr vor?«

»Nun, wir waren dabei, als das Leitbild Borkum 2030 vorgestellt wurde. Die Besucherzahlen hier auf der Insel sind in den letzten Jahren erfreulich konstant geblieben. Trotzdem müssen wir im Trend bleiben, sonst werden wir, was den Tourismus betrifft, abgehängt. Daher hat der Rat der Stadt Borkum gestern darum gebeten, mit vereinten Kräften die Zukunft der Insel zu gestalten.«

»Und in dem Zusammenhang ist explizit dein Name gefallen? Und der von Hinni?« Hark zog die Augenbrauen hoch.

»Mach dich nicht lächerlich«, erwiderte Frauke indigniert. »Es versteht sich doch von selbst, dass *jeder* gemeint ist. Und deshalb eröffne ich zusammen mit Hinni in Kürze eine Wellnessoase, in der gestresste Paare sich erholen und gemeinsam zurück zur Balance finden können. Hast du eine Ahnung, wie hoch die Scheidungsrate in Deutschland ist, weil keiner mehr Zeit für den anderen hat? Das ist ein Riesenmarkt. Und nebenbei tun wir noch etwas Gutes, weil wir Menschen glücklich machen.«

»Aha«, sagte Hark.

»Klingt nachvollziehbar«, sagte Wanda. »Ich bin sicher, dass ihr etwas richtig Tolles auf die Beine stellen werdet.«

»Nur zu.« Hark warf die Zeitschrift zurück auf den Tisch. »Wenn es eure Berufung ist, eine Tantra-Massage-Praxis für sexuell frustrierte Paare zu eröffnen, meinen Segen habt ihr.«

»Mein Gott, wie das klingt! Als planten wir, einen Swingerklub zu eröffnen.« Frauke schnaubte beleidigt vor sich hin. »Selbstverständlich wird es keine erotischen Massagen oder Ähnliches geben. Dafür …«

Weiter kam sie nicht. Das Praxistelefon schrillte.

»Ich geh ran«, erklärte Wanda.

»Wenn du so voreingenommen bist, hat es keinen Sinn, mehr zu erzählen.« Frauke fixierte Hark mit einem strengen Blick. »Ich schlage vor, wir vertagen die Diskussion.«

»Gern. Am besten warten wir, bis du wieder zur Vernunft gekommen bist«, gab Hark erhitzt zurück.

»Entschuldigt, wenn ich unterbreche.« Wanda kam auf Hark zu und drückte ihm einen Notizzettel in die Hand. »Hier. Das war der Reiterhof an der Franzosenschanze. Sie möchten, dass du so schnell wie möglich vorbeikommst. Es gibt Ärger mit Frodo. Wie es scheint, hat er randaliert und mit dem Kopf gegen die Boxentür geschlagen. Irgendwie muss dabei der Riegel aufgegangen sein, und Frodo hat die Boxengasse verwüstet.« Kopfschüttelnd hielt sie inne. »Komisch. Ich wusste gar nicht, dass Pferde so miese Laune haben können. Außerdem weiß doch jeder hier auf der Insel, dass du seit dem Reitunfall deiner Frau nichts mehr mit Pferden zu tun haben willst. Du behandelst sie nicht einmal. Wieso besitzt du dann eines?«

»Tu ich nicht.« Er faltete den Zettel zusammen und steckte ihn in seine Brusttasche. »Frodo ist ein Ochse. Schwarzbuntvieh, wenn du es genau wissen willst.«

»Was?«, krächzte Wanda, offensichtlich irritiert. »Moment mal. Irgendetwas geht da gerade in meinem Gehirn durcheinander. Du erzählst mir nicht gerade, dass zu deinem Privatzoo auch noch ein ausgewachsener Ochse gehört?«

»Ähm ... doch.« Er fuhr sich mit der Hand in den Nacken. Bewusst hatte er niemandem von dem Ochsen erzählt. Es war ihm peinlich. »Frodo wurde an Weihnachten vor zwei Jahren geboren. Er kam sechs Wochen zu früh zur Welt und wog gerade mal zwölf Kilo. Auch bei Rindern sind Frühchen sehr anfällig für Krankheiten der Lunge, da sie zu dem Zeitpunkt noch nicht richtig ausgebildet ist. Die Behandlungskosten waren nicht abzuschätzen. Tja, und da männliches Schwarzbuntvieh keinen nennenswerten Wert am Markt besitzt und der Kleine allgemein schlecht beieinander war, bat mich der Bauer, ihn einzuschläfern.«

Wanda seufzte. »Also hast du ihn mitgenommen. Doc, auch wenn du mir ständig predigst, wie wichtig es ist, professionelle Distanz zu den Patienten zu halten, in dir schlägt ein wachsweiches Herz.«

Hark zuckte unmerklich zusammen. Es fühlte sich unangenehm an, dass Wanda ihn durchschaute. Verteidigend hob er die Hände. »Damit leiste ich meinen persönlichen Beitrag gegen die Missstände bei der Aufzucht und Mast männlichen Schwarzbuntviehs. Nachdem Frodo über den Berg war, wollte der Bauer ihn nicht zurück, weil er ihm leidtat. Der Kleine wäre in die Mast gegangen, danach zum Schlachter. Also ist er bei mir geblieben, und ich habe ihn in einer Einstellbox auf dem Reiterhof untergebracht.«

»Und jetzt ist er ein ausgewachsener Bulle?«

»Ein Ochse. Ich musste ihn wegen eines Nabelbruchs behandeln, dabei habe ich ihn kastriert.«

»Verstehe. Soll ich zurückrufen und ihnen sagen, dass du nach der Sprechstunde vorbeikommst?«

»Ja, mach das bitte.« Hark warf einen Blick auf die Uhr. »Würdest du jetzt aufsperren?«

Im Nu füllte sich das Wartezimmer mit der üblichen Ansammlung von Katzen, Hunden, Meerschweinchen und Hamstern nebst Besitzern. Frauke schien davon nichts zu bemerken. Gedankenverloren starrte sie Löcher in die Luft.

Hark nahm die oberste Akte vom Stapel. »Frau Nerte, bitte.«

»Komme schon.« Die attraktive Blondine in dem trägerlosen Strandkleid nahm ihren hechelnden Mops auf den Arm und schenkte Hark einen strahlenden Augenaufschlag. Irritiert nickte er ihr zu. War doch etwas dran an Wandas These, dass die Frauen auf ihn standen? Rasch verdrängte er den Gedanken und marschierte mit festen Schritten auf das Sprechzimmer zu. Als er an seiner Mutter vorbeiging, raunte er ihr zu: »Wir reden später.«

Wie in Trance löste Frauke sich aus ihrer Erstarrung und blickte versonnen zu ihm auf. »Ich habe eine wunderbare Idee. Geführte Ochsenwanderungen zur Entschleunigung. Das müssen wir unbedingt in unser Programm aufnehmen.«

KAPITEL 4

Ob es regnete, stürmte oder schneite, seit Ella denken konnte, war der alte Kristian jeden Tag seines Lebens mit der Kutsche zu den Seehundbänken hinausgefahren, ausgenommen vielleicht an Weihnachten und Silvester. Heute aber würde kein Pferdewagen mit der Aufschrift »Lübbens Kutschfahrten« unterhalb des Neuen Leuchtturms stehen und auf Urlauber warten. Ein schmerzlicher Gedanke für Ella, aber den Lauf der Zeit konnte niemand aufhalten. Kristian war alt geworden, und die beiden Schwarzwälder Kaltblüter, Anton und Frida, waren es auch. Von Woche zu Woche wurde es für die drei beschwerlicher, obwohl Kristian selbst es nie zugegeben hätte. Also war es an Ella, eine Entscheidung zu treffen, ob sie das Gespann in Rente schicken sollte. War der Zeitpunkt gekommen? Die drei wirkten rüstig, aber vielleicht muteten sie sich zu viel zu. Verflixt, wer bitte schön sollte das beurteilen können? Plötzlich fühlte sie sich von der Verantwortung, die auf ihr lastete, hoffnungslos überfordert. Seufzend schüttelte sie den Kopf. Eines jedenfalls war klar, den Termin mit dem Hufschmied an der Franzosenschanze, wo die Kaltblüter eingestellt waren, konnte Kristian auf keinen Fall übernehmen. Sie würde später selbst zum Reitstall fahren müssen.

In Gedanken versunken nahm sie ein Glas aus dem Geschirrspüler und polierte energisch über die Flecken. Das leistungsschwache Heizelement bescherte ihr jede Menge zusätzliche Arbeit, aber solange sie die Raten für den Kredit abstottern musste, war keine neue Gastrospülmaschine drin. Bei dem Gedanken an ihren bis zum Anschlag ausgereizten Dispo meldete sich das Brennen hinter ihrem Brustbein zurück. Sie legte eine Hand auf ihren schmerzenden Magen. Manchmal fühlte es sich verdammt einsam an, alles mit sich selbst ausmachen zu müssen. Wenn es wenigstens jemanden gegeben hätte, der sie gelegentlich in den Arm nahm … Entschlossen verdrängte sie den Gedanken. Zwei Mal in ihrem Leben hatte sie ihr Herz riskiert, und beide Male war es ihr gebrochen worden. Auf einen weiteren Versuch wollte sie es nicht ankommen lassen.

»Dieser Hoteldirektor verspätet sich. Sollte er nicht längst da sein?« Carla betrat die Küche und stellte ein Tablett voll schmutzigem Kaffeegeschirr neben der Spüle ab.

»Er wird schon kommen«, sagte Ella betont munter und überspielte damit ihren eigenen Zweifel. Am Morgen hatte sie sich einen Ruck gegeben und Markus Winkler, den neuen Direktor des Dünenblicks, telefonisch um einen Gesprächstermin gebeten. Und obwohl Winkler sich freundlich und spontan bereit erklärt hatte, gleich heute persönlich vorbeizuschauen, traute sie dem Frieden nicht so ganz über den Weg. Das ungute Gefühl in ihrem Bauch wollte nicht verschwinden. Sie legte das Geschirrtuch beiseite und warf Carla einen flüchtigen Blick zu. »Möchtest du bei dem Gespräch dabei sein? Vier Ohren hören mehr als zwei.«

»Nein.« Carla rümpfte auf ihre eigenwillige Art die Nase und winkte ab. »Interessiert mich nicht die Paprika. Meinst du, das ist er?« Sie kniff die Augen zusammen und spähte durch den winzigen Spalt an der Schwingtür zum Gastraum.

Ella tippte ihr von hinten auf die Schulter. »Wie soll ich denn etwas sehen, wenn du dich so breit machst? Rutsch mal.«

»*Ay*, du verpasst nichts. Der da sieht aus, als hätte seine Mutter ihn kastriert. Außerdem ist er im Alter eines Truthahns.« Schulterzuckend überließ Carla ihr den Platz an der Tür.

Ella spähte angestrengt durch den Spalt. Verwundert schüttelte sie den Kopf und drehte sich wieder zu Carla um. »Du hast Tomaten auf den Augen. Da draußen steht kein älterer Herr.«

»Junger Mann, sag ich doch«, erklärte Carla und blickte ebenso verwirrt. »Was ist das mit den Tomaten auf den Augen? Ist das gegen Falten? So wie Gurken?«

»Vergiss es«, murmelte Ella. »Das erkläre ich dir ein andermal. Ich gehe jetzt und finde heraus, ob er es ist.« Sie legte die blaue Schürze ab, die sie beim Bedienen trug, warf einen raschen Blick in den Spiegel und zupfte mit der Hand den noch ungewohnt kurzen Fransenbob zurecht, den sie sich vorige Woche aus einer Laune heraus hatte schneiden lassen. Schwungvoll stieß sie die Tür auf und ging erhobenen Hauptes auf den Besucher zu.

»Herr Winkler, nehme ich an«, sagte sie und streckte ihm die Hand entgegen. »Ich bin Ella Lübbens. Wir haben telefoniert.«

»Angenehm.« Herr Winkler nahm den Strohhut ab, der mit seiner breiten Krempe und den Bändern eher zu den Gondolieri in Venedig gepasst hätte als zu einem Hoteldirektor. Ein zaghaftes Lächeln huschte über sein Gesicht. Sein Händedruck fühlte sich feucht und schlaff an. Vielleicht war das der Grund, weshalb Ella unwillkürlich Widerwillen in sich aufsteigen spürte. Winkler war das Gegenteil dessen, was sie erwartet hatte. Blasse Haut, rötlich blonde Haare, Seitenscheitel, glatt rasiertes Kinn, schmale Lippen, dazu eine rote Brille mit runden Gläsern und dickem Rand, grauer Polyesteranzug, der aussah, als wäre er zwei Nummern zu groß, blaues Hemd und rote Fliege. Ella stutzte. Wer trug denn heute noch Fliege? So kleidete man sich

46

allenfalls, wenn man zum Tanztee für Senioren gehen wollte, und selbst da hätte es ziemlich verstaubt gewirkt. Noch dazu schien dieser Winkler recht jung zu sein. Ella schätzte ihn auf Anfang dreißig.

»Wollen wir uns setzen?«, schlug Ella vor. Obwohl herrliches Wetter herrschte, deutete sie auf einen Tisch am Fenster. Es war ihr lieber, wenn die Gäste draußen an den Tischen nichts von dem Gespräch mitbekamen.

Winkler nahm Platz, legte seine Aktenmappe aus braunem Leder vor sich auf dem Tisch ab und ließ den Blick durch den Gastraum schweifen. »Nicht viel los hier«, meinte er und streckte den Arm, um den Wackel-Mr-Bean im Fenster anzustupsen. Dabei riss er aus Versehen den tanzenden Olaf-Schneemann vom Brett. Er bückte sich und hob ihn auf. Ein Arm fiel lose auf den Tisch. Ella runzelte die Stirn.

»Tut mir leid.« Winkler räusperte sich. »Ich bringe das in Ordnung.«

»Lassen Sie nur.«

»Ähm … Wenn ich gewusst hätte, dass Sie eine leidenschaftliche Sammlerin sind …! Meine Mutter hat einen Wackelelch bei sich im Regal stehen. Ich könnte fragen, ob sie dafür noch Verwendung hat.«

»Machen Sie sich keine Umstände.«

»Originell, die Einrichtung. Passend zum Stil des Ganzen.« Winkler lächelte ein Lächeln, das nicht bis an seine Augen reichte, seine Lippen waren bleistiftdünn.

Ella lächelte zurück, obwohl sie ihm für sein Grinsen am liebsten an die Gurgel gegangen wäre. Es war ein Fake, genau wie das vergiftete Kompliment, das er über die Inneneinrichtung gemacht hatte. »Unsere Stammgäste lieben es hier. Manche sind schon hierhergekommen, als sie Kinder waren.«

»Das glaube ich Ihnen aufs Wort.« Mit spürbarer Verachtung im Blick griff Winkler zu der Ketchupflasche vor sich auf dem

Tisch und hielt sie gegen das Licht, bevor er sie zurück in den Drahtkorb zu der Senfflasche und den Zahnstochern stellte. Angewidert wischte er sich mit einer Serviette über die Finger, an denen eine winzige Spur Ketchup klebte.

»Möchten Sie etwas trinken? Tee vielleicht oder einen Kaffee?«, bot Ella an, entschlossen, sein beleidigendes Verhalten zu ignorieren.

»Danke, nein. Hätten Sie eines dieser Zitronentücher, die man früher in Lokalen wie diesem zum Essen bekommen hat?«, fragte Herr Winkler spitzlippig.

»Nein, tut mir leid. Die gibt es nicht mehr, seit wir die Flugsauriersteaks von der Speisekarte genommen haben«, entfuhr es Ella. Sie schenkte ihm ein hinreißendes Lächeln. Obwohl kaum etwas gesagt worden war, ging Winkler ihr gewaltig auf die Nerven.

»Wie bitte?« Winkler rückte mit der sauberen Hand sein Brillengestell gerade.

»Ein Scherz. Wollen wir jetzt zum Thema kommen?«

»Sicher. Wie Sie sich denken können, hat die Becker-Gruppe vor dem Invest eine detaillierte Marktanalyse beauftragt. Das Dünenblick erfüllt alle Kriterien.«

»Kriterien wofür?«, hakte Ella nach und drehte den abgebrochenen Olaf-Arm zwischen den Fingern. Das Wort *Kriterien* löste eine Flut wirrer Assoziationen in ihr aus, die sich allesamt ungut anfühlten.

Winkler lehnte sich zurück. »Momentan liegt die Zahl der Übernachtungen auf Borkum bei 2,6 Millionen pro Jahr, Trend steigend. Experten meinen, die Zahl wird sich in naher Zukunft auf drei Millionen belaufen. Also fehlen dringend Hotelbetten. Unser Vier-Sterne-Superior-Hotel wird helfen, diese Lücke zu schließen.«

»Ich wusste nicht, dass es eine Lücke gibt«, erklärte Ella so höflich wie möglich.

»Doch, die gibt es.«

»Ach ja? Warum wird der Ausbau von Ferienwohnungen dann seit Jahren konsequent eingeschränkt?«

»Was fragen Sie mich?« Winkler zog ein Tablet aus der Aktenmappe und öffnete eine Präsentation. »Zu Ihrer Beruhigung, wir planen keinen Abriss des Dünenblicks, sondern einen Umbau mit einer Sky-Bar und einem Infinitypool auf dem Dach. Hier. So wird das Haus nach der Renovierung aussehen. Die Becker-Gruppe leistet ihren Beitrag, um zu verhindern, dass Borkum untergeht.«

»Untergehen?« Ella schnappte nach Luft. Winkler hatte vor, das Bild der Seepromenade entscheidend zu verändern, aber offensichtlich hatte er keine Ahnung, was diese Insel besonders machte. Mit kühlem Blick starrte sie ihn an. »Kennen Sie den Spruch auf dem Borkumer Wappen?«

»Äh, nein …« Winkler lächelte gequält. »Mit Heraldik kenne ich mich nicht aus. Aber ich könnte es googeln.«

»Sparen Sie sich die Mühe«, erwiderte Ella und deutete durch das Fenster zu dem Mast, an dem die Borkumflagge im Wind wehte. »*Mediis tranquillus in undis.* Das heißt: Ruhig inmitten der Wogen. So schnell wird Borkum nicht untergehen, da bin ich mir sicher. Außerdem war ich dabei, als das Konzept Borkum 2030 vorgestellt wurde. Von fehlenden Betten war da nicht die Rede.«

»Wenn Sie genau nachrechnen, dann …«, sagte Winkler und wischte über das Display, aber Ella hörte ihm nicht mehr zu. Wie erstarrt blickte sie auf das nächste Bild. »Was ist mit meinem Lokal? Das ist da gar nicht drauf«, stammelte sie. Ihre Wangen wurden heiß.

»Sehen Sie, das wollte ich Ihnen ja die ganze Zeit erklären, bevor Sie angefangen haben, mich mit diesem Wappen zu verwirren. Das Käptäns Eck wird es dann nicht mehr geben.« Winkler faltete die Hände über der Tischplatte, als wollte er die

49

Neujahrsansprache der Bundesregierung verlesen. »Die Becker-Gruppe hat sich entschlossen, den Flachbau zu kaufen. Wir reißen ab und bauen neu. Ich bin hier, um Ihnen ein äußerst großzügiges Angebot zu unterbreiten. Damit sind Sie alle Ihre Sorgen auf einen Schlag los.«

Ella fiel fast vom Stuhl. »Sorgen? Welche Sorgen?«, kiekste sie, ihre Stimme überschlug sich.

»Wir haben Erkundigungen über Ihr Lokal eingeholt, da es unmittelbar an unseren Besitz grenzt. Hier …« Er tippte auf dem Display herum. »Die Toiletten sind in einem desolaten Zustand, der Eingang ist nicht behindertengerecht, und dem Fettgeruch nach zu urteilen, ist die Abluftanlage defekt. Ohne Grundsanierung geht hier gar nichts, das dürfte Ihnen klar sein. Die Frage ist nur …« Er legte eine Pause ein und blickte Ella mit kleinen Knopfaugen hinter der Brille an. »Können Sie sich das leisten? Einer unserer Mitarbeiter hat auf der Bank an der Promenade gesessen und die Besucherfrequenz an einem durchschnittlichen Tag gemessen. Frau Lübbens, mal ganz ehrlich.« Er beugte den schmächtigen Oberkörper vor, eine Wolke seines Aftershaves schwebte über den Tisch. Aufreizend vertraulich senkte er die Stimme. »Unter uns Betschwestern …, wie überleben Sie eigentlich?« Pause. Dann, in kühlem Ton: »Verkaufen Sie, bevor es zu spät ist.«

Grabesstille. Von einem der Tische im Außenbereich drang helles Lachen herein. Irgendwo hupte ein Auto.

Ellas Herz hämmerte wie verrückt. Fassungslos blickte sie Winkler an, während leise Panik sie durchzuckte. Auf keinen Fall durfte sie diesen aufgeblasenen Wicht merken lassen, dass er mit seiner Analyse der Realität verdammt nahe gekommen war. Nervös musterte sie ihn. Schwer zu sagen, was in ihm vorging. Plötzlich war ihr elend zumute. Sie zwang sich zu einem kühlen Lächeln. »Sollte ich meinen Anwalt rufen, Herr Winkler?«, fragte sie so beiläufig wie möglich. »Drohen Sie mir gerade?«

»Drohen ist ein sehr hässliches Wort.« Winkler lehnte sich wieder zurück und verschränkte die Arme. »Lassen Sie es mich so formulieren: Wenn Sie nicht bereit sind zu verkaufen, sehe ich keine Zukunft für das Käptäns Eck.«

»Schluss jetzt.« Wütend funkelte sie ihn an, inzwischen hatte sie genug von seiner Schwarzmalerei. Sie verlor selten den Kopf, aber dieser Winkler wirkte wie ein rotes Tuch auf sie. Unter dem Tisch ballte sie die Hände zu Fäusten und zwang sich, bis zehn zu zählen, bevor sie weitersprach. »Sie entwerfen mit Absicht ein Horrorszenario. Egal was Sie sagen, ich verkaufe nicht.«

»Wie Sie meinen«, erwiderte Winkler. Dabei wirkte er so emotionslos, dass Ella sich unwillkürlich fragte, ob sie einem echten Menschen gegenübersaß oder einem Androiden. »Für diesen Fall gibt es einen Plan B. Hier …« Erneut wischte er mit dem Finger über das Display. Eine 3D-Zeichnung erschien.

Ellas Hals wurde trocken. Übertriebene Glasfassaden, die nach Dubai gepasst hätten, aber nicht nach Borkum, ragten hinter dem Käptäns Eck auf. Im Vergleich dazu wirkte ihre Kneipe wie ein hässlicher, ramponierter Schuhkarton. Sämtliche Alarmglocken in ihr begannen zu schrillen. Es durchlief sie heiß und kalt. »Aber … Sie können uns doch nicht so erdrücken! Und der Lichthof zwischen den Grundstücken soll zugebaut werden? Das ist aus Feuerschutzgründen doch gar nicht erlaubt.« Ihre Gedanken überschlugen sich. Ihr Magen schmerzte wie verrückt.

»Unsere Anwälte haben es geprüft«, erklärte Winkler mit Nachdruck. Dabei rutschte er auf der Bank hin und her, als hätte Ella Nadeln auf seinen Sitz gestreut. »Es gibt keine Auflage, die es verbietet.«

»Sie sind ein mieser Erpresser!« Empört hieb Ella mit der Faust auf den Tisch.

»Auf stur schalten bringt nichts.« Mit eisiger Miene sammelte Winkler seine Unterlagen zusammen. »Haben Sie von dem Fall aus Guangzhou in China gehört? Da wollte eine Eigentümerin auch nicht verkaufen. Jetzt führt die Autobahnbrücke rings um ihr Haus.«

»Das klingt schon wieder nach Drohung.«

»Als ob ich so etwas nötig hätte.« Beleidigt nahm Winkler seinen Hut und erhob sich. »Rufen Sie mich an, wenn Sie zur Vernunft gekommen sind.« Bevor Ella eine passende Antwort parat hatte, war er verschwunden.

Wie betäubt starrte sie ins Nichts.

»Was ist los?« Carla kam aus der Küche gestürmt. Ihre dunklen Augen blitzten. »Hat er versucht, dir eine Katze für einen Hasen zu geben?«

»Schlimmer … Uns werden bei lebendigem Leib die Gedärme ausgerissen, bevor man uns vierteilt und den Wölfen zum Fraß vorwirft«, erklärte Ella düster. »Dieser Typ hat richtig fiese Tricks drauf.«

* * *

In Gedanken noch immer bei dem Streit mit Winkler, lenkte Ella ihren Fiat 500 über die Auffahrt des Pferdestalls an der Franzosenschanze. Als sie den weißen VW Caddy der Tierarztpraxis am Stall parken sah, verfinsterte sich ihre Miene. An manchen Tagen sollte man besser im Bett bleiben, dachte sie grimmig. Verflixt, was hatte Hark denn hier verloren? Jeder auf Borkum wusste, dass er keine Pferde behandelte, seit er vor einigen Jahren miterleben musste, wie seine Frau bei einem Reitturnier tödlich verunglückte. Frustriert sog sie Luft ein. Das Gespräch mit Winkler hatte sie erschöpft. Hark in diesem Zustand zu begegnen, fühlte sich an, als müsste sie Energien mobilisieren, die sie nicht besaß. Am liebsten wäre sie wieder vom Hof gerauscht, und zwar mit Vollgas, aber das ließ ihr Stolz nicht zu. *Komm schon, Ella,* redete sie sich zu, *du hast schon Schlimmeres gemeistert, du hast eine gescheiterte Beziehung hinter dir, bist von deinem Mann verlassen worden und schlägst dich finanziell alleine durch. Was kann schon passieren, wenn du Hark begegnest, außer dass an ein paar alten Narben gekratzt wird?*

Trotzdem war ihr flau im Magen, als sie ihr Auto neben Harks Caddy zum Halten brachte. Der Motor tickte leise beim Abkühlen. Ihre Unsicherheit wuchs mit jeder Sekunde. Sie konnte sich einfach nicht aufraffen, auszusteigen. Um die unterschwellige Panik in den Griff zu bekommen, durchsuchte sie das Handschuhfach nach etwas Essbarem. Mit spitzen Fingern wickelte sie einen angebissenen Schokoriegel aus dem Papier und stopfte ihn sich in den Mund. Wie oft hatte sie Rasmus ermahnt, kein Essen im Auto liegen zu lassen? Seufzend kaute sie zu Ende. Dann beschloss sie, es hinter sich zu bringen.

Sie konnte Harks Anwesenheit spüren, bevor sie ihn sah. Ein warmes Prickeln, das sich trotz der Kühle des Nachmittags über ihrer Haut ausbreitete.

Als sie die Stallgasse betrat, brauchten ihre Augen einen Moment, um sich nach der Helligkeit draußen an die dämmrige Umgebung zu gewöhnen. Er kniete vor einer Boxentür, neben sich eine Tasche mit Werkzeug, und schraubte an der Verriegelung herum. Sonnenstrahlen fielen gedämpft zwischen den hohen Dachbalken hindurch. Flimmernde Staubkörnchen tanzten um seinen Kopf. Die dunklen Haare, wie gewohnt zum Pferdeschwanz gebunden, glänzten weich. Als er sie bemerkte, wandte er sich ganz zu ihr um und maß sie mit einem langen Blick. »Hallo, Ella. Ewig her, dass wir uns begegnet sind. Wie geht es dir?«

Der warme Klang seiner Stimme brachte etwas in ihr zum Schwingen. Es lag zwanzig Jahre zurück, dass sie beide ein

Paar gewesen waren, aber in diesem Moment schien es ihr, als wäre es gestern gewesen. Plötzlich war die Sehnsucht wieder lebendig. Mit einer merkwürdigen Mischung aus Wehmut und Verwirrung betrachtete sie die silbernen Fäden, die sich vereinzelt durch sein Haar zogen. Er wirkte ernster, gereifter, aber um keine Spur weniger attraktiv als früher. Als ihr bewusst wurde, welche Richtung ihre Gedanken nahmen, gab sie sich einen Ruck. War sie noch bei Verstand? Ihre Sinne spielten ihr einen Streich. Es musste an dem Stall liegen, der nach Heu und unbeschwerten Sommern duftete. Unzählige Male hatte sie ihn während des Studiums auf die umliegenden Höfe begleitet. Damals, in einem anderen Leben, war Hark ihre große Liebe gewesen. Doch die Jahre hatten sie beide zu Menschen geformt, die nicht mehr miteinander verband als ein Schimmer ferner Erlebnisse. Verblasste Erinnerungen an den Rausch einer jungen, heißblütigen Liebe, an durchgefeierte Nächte am Strand, unter einem hohen, glitzernden Sternenhimmel, an Sternschnuppenwünsche, die sich nicht erfüllt hatten, und Träume, die in Kummer, Streit und Enttäuschung endeten. Nein, innerlich schüttelte sie den Kopf – eher würde sie mit nackten Sohlen über glühende Kohlen laufen, als Hark spüren zu lassen, dass die gemeinsame Vergangenheit ihr immer noch mehr bedeutete, als sie sich selbst eingestehen mochte.

Tassilos feuchte Hundeschnauze stupste begeistert gegen ihren Unterschenkel und holte sie in die Realität zurück. »Ich wusste gar nicht, dass du unter die Handwerker gegangen bist«, meinte sie leichthin und bückte sich, um Tassilos seidiges Hängeohr zu kraulen. Der kleine Dackel schmiegte sich hingebungsvoll an ihre Beine.

»Mein Ochse hat ganze Arbeit geleistet.« Hark erhob sich und deutete auf die verwüstete Stallgasse. Ella folgte seinem Blick. Normalerweise war es hier blitzsauber, aber heute sah es aus, als hätte ein Tornado gewütet. Die Wassereimer waren umgekippt, überall lag nasses Stroh verteilt. Dazu war die Mistkarre umgestürzt und verströmte einen unangenehmen Geruch.

»*Dein* Ochse?«, echote Ella verblüfft. »Ich wusste gar nicht, dass der Schwarzbunte dir gehört.«

Mit einem schiefen Grinsen kratzte er sich den Nacken und nickte. Verblüfft musterte Ella ihn. Hark konnte noch genauso ertappt wirken wie damals, wenn sie als Kinder gemeinsam etwas ausgefressen hatten.

Sie verdrehte gequält die Augen. »Warum bin ich nicht gleich darauf gekommen?« Gegen ihren Willen musste sie grinsen. Für einen winzigen Augenblick vergaß sie die Anspannung, die zwischen ihnen herrschte. »Im Grunde gibt es nur einen einzigen Menschen auf Borkum, der verrückt genug wäre, eine Einstellbox auf einem Pferdehof zu mieten, um einen ein Meter achtzig großen Ochsen darin unterzubringen.«

»Schräges Hobby, ich weiß.« Hark zuckte die Schultern. Um seine Augen spielten Lachfältchen. Die waren neu, dachte Ella, und irgendwie ließen sie ihn verwundbarer wirken. Sie wusste nicht, warum, aber auf einmal verspürte sie den Impuls, die Jahre einfach wegzuwischen und wie früher ihren Kopf an seine Brust zu lehnen. Zum Glück bückte sich Hark genau in diesem Augenblick, um den Schraubenzieher gegen einen Lappen zu tauschen. In aller Seelenruhe wischte er sich die öligen Hände sauber. Ella spürte ein vertrautes Flattern im Magen. Sie verdrängte die Erinnerung daran, wie sanft und liebevoll diese Hände sie einst berührt hatten. Ärgerlich über sich selbst, riss sie den Blick los. Hark warf den Lappen zurück in die Kiste. Schulterzuckend blickte er zu ihr herüber. »So ist das nun mal als Tierarzt. Entweder man liebt seinen Job oder man lässt die Finger davon.«

Augenblicklich verspannte sich etwas in Ella. Wie oft hatten sie in ihrer Beziehung über diesen Punkt gestritten? Am

Schluss war es darüber sogar zur Trennung gekommen: Hark hatte nur für seinen Beruf gelebt, und Ella hatte sich vernachlässigt gefühlt. Schon spürte sie die alte Verbitterung in sich aufsteigen. Im Grunde hätte Harks Antwort nur ein höfliches Nicken erfordert, aber der Satz berührte eine wunde Stelle. Es hatte Zeiten gegeben, in denen Hark die besten Seiten in ihr zum Vorschein gebracht hatte. Jetzt waren es ihre schlechtesten.

»Manche Menschen ändern sich wohl nie. Anscheinend kommt für dich immer noch die Arbeit zuerst und danach lange nichts«, entgegnete sie schmallippig. Im nächsten Moment hätte sie sich auf die Zunge beißen können. So zickig kannte sie sich nicht.

Unheilvolles Schweigen.

»In diesem Punkt waren wir uns schon immer ähnlich.« Hark drehte ihr den breiten Rücken zu und widmete sich angelegentlich dem Bolzen, der – soweit Ella es beurteilen konnte – längst einwandfrei funktionierte.

Wieder Stille, durchbrochen von dem leisen Geräusch, mit dem Frodos Zunge über den Salzstein schrappte.

Ella stellte sich auf die Zehenspitzen und reichte mit dem Arm über die Boxentür, um das gewaltige Tier am Widerrist zu streicheln. »Wieso war Frodo eigentlich so sauer?«, erkundigte sie sich interessiert. »Ich bin nicht oft im Stall, aber wenn, dann wirkt er immer sehr ausgeglichen.«

»Er kann kleine Kinder nicht leiden. Und Kinderwägen hasst er regelrecht.«

»Oje.« Ella runzelte besorgt die Stirn. »Hat die Stallbesitzerin nicht erst entbunden?«

»Deswegen ist er ja ausgerastet. Ich muss einen neuen Platz für Frodo finden. Noch einmal möchte ich so etwas nicht riskieren.«

»Dann viel Glück bei der Suche.«

»Danke.« Hark nickte. »Und wie läuft's bei dir?«, schob er nach kurzem Zögern hinterher.

»All up stee«, log sie im besten Borkumer Platt, *alles in Ordnung*.

»Hm«, machte Hark gedehnt und musterte sie, als versuchte er, ihre Gedanken zu lesen. »Wie ich hörte, sorgt dein neuer Nachbar für Aufregung.«

Ella hielt unwillkürlich die Luft an. »Woher weißt du das?«

»Von Kai Uwe. Im Inselrat ging es wohl kürzlich um das Dünenblick. Es soll abgerissen werden.«

Kai Uwe, das war ja mal klar, dachte Ella grimmig und vergaß beinahe das Ausatmen. Der alte Strandkorbvermieter war so etwas wie der private Nachrichtensender auf Borkum. In der Saison saß er den ganzen Tag vor seiner Bretterbude am Nordbad und unterhielt sich mit Gott und der Welt. Zudem betrieb er eine kleine Landwirtschaft mit einer Herde frei laufender Gallowaykühe und war Mitglied des Rats der Stadt Borkum. Sofort meldete sich das nervöse Unbehagen von heute Morgen zurück, als Winkler sie besucht hatte. Dass auf politischer Ebene bereits über einen Abriss diskutiert wurde, verhieß nichts Gutes.

»Du kannst erst mal durchatmen«, hörte sie Hark mitten in ihre Gedanken hinein sagen. »Der Antrag wurde mehrheitlich abgelehnt, mit der Begründung, dass es zu keiner Syltisierung Borkums kommen soll. Der neue Eigentümer darf umbauen, aber nur mit Auflagen. Leider halten sich Gerüchte, dass die Becker-Gruppe gerade versucht, im größeren Stil auf Borkum Fuß zu fassen. Die Insel scheint für auswärtige Investoren attraktiv zu sein.«

»Der Tourismus boomt eben«, erwiderte Ella leichthin, obwohl sie bei dem Gedanken an die Zukunft richtig Magenschmerzen bekam. »Und so schnell lasse ich mir die Butter nicht vom Brot nehmen.« Sie straffte den Rücken.

»Wenn du mich jetzt entschuldigst? Ich muss meine Pferde fertig machen.«

Hark runzelte die Stirn. Er sah zu den Boxen hinüber, in denen Anton und Frida standen. Ella bemerkte, dass etwas in ihm arbeitete. Was es war, konnte sie nicht sagen. Als sich ihre Blicke kreuzten, flackerte eine Mischung aus Düsterkeit und Vorsicht in seinen Augen auf. Ein grimmiger Zug spielte um seine Mundwinkel. Ganz offensichtlich zögerte er auszusprechen, was ihm durch den Kopf ging. »Die beiden sind also immer noch im Dienst«, meinte er schließlich. »Soll ich sie mir kurz ansehen, wo ich schon mal hier bin?«

Obwohl die Worte leichthin gesprochen waren, lag eine Schwere in ihnen, die sich wie Blei in die Atmosphäre ergoss. Beide standen stumm da.

Aus der Stille wurde belastendes Schweigen. Und mitten in die Anspannung hinein tauchte Julias Geist vor Ellas innerem Auge auf. Wie ein Schatten schob er sich zwischen sie.

Schließlich schüttelte Ella die Benommenheit in ihren Gliedern ab. »Danke, aber nicht nötig«, erklärte sie bestimmt. »Ich habe alles im Griff.«

»Ja.« Er nickte langsam. »Daran besteht kein Zweifel. Trotzdem könnte ich wetten, dass du dir den Kopf zerbrichst, ob du die beiden nicht in Rente schicken sollst.«

Ella öffnete den Mund und schloss ihn wieder. Einen Wimpernschlag lang schien die Vertrautheit, die früher zwischen ihnen geherrscht hatte, zurückgekehrt zu sein. Hark hatte ihre Gedanken schon immer lesen können, und umgekehrt war es genauso.

»Es wäre albern, einen professionellen Rat abzulehnen, noch dazu, wenn er umsonst ist«, fuhr Hark fort. Mit einer Bewegung, die ein wenig zu lässig war, als dass Ella ihm die Ungezwungenheit abgekauft hätte, stieß er sich von dem

Pfosten ab, an dem er gelehnt hatte, und holte das Stethoskop aus seinem Alukoffer.

Sie biss sich auf die Lippe. »Müsstest du nicht längst in der Praxis sein?«

»So viel Zeit habe ich noch.« Der in sich gekehrte Gesichtsausdruck war gewichen, stattdessen spielte ein professionell-distanziertes Lächeln um seine Lippen. »Ich schau mir die Pferde rasch an, ist das okay für dich?«

»Wenn du meinst …«

Mit einem Flattern im Bauch beobachtete sie, wie er Fridas Boxentür öffnete und mit ungewohnt vorsichtigen Schritten auf die Stute zuging. Als spürte das Tier seine Nervosität, scharrte es mit dem Vorderhuf. Ein Zittern lief über das glänzend braune Fell.

»Braves Mädchen.« Hark blieb stehen und betrachtete die Stute eingehend.

Frida schnaubte. Dann senkte sie den Kopf und schüttelte die silbrige Mähne.

»Ist ja gut«, sagte Hark und hob die Hand, um Frida über die Schulter zu streichen.

Blitzartig legte Frida die Ohren an und rollte die Augen. Eine unmissverständliche Warnung an Hark, sich nicht weiter zu nähern. Ellas Herzschlag setzte vor Schreck eine Sekunde lang aus. So kannte sie ihre Stute nicht. Normalerweise war Frida die Sanftheit in Person.

Hark war einen Schritt zurückgewichen. Ella bemerkte, wie sich sein Brustkorb in tiefen, langsamen Atemzügen hob und senkte. Unwillkürlich drängte sich Ella das Bild eines Karatekämpfers auf, der alle innere und äußere Ablenkung ausblendet und sich auf eine einzige klare Absicht fokussiert.

Eine ganze Weile passierte nichts. Als Hark die Augen wieder öffnete, wirkte er zentriert und ruhig. »Ho, Mädchen …« In seiner Stimme lag eine Sanftheit, die ein Prickeln durch Ellas

Körper schickte. Obwohl es zwanzig Jahre her war, dass er mit ihr in diesem Ton gesprochen hatte, weckte es Emotionen, die sie seit damals begraben hatte.

Atemlos verfolgte Ella, wie sich Hark der Stute erneut näherte. Diesmal stand Frida gelassen da, als interessierte sie sich nicht die Bohne für den Tierarzt. Mit ruhigen, fließenden Bewegungen ließ Hark seine Hände über Fridas Flanken und Schenkel gleiten, hob die einzelnen Hufe an und setzte sie sanft wieder ab. Beinahe bewegungslos stand er dann neben dem massigen Leib, während er Herz und Lunge abhörte. Anschließend wiederholte er das Ganze bei Anton. Schließlich nahm er das Stethoskop ab und stopfte es in eine Tasche seiner Arbeitshose.

»Die beiden sind gut in Schuss. Diesen Sommer kannst du sie problemlos laufen lassen. Wenn du willst, schau ich sie mir im Herbst noch einmal an.« Ein halbes Lächeln spielte um seine Mundwinkel.

»Danke«, sagte Ella. Insgeheim war sie erleichtert, dass er ihr die Entscheidung abgenommen hatte. Hark war ein großartiger Tierarzt. Auf sein Urteil war Verlass. Doch wie viel Überwindung es ihn gekostet haben musste, die Pferde zu untersuchen, konnte sie nur erahnen. Mit einem Hauch schlechten Gewissens kaute sie auf ihrer Unterlippe. »Was bin ich dir schuldig?«

»Nichts.« Er zuckte die Schultern. »Aber ich würde dich gern um einen Gefallen bitten. Rasmus war heute mit einem verletzten Vogel in der Praxis. Dabei hat er sich in das Minischwein verguckt, das bei mir zur Pflege ist. Ich habe angeboten, dass er es besuchen kann, sooft er möchte. Du hast doch nichts dagegen?«

»Nein, das geht schon klar«, erwiderte sie langsam. »Aber setz dem Jungen keine Flausen in den Kopf!«

Hark musterte sie durchdringend. »Du meinst, der Junge soll nicht auf die Idee kommen, Tierarzt zu werden?«

»So ungefähr.«

»Tja, ich vermute, das wäre dein schlimmster Albtraum, was?« Er machte einen halben Schritt auf sie zu, blieb dann aber abrupt stehen.

»Lass uns nicht wieder damit anfangen.« Ella hob den Blick und senkte ihn sofort wieder. Sie ertrug es nicht, in Harks fragendes Gesicht zu sehen.

Draußen auf dem Hof, erklang das Hupen des Hufschmieds. *Keine Sekunde zu früh,* dachte Ella und atmete innerlich auf. Sie konnte bestens darauf verzichten, die alten Geschichten wieder aufzuwärmen. Im Rückspiegel der Zeit betrachtet, erschien ihr ihr eigenes Verhalten damals albern und kindisch. Warum hatte sie nicht die Größe besessen, ihrer Beziehung zu vertrauen? Möglicherweise wäre es nie zum Bruch gekommen.

»Ich muss los«, hörte sie Hark sagen. Er pfiff nach Tassilo. Aufgeregt kläffend sprang der kleine Dackel um seine Füße. Hark bückte sich und nahm ihn auf den Arm. Fasziniert beobachtet Ella, wie der Hund sich vorsichtig balancierend auf die Hinterpfoten stützte, die Vorderpfoten gegen Harks Brust lehnte und dessen Gesicht ableckte.

»Also dann. Man sieht sich.« Sie nickte ihm zu, bevor sie losging, um Frida aus der Box zu holen.

»Ella …«

Sie drehte sich um. »Ja?«

»Du hast dich überhaupt nicht verändert …«

Verblüfft starrte sie ihn an, aber der Ausdruck seines Gesichts war im Gegenlicht nicht zu erkennen. Dann stieg er in sein Auto, gab Gas und ließ sie alleine mit ihrem wild pochenden Herzen zurück.

KAPITEL 5

»Meinst du, er bewegt sich heute noch einmal?« Die Stimme von Svea, Kai Uwes kürzlich vom Festland zurückgekehrter Tochter, drang an Harks Ohr, sie lehnte neben ihm am Gatter der Kuhweide. Es war ein ungewöhnlich milder, friedlicher Samstagnachmittag. Die Sonne schien von einem wolkenlosen Himmel, die Luft war so klar und salzig, wie sie nur auf Borkum sein konnte. Von einem der umliegenden Felder erklang das gleichmäßige Brummen eines Traktors, hin und wieder muhte eine Kuh. Das Frühjahr hatte das Gras kräftig wachsen lassen. Die alten Apfelbäume neben der Scheune trugen bereits winzige Früchte. Harks Blick wanderte umher. Weiter drüben, auf der Wiese vor dem Unterholz, saßen Feldhasen zwischen dem Sauerklee. Einer von ihnen hatte die langen Ohren aufgestellt und sicherte die Umgebung. Als plötzlich der Schatten einer Kornweihe über ihnen schwebte, hüpften sie mit langen Sprüngen davon. Gedankenverloren sah Hark ihnen hinterher. Einen besseren Ort zum Leben als hier auf Borkum konnte er sich nicht vorstellen. Trotzdem – oder gerade deswegen – machte er sich manchmal Gedanken, wie es mit der Insel weitergehen würde. Er selbst setzte sich, wenn es die Zeit erlaubte, für einen sanften Tourismus ein, und zum Glück schien auch der Inselrat ein solches Ziel in den nächsten Jahren stärker verfolgen zu wollen. Das Auftauchen von Baulöwen wie der Becker-Gruppe hingegen zeichnete aus Harks Sicht ein bedrohliches Szenario, vor allem für Ella. Vehement schob er den Gedanken an seine Jugendliebe beiseite. Im Moment hatte er anderes im Kopf, als sich darum zu kümmern, wie die Zukunft des Käptäns Eck aussehen konnte. Vor ein paar Tagen war ihm die Idee gekommen, Frodo bei Kai Uwes Gallowaykühen unterzubringen. Der Transport hierher hatte reibungslos geklappt. Jetzt allerdings gab es ein Problem: Seit einer halben Stunde stand Frodo wie angewurzelt da und machte keine Anstalten, aus dem Hänger zu steigen.

»Hm …« Hark drehte sich und betrachtete nachdenklich die Ladeklappe des Transporters. Schließlich verzog er das Gesicht. »Ich vermute, er hat Angst vor der Schräge. Deshalb traut er sich nicht, die Rampe hinunterzugehen.«

»Na super«, stöhnte Svea. »Und was machen wir jetzt?«

»Nichts. Wir geben ihm Zeit. Ich möchte keinen Druck aufbauen. Besser, er setzt sich freiwillig in Bewegung.« Mit verschränkten Armen musterte Hark seinen Schützling. Frodo war eine Naturgewalt. Seine Schulterhöhe betrug 182 Zentimeter, sein Körpergewicht geschätzte 1200 Kilo, mehr, als ein Kleinwagen wog.

»Meinst du, das legt sich von alleine?« Svea warf Hark einen langen Blick zu. »Mit Akrophobie kennst du dich doch aus.«

Hark machte den Mund auf und gleich wieder zu. Sinnlos, sich verteidigen zu wollen. Schließlich wusste ganz Borkum über seine Höhenangst Bescheid. Er kratzte sich den Nacken und starrte Frodo gedankenverloren an. So in etwa konnte Hark tatsächlich nachvollziehen, wie der Ochse sich fühlte. Bei ihm selbst genügten schon ein paar Sprossen auf der Leiter, um Schwindel, Schweißausbrüche und Herzrasen hervorzurufen. Vermutlich erging es Frodo gerade nicht viel besser. Die einfachste Lösung wäre es gewesen, dem Ochsen eine Mischung aus Ketamin und Xylazin zu spritzen, aber dann hätte das Risiko bestanden, dass Frodo sich hinlegte und so schnell nicht wieder aufstand. »Sorry, aber im Moment bin ich ratlos«, erklärte er schulterzuckend und warf Svea einen bedauernden Blick zu. Es war nett von ihr, dass sie sich angeboten hatte, ihm beim Transport zu helfen. Auf keinen Fall wollte er ihre Hilfsbereitschaft länger als nötig in Anspruch nehmen.

Von der Scheune her erklang das Getrappel kleiner Hundepfoten. Im nächsten Moment stürmte Tassilo japsend vor Aufregung auf Hark zu. »Hey, wo kommst du denn her?« Hark grinste und ging neben dem Dackel in die Knie. Tassilo stemmte sich auf die Hinterbeine und versuchte, über Harks Gesicht zu schlecken. Rasch umfasste Hark den kleinen Hundekopf mit beiden Händen und kraulte beruhigend die weichen Hängeohren. Tassilo dankte es ihm mit einem wohligen Stöhnen und ließ sich auf den Rücken fallen, um sich den Bauch streicheln zu lassen. »Du hast wohl Mäuse gejagt?« Amüsiert zupfte Hark einen Strohhalm aus Tassilos Halsband. Geistesabwesend rollte er den Halm zwischen Daumen und Zeigefinger hin und her. Plötzlich hatte er eine Idee. Er richtete sich auf. »Svea, könnte ich ein paar Strohballen bekommen?«

»Klar.« Sie schob die Hände in die Taschen ihrer Jeans und schlenderte auf ihn zu. »Was hast du vor? Sollen wir es uns darauf gemütlich machen, bis Frodo Lust bekommt, die Girls auf der Weide kennenzulernen?«

»Wart's ab«, erklärte Hark und zwinkerte geheimnisvoll.

Kurz darauf sah es rund um die Rampe aus, als hätte es mitten im Mai geschneit, aber nicht Schneeflocken, sondern Strohhalme. Hark hatte das Klauenmesser aus seiner Cargohose genommen und damit die blauen Plastikschnüre an den Ballen zerschnitten. Dann hatte er das Stroh großzügig auf der Rampe und darum herum verteilt, bis die Schräge unter der gepolsterten

Schicht optisch verschwunden war. Jetzt trat er einen Schritt beiseite und schnalzte mit der Zunge.

Der Schwarzbunte blickte ihn aus dunklen, seelenvollen Augen ruhig an. Dann streckte er den Kopf nach vorne und senkte die Nase in das goldglänzende, duftende Stroh.

»Na los, mein Großer, beweg dich. Auf dich wartet ein Leben im Paradies«, sagte Hark und bemühte sich, seine Stimme möglichst warm und einschmeichelnd klingen zu lassen.

Frodos Ohren zuckten, um ein paar lästige Fliegen zu verscheuchen, dann stapfte er ohne Zögern los, die Rampe hinunter und durch das geöffnete Gatter. Minuten später graste er friedlich inmitten seiner neuen Herde.

Lächelnd stellte Svea eine leere Schubkarre neben Hark ab. »Wow. Das war beeindruckend. Ich wusste gar nicht, dass du so eine Art Rinderflüsterer bist.« Augenzwinkernd reichte sie ihm einen Besen. »Hier. Ich helfe dir. Zusammen haben wir rasch aufgeräumt.« Sie griff schwungvoll zur Heugabel und legte los.

»Klasse, vielen Dank«, sagte Hark. Er nahm sich einen Moment, um Svea zu betrachten. In seiner Erinnerung war sie das kleine, viel zu dünne, unscheinbare Mädel, das oft kichernd hinter ihm hergerannt war, wenn er als junger Tierarzt auf Kai Uwes Hof aufgekreuzt war. Seit sie nach Hamburg gegangen war, um Marketing zu studieren, hatte sie sich in einen völlig anderen Typ verwandelt. Dabei war sie verdammt attraktiv geworden, mit dem kinnlangen, rabenschwarz gefärbten Pagenkopf, den sorgfältig gezupften, schrägen Augenbrauen über den moosgrünen, dezent mit Kajal betonten Augen, dem Brilli am linken Nasenflügel, der ihre feinen, regelmäßigen Gesichtszüge unterstrich, und einer Hammerfigur, die auch in Latzhosen und Gummistiefeln unheimlich sexy wirkte. Unwillkürlich fragte sich Hark, weshalb Svea nach der Versöhnung mit Kai Uwe nicht längst nach Hamburg zurückgekehrt war. Offenbar hatte sie keinen festen Freund, der auf sie wartete. Dabei hätte er schwören können, dass die Männer sich um Svea nur so rissen. Bei ihrem Aussehen …

»Danke übrigens, dass ich Frodo bei euch unterbringen darf«, sagte Hark rasch, bevor seine Gedanken auf Abwege gerieten. »Er hat mich einige schlaflose Nächte gekostet, weil ich nicht wusste, wie es mit ihm weitergehen soll.«

»Kein Problem. Im Streichelzoo kann ich ihn mir schlecht vorstellen.« Svea wandte den Kopf und schenkte ihm ein strahlendes Lächeln.

»Tja, vor allem könnte ich mir die Anti-Aggressions-Therapie nicht leisten, die nötig wäre, bevor man ihn auf Kinder loslassen dürfte«, erwiderte Hark. Für einen Moment verfing sich sein Blick in Sveas leuchtenden Augen. Dann gab er sich einen Ruck und fegte das Stroh zu einem Haufen.

»Täusche ich mich, oder kommt dort das Auto deiner Mutter?« Svea deutete auf die Einfahrt, in der gerade ein uraltes, gut gepflegtes rotes VW Käfer Cabrio hielt.

»Du täuschst dich nicht. Das ist sie.« Harks Miene verdüsterte sich. »Keine Ahnung, was sie jetzt schon wieder ausgebrütet hat. Ohne Grund kommt sie nicht vorbei, darauf kannst du wetten.«

»Also, ich finde deine Mutter eigentlich ganz reizend.«

»Du kennst sie nicht«, zischte Hark und beobachtete, wie Frauke sich mit forschem Schritt näherte.

»Meinst du, mit meinem Vater ist es immer so leicht?«, gab Svea halblaut zurück. »Es hat schon seinen Grund, dass ich nach Hamburg gezogen bin.«

»Glaub ich dir aufs Wort«, murmelte Hark und seufzte bedeutungsschwer. »Wir sollten die beiden miteinander verheiraten. Das wäre das perfekte Match.«

»Ihr braucht nicht zu flüstern, wie ihr wisst, höre ich alles.« Frauke rollte betont vorwurfsvoll die Augen, bevor sie mit Schwung das Haar zurückwarf. Mit starrem Blick musterte

Hark seine Mutter, die aussah, als wäre sie einem Bollywoodfilm entstiegen: Die Beine steckten in einer türkisen, pludrig geschnittenen, an den Knöcheln engen Patiyala-Hose. Dazu trug sie eine weit fallende schwarz-türkise Tunika mit hohen Seitenschlitzen. Fehlte nur noch das traditionelle Bindi als energetische Unterstützung auf ihrem dritten Auge. »Hallo, Svea, schön, dich zu sehen«, flötete Frauke. Ihre Chandbali-Ohrringe klimperten. »Wer heiratet, ohne dass ich davon weiß?«

»Niemand.« Hark schüttelte den Kopf. »Ich habe keine Ahnung, wovon du sprichst.«

»Ach?«, meinte Frauke gedehnt, auf ihrer Stirn bildete sich eine steile Falte. Hark rechnete mit einem ihrer üblichen Kommentare, aber dann gab sie sich einen Ruck und strahlte wie ein Kronleuchter. Hark stöhnte unwillkürlich auf. Irgendetwas führte diese Frau im Schilde. Er beschloss, auf der Hut zu bleiben. Als hätte er gerade nichts Besseres zu tun, zog er das Klauenmesser aus der Tasche und begann, es mit dem Schleifstein zu bearbeiten. »Wolltest du mich sprechen? Gibt es einen Notfall?«, erkundigte er sich, ohne aufzusehen.

»Tss ... Wie kommst du denn auf so etwas?« Fraukes Stimme klang, als hätte er ihr eine unglaublich blöde Frage gestellt. »Wenn du dich freundlicherweise erinnerst, ab jetzt ist Wanda für das Praxismanagement zuständig. *Ich* habe andere Dinge im Kopf.«

»Aha.« Hark hob den Kopf.

»Deswegen bin ich auch hier.« Mit einem entwaffnenden Lächeln wandte sie sich an Svea. »Meine Liebe, dürfte ich wohl fünf Minuten deiner Zeit in Anspruch nehmen? Es gibt da etwas, wobei ich deine Hilfe bräuchte.«

»Aber gern«, erwiderte Svea und lächelte zurück. »Vielleicht bei einem Tässchen Tee?«

»Hervorragende Idee«, freute sich Frauke.

»Ich bin weg«, erklärte Hark und ließ das Klauenmesser in die Tasche gleiten. Plötzlich erschien ihm die Aussicht auf einen Sonnenuntergang am Strand einzig in Gesellschaft seines Dackels äußerst reizvoll. »Bei der Besprechung störe ich ohnehin nur.«

»Ganz im Gegenteil.« Frauke machte eine energische Geste, die jeden Widerspruch im Keim erstickte. »Du wirst dringend gebraucht. Ich möchte mit Svea über meine Geschäftsidee sprechen, weil ich eine gute Marketing-Beraterin brauche.«

»Was soll ich dann dabei?« Hark furchte die Stirn. Schlimm genug, dass Frauke immer noch an dem Blödsinn festhielt, den sie mit Hinni ausbaldowert hatte. Jetzt hatte sie auch noch vor, Svea in das Ganze zu verwickeln.

»Wirklich, Hark, vielleicht könntest du mir einmal im Leben zuhören.« Frauke schnaubte verärgert. »Ich habe dir doch bereits erklärt, dass Hinni und ich eine Wellnessoase für gestresste Paare eröffnen.«

»Viel Spaß dabei. Ich hau trotzdem ab. Der Strand wartet.«

»Der kann sicher noch ein wenig länger warten. Hör zu: Bei unserem Konzept geht es um Yin *und* Yang, um das weibliche *und* das männliche Prinzip.«

»Hm.« Hark kniff die Augen zusammen. »Und das männliche Prinzip vertrete wohl ich?«

»Ich wusste, dass ich mit deiner Hilfe rechnen kann.« Triumphierend wandte sie sich an Svea. »Wenn es dir recht ist, können wir gleich loslegen. Ich habe alles Wichtige in einem Geschäftsplan zusammengefasst.«

»Prima«, nickte Svea. »Das ist schon mal die halbe Miete. Für eine Existenzgründung braucht man ein überzeugendes Konzept. Tee für alle?« Ihr Blick ruhte fragend auf Hark.

»Ich sollte gehen«, knurrte er, ließ sich aber resigniert auf eine Bank fallen.

* * *

Eine Viertelstunde später ertappte sich Hark dabei, wie er mit Mühe ein Gähnen unterdrückte. Schläfrig saß er da, die Beine von sich gestreckt, und ließ das Gespräch an sich vorbeiplätschern.

»Was für eine hervorragende Idee, meine Liebe. Natürlich brauchen wir einen *Testlauf*...«

Hark schreckte aus seiner Lethargie hoch. Etwas an der Art und Weise, wie Frauke das letzte Wort betonte, hatte ihn in Alarmstimmung versetzt. Ihm schwante, was im Kopf seiner Mutter vor sich ging. Mit finsterem Blick richtete er sich auf. »Was auch immer du von mir willst, vergiss es.«

»Was denn?«, zwitscherte Frauke, gespielt unschuldig. »Ich weiß gar nicht, wovon du redest.«

»Denk bloß nicht, dass ich mich als Versuchskaninchen für deine verrückte Paartherapie zur Verfügung stelle. Kommt nicht infrage, auch wenn du noch so bettelst. Noch dazu, wo ich überzeugter Single bin. Ich bin raus aus der Nummer, oder besser gesagt, ich war nie drin.«

»Du meine Güte, jetzt hab dich doch nicht so,« entrüstete sich Frauke. »Svea meinte gerade, es sei wichtig, den Ablauf einmal in der Praxis durchzugehen. Außerdem brauchen wir Fotos für die Website.«

»Bist du wahnsinnig?« Harks Augenbrauen schossen in die Höhe. »Auf keinen Fall wirst du ein Foto von mir ins Netz stellen, bei dem ich händchenhaltend mit irgendeiner Frau bei vierzig Grad Hitze Verrenkungen mache oder mich splitterfasernackt von Hinni massieren lasse.«

»Schade«, gab Frauke ungerührt zurück. »Dabei wäre dein Gesicht ohnehin nicht zu sehen. Nur dein Körper.«

»Na, herzlichen Dank. Weißt du was? Ich verschwinde. Endgültig.«

»Also, Hark! Wirklich. Alles, worum ich dich bitte, ist ein wenig Unterstützung. Das ist wohl nicht zu viel verlangt. Immerhin habe ich dich großgezogen. Und du warst kein einfaches Kind, das kann ich dir sagen.« Frauke wedelte mit den Händen und tat, als müsse sie gleich in Ohnmacht fallen. Vorwurfsvoll zog sie eine Flasche Pfefferminz-Erfrischungsspray aus der Tasche und sprühte sich eine Ladung davon ins Gesicht. Effekthascherei, dachte Hark, verkniff sich aber eine entsprechende Bemerkung. »Wenn ich nur an all die Tiere denke, die du mir damals angeschleppt hast. Das mit der Schlange in deinem Bett habe ich dir bis heute nicht verziehen.«

»Da hast du wirklich unschlagbare Argumente«, sagte Hark und grinste zynisch. Er erhob sich. »Weißt du was? Ich zieh jetzt los und frag Kai Uwe, ob er dir für Massagefotos zur Verfügung steht. Du musst dann nur noch den passenden weiblichen Gegenpart finden.«

»Wenn man einmal deine Hilfe braucht …«, rief ihm Frauke beleidigt hinterher. »Rechne nicht mit mir, wenn in der Praxis mal wieder Not am Mann ist.«

Gelangweilt winkte Hark ab und nickte Svea zum Abschied zu. Dann pfiff er nach seinem Hund, bevor er Richtung Auto davonschlenderte. Alles, wonach er sich jetzt sehnte, war, in Ruhe den Sonnenuntergang in den Dünen zu genießen.

KAPITEL 6

»Wir hatten doch ausgemacht, dass du im Haus nicht rauchst.«
Ella sah ihre Mutter an, in der Hoffnung, sie irgendwie zu
erreichen, aber Brigitte schien in ihrer eigenen Welt gefangen.
Oder sie schaltete auf stur, wie häufig in letzter Zeit. Verärgert
legte Ella die Taschen mit den Einkäufen ab, die sie nach dem
Besuch im Stall besorgt hatte, und öffnete die Glastür, die in
den kleinen Bauerngarten führte. Ein Geruch von Salz und
Wildblumen wehte ins Zimmer. Hinter dem Kräuterbeet reck-
ten üppig blühende Pfingstrosen ihre Köpfe in die Sonne. Vor
dem Zaun leuchtete das Tränende Herz, Ellas Liebling unter
den Stauden. Mit einem tiefen Atemzug holte sie Luft und
wappnete sich für den Kampf, der gleich folgen würde.

»Ich habe meine Doppelhaushälfte nicht aufgegeben, um
mir Vorhaltungen anzuhören«, sagte Brigitte, ihre Stimme
klang dünn und schrill.

Ella machte sich nicht die Mühe, sich umzudrehen. Sie
kannte den Gesichtsausdruck ihrer Mutter nur allzu gut, wenn
sie in dieser Stimmung war. Schmale, zusammengekniffene
Lippen und ein vom Leben enttäuschter Ausdruck in den
Augen, der sie verhärmt und älter als Mitte siebzig wirken ließ.

»Meinst du, es ist leicht für mich, in einem Alter zu sein, in dem man kein selbstständiges Leben mehr führen kann?« Brigittes Tonlage wurde weinerlich.

Ella spürte, wie ihr Herz schwer wurde. Dennoch unterließ sie es, ihre Mutter darauf hinzuweisen, dass es in ihrem Fall keine Frage des Alters war, sondern der Einstellung. Solange Ella sich erinnern konnte, hatte ihre Mutter Phasen durchlitten, in denen sie sich vom Leben benachteiligt oder schlecht behandelt gefühlt hatte. Dabei gab es aus Ellas Sicht keinen wirklichen Grund, warum ihre Mutter sich ständig beklagte. Ihre Eltern hatten sich gemeinsam eine Existenz aufgebaut, die ihnen ein arbeitsreiches, dafür aber finanziell sorgenfreies und angenehmes Leben garantierte. Es war der Traum ihres Vaters gewesen, ein Lokal zu eröffnen, und in den ersten Jahren ihrer Ehe auch der Traum von Brigitte.

Irgendwann war es damit vorbei gewesen. Was den Anstoß gegeben hatte, dass Brigitte angefangen hatte zu behaupten, das Käptäns Eck habe sie der wertvollsten Jahre ihres Lebens beraubt, hatte Ella nie herausgefunden. Allerdings fragte sie sich, wie ihr Vater es ausgehalten hatte, an der Seite eines notorisch unzufriedenen Menschen zu leben. Ella untersagte sich den Gedanken immer wieder, aber vielleicht war ihr Vater nicht ohne Grund vor drei Jahren einem Krebsleiden erlegen. Seitdem hatte sich Brigittes psychischer Zustand kontinuierlich verschlechtert. Inzwischen schien sie nur noch aus Vorwürfen und Selbstmitleid zu bestehen.

Brigittes Feuerzeug klickte. Ella hasste das Geräusch. Niemand außer ihrer Mutter hätte ihren Wunsch nach einer rauchfreien Wohnung ignoriert. Sie drehte sich um und bedachte sie mit einem finsteren Blick. »Keiner hat dich gezwungen, zu mir zu ziehen. Im Gegenteil. Soweit ich mich erinnere, war es deine Idee, dass Martha mit ihrer Familie deine

Doppelhaushälfte übernimmt, weil es dir auf Dauer zu anstrengend war, ein ganzes Haus sauber zu halten.«

»Das stimmt nur zum Teil.« Brigitte schüttelte den Kopf. Der scharfe Zug um ihre Mundwinkel ließ sie angegriffen und verärgert aussehen. »Die ganze Verwandtschaft hat Druck auf mich ausgeübt, nachdem Martha von heute auf morgen von ihrem Mann verlassen wurde. Was ich in der Zwischenzeit übrigens verstehe, denn ihre drei Jungs sind laut und belastend. Aber sie ist nun mal meine Nichte. Blut bindet.«

»Ja, du bist wirklich zu bedauern«, sagte Ella. *Denkst du gelegentlich darüber nach, wie ich mich dabei fühle?*, wollte sie hinzufügen, aber die Worte lösten sich nicht von ihren Lippen.

»Es ist schrecklich, auf andere angewiesen zu sein. Hoffentlich sterbe ich, bevor ich bettlägerig werde und du mich in ein Heim einweist.«

»Jetzt mach mal einen Punkt! Du weißt, dass ich es nicht so weit kommen lassen würde. Außerdem bist du nicht auf mich angewiesen. Dr. Jörgensen meinte lediglich, wegen deiner Schwindelattacken wäre es besser, wenn jemand im Haus ist, der ein Auge auf dich hat«, erwiderte Ella gereizt. »Abgesehen davon, bist du topfit. Und die Raucherei wolltest du schon vor Jahren aufgeben. Dass dein Gehirn ungenügend durchblutet wird und du dadurch sturzgefährdet bist, hast du den Zigaretten zuzuschreiben.«

»Spiel hier nicht die Aufpasserin.« Brigitte fuhr sich über das leicht schüttere, zu Wasserwellen gelegte graue Haar. Ihre Hände zitterten. »Es wundert mich nicht, dass deine Ehe mit Jens keine zwei Jahre hielt.«

Ella runzelte die Stirn. »Was willst du damit andeuten?«

»Nun, Jens hatte sicher seine Gründe, dich zu verlassen.«

Entgeistert starrte Ella ihre Mutter an. »Ich kann nicht fassen, dass du das gesagt hast.«

Eisernes Schweigen.

Ellas Magen zog sich zu einem Knoten zusammen. Das Verhältnis zwischen ihr und ihrer Mutter war noch nie das beste gewesen, aber dass Brigitte die Schuld am Scheitern der Ehe mit Rasmus' Vater ihrer eigenen Tochter in die Schuhe schob, übertraf alles, was bisher zwischen ihnen vorgefallen war. Aus Furcht, etwas zu sagen, was das Verhältnis zu Brigitte endgültig zerstören konnte, zwang Ella sich, zu schweigen.

Es hätte ohnehin keinen Unterschied gemacht. Plötzlich fühlte sie sich zurück in ihre Kindheit katapultiert. Sie sah sich wieder mit dicken, geflochtenen Zöpfen in ihrem Bett sitzen, eingekuschelt in ihre Decke, in der Hoffnung, ihre Mutter würde nicht wie angewurzelt neben dem Nachtkästchen stehen, sondern sie in den Arm nehmen, wie die Mütter ihrer Freundinnen das taten. Andere Mütter wurden auch nie müde, ihren Töchtern zu versichern, wie sehr sie sie liebten.

Ella hatte ihre ganze Kindheit lang vergeblich darauf gewartet, solche Worte von Brigitte zu hören. Sie waren nie gefallen. Dafür musste sie sich regelmäßig anhören, dass Brigitte lieber einen Jungen statt eines Mädchens bekommen hätte.

Es hatte Ella viele Jahre des Aufarbeitens und eine mehr als schräge Ehe gekostet, bis sie erkennen konnte, dass nicht sie selbst der Grund für Brigittes Verhalten war, sondern Brigittes ureigene Baustelle. Mit einer emotional blockierten Mutter aufzuwachsen, war schmerzlich gewesen, aber es hatte abgehärtet. Vielleicht wäre Ella nicht der unerschütterliche, autonome und robuste Charakter geworden, der sie war, wenn ihre Kindheit anders verlaufen wäre. All das ging ihr durch den Kopf, als sie das fahle, in sich gekehrte Gesicht ihrer Mutter betrachtete.

Trotz allem, was vorgefallen war: Brigitte brauchte Liebe, Aufmerksamkeit und Verständnis, und ihre Aufgabe als Tochter war es, dafür zu sorgen, dass es ihr gut ging. Seufzend drehte Ella sich um und füllte Wasser in den Teekocher. »Ich mach uns Tee. Du hast heute bestimmt noch nicht viel getrunken.«

»Hast du Jaffa-Kekse mitgebracht?«

»Natürlich. Wie immer.« Ella fischte die Packung unter den Einkäufen hervor und legte sie auf den Tisch. »Könntest du wenigstens jetzt die Zigarette ausmachen? Ich hasse diesen Geruch.«

»Es ist Menthol.«

»Meinetwegen. Ich hasse es trotzdem.«

Achselzuckend drückte Brigitte die Zigarette aus, bevor sie den Karton sorgsam an der Perforierung aufriss. Sie nahm einen Keks heraus und biss ein winziges Stück ab. »Was gibt es Neues?«

»Der übliche Tratsch. Du weißt schon«, erwiderte Ella ausweichend.

»So? Da habe ich aber anderes gehört. Wenn der neue Eigentümer des Dünenblicks dir Ärger macht, weshalb verkaufst du das Käptäns Eck nicht einfach?«

Ella erstarrte mitten in der Bewegung. Mit Mühe holte sie Luft, dann setzte sie den Kocher mit dem sprudelnden Teewasser auf der Spüle ab. »Warum stellst du mir Fangfragen, wenn du weißt, was los ist?«

»Das müsste ich nicht tun, wenn du von selber damit rausrücken würdest, was dich belastet. Ich verstehe nicht, warum du mit deinen Problemen nicht zu mir kommst.« Brigitte drückte umständlich auf der Glasur des Jaffa herum, bis die Füllung hervorquoll. »Die gibt es übrigens auch mit Granatapfel und Pflaume. Könntest du die das nächste Mal vielleicht mitbringen?«

»Was denn nun?«, fragte Ella verärgert. »Willst du über Kekse sprechen oder über das Käptäns Eck?«

Seufzend hob Brigitte die Augenbrauen. »Ich habe nicht vor, die spanische Inquisition zu spielen. Wenn du nicht von selbst auf deine geschäftlichen Schwierigkeiten zu sprechen kommst, unterhalten wir uns eben über Jaffa.«

Ella stieß scharf Luft aus. Dann lehnte sie sich rücklings gegen die Spüle und verschränkte die Arme. »Also schön. Winkler, der neue Hoteldirektor des Dünenblicks, versucht, mich zu erpressen. In den letzten Tagen ist er gefühlte zwanzig Mal bei mir aufgetaucht, um mir klarzumachen, dass ich keine Chance habe, außer an ihn zu verkaufen.«

Brigitte legte die Stirn in Falten. »Und warum tust du es nicht?«

»Ich soll die Kneipe aufgeben?« Ella starrte fassungslos zu ihr hinüber.

»Warum nicht? Ich kann dir nicht vorschreiben, wie du dein Leben führen sollst, aber es gibt Besseres, als sich in einem in die Jahre gekommenen Lokal abzurackern, das sich gerade mal so über Wasser hält. Wegen der paar Stammgäste!«

»Das sagst ausgerechnet du?«

Brigitte zuckte schweigend mit den Achseln.

»Papa hat sein ganzes Herzblut ins Käptäns Eck gesteckt. Das können wir ihm nicht antun.«

»Er ist tot. Er macht sich keine Sorgen mehr. Um nichts.«

»Mag sein«, gab Ella nach kurzem Überlegen zu. Das Gespräch mit ihrer Mutter verlief erschreckend ernüchternd.

»Veranstalte bloß keinen Wirbel um meinen Kram, wenn ich nicht mehr lebe. Mach alles zu Geld, das Haus, die antiken Möbel deiner Großtante, die Münzsammlung, einfach alles. Und genieß dein Leben.«

Ella stieß sich mit einem Ruck von der Spüle ab. »Darüber mache ich mir Gedanken, wenn es so weit ist. Hier, dein Tee.«

»Danke. Wenn es nicht gegen die Hausregeln verstößt, würde ich ihn gern in meinem Zimmer trinken. Meine Serie fängt gleich an. Vielleicht könntest du ihn mir hochtragen?« Brigitte griff nach ihren Zigaretten und dem Feuerzeug.

»Ich dachte, wir essen gemeinsam zu Abend«, warf Ella ein.

»Ach? Musst du nicht arbeiten?«

»Wie immer am Samstagabend habe ich frei.«

Die Gesichtszüge ihrer Mutter fielen in sich zusammen. Im nächsten Moment verschloss sich ihre Miene. »Als ob ich das nicht wüsste. Aber es wäre nicht das erste Mal, dass du mich an deinem freien Tag alleine hier sitzen lässt. Also habe ich mich auf ein belegtes Brot eingestellt. Vor dem Fernseher.«

»Wie du meinst.« Entnervt gab Ella es auf, ihre Mutter zu etwas bewegen zu wollen, zu dem sie offensichtlich keine Lust hatte. »Ich bringe dir deinen Teller zusammen mit dem Tee nach oben. Vielleicht mache ich später einen Spaziergang an den Strand. Hast du sonst noch einen Wunsch?«

Brigitte erhob sich und ging auf die Treppe zu. Auf der untersten Stufe wandte sie sich um und blickte Ella seltsam verwundert an. »Danke, ich komme zurecht. Aber falls es dir nichts ausmacht, wäre ich sehr froh, wenn du mich nachher nach Hause fahren könntest.«

Ella erstarrte. Ein Frösteln breitete sich in ihr aus. Brigitte war vergesslich, aber so einen riesigen Aussetzer hatte sie noch nie gehabt. Als sie spürte, wie Brigittes Blick fragend auf ihr ruhte, zwang sie sich zu einem Lächeln. »Natürlich, Mama«, sagte sie mit einem Zittern in der Stimme. »Das machen wir nachher, wenn du dich ein bisschen ausgeruht hast.«

* * *

Etwas später an diesem Abend trat Ella vors Haus. Wie gewünscht hatte sie Brigitte das Abendbrot nach oben aufs Zimmer gebracht, dabei hatte sie ihre Mutter ängstlich beobachtet, aber die schien wieder ganz sie selbst zu sein. Dennoch saß der Schreck bei Ella tief, sie benötigte dringend Zeit für sich. Wie gut, dass Rasmus bei einem Freund übernachtete. Schweren Herzens sah sie in den Himmel, an dem schwach die Sichel des Mondes leuchtete. Normalerweise fühlte sie sich bei diesem Anblick geborgen. Diesmal allerdings schaffte sie es nicht, loszulassen. Immer wieder kreisten ihre Gedanken um das Gespräch mit ihrer Mutter, dessen Ausgang Ella mit Fragen zurückgelassen hatte, die ihr bislang nicht in den Sinn gekommen waren. Sie spürte, wie ihre Brust eng wurde. War Brigittes Aussetzer vom Nachmittag ein Anzeichen für beginnende Demenz? Ein Teil von ihr weigerte sich, daran zu glauben, dass mit ihrer Mutter etwas nicht stimmte. War es nicht vielmehr so, dass alle Welt bei der kleinsten Vergesslichkeit gleich von Demenz sprach, ohne dass sich die Diagnose im Nachhinein bestätigte? Nicht jeder alternde Mensch litt zwangsläufig unter Alzheimer, genauso wenig wie jedes unruhige Kind notgedrungen gleich mit ADS diagnostiziert werden musste. Jeder konnte mal einen schlechten Tag haben, auch ihre Mutter, das musste nicht unbedingt etwas bedeuten. Aber vielleicht sollte sie dennoch einen Termin für Brigitte bei Dr. Jörgensen vereinbaren. Nur zur Sicherheit. Sie nahm einen tiefen Atemzug. Ja, das fühlte sich richtig an. Entschlossen packte sie das Schreckensszenario in ihrem Kopf zur Seite und öffnete das Gartentor, das zur Kaapdelle führte, einer kleinen Straße am nördlichen Ortsrand von Borkum. Von hier aus ging es direkt in die Dünen.

Es war die Stunde, die sie so sehr liebte. Das Sonnenlicht hatte sich in flüssiges Gold verwandelt. Sanft schimmernd floss es über die weiten Sandflächen und malte funkelnde Reflexe in die Wellen. Über ihr leuchtete der Himmel in den unterschiedlichsten Farben. Von Orange über Lila im Westen bis hin zu Smaragd im Osten. Dazu war die Luft klar und prickelnd, wie nach einem Gewitter. Es stimmte, was man sagte. Borkum war der schönste Sandhaufen der Welt. Ergriffen von der zauberhaften Stimmung, streifte Ella ihre Flipflops ab. Sie schlenderte barfuß an den kniehohen Dünengrasbüscheln vorbei Richtung Strand und landete in einer Senke zwischen den Dünen.

Wie angewurzelt blieb sie stehen.

Umgeben von Strandhafer, in einer Kuhle vor Wind und neugierigen Blicken geschützt, lag Hark. *Ausgerechnet!* Ella fluchte leise vor sich hin. Eigentlich hatte sie noch genügend daran zu knabbern, dass er ihr vor wenigen Stunden im Stall begegnet war. Wenn das Universum tatsächlich existierte, erlaubte es sich gerade einen schlechten Scherz. Auf ihre Kosten.

Das einzig Gute war, dass er diesmal schlief. Einen wachen Hark hätte sie nach dem Debakel mit Brigitte kein zweites Mal ertragen. Offensichtlich hatte er sich eine Flasche Bier gegönnt und war dabei weggedöst. Vorsichtig schlich sie an ihm vorbei. Ohne dass sie es wollte, blieb ihr Blick auf seinem schlafenden Gesicht hängen. Sie hielt inne, ihre Brust wurde eng. Wie vertraut ihr der Anblick seines leicht geöffneten Mundes war, genau wie seine Eigenheit, im Schlaf eine Hand auf der Brust ruhen zu lassen, die andere knapp unterhalb des Bauchnabels. Und dann das sanfte, rhythmische Schnarchen, das ebenso selbstverständlich zu ihren gemeinsamen Nächten gehört hatte wie das gleichmäßige Pochen seines Herzens, wenn sie an seiner Brust geborgen einschlief.

Nie hätte sie es für möglich gehalten, dass ihr ein Geräusch so fehlen würde. In der ersten Zeit nach ihrer Trennung hatte sie nicht geglaubt, je wieder ruhig schlafen zu können. Die Stille, die Hark hinterließ, fühlte sich unnatürlich an. So, als hätte jemand das Rauschen der Wellen am Strand ausgeknipst.

Es hatte endlos lange gedauert, bis sie gelernt hatte, die Leere der Nacht zu ertragen.

Irritiert über die Wucht der Erinnerungen, die sein schlafender Anblick wachrief, eilte sie weiter. Erst nachdem sie den Hundestrand hinter sich gelassen und sicheren Abstand zwischen sich und Hark gebracht hatte, verlangsamte sich ihr Gang. Auf Höhe der Surfschule flatterten Fahnen im Wind, die Schnüre an den Stangen machten klappernde Geräusche. Unerwartet drehte der Wind auf Nordwest und wirbelte eine

Schicht Sand auf. Wie tausend Nadelstiche prickelten die feinen Körnchen an ihren Unterschenkeln. Ella bückte sich, um die hochgekrempelten Umschläge ihrer Jeans hinunterzurollen. Mit einem Blick über die hufeisenförmige Bucht beschloss sie, einen Spaziergang zu unternehmen, bis zu dem Zaun vor der Seehundbank. Der Abend war viel zu schön, um ihn drinnen zu verbringen.

Als ein leises Winseln an ihr Ohr drang, hielt sie inne. Nirgendwo am Strand war ein Hund zu sehen, woher also …? Sie hob die Hand und schirmte die Augen vor der tief stehenden Sonne ab. Ihr Blick glitt hinaus aufs Meer. Verblüfft blinzelte sie gegen das Licht. War das möglich? In der Bucht trieb ein einsames Surfbrett, und auf dem Heck des Surfbretts stand … ein Hund mit viel zu kurzen Beinen und viel zu langem Oberkörper. Tassilo! Verflixt! Alarmiert sah sie sich um. Der Kleine hatte sich in Schwierigkeiten gebracht. Vermutlich war er ausgebüxt, als Hark schlief, und ans Wasser gelaufen. Dort musste er auf das Surfbrett gestiegen sein. Wahrscheinlich hatte es jemand bei Ebbe am Ufer liegen gelassen, ohne es vernünftig festzumachen. Durch die einsetzende Flut war es weggedriftet.

»Tassilo!« Sie steckte beide Finger in den Mund und pfiff, so laut sie konnte.

Der Kleine legte den Kopf in den Nacken und startete ein Heulkonzert. Vor der tief stehenden Sonne bildete seine Silhouette einen anrührenden Scherenschnitt.

»Verdammt. Kann dein Herrchen nicht besser aufpassen?«, schimpfte Ella. Dann warf sie ihre Flipflops in den Sand, streifte die Jeans ab und stürzte sich in die Wellen. Etliche Kraulzüge später erreichte sie das Board. Tassilo war so begeistert, sie zu sehen, dass er ihr schwanzwedelnd auf dem Brett entgegenlief und es bedenklich zum Schwanken brachte.

»Ist ja gut«, beruhigte sie den Kleinen. Sie zog sich auf das Board und setzte sich rittlings zurecht. »Und wie kommen wir jetzt zurück? Hast du dir darüber schon mal Gedanken gemacht? Ich schätze, du hast nicht zufällig ein Paddel dabei?«

Tassilo senkte schuldbewusst den Blick, die Halbmonde unter seinen Augäpfeln leuchteten weiß.

»Hm. Du schlägst vor, ich soll Außenbordmotor spielen?« Ella hob belustigt eine Augenbraue. »Na schön. Nass bin ich ohnehin. Tu mir einen Gefallen und bleib ruhig sitzen, ja?«

Tassilo hob die Pfote. Ella ergriff sie und machte ein ernstes Gesicht. »Deal. Und versprich mir, dass du dich in Zukunft von Surfbrettern fernhältst.« Mit sanftem Schwung ließ sie sich zurück ins Wasser gleiten.

Das Brett zurückzusteuern, war anstrengender als gedacht. Als sie endlich wieder am Strand stand, waren ihre Beine schwer vom Paddeln.

Tassilo hingegen schien das angestaute Adrenalin in blanke Energie umsetzen zu müssen. Wie irre flitzte er mit weit heraushängender Zunge über den Strand, schlug einen Haken und rannte so knapp wie möglich an Ella vorbei, ohne dass sie eine Chance gehabt hätte, ihn am Halsband zu packen. Schließlich ließ er sich japsend vor ihre Füße fallen und rollte sich ausgiebig auf den Rücken, bis sein feuchtes Fell mit Sand paniert war wie ein Wiener Schnitzel. Fröstelnd schlug Ella die Arme um ihren Körper. Das T-Shirt klebte klatschnass an ihr, der Abendwind fühlte sich unangenehm kühl auf der Haut an.

»Schluss, du Clown!« Sie bückte sich und klemmte sich den krummbeinigen Dackel unter den Arm. Die Flipflops verstaute sie in der Gesäßtasche ihrer Jeans. »Ich liefere dich jetzt bei Hark ab. Danach brauche ich dringend eine heiße Dusche.«

Als sie kurz darauf zurück in den Dünen war, schlief Hark noch immer. Unentschlossen blieb sie vor ihm stehen. Früher hatte sie ihn mit einem Kuss wach bekommen. Vermutlich war es besser, diesen Job Tassilo zu überlassen.

Und Tassilo machte seine Arbeit hervorragend. Sobald sie ihn im Sand abgesetzt hatte, kletterte er mit den Vorderbeinen auf Harks Brust und leckte ausgiebig sein linkes Ohr.

Hark richtete sich auf und blinzelte verwirrt. »Tassilo! Was zum Teufel ... und Ella ... was ist passiert? Du bist klatschnass.«

»Dein Dackel. Ich musste Baywatch spielen.« In kurzen Sätzen erklärte sie, was passiert war. »Vielleicht solltest du ihn in der Surfschule anmelden, damit er ein paar Stunden nimmt, bevor er das nächste Mal aufs Wasser geht«, schloss sie.

»Schiet!« Hark sprang auf und schälte sich aus seinem Pulli. Mit betretener Miene reichte er ihn ihr. »Hier. Bitte zieh das an. Du zitterst.«

Ihr war viel zu kalt, um abzulehnen, obwohl sie ahnte, dass es ein Fehler war. Das Gefühl seines Pullovers auf ihrer Haut und der vertraute Geruch, der sie einhüllte, löste eine Flut von Emotionen in ihr aus.

»Besser?«

Sie vermied es, seinem Blick zu begegnen, und konzentrierte sich darauf, die viel zu langen Ärmel hochzukrempeln. »Ja, besser.«

»Ella?«

»Ja?«

Er beugte sich vor und küsste sie auf die Wange.

»Was? Aber ... warum?« Verwirrt schüttelte sie den Kopf, während es in ihrem Magen wie verrückt kribbelte.

»Danke fürs Wiederbringen.«

»Ähm ... gern ...« Der Kuss brannte auf ihrer Wange. Sie fühlte sich außerstande, einen kompletten Satz zu formulieren. *Es hat nichts zu bedeuten,* trommelte sie sich ins Gehirn. *Oder doch?* Warum lag auf einmal dieses Leuchten in Harks Augen? Oder bildete sie sich das nur ein? Mist, wenn sie ehrlich war, wusste sie gerade überhaupt nicht, woran sie war. Verwirrt bückte sie sich und rubbelte den Sand von ihren Füßen. Dann schlüpfte sie in ihre Flipflops. »Es ist ja alles gutgegangen«, murmelte sie, den Blick fest auf Tassilo geheftet, der mit hechelnder Zunge und hochgezogenen Lefzen zwischen Harks Füßen saß.

»Seltsamer Tag heute. Erst laufen wir uns im Stall über den Weg, und jetzt schon wieder.« Er wirkte verlegen und kratzte sich den Nacken. »Klingt komisch, mir kommt es so vor, als wäre das kein Zufall. Vielleicht will uns das Leben damit sagen, dass wir aufhören sollen, uns ständig aus dem Weg zu gehen. Um ehrlich zu sein ...« Er unterbrach sich und fuhr sich mit der Hand in den Nacken. »Mir fehlt deine Gesellschaft.«

»Wie meinst du das?« Unsicher zupfte sie an dem Pulli herum.

»Als Liebespaar hat es mit uns nicht funktioniert. Aber es wäre schön, wenn wir wieder Freunde wären, wie früher.« Er bückte sich und nahm Tassilo hoch. Sanft kraulten seine Finger über den Nacken des Dackels, der sich hingebungsvoll gegen die Brust seines Herrchens schmiegte.

»Ich weiß nicht ...«, sagte sie leise.

»Wovor hast du Angst?«

»Vor nichts.« Sie schüttelte den Kopf. »Es ... wäre nur nicht dasselbe wie damals.«

»Nein. Das wäre es nicht.«

Schweigen.

»Wirst du darüber nachdenken?«, fragte Hark. Der Wind riss die Worte von seinen Lippen und verwehte sie in den Dünen.

»Ich ... Ja ... meinetwegen. Ich denke darüber nach.« Sie warf ihm einen Blick von der Seite zu. »Ich muss los.«

»Mach's gut. Ach, und Ella ...«

»Ja?«

»Nimm das mit der Kneipe nicht so schwer. Es wird schon alles gut.«

Einen Moment vergaß sie zu atmen, dann stieß sie die Luft in einem langen Zug aus. »Klar wird es das. Wie kommst du darauf, dass ich mir Sorgen mache?«

»Deine Augen. Ich kann darin lesen, was in dir vorgeht.«

»Und wenn ich dir sage, dass du dich täuschst?«, gab sie zurück, schärfer als beabsichtigt.

»Dann würde ich dir nicht glauben.«

Ella schluckte. Seine Worte machten sie zornig und traurig zugleich, weil in ihnen so viel Wahres steckte.

Das damals mit ihnen war groß gewesen, größer als alles andere, was sie je empfunden hatte.

Da sie nicht wusste, was sie sagen sollte, drehte sie sich schweigend um und ging.

KAPITEL 7

»Fuck. Seit einer Woche versuche ich, Ihnen zu erklären, dass eine Verwechslung vorliegt. Allmählich habe ich die Schnauze voll. Gibt es in Ihrem Unternehmen niemanden, der imstande ist, den *fucking* Fehler in dieser abgefuckten Datenbank zu bereinigen?« Hark hatte Mühe, nicht in sein Handy zu brüllen. Er fühlte sich, als würde er unter einem ausgeprägten Anfall von Tourettesyndrom leiden. Obwohl er normalerweise keine F-Worte benutzte, flutschten sie ihm jetzt nur so über die Lippen.

Frau Paulsen, die ältere Dame, die gegen Ende der Sprechstunde als Letzte erschienen war, um ein Zeckenmittel für ihre Katze abzuholen, stand mit offenem Mund vor der Anmeldung. Ihr Blick bohrte sich in seine Schulter. Er senkte den Kopf und gab vor, im Terminkalender zu blättern.

»Mein Name ist Harksen. H-A-R-K-S-E-N. Kapieren Sie das endlich?«, schimpfte er mit unveränderter Lautstärke. Diese Typen von Neues Wohnen waren das Allerletzte.

»Einen Augenblick, ich verbinde weiter«, sagte die Stimme. Bevor Hark reagieren konnte, ertönte Musik vom Band. *Arschgeigen,* fluchte Hark innerlich und starrte finster in den Hörer. Er hatte es satt. Endgültig. Aber wenn er jetzt auflegte, würden die Anrufe nie aufhören. Er musste diesen Irrsinn beenden. Hier und jetzt. Wandas Stimme holte ihn aus seinen Gedanken.

»Da haben wir das Medikament! Ich wusste, dass noch eine Packung da sein muss«, jubelte sie übertrieben laut. Als Hark aufblickte, schwenkte Wanda eine Tablettenschachtel durch die Luft.

»Wie bitte?« Frau Paulsen machte runde Augen, als hätte sie komplett vergessen, weshalb sie in die Sprechstunde gekommen war.

»Und eine Zeckenzange.« Wanda wedelte mit der Plastikverpackung, dass die Folie knisterte. »Die gibt's heute gratis dazu. Welches Modell hätten Sie gern? Das orange mit dem innovativen Pinzettenkopf oder die bewährte grüne mit dem integrierten LED-Licht?«

Mechanisch griff Frau Paulsen nach beiden Zangen und verstaute sie in ihrer Handtasche. Mit einem gequälten Lächeln schnellte Hark nach vorn und ließ den Karton mit den Zeckenzangen unter der Theke verschwinden, bevor Frau Paulsen in ihrer Geistesabwesenheit auch noch den restlichen Vorrat in den Tiefen ihrer Tasche versenkte. Seufzend klemmte er sich den Hörer mit der Warteschleifenmusik zwischen Ohr und Schulter und ließ sich auf den Drehstuhl hinter der Theke fallen. Mit zusammengekniffenen Augen und wachsender Verwunderung verfolgte er das Gespräch zwischen Wanda und Frau Paulsen.

»Es ist doch hoffentlich alles in Ordnung mit dem Tierarzt?« Frau Paulsen hatte die Stimme gesenkt und musterte Hark verstohlen von der Seite.

»Alles bestens! Es ist nur der Pizzaservice«, flunkerte Wanda mit bewundernswerter Überzeugungskraft. »Immer der gleiche Ärger mit denen.« Um das Ausmaß des erfundenen Problems zu unterstreichen, verdrehte sie die Augen.

Frau Paulsen drückte mit dem Zeigefinger an ihrer Ohrmuschel herum. »Entschuldigung, ich habe nur die Hälfte mitbekommen. Mein Hörgerät pfeift. Was meinten Sie?«

»Lebensmittelallergie.« Wanda lehnte sich über die Theke und unterstrich jede einzelne Silbe mit einer Geste, als wollte sie einen Text für Hörbehinderte sprechen. »Der Doc verträgt kein Chili. Er bekommt Nesselfieber davon. Hat er denen schon hundert Mal erklärt, aber sie vergessen es immer wieder.«

»Ach je, der Ärmste«, meinte Frau Paulsen und schenkte Hark einen mitfühlenden Blick. »Hat er es schon mal mit Schwarzkümmel versucht? Das soll bei Allergien hervorragend helfen.«

»Danke für den Tipp, richte ich ihm aus.« Wanda kam hinter der Theke hervor und zückte demonstrativ den Schlüsselbund. »Wir schließen jetzt.«

»Ja, sicher.« Frau Paulsen rührte sich nicht vom Fleck. »Dr. Harksens Gesichtsfarbe gefällt mir gar nicht. Vielleicht sollten wir einen Luftröhrenschnitt machen, bevor er uns erstickt? Davon stand letzten Monat etwas im Apothekenblatt. Ich kann mich noch genau erinnern. Haben Sie Messer und Kugelschreiber?«

Hark unterdrückte ein Stöhnen. Zum Glück legte Wanda genau in diesem Moment freundlich, aber bestimmt, die Hand in Frau Paulsens Rücken und dirigierte sie Richtung Ausgang. »Machen Sie sich keine Sorgen. Dem Doc geht's gut. Chili soll ja äußerst durchblutungsfördernd sein.«

»Ach …«

»Außerdem ist es gut für die Potenz.«

Nacktes Entsetzen ergriff Hark. Er glaubte, sich verhört zu haben.

»So was …« Frau Paulsen schüttelte den Kopf. »Ich wusste gar nicht, dass der Doktor damit Schwierigkeiten hat. Dabei wirkt er ausgesprochen vital …«

»Einen schönen Tag noch, Frau Paulsen. Und falls es mit der Zeckenzange nicht klappt, bringen Sie Ihre Katze einfach vorbei. Ich erledige das für Sie im Handumdrehen«, erklärte Wanda bestimmt und schloss die Tür. Mit einem abgrundtiefen Seufzer drehte sie sich zu Hark um.

»Musste das sein?« Entnervt schmiss er das Mobiltelefon auf den Tisch. Er hatte die Nase gründlich voll von dem Warteschleifengedudel. »Ich weiß nicht, was schlimmer ist, diese Typen von Neues Wohnen oder deine Fantasie.«

»Was willst du denn, Doc?« Wanda sah drein, als könnte sie kein Wässerchen trüben. »Frau Paulsen hat richtig Angst vor dir bekommen. Finde du mal so schnell eine passende Ausrede. Du hättest ja nicht gleich so ausrasten müssen.«

»Du hast leicht reden.« Hark presste stöhnend die Handballen vors Gesicht und massierte sich die Augenhöhlen. »Das war der dritte Anruf heute. Diese Anton-Kirsch-Scharade macht mich aggressiv.«

»Fällt kaum auf«, erwiderte Wanda lapidar. »Wenn es dich nervt, warum nimmst du den Anruf entgegen?«

»Die wechseln ständig die Nummer. Und weil es sich jederzeit um einen Notfall handeln könnte, *muss* ich rangehen.«

»Hm. Da scheint wohl etwas schiefgelaufen zu sein mit deiner Strategie.« Wanda bückte sich auffällig rasch nach einem Flyer. Als sie wieder auftauchte, zuckten ihre Mundwinkel verräterisch. »Wieso erklärst du denen nicht, dass du nicht Anton Kirsch bist?«

»Das tue ich doch die ganze Zeit! Und glaub mir, *bis jetzt* war ich ausgesucht höflich. Damit ist Schluss.« Entschlossen hieb er mit der Faust auf den Schreibtisch.

»Womit ist Schluss?« Frauke betrat durch den Garten die Praxis und stellte einen großen Einkaufskorb auf der Theke ab. Tassilo, Krümelchen und Günther nutzten die Gelegenheit, an ihr vorbei zurück ins Haus zu huschen. Hark hatte sie vor die Tür gesetzt, nachdem sie ein Hundekissen zerlegt und die Füllung im ganzen Büro verteilt hatten.

»Nicht wichtig«, knurrte Hark. »Ich bin von Verrückten umgeben, das ist alles.«

»Nimm es mir nicht übel, aber du siehst fürchterlich aus«, erklärte Frauke. Sie warf Hark einen dieser Blicke zu, die Mütter aufsetzten, wenn ihr Nachwuchs ihnen mal wieder schlaflose Nächte bereitete. Hark quittierte es mit einem mürrischen Knurren.

»Übermüdung.« Wanda sprang ihm beschwichtigend zur Seite und zuckte die Schultern. »Er musste erst zu einem Gebärmuttervorfall bei einer Kuh, und dann, als er gerade wieder im Bett lag, kam ein Notfall mit einer Katze herein.«

»Wusste ich es doch.« Frauke verschränkte die Arme vor der Brust. »Wie lange muss ich noch reden, bis du dir einen Schubs gibst und einen zweiten Tierarzt einstellst?«

»Ich komme bestens zurecht.« Abwehrend schüttelte Hark den Kopf. »Im Normalfall. Leider sind manche Menschen ausgesprochen irre.«

»Was war denn?« Frauke hob neugierig die Augenbrauen.

»Nichts weiter. Nur eine harmlose Verstopfung, aber die Besitzerin war vollkommen hysterisch. Sie hatte das Tier erst zwei Tage zuvor aus einem Versuchslabor gerettet und war der Meinung, dass der Verdauungstrakt der Katze per Fernbedienung von einem verrückten Wissenschaftler gesteuert wurde. Ich musste eine halbe Stunde auf sie einreden, bis ich sie so weit hatte, das Tier wieder mitzunehmen.«

Wanda brach in lautes Lachen aus, woraufhin Hark ihr einen vorwurfsvollen Blick zuwarf. Aber eine weitere Diskussion wäre sinnlos gewesen. Außerdem hatte er Hunger. Er erhob sich und schlenderte zur Treppe, die in seine Wohnung über der Praxis führte. »Amüsiert euch ruhig auf meine Kosten. Ich mach mir was zu essen, bevor die nächste Katastrophe über uns hereinbricht.«

»Geh ruhig. Du wirst gerade nicht gebraucht.« Frauke winkte huldvoll mit der Hand. »Ich möchte etwas mit Wanda besprechen. Betrifft mein neues Geschäftsmodell, du weißt schon.«

»Ach, du Schande! Was auch immer ihr plant, lasst mich aus dem Spiel.« Er warf Frauke einen warnenden Blick zu, dann überließ er die beiden sich selbst und verschwand nach oben.

* * *

Als Hark mit einer Dose kalter Ravioli in der einen Hand und einer Gabel in der anderen wieder herunterkam, unterhielten sich Frauke und Wanda noch immer.

»Natürlich verstehe ich, wie wichtig aussagekräftige Fotos für die Website sind.« Wanda verzog bedauernd das Gesicht. »Aber wie ich Mo kenne, wird er nicht mitspielen. Er hasst es, fotografiert zu werden.«

»Wie ärgerlich!« Frauke seufzte. »Vielleicht könntest du ihn trotzdem fragen. Ich wäre auch bereit, eine kleine Aufwandsentschädigung zu zahlen. Ist im Budget eingeplant.«

»Meinetwegen. Aber versprechen kann ich nichts«, erklärte Wanda betont vage.

Hark grinste leise in sich hinein. Mo war ein klasse Typ und besaß Charakterstärke. Seitdem Mo und Wanda zusammen waren, war er ihm ein paar Mal begegnet. So wie Hark die Lage einschätzte, war er sich zu hundert Prozent sicher, dass Mo sich lieber in einem Fass die Niagarafälle hätte hinunterschubsen lassen, als dabei fotografiert zu werden, wie Hinni im indischen Sari neben der Massageliege stand und eimerweise Öl über seinen nackten Rücken goss. Und wie es aussah, war nicht einmal Wanda sonderlich erpicht darauf, dass Mo das Model für Frauke spielte, denn sie drehte Frauke den Rücken zu und griff entschlossen zur Hundeleine.

»Krümelchen, Zeit für Gassi«, rief sie betont fröhlich. »Tut mir leid, Frauke, wir besprechen das ein andermal.« Dann bückte sie sich und befestigte die Leine am Halsband des Cockers. Tassilo kam angelaufen und sprang winselnd um ihre Beine. Wanda runzelte die Stirn. Schließlich seufzte sie. »Na schön. Du hast gewonnen. Von mir aus kommst du mit uns. Aber wehe, du verhedderst wieder die Leinen!«

»Ich kann gut verstehen, wenn Mo keine Lust hat, für ein Foto Verrenkungen im Yoga-Outfit zu machen.« Hark nahm die letzte Stufe und lehnte sich betont gleichmütig mit der Schulter gegen den Türrahmen des Behandlungszimmers.

»Schade. Wo er doch so gut aussieht«, seufzte Frauke. Im nächsten Augenblick hob sie tadelnd die Augenbrauen. »Wirklich, Hark, wenn du schon dieses Zeugs in dich hinein-stopfst, warum machst du es nicht wenigstens warm?«

»Sinnlos«, sagte Hark. »Über der Mikrowelle schwebt ein Fluch. Sobald ich Essen hineinschiebe und den Knopf drücke, läutet das Telefon oder es klingelt an der Tür. Bis ich wieder zurück bin, ist alles kalt.«

»Du siehst überhaupt nicht gut aus.« Frauke musterte ihn eindringlich. »Ich werde nicht zulassen, dass du deine Gesundheit ruinierst. Wie gut, dass ich gerade vom Markt komme. Ich gehe jetzt und mache dir ein schönes Käseomelett mit Spinat. Das hast du früher immer so gern gegessen.«

»Von mir aus. Aber ich sag dir gleich, es wird nicht funktio-nieren.« Ungerührt schob Hark sich gleich zwei Ravioli auf ein-mal in den Mund. Wie auf Kommando klingelte sein Handy.

Frauke stemmte die Hände in die Hüften. »Das darf ja wohl nicht wahr sein! Wozu gibt es Sprechzeiten? Als *ich* für die Terminvergabe zuständig war, habe ich das nicht durchgehen lassen. Wirklich, Wanda, du musst da konsequenter sein.«

Wanda, die es mittlerweile geschafft hatte, Tassilo zu beruhigen und anzuleinen, erhob sich aus ihrer kauernden Position. »Das versuche ich ja.« Sie warf Hark einen besorgten Blick zu. »Soll ich das Gespräch übernehmen, Doc?«

»Nein, ich regle das.« Mit finsterer Miene fixierte er das Telefon. Neues Wohnen, er war sich ziemlich sicher. »Und zwar endgültig. Diesmal werden sie mich richtig kennenlernen.«

»Nicht schon wieder.« Wanda stöhnte auf. »Bitte, Doc, versuch cool zu bleiben. Und so wenig F-Worte wie möglich.«

»Keine Sorge.« Hark verzog den Mund zu einem diabolischen Grinsen. »Ich habe mich vollkommen im Griff«, sagte er, woraufhin ihn Wanda fixierte, als wäre er eine tickende Zeitbombe.

Hark strafte sie mit Missachtung. »Ja, bitte?«, sagte er kampfbereit in den Hörer.

»Neues Wohnen, ja, ich verstehe …« Pause. »Gut, dass Sie sich melden. Um ehrlich zu sein, habe ich schon auf Ihren Anruf gewartet … Sie wollen mit Anton Kirsch sprechen, richtig? … Hören Sie, ich muss Ihnen leider eine traurige Mitteilung machen.«

Erneute Pause. Diesmal länger. Er bemerkte, wie Wanda nach Luft schnappte.

»Anton … Kirsch … ist … vorgestern … verstorben«, sagte Hark. Eine dreiste Lüge. Schon als er es aussprach, fühlte er, wie er Oberwasser gewann. Der Ball lag wieder in seinem Feld.

Wanda gab ein ersticktes Geräusch von sich.

»Wie bitte?«, entfuhr es Frauke.

Triumphierend blickte Hark zu ihnen hinüber. Das Ganze fing an, Spaß zu machen. Jetzt kam er richtig in Fahrt.

»Ja …«, sagte er gedehnt. »Sie haben richtig gehört. Wir konnten es selbst kaum glauben. In der einen Sekunde steht er neben uns, ein Bär von einem Mann. Und im nächsten Moment liegt er tot am Boden. Einfach so. Zack. Aus. Ende.

Die Beerdigung findet morgen statt. Möchte sich Ihre Firma am Blumenschmuck für das Grab beteiligen?«

»Hark! Wie kannst du nur so einen Unsinn erzählen? Es gibt hier niemand, der Anton Kirsch heißt. *Den* Namen hätte ich mir gemerkt! Und gestorben ist auch keiner auf der Insel. Kann mir bitte jemand erklären, was hier los ist?«, bat Frauke mit matter Stimme.

Hark lächelte. Eigentlich hätte er es damit gut sein lassen können. Aber irgendetwas ritt ihn, noch eins draufzusetzen. Einfach so. Es ließ sich nicht verhindern. Die Gabel mit dem aufgespießten Raviolo schwebte in der Luft. »Ja … Natürlich verstehe ich, dass Sie das nicht selbst entscheiden können, trotzdem wiederhole ich meine Frage: Möchte Ihre Firma sich am Blumenschmuck für das Grab beteiligen? Aha, ja … ja … ich verstehe. Nein, kein Problem. Sie melden sich dann einfach wieder. Danke für Ihre Mühe. Ich freue mich darauf, von Ihnen zu hören.« Äußerst zufrieden drückte er die Beenden-Taste.

Schweigen.

Wanda und Frauke tauschten verstohlen Blicke.

»Was ist denn?«, knurrte Hark. Er fühlte sich, als wäre hinter seinem Rücken eine Verschwörung im Gange.

Wanda ignorierte ihn und richtete sich stattdessen an Frauke. »Ich sag doch, dass er mal ausspannen muss.«

»Ganz meine Meinung«, nickte Frauke. »Er muss mehr auf sich achten. Diese Konservenkost ist pures Gift. Nichts als blanke Chemie. Konservierungsstoffe sind schädlich für das Gehirn. Stand in einem sehr interessanten Artikel in der Apothekenzeitschrift.«

»Könnt ihr bitte nicht so tun, als wäre ich nicht anwesend?« Hark trommelte gereizt mit den Fingern.

»Seit wann bist du so empfindlich?« Frauke schüttelte missbilligend den Kopf. »Abgesehen davon meinen wir es nur gut mit dir. Als Mutter mache ich mir eben Sorgen.«

»Herrje, Frauke, wenn du darauf bestehst, esse ich eben das verflixte Omelett. Hier, Günther, für dich.« Hark fischte den letzten Raviolo aus der Dose und warf ihn Günther vor die Klauen. Das Schwein schnupperte nur indigniert und drehte dann Hark den Popo zu. Das Ringelschwänzchen zitterte.

Dafür stürzten jetzt die Hunde los. Mit Schrecken beobachtete Hark, wie sich Krümelchens Leine links um Wandas Beine wickelte und Tassilos Leine rechts. Wie hungrige Löwen zerrten sie, was das Zeug hielt, und versuchten beide, als Erster die Nudel zu schnappen.

Wanda schwankte.

»Vorsicht!« Hark machte einen Satz auf sie zu, um sie an der Taille zu packen, bevor sie endgültig das Gleichgewicht verlor. Doch seine Hände griffen ins Leere. Es gab einen harten Aufschlag, als Wandas Kopf gegen den Boden prallte. Erschrocken beugte Hark sich über sie und klopfte vorsichtig gegen ihre Wange. Doch Wanda lag einfach nur mit geschlossenen Augen da und regte sich nicht.

KAPITEL 8

»Irgendetwas ist faul«, sagte Ella zu Carla, die mit einer Zigarette in der Hand am Türstock lehnte, obwohl Ella ihr verboten hatte, vor der Kneipe zu rauchen.

»Was ist los? Hast du einen Kopf wie eine Trommel?« Carla bedachte Ella mit einem fragenden Blick, während sie mit dem Daumennagel die Ritze zwischen ihren Vorderzähnen entlanggrieb und dabei gleichzeitig die Zigarette zwischen Zeige- und Mittelfinger balancierte. »*Ayayay*, du bist ja schwarz vor Wut! Möchtest du reden?«

»Vielleicht später.«

»Du hast die Laune eines Hundes«, seufzte Carla und drückte die halb gerauchte Zigarette aus. »Na schön, ich geh den Dunstabzug reinigen. Bei dem Wetter ist heute ohnehin kein Ssswein am Strand.«

Ella nickte. In düsteres Schweigen gehüllt, setzte sie sich auf die Bank gegenüber dem Käptäns Eck, direkt neben die lebensgroße Figur, nach der die Kneipe benannt war. Ihr Vater hatte sie damals zur Eröffnung angeschafft. Ella versetzte dem hölzernen Kapitän einen kameradschaftlichen Klaps auf die Schulter. Vielleicht war es albern, aber es tröstete Ella ungemein, dass der Seemann nach all den Jahren noch immer vor dem Käptäns

Eck saß und Ausschau nach Gästen hielt. Wie die Kneipe hatte auch er bessere Zeiten erlebt. Das Blau seiner Jacke war ausgeblichen, von der Pfeife, die er in der Hand hielt, war nur ein Stummel übrig und in der Uniformmütze klaffte ein Loch, seit Jugendliche irgendwann den Kapitän als Zielscheibe beim Steinewerfen benutzt hatten. Doch um nichts in der Welt hätte Ella sich von ihrem stummen Freund trennen mögen. Sie gehörten zusammen. Den Möwenschiet auf seinem Rücken entfernte sie jeden Morgen genauso selbstverständlich, wie sie sich die Zähne putzte. Gedankenverloren rückte sie die Pudelmütze gerade, mit der sie das Loch im Kopf kaschiert hatte, sodass der Kapitän damit fast wie ein Schiffsjunge aussah. Hätten sich nur alle Löcher in ihrem Leben so leicht verdecken lassen! Seit drei Tagen herrschte Ebbe im Käptäns Eck. So wenig Umsatz machte sie sonst nur im November. Wenn das so weiterging … Sie mochte den Gedanken gar nicht zu Ende denken.

Ihr Blick glitt zum Horizont. Das Meer hatte sich zurückgezogen, auf den Schlickflächen glänzten Teppiche aus Seetang und Algen. Wolkenfetzen spiegelten sich in den Pfützen und Prielen. Am Strand lagen ausgeblichene Einwegflaschen herum, dazu ein einzelner Flipflop und Stücke von zerrissenen Fischernetzen. So ist das eben, dachte Ella, manche Probleme machen auch vor Borkum nicht Halt. Stirnrunzelnd beschloss sie, später mit einem Sack bewaffnet hinunter ans Meer zu gehen und Müll zu sammeln. Wenn jeder ein wenig dazu beitrug, ließen sich die Schönheit und Ursprünglichkeit der Insel vielleicht bewahren. Der Wind fuhr unter den Ausschnitt ihres Windbreakers, er brachte den dünnen Polyesterstoff zum Rascheln und blies ihr den Nieselregen mitten ins Gesicht. Ein wenig verlaufene Mascara geriet in ihr Auge. Es brannte wie Feuer. Reflexartig schloss sie die Lider und presste die Handflächen dagegen.

Den Jogger, der sich ihr vom Strand her über die Fahrradrampe näherte, bemerkte sie nicht. Dafür spürte sie, wie etwas Gummiartiges, Warmes gegen ihre nackten Waden in den dreiviertellangen Jeans stupste. Überrascht riss sie die Augen auf und erblickte ein winziges Schwein mit einer schwarzen und einer rosa Vorderpfote, das ein rotes Hundegeschirr trug.

»Kann ich mich setzen, oder hättest du lieber deine Ruhe?«, fragte Jan. Mit einem freundlichen Augenzwinkern strich er sich das feuchte braune Haar zurück, das ihm in langen Strähnen in die Stirn fiel, die Ärmel des Jogginganzugs hatte er zurückgeschoben. Fasziniert beobachtete Ella, wie die Muskeln an seinen trainierten Unterarmen spielten, sodass die großflächigen Tätowierungen auf seiner Haut wie bewegte Bilder wirkten. Unwillkürlich musste sie schmunzeln. Jan entsprach so gar nicht dem Klischee eines evangelischen Pastors. Möglicherweise war er ihr gerade deshalb sympathisch. *Auf Borkum ist alles anders,* ging es ihr durch den Kopf. Welche Insel konnte schon von sich behaupten, einen ehemaligen Kriminalbeamten aus Hamburg als Seelsorger zu haben?

»Setz dich doch. Dann ist das wohl Günther, oder?«, fragte sie und beugte sich vor, um das Schweinchen am Nacken zu kraulen. Wohlig grunzend presste es den Körper gegen ihre Beine und wackelte mit dem Schwänzchen. Ellas Herz zerschmolz. Das Ferkel war wirklich zu niedlich. Kein Wunder, dass Rasmus nach der Schule sofort in die Tierarztpraxis raste, um es zu besuchen.

»Keiner hatte Zeit für den Kleinen. Da habe ich ihn mir geschnappt, damit er ein wenig Bewegung bekommt.« Jan zuckte die Schultern. »In der Praxis geht es drunter und drüber. Wanda hatte einen Unfall.«

»Hoffentlich nichts Schlimmes!«

Er ließ sich neben Ella auf die Bank fallen. »Gehirnerschütterung, wie es aussieht. Sie muss für einige Tage im Krankenhaus bleiben. Jetzt haben sich Frauke und Hark in der Wolle, weil Frauke zu sehr mit eigenen Dingen beschäftigt ist, um in der Praxis auszuhelfen. Ich hoffe, die werden das klären.«

Einen Moment herrschte Schweigen, durchbrochen vom Kreischen der Seevögel über ihren Köpfen.

Günther hob die Pfote und legte sie auf Ellas Fuß, weil er gestreichelt werden wollte. Ella musste kichern.

»Was ist?«, fragte Jan.

Grinsend kraulte sie die weiche, speckige Haut direkt hinter dem Ohr. »Carla meinte vorhin, es wäre kein Schwein am Strand. Da hat sie sich wohl geirrt.«

Jans Gesicht erhellte sich. »Ich bin froh, dass du lachst. Vorhin hat es ausgesehen, als würdest du weinen.«

»Verlaufene Wimperntusche.« Sie winkte ab, doch etwas an der Art, wie Jan dasaß und sie aus ruhigen braunen Augen anblickte, drängte sie dazu, ihm ihr Herz auszuschütten, obwohl das sonst nicht ihre Art war. Über persönliche Probleme redete sie so gut wie nie. Mit Jan war es anders. Er besaß eine Art zuzuhören, die es einem leicht machte, über das zu sprechen, was man in sich verschlossen hatte. Auf einmal brach es aus ihr heraus: »Dieser elende Mistkerl!«

Ein Schluchzen unterdrückend drehte sie den Kopf zur Seite und starrte in die Ferne. Wuchtig wie Wehranlagen ragten die Buhnen aus dem Sand. Schnurgerade Stege aus Beton, die auf den Horizont zuliefen, mit grünen Algen und hellen Krusten von Seepocken verziert. Eine Schar Krähen flog auf und kreiste lärmend über dem Meer, frei, sich von einem günstigen Wind wegtragen zu lassen, an ein neues Ufer. Ella seufzte schwer.

Schweigen. Dann Jan: »Du meinst den Typen, der das Dünenblick gekauft hat? Was ich höre, scheint er schwierig zu sein.«

»Schwierig ist gar kein Ausdruck.« Ella ließ den Kopf hängen. »Ganz zu schweigen von seinem Hotelmanager. Ich hätte es nicht für möglich gehalten, dass jemand so fies sein kann.« Eine Träne rollte über ihre Wange. Verlegen wischte sie sie beiseite.

Doch Jan schien daran gewöhnt, dass Menschen in seiner Gegenwart weinten. In aller Seelenruhe zog er ein Papiertaschentuch aus der Verpackung und reichte es ihr. »Was ist passiert?«

In knappen Sätzen brachte Ella ihn auf den Stand der Dinge. »Und jetzt setzen sie alles daran, sich das Käptäns Eck unter den Nagel zu reißen. Direkt an der Promenade wird eine riesige Party-Location entstehen. Dabei behaupten sie, alles würde ruhig und friedlich bleiben. Von wegen! Die Becker-Gruppe ist auf abgefahrene Mega-Event-Locations spezialisiert. Ich hab das bei Google recherchiert. Ihnen gehört unter anderem das Disco-Schiff, das neulich vor der Küste kreuzte.«

»Verstehe. Und du willst nicht verkaufen?«

»Nein, will ich nicht.« Ella senkte den Kopf. Ihr Magen schmerzte bei der Aussichtslosigkeit der Lage.

»Sie können dich nicht zwingen.«

»Schon, aber egal, wie ich es drehe und wende, ziehe ich den Kürzeren. Wenn ich verkaufe, verliere ich alles, worum ich in den letzten Jahren gekämpft habe …« Sie verstummte.

»Und wenn nicht?«, erkundigte sich Jan mitfühlend.

»Dann sorgt Winkler dafür, dass ich pleitegehe.« Sie zögerte weiterzusprechen. »Da ist noch etwas … Es gibt keine konkreten Beweise, nur einen Verdacht. Daher weiß ich nicht, ob ich darüber reden soll.«

»Was auch immer du auf dem Herzen hast, es bleibt unter uns.«

Ella massierte sich die Schläfen. Hinter ihrer Stirn braute sich ein massiver Kopfschmerz zusammen. »Na schön. Vorhin beim Einkaufen habe ich mit Gerda gesprochen. Sie arbeitet an der Kasse im Supermarkt und bekommt so ziemlich alles mit, was auf der Insel erzählt wird.« Wieder verstummte sie.

Jan sagte nichts. Aber er hob eine Hand und legte sie sanft und unaufdringlich auf ihren Rücken. Richtig beruhigend fühlte sich das an. Die Verschlingung in ihrem Bauch löste sich.

»In den letzten Tagen …«, hob sie an und schüttelte langsam den Kopf. »Obwohl das Wetter schön war, hatten wir kaum Einnahmen in der Kneipe. Die Gäste sind einfach weggeblieben. Erst dachte ich, es gebe keinen Grund, sich Gedanken zu machen. Schließlich gibt es immer mal wieder Phasen, in denen es nicht so läuft. Aber ein leeres Lokal an drei aufeinanderfolgenden Tagen kann kein Zufall sein.«

Jan nickte schweigend.

»Martha sagt, das Käptäns Eck hätte bei einem der einschlägigen Internetportale eine richtig miese Bewertung bekommen. Ich muss mir das gleich mal selbst ansehen. Angeblich hat sich jemand von meinem Essen etwas eingefangen. Dabei hat das Gesundheitsamt erst letzte Woche bei mir Hygienekontrolle gemacht. Es gab nichts zu beanstanden. Das passt doch nicht zusammen.«

»Du vermutest, Winkler hat die Bewertung geschrieben, um dir zu schaden?«

»Beweisen kann ich es nicht.« Ella ließ die Schultern sacken. »Abgesehen davon, ändert es nichts. Den schlechten Ruf habe ich erst mal weg. Wenn das weiter im Netz kursiert …« Sie ließ den Satz in der Luft hängen. Schließlich schüttelte sie traurig den Kopf. »Ich brauche dringend Geld, um den Kredit zu bezahlen. Wie soll ich das schaffen, wenn das so weitergeht? Am Ende muss ich doch verkaufen.«

»Keine Angst. So weit wird es nicht kommen«, sagte Jan entschieden. »Ich habe eine Idee. Allerdings muss ich dazu ein paar Fäden ziehen.« Er packte Günther am Geschirr und setzte ihn auf seinen Arm. Mit einem geheimnisvollen Zwinkern erhob er sich.

»Was hast du vor?«

»Vertrau mir«, erwiderte Jan und versuchte vergeblich, Günthers Zärtlichkeiten abzuwehren, die darin bestanden, den Rüssel mitten in das Gesicht des Pastors zu drücken. »Habe ich freie Hand?«

»Solange keine Kosten damit verbunden sind ...«

»Prima. Diesem Winkler zeigen wir es.« Jan nickte ihr zum Abschied zu. »Du wirst sehen, das wird ein Mordsspaß.«

Nachdenklich blickte Ella ihm hinterher. Sie wusste nicht, was Jan unter einem *Mordsspaß* verstand, aber irgendwie klang es beunruhigend.

KAPITEL 9

»Das ist Erpressung«, erklärte Hark. Mit indigniertem Schnauben trat er an das Fußende von Wandas Krankenbett und schnappte sich das Clipboard mit der Patientenakte.

»Mitnichten.« Frauke saß sehr aufrecht auf dem abgewetzten Besucherstuhl neben Wandas Bett. Die Handtasche auf ihrem Schoß hielt sie mit beiden Händen umklammert. »So läuft das nun mal. Geschäft und Gegengeschäft.«

Hark musterte sie scharf, aber wegen des herabgelassenen Rollos war es zu dämmrig im Raum, um ihren Gesichtsausdruck lesen zu können. Schwer zu sagen, ob es sich um eine leere Drohung handelte. Im Grunde blieb ihm nichts übrig, als Fraukes Bedingungen zu akzeptieren. Irgendjemand musste die Praxis managen, solange Wanda ausfiel, und so gut wie Frauke kannte sich niemand aus.

»Nur damit ich das richtig verstehe …« Er verschränkte die Arme vor der Brust. »Als Gegenleistung für deine Hilfe in der Sprechstunde zwingst du mich, dieses Programm durchzuziehen, das du dir mit Hinni in einem Anfall geistiger Verwirrung ausgedacht hast?«

»Sorry, aber könntet ihr vielleicht nicht so schreien?«, bat Wanda mit schwacher Stimme. Sie zog den Clip zur Pulsmessung ab und bewegte den geröteten Zeigefinger hin und her. »Mein Kopf tut schrecklich weh.«

»*Ich* spreche ganz normal«, erklärte Frauke indigniert und zupfte einen imaginären Fussel von ihrem lilafarbenen Twinset.

Hark hörte gar nicht zu. Kopfschüttelnd studierte er die Einträge im Medikamentenplan. »Ein Mittel gegen Übelkeit und Ibuprofen, 2400 mg. Meine Güte, wenn du ein Hund wärst, wärst du längst tot. Ich frage mich, ob die Diagnose stimmt. Auf mich macht es nicht den Eindruck, als hättest du eine schwere Gehirnerschütterung. Lass mich das kurz überprüfen. Kannst du dich erinnern, was vor deinem Sturz passiert ist?«

»Du hast das Schwein mit Ravioli gefüttert.«

»Und danach?«

»Ich lag am Boden und Tassilo versuchte, mir das Ohr auszulecken, während Frauke den Notdienst anrief und du mir aus lauter Panik eine Herzmassage verpassen wolltest.«

»Stimmt nur zur Hälfte. Du warst ohnmächtig. Jemand musste deine Atmung überprüfen«, gab Hark zurück und überspielte damit seine Verlegenheit. Wanda regungslos am Boden liegen zu sehen, hatte ein schlimmes Déjà-vu ausgelöst. Als die Bilder von Julias Unfall vor seinem inneren Auge aufblitzten, war er panisch geworden. Verdammte Erinnerungen. Würde er sie je loswerden? Ein Stöhnen unterdrückend, zückte er das Handy.

»Hier drinnen ist telefonieren verboten«, sagte Frauke. »Du musst auf den Gang gehen.«

»Ich will nicht telefonieren.« Mit finsterer Entschlossenheit wischte er über das Display und aktivierte die Taschenlampenfunktion. Er beugte sich über Wanda. »Schau mal in das Licht hier.«

»Unterstehe dich«, schnaubte Frauke. »Wage es nicht, in die Behandlung der Ärzte zu pfuschen, nur damit du Wanda hier herausbekommst und sie wieder Dienst für dich schieben kann.«

»Eine Zweitdiagnose ist immer ratsam.« Mit einem verärgerten Grummeln steckte Hark das Handy weg.

»Ein Glück, dass ich mit meinem Nierenstein nicht auf deinem Behandlungstisch gelandet bin. Du hättest es fertiggebracht, ihn mit dem Zahnstein-Ultraschall zu zertrümmern«, bemerkte Frauke spitz.

»Ich würde mich gern ausruhen«, stöhnte Wanda. »Könntet ihr nicht wenigstens ein *kleines bisschen* leiser sein?«

»Aber sicher«, flötete Frauke und lächelte verständnisvoll. Dann legte sie die Finger um den Verschluss ihrer Handtasche und ließ ihn mit einem kaum hörbaren Klacken aufschnappen. Offensichtlich zufrieden mit sich, zog sie einen bunten Flyer hervor und reichte ihn Hark. »Hier. Lies das mal.«

»Lass los und lebe! – Der Weg für gestresste Paare«, las er. Er hob den Kopf und warf Frauke einen kurzen Blick mit zusammengezogenen Augenbrauen zu. »Das ist doch verrückt.«

»Nicht verrückter als der Rest der Welt. Ich habe mir den Unsinn mit Virtual Reality, Social Media und Netflix nicht ausgedacht, aber dass die zwischenmenschlichen Beziehungen dabei auf der Strecke bleiben, ist doch klar. Dein Vater und ich hatten nur einen Videorekorder. Jeden Samstag haben wir uns einen Film aus der Videothek geliehen, das war alles. Wir haben eine ganz wunderbare Ehe geführt«, verkündete Frauke mit einem versonnenen Lächeln. »Und jetzt wollen Hinni und ich gestressten Paaren die Bedeutung eines Lebens im Hier und Jetzt näherbringen.«

Hark starrte mit offenem Mund zu ihr hinüber. In diesem Moment erschien es ihm vollkommen unmöglich, dass diese Frau seine Mutter war.

»Lies!«, forderte sie ihn auf.

Nichts Gutes ahnend, senkte Hark den Kopf über das Blatt:

Das perfekte Paar-Wochenende auf Borkum –
Tauchen Sie ein in das Reich der Sinne. In fünf
energetisch reinigenden Schritten heben Sie Ihre
Beziehung auf eine neue Ebene:

1. Drink, wat kloor is, segg, wat wohr is …
Borkumer Teezeremonie entdecken und Ihren geheimen
Bedürfnissen begegnen.

2. Ayurvedische Massage für zwei
Seite an Seite mit Ihrem Partner in einem Meer
aus Blüten und Düften entspannen. Feiern Sie die
Romantik neu.

3. Bikram Hot Spot
Reinigen und dehnen Sie Ihren Körper, um neue
Energien fließen zu lassen.

4. Eins mit den Kräften der Natur
Befreien Sie die Waldgöttin / den Waldgott in sich, und
finden Sie zurück zur inneren Mitte.

5. Magischer Sternenzauber
Ein Abend voller Überraschungen wird für unvergessliche
Momente in Ihrem Leben sorgen.

Fraukes Blick bohrte sich in seinen Rücken. »Einige Formulierungen werden noch überarbeitet. Aber du musst zugeben, dass es insgesamt überzeugend klingt.«

»Großer Gott! Wenn ich geahnt hätte, wohin das führt, hätte ich dich damals daran gehindert, dieses Yoga-Seminar zu besuchen. Da dachtest du noch, Asanas und Pranayama wären nackte indische Tempeltänzer.« Er reichte ihr den Prospekt zurück. Dann legte er die Hände in die Seite und dehnte seinen schmerzenden Rücken.

Frauke warf ihm einen prüfenden Blick zu. »Hast du wieder Probleme mit dem Rücken?«

»Die habe ich immer. Zu langes gebücktes Stehen am OP-Tisch.«

»Was ist mit deinen Übungen? Dein Physiotherapeut meinte, du sollst sie regelmäßig machen.«

»Dazu komme ich im Moment nicht.«

»Ausreden!« Frauke winkte ab und fächelte sich mit dem Flyer Luft zu. »Ich werde darauf achten, dass du wieder jeden Tag vor der Sprechstunde dein Training machst. Morgensonne im Garten ist Balsam für die Seele. Aber zurück zum Thema. Was sagst du zu meinem Vorschlag?«

»Ich denke darüber nach«, sagte er zögernd. »Aber selbst *wenn* ich mitmache – was im Übrigen noch nicht feststeht –, wer soll meine Partnerin sein? Wanda fällt aus. Außer du fotoshoppst sie im Nachhinein in die Aufnahmen.«

»Du hast überhaupt nichts verstanden.« Frauke wackelte mit den Augenbrauen. »Hörst du mir überhaupt zu? Ich habe dir bereits mehrfach erklärt, dass es nicht *ausschließlich* um die Fotos geht. Hinni und ich brauchen einen Probelauf unter realen Bedingungen. Wenn die ersten Kunden da sind, können wir uns keine Schwachstellen leisten.«

Pause. Draußen auf dem Gang quietschten Gummisohlen.

Frauke hörte auf zu fächeln. »Außerdem habe ich bereits jemanden gefunden, der bereit wäre einzuspringen.«

Das ungute Gefühl in Harks Bauch verstärkte sich. »Meinst du nicht, ich habe ein Wörtchen mitzureden? Immerhin sollen wir für euch das verliebte Paar geben.«

»Keine Angst, du wirst glücklich sein über meine Wahl«, erklärte Frauke und wirkte äußerst selbstzufrieden. Bedeutungsvolle Pause. Dann: »Es ist Svea. Ihr beide harmoniert ausgezeichnet. Das habe ich bemerkt, als ich euch zusammen auf Kai Uwes Weide gesehen habe.«

»Und damit ist dein Vorhaben schon zum Scheitern verurteilt«, erklärte Hark und befestigte das Klemmbrett mit der Krankenakte wieder am Fußende des Bettes. Genüsslich wandte er sich an Frauke: »Svea ist eine äußerst intelligente junge Frau. Du glaubst doch nicht im Ernst, dass sie sich für so einen Blödsinn hergibt?«

Frauke legte den Flyer auf Wandas Nachtkästchen ab. Dann zog sie einen Aufklappspiegel aus ihrer Handtasche und begutachtete interessiert ihr Make-up. »Mein Lieber, ich habe sie bereits gefragt. Sie ist einverstanden.«

Hark erstarrte. »Wie bitte? Wie hast du das angestellt? Hast du ihr gedroht, dass du dich an Kai Uwe ranmachst, falls sie nicht mitspielt?«

Mit einem süffisanten Grinsen lächelte Frauke Harks Sarkasmus beiseite. Sie hob den Arm und schob eine Haarsträhne zurück, die sich aus dem mit Elefanten bedruckten Seidentuch gelöst hatte. »Wenn es darauf ankommt, kann ich sehr überzeugend sein.«

Darauf erwiderte Hark lieber nichts.

Sie klappte den Spiegel zu. »Also schön«, sagte sie mit einem Gesichtsausdruck, der keine Zweifel daran ließ, wer die Schlacht gewonnen hatte. »Wann legen wir los?«

KAPITEL 10

Aufgewühlt von dem Gespräch mit Jan hatte Ella auf dem Nachhauseweg einen Abstecher zum Strand unternommen. Normalerweise beruhigten die frische Hochseeluft und das gleichmäßige Rauschen der Wellen sie, aber heute bekam sie den Kopf einfach nicht frei. Sie hatte keine Ahnung, was Jan zur Rettung des Käptäns Eck unternehmen wollte, aber sie konnte nur hoffen, dass es funktionierte. Ihr Herz hing an der Kneipe. Als Kind hatte sie dort mehr Zeit verbracht als andere Kinder auf Spielplätzen. Dass es das Käptäns Eck nicht mehr geben sollte, war unvorstellbar.

Die Haustür knarrte beim Aufsperren. Ella streifte ihre Flipflops ab und wischte sich den feinen Strandsand von den Füßen. Von Kai Uwe hatte sie gehört, dass die Stimmung im Inselrat langsam kippte. Angeblich stieg die Zahl der Befürworter des Großprojekts. Sie hatte keine Ahnung, wie Winkler es angestellt hatte, aber inzwischen schien man den Plänen der Becker-Gruppe recht wohlwollend gegenüberzustehen. *Shit!* Was sollte sie als Besitzerin einer kleinen, in die Jahre gekommenen Kneipe dagegen ausrichten? Es war ein Kampf zwischen David und Goliath.

Als sie das Wohnzimmer betrat, saß Brigitte an dem niedrigen Couchtisch, den Kopf über eine Patience gebeugt. Im ersten Moment bemerkte sie Ellas Eintreten nicht, aber dann fuhr sie erschrocken zusammen. Mit fahrigen Bewegungen versteckte sie die Karten unter dem Tischläufer und stellte die braune Obstschale darauf, die die Form eines Ahornblattes hatte. Ein Andenken aus dem einzigen Urlaub, den sich die Familie vor dreißig Jahren in Spanien gegönnt hatte.

»Ich wusste nicht, dass du so bald zurückkommst«, erklärte sie vorwurfsvoll, aber Ella war das ängstliche Flackern in Brigittes Blick nicht entgangen. Es gab keinen Grund – zumindest keinen, den Ella erkennen konnte –, aber Brigitte wirkte in letzter Zeit wie ertappt, wenn Ella sie beim Nichtstun überraschte. »Müsstest du um diese Zeit nicht in der Kneipe stehen?«

»Es ist so gut wie nichts los.« Ellas Brust zog sich zusammen, als Brigitte das Staubtuch nahm, das griffbereit neben ihr auf der Couch gelegen hatte, und anfing, Möbel zu polieren. Sanft fiel sie ihrer Mutter in den Arm. »Warum setzt du dich nicht und entspannst, während ich uns einen Tee mache? Du musst doch hier nicht Staubwischen. Darüber haben wir so oft gesprochen.«

Zu Ellas Entsetzen füllten sich Brigittes Augen mit Tränen. »Ich möchte meinen Beitrag im Haushalt leisten. Immerhin gehöre ich noch nicht ins Heim.«

Frustriert schüttelte Ella den Kopf. Wieder das alte Thema! Wie ein Damoklesschwert schien es über Brigittes Kopf zu schweben. Da half es nichts, dass Ella ihr zigmal am Tag versicherte, dass sie ein Heim nur im äußersten Notfall in Betracht ziehen würde, sprich, wenn Brigitte schwer pflegebedürftig wäre und nicht zu Hause betreut werden könne.

Ella betete, dass dieser Tag nie kommen würde. Mit einem Flattern im Bauch erinnerte sie sich an den Vorfall vor einigen Tagen. Wenn sie nur daran dachte, spürte sie, wie Adrenalin durch ihren Körper schoss. Zum Glück war es bei dem einmaligen großen Aussetzer geblieben, doch seit Ella danach suchte, entdeckte sie immer weitere Veränderungen an Brigittes Verhalten. Kleinigkeiten im Grunde, doch in der Summe konnten sie Bedeutung haben. Zum Glück stand der Termin bei Dr. Jörgensen unmittelbar bevor.

»Was hältst du davon, wenn du mit in die Küche kommst und ein paar Kartoffeln schälst? Dann kann ich schon mal die Rote Bete pürieren«, schlug Ella vor und hakte Brigitte unter. »Ich möchte uns Labskaus zum Abendessen machen.«

»Eigentlich habe ich keinen Hunger.« Ein verschlossener Zug legte sich um Brigittes Mundwinkel. »Aber wenn du meinst.«

Ella schwieg. Beim Hinausgehen fiel ihr Blick auf das Bügelbrett neben der Wohnzimmertür. Ursprünglich hatte sie sich vorgenommen, den Korb Wäsche daneben heute wegzubügeln, aber bis jetzt war sie noch nicht dazu gekommen. Das Dampfbügeleisen stand mit herausgezogenem Stecker in der Station, genau, wie sie es zurückgelassen hatte. Daneben eine aufgeschlagene Zeitschrift sowie ein Aschenbecher mit ausgedrückten Kippen darin. Seufzend betrachtete Ella das angefangene Kreuzworträtsel, in dem auffallend viele Buchstaben ausgestrichen oder korrigiert waren. Die Schrift wirkte dünn und krakelig. Ella biss sich auf die Lippen.

Es klingelte an der Tür. Brigitte sah Ella direkt in die Augen. »Erwartest du Besuch?« Es klang nicht unfreundlich, aber doch so, dass Ella merkte, wie sich etwas in Brigitte verschloss. Früher hatte sie es geliebt, unter Menschen zu sein. Seit Neuestem zog sie sich auf ihr Zimmer zurück, sobald es an der Tür klingelte, selbst wenn es nur der Briefträger war.

»Es ist sicher Frau Wilmer, die ihr Paket abholen will«, beruhigte Ella sie und deutete auf das Päckchen neben der Tür.

Der DHL-Bote hatte es am Morgen bei ihr abgegeben, nachdem bei den Nachbarn niemand geöffnet hatte.

»Herrje!« Brigittes Stimme klang ängstlich. »Ich möchte nicht, dass mich jemand so sieht. Meine Haare sind nicht gerichtet. Du hattest ja gestern keine Zeit, mich zum Friseur zu fahren.« Die Besorgnis in ihrer Stimme wich einem vorwurfsvollen Ton.

»Ich bin sicher, Frau Wilmer bemerkt davon nichts«, erwiderte Ella gereizt und strubbelte sich über den kurzen Pony. Ihrer Meinung nach gab es nichts Befreienderes als einen Kurzhaarschnitt. Waschen, kämmen, Festiger, durchwuscheln und fertig! Sie versuchte seit Langem, Brigitte zu einer praktischen Frisur zu überreden, aber diese war von ihrer gewohnten Wasserwelle nicht abzubringen. Dafür musste Ella sie jeden Freitag zum Friseur am anderen Ende Borkums fahren. Nicht, dass es Ella etwas ausmachte, aber manchmal kam etwas dazwischen. So wie heute. Warum musste Brigitte deshalb jedes Mal einen Aufstand veranstalten? Sie hob ein aus dem Korb gefallenes T-Shirt vom Boden auf und trat an die Tür, um zu öffnen.

»Störe ich?« Hark stand vor ihr, eine Hand in der Tasche seiner Arbeitshose vergraben. In der anderen hielt er Tassilos schwarze Lederleine. Als der krummbeinige Dackel Ella entdeckte, versuchte er, an ihr hochzuspringen, was ihm einen strengen Blick seines Herrchens einbrachte.

»Schon okay. Komm rein«, sagte Ella, nachdem sie ihre Verwunderung hinuntergeschluckt hatte.

Brigitte eilte trotz ihrer steifen Knie erstaunlich flink auf Hark zu und schloss ihn in die Arme. »Wie schön, dich zu sehen. Du hast lange nichts von dir hören lassen. Setzen wir uns in die gute Stube? Der Zug in der Diele ist Gift für meinen Nacken.«

Verwundert betrachtete Ella ihre Mutter. Ihre Wangen leuchteten rosig, die Müdigkeit war wie weggeblasen.

»Guten Abend, Brigitte. Du siehst wunderbar aus«, sagte Hark. Er streifte den Schmutz von den Schuhen, nahm den Dackel auf den Arm und folgte ihr ins Wohnzimmer. Als er an dem aufgeschlagenen Rätselheft vorbeiging, grinste er. »Immer noch eine Schwäche für Schwedenrätsel? Ich habe immer die Schnelligkeit bewundert, mit der du die Dinger löst. Sicher bist du noch so gut wie früher.«

»Tja, man muss schon etwas dafür tun, um im Kopf fit zu bleiben«, erwiderte Brigitte. Bevor Hark Gelegenheit hatte, die Seite genauer zu betrachten, schlug sie mit einer fahrigen Bewegung die Zeitschrift zu. Ellas Magen zog sich zusammen.

Lächelnd nahm Brigitte neben Hark auf der Couch Platz. »Wie wäre es mit einer Fasanenbrause? Ella, wärst du so nett?« Dabei strahlte sie Hark an, als wäre er in ihren Augen immer noch der perfekte Schwiegersohn. Jens, Ellas Ex-Mann, hatte sie nie so angesehen. Ella stöhnte innerlich auf. Wortlos ging sie in die Küche, um den Sanddornlikör zu holen.

»Natürlich verstehe ich, wie schrecklich Julias Tod für dich gewesen sein muss«, erklärte Brigitte gerade, als Ella mit den Gläsern zurückkehrte. »So platt es klingt, aber Zeit heilt alle Wunden. Ein Leben ohne Liebe ist einsam.«

»Über Einsamkeit kann ich mich nicht beklagen«, erwiderte Hark. Er zog einen Streifen getrocknete Entenbrust aus der Tasche und hielt ihn Tassilo hin. Geschickt umklammerte der Dackel das Leckerli mit den krummen Pfoten und begann mit Inbrunst zu kauen. »Allerdings würde ich mich freuen, wenn Tassilo nachts nicht schnarchen würde.«

Brigitte nippte an ihrem Likör. Versonnen blickte sie zwischen Hark und Ella hin und her. »Was ist eigentlich damals zwischen euch vorgefallen? Ich habe nie verstanden, weshalb ihr euch getrennt habt. Ihr wart das perfekte Paar. Jens hat überhaupt nicht zu Ella gepasst, das war mir gleich bei der ersten Begegnung klar.«

112

»Bitte, Mama, könntest du damit aufhören? Hark ist nicht hier, um uralte Geschichten aufzuwärmen. Abgesehen davon ertrage ich es nicht, mir von dir anhören zu müssen, was für ein Arsch Jens war.«

»*Arsch* gehört nicht zu meinem Vokabular«, erwiderte Brigitte spitz. Sie stellte das Glas zurück auf den Tisch. »Ich lasse euch jetzt besser alleine.«

»Wie du meinst.« Ella war zu verärgert, um ihrer Mutter in die Augen zu sehen.

Brigitte erhob sich. »Ich lege mich ein wenig hin. Mir ist schwindlig.«

»Alles in Ordnung mit ihr?«, erkundigte sich Hark, nachdem Brigitte nach oben verschwunden war.

»Keine Ahnung.« Ella zuckte die Schultern. »Anscheinend leidet sie unter Durchblutungsstörungen. Liegt an den Zigaretten. Ich habe ihr oft genug gesagt, dass sie damit aufhören soll.«

»Nicht so einfach, von einer Sucht loszukommen.«

Darauf erwiderte Ella nichts. Mit Suchtverhalten kannte sie sich aus. Ihre Sucht war Hark gewesen. Nach der Trennung hatten die Sehnsucht und das Verlangen nach ihm sie beinahe umgebracht. Schlimmer konnte kalter Entzug kaum sein.

»Ich versuche wirklich, so wenig Druck wie möglich auf sie auszuüben, aber der Arzt betont auch regelmäßig, sie müsse mit der Raucherei aufhören. Ich mache mir Sorgen«, sagte sie aus dem unbestimmten Gefühl heraus, sich erklären zu müssen, obwohl Hark sie sicher nicht hatte kritisieren wollen.

»Du brauchst kein schlechtes Gewissen zu haben«, meinte Hark und blickte sie aus meerblauen Augen an.

»Das habe ich nicht«, entrüstete sie sich.

»Nein, keine Spur«, erwiderte Hark und zwinkerte dabei.

Ohne nachzudenken, nahm sie das Kissen, das neben ihr lag, und warf es nach ihm. Mit einer geschickten Bewegung fing er es auf. Grinsend erhob er sich und reichte es ihr zurück. Als sich ihre Finger dabei berührten, hielt Hark für einen Moment ihre Hand fest. »Alles in Ordnung? Du wirkst erschöpft.«

»Mir geht es gut«, behauptete sie und versuchte, ihre Hand zurückzubekommen, aber Hark ließ nicht los. Bei seiner Berührung prickelte es in ihrem ganzen Körper. Dazu die sexy Stimme, sein ganz eigener Geruch nach Seife, süßem Heu und Meer … Trotz der Kühle im Raum fühlte Ella, wie ihr heiß wurde. Als sich ihre Blicke begegneten, meinte sie Sorge in seinen Augen zu lesen, und dazu noch etwas, was sie nicht deuten konnte. Ein letzter sanfter Druck, dann ließ er ihre Hand los. Benommen lehnte sie sich zurück.

»Gibt es etwas, was ich für dich tun kann?« Wie selbstverständlich ließ er sich neben ihr auf der Lehne nieder. Mit einer Bewegung, die ihr so vertraut war, dass ihre Brust eng wurde, ließ er den Arm auf ihrer Schulter ruhen.

Über ihren Köpfen knarrten die Dielen in Brigittes Zimmer. Dann war alles ruhig.

»Alles gut. Mir fehlt nur ein wenig Schlaf«, murmelte sie.

»Dein Haar riecht noch genau wie früher.« Sein Kinn senkte sich sanft über ihren Scheitel. »Rosen und ein Hauch von Lavendel.«

»Wohl eher nach Arbeit in der Küche«, gab sie zurück. Durch die Intensität der Gefühle, die seine Nähe in ihr hervorrief, vergaß sie fast zu atmen. Eigentlich hatte sich nichts geändert. Das Verlangen nach Hark war nicht verschwunden. Es schlummerte in jeder ihrer Nervenzellen und wartete darauf, aus dem Dornröschenschlaf geweckt zu werden. In einem langen Atemzug stieß sie die angestaute Luft aus den Lungen.

»Hm«, machte er und streifte mit dem Kinn ihren Pony. »Ich rieche Vanille, Zimt, Apfel, Marzipan … Butter? Du hast gebacken, stimmt's?«

Sie nickte. Die Stacheln seines Ziegenbarts kitzelten ihre Stirn und ließen einen Schauer über ihren Rücken laufen. »Ich hätte duschen sollen«, murmelte sie, während alles in ihr wild durcheinandergeriet. Ihr Verstand wurde von ihren Emotionen überrollt. Plötzlich wünschte sie sich nichts sehnlicher, als seine Lippen auf ihrem Mund zu spüren.

»Hast du über uns nachgedacht? Können wir Freunde sein?« Hark hob den Kopf und hielt sie ein wenig auf Abstand, sodass sie sich in die Augen sehen konnten. »Du bist mir wichtig. Ich bin gern mit dir zusammen.«

Seine Worte wirkten wie eine kalte Dusche. Wie unglaublich dumm von ihr! Hatte sie wirklich gehofft, Hark würde sie küssen? Plötzlich wusste sie nicht mehr, wohin mit sich. Nervös strich sie die schwitzigen Hände an der Jeans ab. Dass Hark nichts weiter als Freundschaft wollte, hätte ihr von Anfang an klar sein müssen. Sie hingegen wollte …

»Ella?«, hörte sie Brigitte vom oberen Ende der Treppe rufen.

Augenblicklich war sie versucht aufzuspringen, doch Hark hielt sie sanft zurück.

»Ich kann meine Brille nicht finden. Liegt sie auf dem Couchtisch?«

Ella nahm zwei, drei tiefe Atemzüge und fühlte, wie Harks Arm von ihrer Schulter glitt. Mit einem seltsamen Gefühl der Leere im Kopf erhob sie sich und schob die TV-Zeitschrift beiseite. Brigittes Brille lag darunter.

»Deine Brille ist hier«, rief sie. »Ich bringe sie dir rauf.«

Als sie zurückkam, hatte Hark sich wieder auf seinen ursprünglichen Platz gesetzt. Er lächelte ihr zu, als sie mit Schwung die beiden letzten Stufen nahm.

»Wie läuft es mit deinem neuen Nachbarn? Macht er immer noch Ärger?«, erkundigte er sich.

Sie setzte sich ihm gegenüber in den Sessel und schlug ein Bein über. Ihr linker Fuß wippte nervös in der Luft. »Es sind böse Gerüchte über mich im Umlauf. Angeblich stimmt die Qualität des Essens nicht. Ich kann es nicht beweisen, aber ich vermute, Winkler steckt dahinter. Er versucht, mir Daumenschrauben anzulegen, damit ich die Kneipe verkaufe.«

»Das tut mir leid für dich. Wie kann ich helfen?«

»Gar nicht, aber danke.« Sie spürte einen leichten Druck auf ihrem in der Luft schwebenden Fuß. Als sie den Blick senkte, bemerkte sie, dass Tassilo eine Pfote auf ihrem Bein abgelegt hatte und um Aufmerksamkeit bettelte. Sie beugte sich zu dem Dackel hinunter und massierte sanft das seidige Fell. Tassilo blickte hingebungsvoll zu ihr auf und umklammerte mit der zweiten Vorderpfote ihren Arm. Dann reckte er den Hals und versuchte, ihr mit der Zunge über das Gesicht zu lecken, so als wollte er sie trösten. Lächelnd wehrte Ella ihn ab und hob das kleine, warme Bündel auf ihren Schoß. Dort kringelte sich Tassilo zusammen, seufzte wohlig, schmatzte ein paarmal mit der Schnauze und schloss die Augen. Ella atmete tief ein. Zögernd suchte sie Harks Blick. »Was meinst du? Ist es Irrsinn, die Kneipe behalten zu wollen? Welche Chancen habe ich denn langfristig, wenn das Dünenblick im großen Stil umgebaut wird und direkt vor meiner Nase eine Mega-Party-Location entsteht?«

Harks Blick war ernst geworden. »Das kannst nur du selbst beurteilen. Aber wie ich dich kenne, hast du zum Glück einen verdammt starken Willen.«

»Wenn du das sagst …« Sie schenkte ihm ein halbes Lächeln. »Jan meinte gestern etwas Ähnliches. Er hat irgendeine Idee, wie wir das Schlimmste verhindern können. Allerdings habe ich keine Ahnung, was er vorhat.«

»Du wirst es herausfinden.« Hark zögerte. Er griff zum Sanddornlikör und nahm einen Schluck. Nachdenklich beobachtete Ella, wie er sich nach dem Trinken mit der Zunge über die Lippe fuhr. Eine Angewohnheit, die sie Tausende Male an ihm beobachtet hatte. Sichtlich unentschlossen drehte er das Glas in den Händen. »Ich bin hier, um dich um einen Gefallen zu bitten. Eigentlich mag ich dich nicht damit belasten. Aber ich wüsste nicht, wen ich sonst fragen soll.«

»Mach ruhig.« Sie zuckte die Schultern. »Ich kann immer noch nein sagen.«

»Na schön.« Er richtete sich auf und stellte das Glas beiseite. »Es geht um Günther. Ich suche vorübergehend eine Pflegestelle für ihn. Solange Wanda im Krankenhaus liegt, muss ich mich auch noch um Krümelchen kümmern, und zwei Hunde *und* ein Schwein in meinem Schlafzimmer sind einfach zu viel.«

Bei der Vorstellung, wie Hark sich das Schlafzimmer mit den Tieren teilte, lachte Ella befreit auf. Sie hatte mit Schlimmerem gerechnet.

»Sag jetzt bitte nichts.« Hark verzog das Gesicht. Es wirkte fast bemitleidenswert. »Krümelchen ist nicht daran gewöhnt, alleine zu schlafen. Zusammen mit Günther veranstaltet sie einen Riesenterror, wenn ich die beiden aus dem Schlafzimmer sperre. Günther in der Krankenstation unterzubringen, funktioniert auch nicht, weil Tassilo dann durchdreht. Er heult schlimmer als ein Wolf und hört erst auf, wenn ich Günther zurück ins Haus hole.«

»Du Armer.« Ella lachte, bis ihr Tränen kamen.

»Es wäre alles nicht so wild, wenn ich nicht ohnehin zu wenig Schlaf bekäme«, verteidigte sich Hark. »Ich kann mich gar nicht mehr erinnern, wie es ist, mal eine Nacht durchzuschlafen. Ständig gibt es einen Notfall.«

»Vielleicht solltest du einen zweiten Tierarzt einstellen«, schlug Ella vor. »Wahnsinn, alles alleine schultern zu wollen. Du und Julia, ihr wart doch damals auch zu zweit.« Erschrocken hielt sie inne und blickte vorsichtig zu ihm hinüber. Sie hatte nicht vorgehabt, Julia zu erwähnen. Es war ihr einfach hinausgerutscht.

Eine ganze Weile lang sagte Hark nichts. Als er schließlich aufblickte, lag Schmerz in seinem Blick. Er räusperte sich. »Das … war etwas anderes.«

»Ja, natürlich«, meinte Ella betreten. »Es tut mir leid. Alles in Ordnung mit dir?«

»Sicher. Warum nicht?«

Sie sog die Luft ein. Diesmal war es Hark, der versuchte, ihr Sorglosigkeit vorzuspielen, nicht umgekehrt. Plötzlich kam ihr eine Idee. »Fünf Cent?« Sie versuchte, ihrer Stimme einen beiläufigen Klang zu verleihen.

Es dauerte eine Sekunde, bis er verstand, was sie meinte. *Fünf Cent für deine Gedanken* war das Spiel, das sie immer gespielt hatten, wenn sie voneinander wissen wollten, was dem anderen durch den Kopf ging.

»Also schön.« Ein seltsamer Ausdruck umspielte seine Lippen und Ella durchzuckte unwillkürlich die Sorge, eine Grenze übertreten zu haben. »Ich dachte darüber nach, was für ein großartiges Leben ich einmal hatte.«

Ihre Kehle zog sich zusammen. Sie hatte lange nach einer passenden Gelegenheit gesucht, diese Worte auszusprechen, aber der richtige Moment war nie gekommen. Vielleicht war es jetzt an der Zeit. Vorsichtig setzte sie Tassilo auf den Boden. Zögernd, aber dennoch entschlossen reichte sie über den Tisch und nahm Harks Hand. »Ich weiß nicht, warum ich dir das nicht schon längst gesagt habe … eigentlich habe ich es immer vorgehabt …« Sie schluckte trocken. »Es tut mir unglaublich leid für dich, dass Julia gestorben ist. Ich habe sie nicht wirklich gekannt, aber sie scheint eine tolle Frau gewesen zu sein.«

Harks Augen schimmerten dunkel. »Das war sie.«

Schweigen. Unter dem Tisch kaute Tassilo hingebungsvoll an seinem Leckerli.

War es ein Fehler gewesen, in der Vergangenheit zu graben? Ella fühlte sich schuldig und erleichtert zugleich. Erleichtert, weil sie endlich den Mut gefunden hatte, Hark den Trost zu spenden, der schon so lange überfällig war. Schuldig, weil die Eifersucht lange Zeit ihr Leben beherrscht hatte.

So viele Jahre war Julia für sie die Frau gewesen, die sich den Mann geschnappt hatte, mit dem ursprünglich Ella glücklich hatte sein wollen.

Und dann war aus Julia die Frau geworden, um die Hark trauerte.

Ella wusste nicht, was sie tun oder sagen sollte, um die Anspannung im Raum zu lösen. Jedes Wort fühlte sich falsch an. Als Harks Handy unvermittelt klingelte, war sie ehrlich erleichtert.

Sie erhob sich, ging zu dem Wäschekorb neben dem Bügelbrett und begann, die Geschirrtücher sorgsam Eck auf Eck zu falten. Dabei drehte sie Hark bewusst den Rücken zu. Sie wollte nicht den Eindruck vermitteln, zu lauschen.

Sie hörte, wie Hark sich erhob und auf sie zukam. »Dat kummt all in de Rieg, Karsten. Irgendwie schaff ich das schon alleine. Kurier dich aus. Joo … denn man tau. Tschüüß.«

Stille.

Hark räusperte sich. »Lass uns das mit Günther ein andermal besprechen. Ich muss rüber zum Dykhof. Eine von Karstens Kühen hat Schwierigkeiten beim Kalben.« Er rieb sich den Nacken. »Verflixt. Warum kommt immer alles zusammen? Ausgerechnet jetzt, wo Wanda ausfällt, liegt Karsten mit vierzig Fieber im Bett.«

»Du brauchst jemanden, der dir zur Hand geht?«, schlussfolgerte Ella.

»Wird schon klappen, aber einfacher wäre es.«

»Okay.« Ella stellte den Wäschekorb auf den Boden zurück und richtete sich auf. Einen Moment überlegte sie, dann zuckte sie die Schultern. »Ich komm mit, wenn du willst.«

»Dein Ernst?«

»Warum nicht? Zeit hätte ich. Rasmus übernachtet bei einem Freund.«

Pause.

»Also dann …«, sagte Hark.

»Also dann«, erwiderte Ella und ging nach draußen, um ihre Gummistiefel zu holen.

* * *

Die Neonleuchten erhellten den modernen, computergesteuerten Freilaufstall gerade so viel, wie nötig war, und ohne den Tag- und Nachtrhythmus der Tiere zu beeinträchtigen. Ella schritt neben Hark die Stallgasse entlang und atmete den warmen, süßen Geruch ein. Sie hatte ganz vergessen, wie es sich anfühlte, nachts in einem Kuhstall zu sein. Ihr Blick wanderte über die Herde. Einige Kühe lagen friedlich wiederkäuend auf weichen Gummimatten. Andere bewegten sich frei, um am Kraftfutterspender anzustehen oder sich an der Massagebürste den Rücken kraulen zu lassen.

Die Ruhe, die von den Tieren ausging, floss auf Ella über. Unwillkürlich verlangsamte sie ihre Schritte und ließ die Luft bis tief in den Bauch strömen. Es war ihr gar nicht bewusst gewesen, wie sehr sie in letzter Zeit dazu neigte, hektisch oder flach zu atmen.

»Da drüben«, sagte Hark und deutete auf einen ummauerten Bereich.

Über der Abkalbbox brannten helle LED-Strahler. Die Schwarzbunte lag auf der Seite und schlug mit dem Schwanz. Sie wirkte erschöpft. Die Uteruskontraktionen waren so ausgeprägt, dass Ella sie als Zittern, welches vom Rücken aus bis hin zu den Flanken verlief, mit bloßem Auge wahrnehmen konnte. Hark stellte seine Tasche in eine Ecke, dann zog er Pulli und T-Shirt aus. Mit nacktem Oberkörper stand er neben Ella. Gleichermaßen verlegen wie erstaunt musterte sie die Veränderungen an dem Körper, der ihr einst so vertraut gewesen war, dass sie jedes Muttermal blind hätte benennen können. Hark war noch genauso schlank wie früher, seine Brust noch genauso behaart, allerdings sprossen erste weiße Härchen aus dem dunklen Flaum. Beeindruckend war die Veränderung seines Körperbaus. Die Muskulatur war zäher geworden. Besonders am rechten Arm wirkte sie wie gemeißelt. Vor Verlangen danach, seine Haut zu berühren, sog sie scharf Luft ein.

»Vorsicht«, rief Hark und riss sie aus ihren Gedanken. Die Schwarzbunte schwang den Kopf herum und kam so abrupt auf die Beine, dass Ella kaum Zeit hatte, auszuweichen. Reflexartig umfasste Hark Ellas Taille und zog sie näher an seinen nackten Oberkörper. Der vertraute, dezente Geruch seines Aftershaves stieg in ihre Nase.

Ella blinzelte und zwang sich weiterzuatmen. Harks unglaubliche Anziehungskraft war ihr überdeutlich bewusst. Ihr Herz klopfte wie wild gegen ihre Rippen, während sich alles in ihr vor Sehnsucht zusammenzog.

»Sorry, wenn ich dich erschreckt habe.« Hark löste seine Hände von ihren Hüften. »Aber wenn Rinder unter Stress stehen und nervös werden, kann es gefährlich werden.«

Er schlüpfte in den grünen Gummikittel, den Ella bereits von früheren Gelegenheiten kannte, als sie ihn zu Stallgeburten begleitet hatte. Das Kleidungsstück an sich war lächerlich, doch Hark wirkte darin einfach heiß. Unwillkürlich musste Ella an Patrick Dempsey denken, obwohl der in »Grey's Anatomy« immer Blau trug. Gedankenverloren strich sie sich eine

Haarsträhne hinter das Ohr. Beinahe bereute sie es, einen Pixi-Cut gewählt zu haben. Hark hatten ihre langen Haare immer gefallen. Als ihr bewusst wurde, welche Richtung ihre Gedanken nahmen, atmete sie scharf ein. *Freundschaft,* hämmerte sie sich ins Gehirn, *du bist bescheuert, wenn du dir mehr erwartest …*

»Kannst du mir bitte das Gleitgel geben?«, sagte Hark und verrenkte die Arme, um den Kittel am Rücken zu verschließen.

»Äh … logo. Klar doch«, gab Ella mit seltsam kratziger Stimme zurück und hoffte, dass Hark ihre geröteten Wangen nicht bemerkte.

»Zwillinge«, stellte Hark kurz darauf fest. Sein Arm steckte bis zur Achsel in der Kuh. Konzentriert starrte er auf einen unbestimmten Punkt an der Wand. »Kopf und ein Vorderbein des ersten Kälbchens stecken im Geburtskanal. Das andere Vorderbein ist nach hinten abgeknickt.«

»Was heißt das?«, fragte Ella. Etwas an Harks Ton machte sie nervös.

»Es wird ein bisschen anstrengend für die Kuh und mich. Im Geburtskanal ist zu wenig Platz. Also muss ich das Kalb zurückschieben, was durch den Gegendruck der Wehen nicht ganz einfach ist. Wenn mir das gelungen ist, muss ich mit der einen Hand das Kalb dort festhalten, während ich mit der anderen versuche, das Vorderbein vorzuziehen.«

Ella nickte wortlos. Ein Schauer kroch über ihren Rücken. Sie konnte sich nur allzu gut erinnern, wie sie Rasmus zur Welt gebracht hatte. Mit Sicherheit hätte sie einen Mord begangen, hätte jemand gewagt, das Baby auch nur einen Millimeter zurückzuschieben, während sie unter Schweiß und Tränen versuchte, es Richtung Ausgang zu pressen.

Hark wandte den Kopf und zwinkerte ihr zu. »Gut, dass du mitgekommen bist. Ich brauche dich gleich. In der Tasche findest du eine Packung mit sterilen Geburtsstricken. Die müsstest du mir reichen, wenn ich es dir sage.«

122

»Stricke«, wiederholte Ella schwach und wurde ein wenig blass im Gesicht. »Wozu denn das?«

»Die befestige ich oberhalb der Fesselgelenke. Dann kann ich das Kälbchen besser herausziehen.«

Er musste den entsetzten Ausdruck in ihrem Gesicht gelesen haben. Ella schluckte. Sie fühlte sich von seinem Blick förmlich in seine meerblauen Augen hineingesogen. »Keine Sorge. Es ist nicht so schlimm, wie es klingt. Damit steigern wir die Chancen einer risikofreien Geburt.«

Ella nickte und beobachtete mit gemischten Gefühlen, wie er die Stricke befestigte.

»Hier«, sagte Hark und drückte ihr die Seilenden in die Hand, als sowohl die Hufe wie auch der Kopf des Kälbchens aus der Kuh ragten. »Bei der nächsten Wehe ziehst du ruhig und gleichmäßig.«

»Oh Gott. Ich? Warum das?« Ella machte große Augen, nahm aber widerspruchslos die Stricke in die Hand.

»Weil die Kuh im Stehen gebärt. Wenn das Kalb aus dieser Höhe fällt, bricht es sich im schlimmsten Fall ein Bein. Also muss ich es auffangen. Oder möchtest du das lieber tun?«

»Besser nicht«, wehrte Ella ab, verblüfft über das Vertrauen, das Hark in sie setzte. Sie hatte damals einen Heidenrespekt vor der Hebamme gehabt, die vor ihr gekniet und Rasmus sicher aufgefangen hatte.

»Jetzt«, sagte Hark. Gleich darauf ließ er ein tropfnasses Kälbchen in das saubere Stroh gleiten. Ein süßlicher Geruch breitet sich aus. Fruchtwasser, erinnerte sich Ella. Mit geübtem Griff entfernte Hark den Schleim aus dem Maul und blies dem Kleinen probehalber ins Gesicht. Das Kälbchen wackelte mit den Ohren und blickte Hark aus sanften, erstaunten Augen an.

»Oh«, machte Ella. Ihr Herz wurde ganz weich und groß. »Wie niedlich! Und so winzig!«

»Zwillingskälber sind in der Regel klein. Daher sind sie besonders entzückend«, erklärte Hark, sein Arm steckte bereits wieder bis zur Schulter im Innern der Kuh. »Ich hole jetzt das zweite Kälbchen. Meinst du, du könntest inzwischen seine Schwester trockenreiben?«

»Es ist also …«

»… ein Mädchen«, führte Hark den Satz für sie zu Ende.

Kurz darauf lag auch das zweite Kalb wohlbehalten im Stroh, während seine große Schwester bereits Anstalten machte, sich auf die Beine zu kämpfen. Gerührt beobachtete Ella, wie die Mutterkuh den Kopf wandte, schnupperte und dann ausgiebig das zweite, noch liegende Kälbchen trocken schleckte. Eine Viertelstunde später staksten die beiden munter zwischen den Beinen des Muttertiers herum und tranken an den Zitzen.

»Das war's«, erklärte Hark, nachdem er und Ella sich im Waschraum Hände und Arme ausgiebig eingeseift und gewaschen hatten. Er ließ die Verschlüsse seines Koffers zuschnappen. Den Geburtskittel hatte er gegen T-Shirt und Pullover getauscht. »Wir können gehen.«

»Ich weiß«, seufzte Ella. »Aber ich kann mich nur schwer losreißen.«

»Geht mir ähnlich«, sagte Hark. »Auch wenn ich es schon hunderte Male erlebt habe, ist es immer wieder ein Wunder. Warte, ich schicke Karsten eine Nachricht, dass alles gut gegangen ist und er sich über zwei weibliche Kälber freuen kann.«

Karstens Antwort kam postwendend. Lächelnd hielt Hark das Handy so, dass Ella die Nachricht lesen konnte:

Klasse Job, Hark, danke! Habe alles vom Bett aus über die Überwachungskamera mitverfolgt. Übrigens, ihr zwei strahlt wie ein frischgebackenes Elternpaar.

»Ist das so?«, fragte Ella und warf Hark einen skeptischen Blick zu.

In der nächsten Sekunde bogen sie sich vor Lachen.

»Ich sterbe vor Hunger«, erklärte Hark, nachdem sie sich beruhigt hatten. Er hielt sich den Magen. »Gibt es in deiner Kneipe noch etwas zu essen?«

Ella schüttelte den Kopf. »In der Kneipe nicht, aber ich habe Fischfrikadellen bei mir zu Hause im Kühlschrank. Die kann ich uns warm machen. Und Schmoortuffels dazu.«

»Mach dir meinetwegen keine Umstände«, sagte Hark. Dann seufzte er und kratzte sich den Nacken. »Okay. Um ehrlich zu sein, ich würde sterben für einen Teller Bratkartoffeln.«

»Na dann.« Ella zog die Tür des Waschraums hinter sich zu und schritt Schulter an Schulter neben Hark die Stallgasse hinunter. »Während ich die Kartoffeln brate, kannst du mir erzählen, was ich bei Günther beachten muss.«

»Wie? Du nimmst ihn tatsächlich?« Hark blieb wie angewurzelt stehen.

»Nur zur Pflege«, erklärte Ella und setzte in Gedanken ein fettes Ausrufezeichen dahinter. »Jan kam kürzlich mit dem Schweinchen im Käptäns Eck vorbei. Das Ferkel ist zum Niederknutschen.«

»Du bist wirklich eine erstaunliche Frau.« Nachdenklich ruhte Harks Blick auf ihr. Im nächsten Augenblick grinste er sie mit seinem Hark-typischen Lächeln an. »Obwohl es schon ein wenig enttäuschend ist zu hören, dass du eine heimliche Schwäche für Günther hast. Dabei glaubte ich, es wäre mein unwiderstehlicher Charme gewesen, der dich überzeugt hat.«

Panisch durchforstete Ella ihr Gehirn nach einer passenden Antwort, aber ihr Kopf war wie leer.

Oh Gott!

»Fünf Cent«, warf Hark in ihr Schweigen ein.

»Okay.« Ella reckte herausfordernd das Kinn. »Ich dachte gerade, das war der dämlichste Spruch, den ich je von dir gehört habe.«

»Autsch!« Hark hielt sich die Hand gegen das Herz und verzog gequält das Gesicht. »Das tut weh.«

Sie zuckte die Schultern. »Verdientermaßen. Also los, oder möchtest du die Nacht in der zugigen Stallgasse verbringen?«

* * *

Wenig später stand Ella in ihrer Küche und schnitt Tomaten und Gurke in gleichmäßige Scheiben. Auf dem Herd brutzelten Bratkartoffeln, es roch nach Röstzwiebel. Als das *Pling!* der Mikrowelle ertönte, wischte sie sich die Hände an der Schürze ab, holte die Fischfrikadellen heraus und arrangierte alles zusammen auf zwei Tellern. Nervös betrachtete sie die Verteilung. Hatte sie übertrieben? Auf Harks Teller häufte sich eine doppelte Portion, während Ellas Anteil an dem mitternächtlichen Abendessen einem Seniorenteller glich.

Obwohl der chilenische Cabernet Sauvignon nicht zu ihren Lieblingsweinen zählte, nahm sie einen kräftigen Schluck. Die Flasche hatte Karstens Frau ihnen noch rasch in die Hand gedrückt, bevor sie vom Hof gefahren waren. Warm wie ein sonniger Herbsttag floss der Wein in ihren Mund und beruhigte ihre Nerven, die in den vergangenen Minuten angefangen hatten, heftig zu vibrieren.

Surreal, dass Hark in ihrem Wohnzimmer saß und auf sie wartete, während sie in der Küche Abendessen vorbereitete.

Genauso hatte sie sich ihr Leben an Harks Seite vorgestellt.

Aber es war anders gekommen.

Sie gab sich einen Ruck. Es war ihre Idee gewesen, Hark zu sich nach Hause zum Essen einzuladen, und vielleicht hätte sie die Entscheidung weniger spontan fällen sollen, aber es war nun mal passiert. Jetzt musste sie damit klarkommen. Beherzt nahm sie die Teller und trug sie hinüber ins Wohnzimmer.

Hark saß am Esstisch, die Beine weit von sich gestreckt und schnarchte mit geöffnetem Mund vor sich hin. Das Glas Wein, das sie ihm vorher eingeschenkt hatte, war leer. Kopfschüttelnd betrachtete sie seine über dem Bauch gefalteten Hände, die sich mit jedem Heben und Senken seines Brustkorbs leicht verschoben. Verständlich, dass er nach der Plackerei im Stall eingeschlafen war. Er musste todmüde gewesen sein.

Sie beschloss, ihn nicht zu wecken. Leise stellte sie die Teller auf den Tisch, dann dimmte sie das Licht und ging in die Küche, um ihr eigenes Glas zu holen. Schweigend setzte sie sich auf ihren Platz und nippte an dem Wein, ohne ihn wirklich genießen zu können.

Ihr Brustkorb zog sich zusammen. Niemals zuvor hatte sie eine Einsamkeit gefühlt, die annähernd so tief ging wie das, was sie in diesem Augenblick empfand.

Hark und sie saßen sich an einem Tisch gegenüber, doch der Abstand zwischen ihnen war so groß, dass die ganze Milchstraße hineingepasst hätte.

Ein Zucken lief durch Harks Körper, als hätte er gespürt, dass ihr Blick auf ihm ruhte. Schlaftrunken rieb er sich mit den Handflächen über das Gesicht und blinzelte. »Entschuldige. Ich muss eingeschlafen sein. Riecht lecker.« Mit fragendem Blick hielt er die Weinflasche hoch. »Möchtest du noch?«

»Nein, danke.«

Für einen Moment musterte er sie nachdenklich, dann meinte er: »Ich Idiot. Wie konnte ich das vergessen? Cabernet Sauvignon war noch nie dein Geschmack. Zu viel Tannin, nicht wahr?«

Sie nickte.

»Hab ich mich eigentlich schon für deine Hilfe bedankt?« Er pikste mit der Gabel ein Stück Bratkartoffel auf und schob es sich in den Mund. Das gedimmte Licht ließ seine Gesichtszüge weich erscheinen.

»War doch selbstverständlich.«

»Nein.« Nachdenklich schnitt er die Fischfrikadelle in Stücke. »War es nicht. Nicht, wenn man bedenkt, was zwischen uns vorgefallen ist.«

Nur das ohrenbetäubende Geräusch eines quietschenden Messers auf einem Porzellanteller durchbrach die Stille.

»Findest du nicht, dass wir …«, hob er an.

»… über unsere Trennung damals reden sollten?«, führte sie den Satz für ihn zu Ende. Sie spürte, wie sich bei der Erinnerung an den schlimmen Streit Flecken an ihrem Dekolleté bildeten »Nein.«

»Wow.« Er legte Gabel und Messer beiseite und sah sie mit einem merkwürdigen Ausdruck an. »Damit hätte ich nicht gerechnet. Wovor hast du Angst?«

Der Satz drehte sich in ihrem Kopf. Schweigend hob sie das Glas an ihre Lippen und trank. Ihr war klar, dass sie sich albern verhielt, aber sie konnte nichts weiter tun, als dazusitzen und in den Wein zu starren. Hark hatte recht. Sie hatte panische Angst, sich an die scheußliche Szene zu erinnern, die zu ihrer Trennung geführt hatte. Wie oft hatte sie sich gewünscht, in der Zeit zurückreisen zu können und ihr irrationales Verhalten ungeschehen zu machen. *Worte sind wie abgeschossene Pfeile …,* hatte ihr Vater immer gesagt.

»Wir haben beide ziemlich Mist gebaut damals«, hörte sie Hark sagen. Pause. »Ich fände es traurig, wenn das noch immer zwischen uns stünde.« Er reichte ihr über den Tisch die Hand und drückte sie sanft.

Eine Weile blickten sie sich schweigend in die Augen.

»Und jetzt?«, fragte er leise.

Ihr Herz schlug bis zum Hals. *Wir vergessen das hässliche Ende und fangen neu an. Ich liebe dich noch immer,* dachte sie, unfähig es auszusprechen. Sie schluckte. »Ich weiß es nicht«, hörte sie sich sagen.

Schritte näherten sich dem oberen Ende der Treppe. »Ella? Bist du noch wach?« Die Stimme ihrer Mutter klang irritiert.

Ella spürte, wie sie sich vor Ärger und Anspannung versteifte. Ihre Mutter hatte ein sagenhaftes Talent, im denkbar ungünstigsten Moment aufzutauchen. Ella biss sich auf die Unterlippe. »Geh ruhig wieder ins Bett, Mama. Es ist alles in Ordnung. Hark ist hier. Wir essen eine Kleinigkeit«, erklärte sie und bemühte sich, den Frust in ihrer Stimme zu verbergen. Der Moment mit Hark war vorbei. Enttäuschung überrollte sie. Ein Stöhnen unterdrückend, stützte sie das Kinn in die Hände und atmete durch. Ihre Finger rochen nach Zwiebel, obwohl sie sie gründlich gewaschen hatte.

»Ach?«, meinte Brigitte von oben. Es klang freudig überrascht. »Wie schön! Ich kann ohnehin nicht schlafen. Vielleicht komme ich hinunter und esse noch ein Stutje mit Rosengelee. Das beruhigt den Magen.«

Kurz darauf saß sie im geblümten Nachthemd neben Ella und Hark am Tisch und biss ein winziges Stück von ihrem Brötchen ab. Über ihre Frisur, die wesentlich zerzauster aussah als vor dem Zubettgehen, schien sie sich keine Gedanken zu machen. Über Hark dafür umso mehr.

»Ich kann mir nicht vorstellen, dass das Singleleben für einen vitalen jungen Mann wie dich das Richtige ist«, erklärte sie und schenkte ihm ein so gewinnendes Lächeln, als befände sie sich in einer Fernsehshow zur Wahl der Schwiegermutter des Jahres. »Hast du nie daran gedacht, wieder zu heiraten?«

»Mama!«, sagte Ella. Unangenehm berührt drehte sie das Weinglas in den Händen. »Ich glaube nicht, dass uns das etwas angeht.«

»Schon gut.« Harks Gesichtsausdruck war leer. »Ich bin keine neue Beziehung eingegangen, weil ich nicht weiß, ob ich es ein weiteres Mal ertrage, den Menschen zu verlieren, den ich liebe.«

»Aus Angst vor Verlust nicht mehr zu lieben, ist, als würdest du dich entscheiden, in eine Rüstung zu steigen und sie dein restliches Leben lang zu tragen«, erklärte Brigitte. Sie deutete auf Ellas kaum berührten Teller. »Isst du das noch?«

Ella verschlug es die Sprache. Wortlos schob sie ihr den Teller hin. Zorn und ein altbekannter Schmerz nahmen ihr die Luft zum Atmen. Brigittes Äußerung war an Zynismus kaum zu überbieten, wenn man bedachte, dass sie es war, die ihr ganzes Leben in einer Rüstung verbracht hatte. Kein Kind hatte es verdient, mit einer emotional blockierten Mutter aufzuwachsen, dennoch hatte Ella ihr längst verziehen. Irgendwann hatte sie verstanden, dass es nicht an ihr lag, sondern daran, dass Brigitte einfach keine Liebe zeigen konnte.

Mit gutem Appetit schob sich Brigitte das letzte Stück Fischfrikadelle in den Mund. Als sie fertiggegessen hatte, wandte sie sich mit einem unterkühlten Lächeln an Hark. »Jens hat Ella verlassen.«

»Wenn eine Ehe nicht funktioniert, gibt es Gründe«, erklärte Hark ruhig. Ohne zu fragen, griff er zur Flasche und schenkte ihr nach. Ella hatte gar nicht bemerkt, dass ihr Glas leer getrunken war. Dieses Essen entwickelte sich zu einem Albtraum. Ella konnte nur hoffen, dass Brigitte sich endlich entschließen würde, nach oben zu gehen.

Aber Brigitte schien noch lange nicht fertig mit dem, was sie zu sagen hatte.

»Nach eurer Trennung hat sich Ella unüberlegt in eine Beziehung gestürzt.«

»Es reicht, Mama. Das ist verletzend.« Ohne es zu wollen, erhob Ella die Stimme. »Du tust, als hätte ich mir aus blanker Verzweiflung den Nächstbesten gekrallt.«

»Ich habe dir damals schon gesagt, dass es ein Fehler war, Jens zu heiraten.« Wieder dieser unterkühlte Ton, der Ella mehr als alles andere auf die Palme trieb.

Aus Angst, etwas zu sagen, das sich nicht mehr zurücknehmen ließ, schwieg Ella, zum wiederholten Mal an diesem Abend.

Ihre Mutter wandte sich an Hark. Ein verklärter Ausdruck schob sich in ihren Blick. »Ich war mir immer sicher, dass du es bist, der meine Tochter eines Tages zum Altar führen wird.«

Ella zog scharf die Luft ein. Fühlte sich Hark durch Brigittes allzu forsche Äußerung auf den Schlips getreten? Vorsichtig schielte sie zu ihm hinüber.

Aber Hark zuckte nur grinsend die Schultern. »Klingt romantisch. Der nette Junge heiratet das nette Mädchen, mit dem er schon im Sandkasten gespielt hat, und beide leben glücklich bis an ihr Ende.« Er lachte auf. Mit einer fließenden Bewegung ließ er den Wein im Glas kreisen. »Leider funktioniert so etwas nur im Film. Im echten Leben wären beide viel zu unreif. Irgendwann würden sie das Gefühl bekommen, etwas verpasst zu haben, und die gemütlichen Wochenenden würden in gähnender Langeweile enden.«

Ella fühlte, wie ihr Herz sich zusammenkrampfte. Hatte sich Hark in der Beziehung mit ihr gelangweilt? Hatte ihn die Vorstellung, sein ganzes Leben lang nur mit einer einzigen Frau zu schlafen, so geängstigt, dass er eine Affäre mit einer anderen begonnen hatte?

Das Gras ist immer grüner auf der anderen Seite …, ging es Ella durch den Kopf. Verflixt. An dem dämlichen Spruch schien viel Wahres zu sein.

»Du vergisst dabei nur eins.« Brigitte runzelte die Stirn. »Man nimmt sich selbst überall mit hin. Auch in eine neue Beziehung. Das ist das Problem.«

Sollte das ein weiterer verdeckter Vorwurf sein? Ella blickte Brigitte verdattert an. *Sag einfach nichts dazu,* dachte sie sich und schluckte ihre Wut und ihre Verletztheit hinunter.

»Es tut mir leid, wenn ich zu viel gesagt habe. Aber das musste ich einfach loswerden.« Brigitte erhob sich und bedachte Ella mit einem ausdruckslosen Blick. »Ich gehe schlafen.«

Hark zögerte, dann stand er ebenfalls auf und gab Brigitte einen Kuss auf die Wange. »Gute Nacht, Brigitte.«

Kurz darauf verabschiedete er sich von Ella. »Danke für das Essen. Ich mach mich auf den Weg. Es ist spät.« Zögernd stand er vor ihr, als sei er unsicher, ob er noch etwas hinzufügen sollte. Ella glaubte, ein Flackern in seinem Blick zu entdecken. Ihr Herz schlug schneller. Für einen Moment rechnete sie fest damit, dass Hark sie zum Abschied küssen würde. Aber nichts dergleichen passierte. Mit einem schiefen Lächeln wandte sich Hark um und ging. Ella starrte noch lange auf die Tür, die sich hinter ihm geschlossen hatte, bevor sie nach oben in ihr Zimmer ging.

KAPITEL 11

»Wie war dein Essen mit Ella?«, fragte Frauke am Montagmorgen, ohne von der Tastatur des Praxis-PCs aufzublicken. Die Vormittagssprechstunde neigte sich dem Ende zu. Es war viel los gewesen. Hark hatte gut zu tun gehabt, alle Tiere zu behandeln, die am Wochenende krank geworden waren.

»Woher weißt du denn das schon wieder?« Hark verdrehte die Augen. Frauke nervte ihn gewaltig. »Auf Borkum kann man nicht einmal niesen, ohne dass es gleich die ganze Insel erfährt.« Er fischte sich die oberste Patientenakte vom Stapel und vertiefte sich angelegentlich darein. »Hier. Der Shar-Pei mit dem Lefzen-Ekzem.« Er tippte auf einen handschriftlichen Eintrag. »Wanda hat den Abstrich letzte Woche ans Labor geschickt. Sind die Ergebnisse noch nicht gekommen? Ich muss dringend mit der Behandlung beginnen. Der Hund stinkt so übel aus dem Maul, dass es der Besitzer nicht mit ihm in einem Zimmer aushält.«

»Hark.« Frauke setzte die Brille ab und faltete die Hände zu einem Spitzdach. »Wir müssen reden.« Mit strengem Blick maß sie ihn.

»Das tun wir doch.«

»War das ein Date mit Ella?«

Einen Moment lang starrte Hark sie an wie ein Kaninchen im Scheinwerferlicht. Dann sagte er: »Ich habe mir abgewöhnt, Dates zu haben. In der Regel endeten meine Dates damit, dass ich fluchtartig die Bar verließ und heilfroh war, Single zu sein, und zwar noch *bevor* die Bedienung die Getränke brachte.« Hark klappte die Akte zu und schaute auf seine Uhr. Kurz nach zwölf. Die Mittagspause hatte längst begonnen. »Beantwortet das deine Frage?«

Frauke klappte die Bügel ihrer Brille auf und wieder zu. »Brigitte meinte, Ella und du hättet euch ausgezeichnet verstanden.«

»Stimmt.« Ein sardonisches Grinsen umspielte seine Lippen. »Liegt wohl daran, dass die Fronten zwischen uns geklärt sind. Ella will nichts von mir, und umgekehrt ist es genauso. Besser könnte es nicht laufen.«

Frauke blickte ihn an, als könne sie nicht verstehen, was an Harks Erziehung so gründlich schiefgelaufen war. Schließlich klimperte sie indigniert mit den Armreifen an ihrem Handgelenk. »Es tut dir nicht gut, alleine zu sein.«

»Hab's begriffen. Kann ich jetzt Mittagspause machen?«

Die Tür ging auf, und Jan kam hereinspaziert.

»Wir müssen reden«, verkündete er und baute sich breitbeinig vor Hark auf.

»Den Satz habe ich heute schon mal gehört«, knurrte Hark. »Wie treffsicher sind deine Diagnosen?«

Hark kniff die Augen zusammen. »Ist das eine Fangfrage?«

»Die Frau des Brandschutzmeisters war gerade bei mir.«

»Sorry, aber ich behandle keine Menschen.«

»Haha«, machte Jan, aber er lachte nicht. Im Gegenteil. Er klang ziemlich sauer. »Es geht nicht um sie, es geht um ihr verdammtes Zwergwidder-Kaninchen.«

»Darfst du als Pastor *verdammt* sagen?«, erkundigte sich Hark interessiert.

»Leck mich«, zischte Jan. »Sie hat mich um vier Uhr morgens aus dem Bett geklingelt. Alles wegen eines blöden Zwergwidder-Kaninchens.«

»Und? Konntest du sein gebrochenes Bein eingipsen oder musstest du es einschläfern?«, witzelte Hark und grinste zynisch.

Jan warf ihm einen erbitterten Blick zu. »Blödmann. Das Kaninchen war tot.«

»Tja.« Hark kratzte sich den Nacken. »In solchen Fällen kann ich leider auch nichts machen.«

Jan zog Schmerztabletten aus der Tasche seiner Lederjacke und warf sich eine davon in den Mund. »Halt bloß die Klappe. Ich hab rasendes Kopfweh. Wie hältst du das aus, ständig nachts rausgeklingelt zu werden?«

»Jan, Sie sehen wirklich schrecklich aus!« Wie auf ein Stichwort schnellte Frauke vom Stuhl hoch und warf Jan einen ihrer Besorgte-Mutter-Blicke zu. »Sie Ärmster. Ich gehe und hole Ihnen etwas zu trinken. *Spezialrezept.*« Beim letzten Wort senkte sie ihre Stimme zu einem geheimnisvollen Raunen.

Mit alarmiertem Blick beobachtete Hark, wie sie in der Teeküche verschwand. Als sie außer Hörweite war, wandte er sich an Jan. »Also schön. Erzähl. Was genau ist passiert?«

Jan ließ sich auf einen der leeren Stühle unter der Fototapete mit dem überlebensgroßen Bild des Bassetts fallen. Einen Moment saß er schweigend da, als müsste er die Fäden in seinem Gehirn neu verknüpfen, bevor sie ein sinnvolles Ganzes ergaben, dann lehnte er sich nach vorne und verzog gequält das Gesicht. »Anscheinend konnte der Brandschutzmeister das Kaninchen nicht ausstehen. Er sollte sich um das Tier kümmern, aber als seine Frau von dem Besuch bei ihrer Schwester zurückkam, war es tot. Urplötzlich.«

»Nicht ungewöhnlich bei Zwergwiddern«, sagte Hark und lehnte sich mit der Schulter gegen die Wand des Wartezimmers. »Die sind anfällig für Zahngeschichten. Dass es ihnen schlecht geht, merkt man meist erst, wenn es zu spät ist. Der Besitzer trägt selten Schuld.«

»Erzähl das mal der Frau des Brandmeisters.« Jan sandte einen gequälten Blick gen Himmel. »Das Kaninchen war putzmunter, behauptet sie, und dass ihr Mann es aus blanker Bösartigkeit lebendig hinter dem Schuppen begraben hat. Was natürlich lächerlich ist. Der Typ ist eine Seele von Mensch.«

Einen Moment lang starrte Hark ihn mit offenem Mund an. »Ich bleib Single«, stöhnte er. »Aber ich kapier trotzdem nicht, was das Ganze mit mir zu tun hat.«

Jans Augen wirkten glasig. Mit den Handballen massierte er seine Schläfen. »Ich musste ihr helfen, das Kaninchen zu exhumieren. Mitten in der Nacht. Verflixt, es war so dunkel, dass ich mir den Spaten in den Fuß gerammt habe. Du glaubst nicht, wie weh so was tut.« Bei der Erinnerung daran verzog er schmerzhaft das Gesicht. »Nachdem ich den Kadaver ausgebuddelt hatte, zwang sie mich, das Kaninchen zu segnen.«

»Voodoo-Rituale um Mitternacht?« Hark grinste. »Wie willst du das dem Kirchenvorstand erklären, wenn er davon Wind bekommt?«

Jan lachte hysterisch. In seinen Augen flimmerte Panik. »Das Kaninchen liegt in meinem Kofferraum. Mausetot und in einer Plastiktüte. Du sollst einen amtlichen Totenschein ausstellen, der beweist, dass es erstickt ist, nachdem ihr Mann ...« Jan sah ihn mit einem Blick an, der verdeutlichte, dass er den Satz beim besten Willen nicht zu Ende führen konnte. »Na, du weißt schon ...«

»Vergiss es.« Hark stieß sich von der Wand ab. »Für so etwas gebe ich mich nicht her.«

»Und was sage ich, wer das Kaninchen umgebracht hat?«

»Was weiß ich?« Hark schüttelte den Kopf. »Wer ist denn hier der ehemalige Kriminalbeamte?«

»Was glaubst du, warum ich umgeschult habe?« Jan hob verteidigend die Hände. »Außerdem gibt es noch einen zweiten Fall.«

»Es wurde noch jemand umgebracht?«

»Nein. Diesmal handelt sich um einen üblen Fall von Rufmord.«

»Du sprichst vom Käptäns Eck«, sagte Hark. Mit einem tiefen Seufzer ließ er sich auf dem Stuhl neben Jan nieder.

»Du weißt davon?«

»Jou.« Hark nickte. »Ella hat mir davon erzählt. Und von den Schwierigkeiten, in denen das Käptäns Eck steckt. Wir sind uns zufällig über den Weg gelaufen. Sie meinte, du hättest so etwas wie einen Plan.«

»Den habe ich, aber ich brauche deine Unterstützung. Dieser Winkler ist eine hinterhältige Hyäne. Bist du dabei?«

»Meinetwegen«, sagte Hark und wickelte sich geistesabwesend den Schlauch des Stethoskops um die Finger. »Besser eine lebende Hyäne als ein totes Kaninchen.«

Jan wirkte erleichtert. »Ich gründe eine WhatsApp-Gruppe und füge dich hinzu. Das erste Treffen ist Mittwochnachmittag. Du kommst doch?«

»Vergiss es«, sagte Hark. »Mittwochnachmittag habe ich frei. Da geh ich an den Tüskendörsee angeln.«

»Muss das sein? Der See läuft nicht weg.«

»Wer weiß das schon?«, murmelte Hark finster. »Wir wollten auch schon die ganze Zeit mal wieder gemeinsam Bier brauen. Daraus ist bis jetzt auch nichts geworden. Ich frage mich, wozu ich die Anlage eigentlich gekauft habe, wenn wir sie nicht nutzen.«

»Gib nicht mir die Schuld. Du hattest nach dem Reinfall mit dem neuen Malz plötzlich keine Lust mehr.« Jan zuckte schweigend die Schultern. Dann nahm er einen Flyer mit der

Aufschrift »Rettet die Bienen« vom Tisch und hielt ihn Hark vor die Nase. Mit einem diabolischen Grinsen lehnte er sich zurück. »Die Tierschutzorganisationen gehen aktuell ziemlich militant gegen Angler vor. Stand im Netz. Die lynchen dich, wenn du mit 'nem Käscher in der Öffentlichkeit herumläufst. Überleg dir, was du tust.« Er hatte die Stimme gesenkt und warf Hark einen dieser Blicke zu, wie die Cops in den amerikanischen Serien, wenn sie die bösen Jungs auffordern, die Waffen niederzulegen, bevor die CIA das Gebäude in die Luft fliegen lässt.

»Mir egal«, knurrte Hark. »Ich geh trotzdem.«

»So, da wären wir.« Just in diesem Moment kehrte Frauke zurück und hielt Jan ein Glas mit einer gelben Flüssigkeit entgegen. Mit gebieterischer Miene zupfte sie sich das Haarband zurecht. »Runter damit. Auf ex. Wirkt Wunder.«

Hark warf Jan einen scharfen Blick zu und schüttelte den Kopf. *Tu es nicht,* formten seine Lippen lautlos, aber Jan setzte schon das Glas an den Mund und leerte es auf einen Zug. Im nächsten Moment hustete er röchelnd in die vorgehaltene Hand. Der Gesichtsfarbe nach zu urteilen, war er kurz davor, sich zu übergeben.

»Grundgütiger«, brachte er schließlich heraus und reichte Frauke das Glas zurück. »Was war da drin?«

»Hauptsächlich Limonade.« Frauke winkte ab und lächelte sanft. »Mit einem klitzekleinen Schluck Melissengeist. Und ein bisschen hiervon und davon. Hinni und ich trinken es regelmäßig. Hilft, fit zu bleiben.«

»Das erklärt einiges«, murmelte Hark, aber Frauke ging nicht darauf ein.

»Wissen Sie eigentlich …« Versonnen klimperte sie mit den Wimpern in Jans Richtung. »Hinni und ich sind jetzt Unternehmerinnen. Am Mittwoch haben wir ein Fotoshooting für unseren Werbeprospekt. Sie können gern dazukommen, wenn Sie möchten.«

»Das wird leider nicht klappen. Da muss ich zu einer Beerdigung.« Jan lächelte so liebenswürdig, als würde er sich nach der Messe bei seinen Schäfchen für den Besuch des Sonntagsgottesdienstes bedanken. Hark fragte sich, ob man ihm den betont milden Blick in der Pastoren-Ausbildung beigebracht hatte.

Plötzlich schrillte eine Alarmklingel in seinem Hirn. Irritiert rieb er sich die Stirn. »Augenblick … Hatten wir vereinbart, dass ich dir am *Mittwoch* oder am Wochenende danach zur Verfügung stehe?«

»Nicht Mittwoch *oder* am Wochenende«, korrigierte Frauke ihn und lächelte huldvoll. »Sondern Mittwoch *und* am Wochenende.«

»Auf gar keinen Fall!«

»Na, hör mal«, entrüstete sich Frauke. Sie stemmte die Hände in die Taille und warf ihm einen Blick zu, der jeden Widerspruch im Keim erstickte. »Wir haben einen Deal. Außerdem habe ich deinen Terminkalender überprüft. Es spricht nichts dagegen.«

»Leider doch.« Hark hob die Hand und ließ sie schwer auf Jans Schulter sinken. »Gerade vor fünf Minuten habe ich Jan meine Hilfe bei einem Projekt versprochen. Frei laufende Hyäne«, schob er rasch hinterher, bevor Jan Gelegenheit hatte, den Mund zu öffnen. »Da muss was passieren. Die Kaninchenbesitzer drehen durch vor Panik.«

»Seltsam.« Frauke schüttelte den Kopf. Ihre Augen wurden groß. »Davon habe ich noch gar nichts gehört. Aber wenn das so ist …«

»Wenn das so ist, kann man wohl nichts machen«, ergänzte Hark und bemühte sich um einen bedauernden Gesichtsausdruck. Er kratzte sich den Bart. »Tut mir leid.«

»Hach, wie ungünstig! Das bringt den ganzen Plan durcheinander. Svea freut sich schon so auf ihre Bikram-Yoga-Erfahrung am Mittwoch.«

»Vielleicht lässt sich ja ein Ersatz für mich auftreiben«, schlug Hark vor. Entschlossen klopfte er auf Jans Schulter. »Wie wäre es zum Beispiel mit Jan? Er macht sich sicher gut im Prospekt.«

Jan fuhr herum. »Spinnst du?«, japste er. Aus seinem Blick flogen Messer direkt in Harks Brust. Dann schien er sich auf seine Pastorenausbildung zu besinnen und tat ein paar übertrieben tiefe Atemzüge. Milde lächelnd erklärte er: »Du glaubst doch nicht, dass ich dich mit der Hyäne alleine lasse?« Dann verabschiedete er sich und machte sich aus dem Staub. Verräter.

Hark zog das Stethoskop vom Hals und ließ die Bügel schnappen. Er zuckte die Schultern. »Bedauerlich. Wie es aussieht, sind wir wohl beide verhindert. Dabei wäre Bikram sicher gut für meinen kaputten Rücken.«

»Hm. Ob du es glaubst oder nicht …«, Fraukes Gesicht erhellte sich zögernd. »Mir kommt gerade eine Idee. Ich habe ein sehr schönes Foto von dir auf meinem Handy. Bestimmt kann Svea die Aufnahmen so zusammenschneiden, dass es aussieht, als wärst du beim Yoga dabei.«

»Ich habe keine Ahnung, wovon du redest«, sagte Hark verdattert. Ein ungutes Gefühl beschlich ihn. »Zeig mal her. Wann hast du mich überhaupt fotografiert?«

»Du tust gerade so, als hätte ich etwas Unanständiges getan.« Entrüstet presste Frauke das Handy gegen ihre Brust. »Dabei habe ich nur bei deinen Rückenübungen im Garten ein paar Schnappschüsse gemacht. Da ist ja wohl nichts dabei.«

»Zeig her.« Hark streckte auffordernd die Hand aus.

»Wenn es sein muss«, erklärte Frauke beleidigt und wischte mit dem Finger auf dem Gerät herum. »Hier.«

Entgeistert starrte Hark auf das Display. Das Bild zeigte ihn von hinten, in Shorts und mit nacktem Oberkörper, wie er gerade einen Ausfallschritt machte, um den Hüftbeuger zu dehnen. »Bist du wahnsinnig?« Er reichte ihr das Handy zurück. »Auf keinen Fall wirst du dieses Foto verwenden.«

»Wieso nicht?« Frauke tat überrascht. »Da ist doch wirklich nichts dabei! Man sieht dich nur von hinten. Meine Freundinnen finden, du hast einen äußerst ansehnlichen, muskulösen Rücken. Den hat nicht jeder.«

»Du hast das Foto bei deinem Kaffeekränzchen herumgezeigt?«, fragte Hark fassungslos.

»Sag bitte nicht Kaffeekränzchen«, erklärte Frauke erbost. »Es ist eine Bridge-Runde. Außerdem habe ich es nur an einige der Damen weitergeleitet. Nicht an alle.«

»Du hast *was* getan?« Hark krächzte vor Anspannung. »Ich glaube es nicht.«

Kraftlos ließ er sich auf einen Stuhl fallen. Allmählich dämmerte es ihm. Das Gekicher und die auffälligen Blicke, die er in den letzten Tagen während der Sprechstunden kassiert hatte … Und er hatte gedacht, es ginge um alberne Katzenvideos, die im Wartezimmer herumgezeigt wurden!

Einen unbehaglichen Moment lang herrschte Schweigen.

»Dir ist schon klar, dass das Foto inzwischen auf ganz Borkum die Runde macht, oder? Wenn es nicht sogar viral gegangen ist«, stöhnte Hark.

»Wenn das so ist …« Frauke wedelte mit der Hand Harks Bedenken nonchalant beiseite. »Dann können wir es genauso gut für den Prospekt verwenden. Zumindest wissen wir jetzt, dass du auf Fotos attraktiv aussiehst, und wenn es nur von hinten ist.«

Hark zog eine Krallenzange aus der Tasche seiner Cargohose und schnitt damit einen Faden ab, der sich an der seitlichen Naht gelöst hatte. Er musste Zeit gewinnen, während sein Hirn auf

Hochtouren damit beschäftigt war, das kleinere Übel zu wählen. Schließlich legte er die Zange beiseite. »Gut. Meinetwegen. Wenn mir dafür die Bikram-Stunde erspart bleibt.«

»Natürlich, mein Sohn. Du kannst gern einen Haken hinter diesen Termin setzen«, sagte Frauke mit einem feinen Lächeln. »Wir sehen uns dann am Sonntag. Da proben wir die Teezeremonie.«

»Okay. Wenn ihr mich jetzt entschuldigt? Ich gehe mit Tassilo und Krümelchen ans Meer.« Hark steckte zwei Finger in den Mund und pfiff. Kurz darauf verließ er mit den beiden Hunden die Praxis. Frische, klare Hochseeluft füllte seine Lungen. Er atmete durch und genoss das Gefühl von Sonne und Wind auf der Haut. *Teezeremonie ...* na schön, wenn es sein musste. Da war er wohl noch mal mit einem blauen Auge davongekommen. Was konnte bei einer Teezeremonie schon groß passieren?

KAPITEL 12

»*Hola*, Jan, wir sind ssso froh, dass du uns hilfst. Du bist wirklich ein Schatz«, verkündete Carla, während sie Jans Hand wie einen Pumpenschwengel auf und ab bewegte. Mit blitzenden Augen strahlte sie ihn an.

Ella, die neben Carla im Garten der Pfarrkirche stand, zwang sich zu einem Lächeln. Hark würde gleich hier sein. Als Jan bei Ella angerufen und gefragt hatte, ob er Hark der WhatsApp-Gruppe »Ein Schwein am Strand« hinzufügen dürfe, hatte sie nur zögerlich zugestimmt. Vermutlich war es nicht die beste Idee, Hark häufiger zu sehen. Auf keinen Fall war es gut für ihr Gefühlsleben.

»Setzen wir uns«, schlug Jan vor und deutete auf die schlichte Biergarnitur unter der alten Kastanie. »Es gibt Kaffee und Kuchen. Für Rasmus habe ich Limo und für Günther klein geschnippelte Karotten.«

»Super!« Rasmus hüpfte aufgeregt neben dem Schweinchen umher. »Darf ich mit Günther ein paar Tricks auf der Wiese üben? Für Leckerlis macht er alles.« Er hörte auf zu hüpfen und zog ein feierliches Gesicht. »Ich verspreche hoch und heilig, dass wir nicht in die Nähe der Blumenbeete gehen.«

»Von mir aus.« Jan grinste. Um seine Augen spann sich ein feines Netz aus Lachfältchen. Kopfschüttelnd blickte er den beiden hinterher. »Kind müsste man sein.«

»Hm«, meinte Ella. »Ich hoffe, die beiden gewöhnen sich nicht zu sehr aneinander. Das Schwein ist nur vorübergehend hier.«

»Da täusch dich mal nicht«, gab Jan augenzwinkernd zurück. »Wie ich Hark kenne, rechnet er damit, dass du dich in Günther verliebst und er bei dir bleiben kann.«

»Nein danke. Mein Leben ist kompliziert genug«, erklärte Ella nachdrücklich. »Wo bleibt Hark überhaupt? Wollte er nicht längst hier sein?«

Achselzuckend zog Jan sein Handy aus der Tasche. »Hier«, sagte er und hielt Ella das Gerät entgegen.

Ella las den neuesten Eintrag im Gruppenchat:

Wird ein paar Minuten später. Muss eine Kuh besamen.
Fangt schon mal ohne mich an.

Sie reichte Jan das Handy zurück, woraufhin dieser auf das Mikrosymbol drückte. »Wir legen keinesfalls ohne dich los«, sprach Jan in das Gerät. Er grinste. »Lass den Bullen die Arbeit tun und schwing dich hierher. Wir warten auf dich.«

Ella ließ sich auf die Bank sinken. Die Holzlasur des Tisches war abgeplatzt. Jan musste ihn zu lange im Regen stehen gelassen haben. Mit dem Finger fuhr sie unter eine abgesplitterte Stelle und zerkrümelte den Lack. Ihre Gedanken überschlugen sich. Einerseits war sie erleichtert, dass Hark sich Zeit ließ. Das gab ihr die Möglichkeit, sich zu sammeln. Andererseits flatterten Schmetterlinge in ihrer Magengrube bei dem Gedanken an ihn. Ohne es zu bemerken, rührte sie Zucker unter den Kaffee, den Jan ihr eingeschenkt hatte, obwohl sie ihren Kaffee seit

Jahren schwarz trank. Nachdenklich legte sie den Kopf in den Nacken.

Liebesgeschichten in Büchern oder Filmen begannen oft an der Stelle, an der der hübsche Junge und das hübsche Mädchen sich zum ersten Mal begegnen. Meist per Zufall, weil einer von beiden den Bus verpasst oder ihnen mitten beim Kochen einfällt, dass sie sich noch einmal anziehen und in den Supermarkt gehen müssen, um Käse für das Raclette zu besorgen. Es gab tausend mögliche Anfänge. Und wie die Story auch endete, immer war es diese erste romantische Begegnung, an die sich die Liebenden für den Rest ihres Lebens erinnern würden.

Im wahren Leben lief es ähnlich, dachte Ella. Als Kneipenbesitzerin hatte sie im Lauf der Jahre zahlreiche Geschichten über erste Begegnungen angehört, mitunter von sehr betagten Ehepaaren, und immer war es ihr erschienen, als läge ein besonderer Zauber über jenem besonderen Moment, in dem sich zwei Lebenslinien auf Dauer verbanden. Ella kannte niemanden, der das erste Zusammentreffen mit seiner großen Liebe nicht genau hätte beschreiben können. Das traf sogar auf Paare zu, die sich längst getrennt hatten. Dabei spielte es keine Rolle, wenn die Details nicht immer ganz übereinstimmten.

An ihre erste Begegnung mit Hark konnte Ella sich nicht erinnern.

Er war einfach immer da gewesen, so wie die Sonne, das Meer oder der endlose Stand vor Borkum.

Die Geschichte von Hark und Ella stand geschrieben, lange bevor Ella bewusst geworden war, dass es überhaupt eine Geschichte über sie beide gab.

Es schien wie programmiert.

Im Nachhinein empfand sie es als ungerecht. Man hatte sie um all das Herzflattern und Bauchgrummeln der ersten Verliebtheit betrogen. Hark hatte nie versuchen müssen, ihre Aufmerksamkeit zu gewinnen, er hatte sie schon immer besessen. Er hatte keine Anstrengung auf sich nehmen müssen, um sie in den Arm zu nehmen und zu küssen, das hatte er schon im Sandkasten getan. Er hatte sie nie um ein Date bitten müssen, denn sie verbrachten ohnehin jede freie Minute miteinander.

Der Preis, den sie für Nähe und Vertrautheit gezahlt hatte, war fehlende Romantik. Dafür war Hark ihr sicherer Hafen gewesen.

Hark und sie, das stand mit Feder und Tinte in einem imaginären Buch geschrieben.

Und dann hatte die Geschichte mitten zwischen den Seiten geendet. Ohne Vorwarnung. Einfach so.

Nachdem sie und Hark sich getrennt hatten, hatte sie das Buch lange nicht beiseitelegen können. Sie hatte es Tag und Nacht mit sich herumgetragen und immer wieder darin geblättert.

Wenn sie über den Strand wanderte und der Wind durch ihr Haar strich, dachte sie an Hark.

Wenn sie den Sonnenuntergang betrachtete oder Sternschnuppen zählte, dachte sie an Hark.

Wenn sie sich kopfüber in die Nacht stürzte und mit anderen Männern einen Drink an der Bar nahm, dachte sie an Hark.

Wenn sie dann abends in ihrem Bett lag und an die Decke starrte, dachte sie an Hark, und wenn sie morgens die Augen öffnete, ebenso.

Manchmal hatte sie geglaubt, es nicht mehr aushalten zu können.

Aber einen Schlussstrich zu ziehen und neu zu beginnen, hatte sich angefühlt, wie mit zitternden Knien auf einem Dreimeterbrett zu stehen und nicht bereit zu sein, zu springen. Und als sie dann schließlich gesprungen war und Jens geheiratet hatte, hatte es mit einem schmerzhaften Bauchklatscher geendet.

Gedankenverloren zerrieb sie immer noch abgesplitterten Lack zwischen den Fingern.

Die Geschichte von Hark und Ella war anders als die vieler Liebespaare.

Vielleicht hatten sie sich zu sehr geliebt.

Vielleicht hatten sie sich für zu selbstverständlich genommen.

Oder vielleicht hatten sie sich am Ende nicht genug geliebt.

Oder … waren sie vielleicht nie wirklich füreinander bestimmt gewesen? Nein, überlegte sie, die Formulierung war falsch. An Dinge wie Vorsehung und Schicksal glaubte sie längst nicht mehr. Nur an eine Verkettung einzelner Umstände, die man in der Summe als Zufall bezeichnete.

»Habt ihr mir Kuchen übrig gelassen?«

Beim Klang von Harks Stimme zuckte Ella zusammen. Ohne auch nur eine Sekunde zu zögern, steuerte er auf den freien Platz an ihrer Seite zu. Ella spürte ein unruhiges Flattern in ihrer Magengegend. Kam es ihr nur so vor, oder drifteten sie tatsächlich unaufhaltsam aufeinander zu? Auf der Suche nach Halt umklammerte sie mit den Händen die Sitzfläche der Bank. Dann wandte sie den Kopf und blickte in seine Augen. »Hallo, Hark.«

»Schön, dich zu sehen.« Er grinste zurück und langte über den Tisch, um sich Kaffee einzuschenken. Dabei rutschte er zwangsweise etwas näher an sie heran. Unwillkürlich hielt sie den Atem an. Die Wärme seines Oberschenkels drang durch den dünnen Stoff ihres Kleides. Nervös biss sie sich auf die Unterlippe. Gleichzeitig kreischte eine innere Stimme ihr ins Ohr und ermahnte sie, dringend auf Abstand zu gehen. Wie erstarrt saß sie da. Es kostete schon übermenschliche Körperbeherrschung, ihre Hand daran zu hindern, wie per

147

Zufall auf Harks Bein zu wandern. Wie sollte sie da noch vernünftig bleiben, geschweige denn, von ihm wegrücken? Ach, verdammt …!

»*Claro que sí!*« Carlas Stimme riss sie aus ihren Gedanken. Mit Feuereifer schob sie Hark ein gewaltiges Stück Kirschkuchen hin. »Mach dich lila!«

»Was? Hab ich Farbe im Gesicht?« Irritiert rieb Hark sich mit dem Handballen über die Wange.

»*Pero no. No entiendes.*« Carla schnalzte ungeduldig mit der Zunge. Hark glotzte immer noch verständnislos zu ihr hinüber. »Na los. Hau rein wie eine Feile! *Iss!*«, schob sie hinterher und wedelte mit der Hand.

Endlich begriff er. Ein Leuchten breitete sich auf seinem Gesicht aus. Er strahlte Carla an, als hätte jemand einen Scheinwerfer angeknipst. Dann griff er zur Gabel und stopfte sich einen riesigen Bissen Kirschkuchen in den Mund. Fasziniert beobachtete Ella, wie er genüsslich mit vollen Backen kaute.

»Hark, mein Freund«, sagte Jan und faltete die Hände über dem Tisch. »Schön, dass du es doch noch geschafft hast. Ich dachte schon, wir müssten warten bis in alle Ewigkeit.«

»Sorry. Fehlalarm. Kai Uwes Kuh bullt noch nicht«, nuschelte Hark, bemüht, keinen Krümel zu verlieren. Achselzuckend spülte er die Ladung mit einem Schluck Kaffee hinunter.

»Wirklich sehr traurig«, sagte Jan und nahm den Kuli zur Hand, den er zusammen mit einem Schreibblock neben sich liegen hatte. Er warf Hark einen gespielt unschuldigen Blick zu. Fragend hob er eine Augenbraue. »Wolltest du auf dem Hof bleiben und warten, bis sie ihren Eisprung hat?«

»Eine gynäkologische Untersuchung dauert nun mal.« Ungerührt schaufelte Hark sich die nächste Fuhre in den Mund.

»Schön. Dann können wir ja jetzt loslegen.« Jan schraubte so genervt an dem Kuli herum, dass es *Plopp!* machte und die

Mine herausflitschte. »Ich fasse mal das Wichtigste zusammen.«
Er verschwand unter dem Tisch. Mit gerötetem Kopf tauchte er
wieder auf und reihte die Einzelteile seines Schreibgeräts feierlich vor sich auf. »Punkt 1: Wenn die Pläne der Becker-Gruppe
genehmigt werden, bedeutet es das Aus für Ella. Die Gäste kommen ins Käptäns Eck, um traditionelles Inselflair zu genießen.
Der Kasten, der der Becker-Gruppe vorschwebt, zerstört den
Charme. Zudem werden Ellas Gäste mit hämmernden Beats
aus der Skybar beschallt.«

»Dann ist Schluss mit Ruhe und Gemütlichkeit«, ergänzte
Ella düster. »Als die MS Piranha vor ein paar Tagen hier vorbei-
fuhr, haben die Gäste fluchtartig mein Lokal verlassen.«

»Punkt 2 ...« Jan unterbrach sich. Irritiert drehte er die fili-
grane Sprungfeder zwischen den Fingern und setzte sie dann
andersherum auf die Mine. »Wie es aussieht, spielt Winkler
nicht sauber. Wenn ihr mich fragt, geht die vernichtende
Bewertung im Internet auf sein Konto.«

»Möglich.« Hark kratzte sich den Bart. »Beweisen kannst
du es nicht.«

Jan nickte. »Das ist klar. Aber wer außer ihm hätte ein
Motiv? Winkler hat von Becker den Auftrag erhalten, das
Käptäns Eck zu kaufen. Dass Ella Mut beweist und sich auf
die Hinterbeine stellt, bringt die Pläne ins Wanken. Winkler
bekommt Druck von oben und den gibt er an Ella weiter.«

»Gut, dass du nie beim Bund warst. Du wärst heute noch
damit beschäftigt, das Gewehr wieder richtig zusammenzuset-
zen«, feixte Hark. Mit einem süffisanten Grinsen deutete er
auf die Einzelteile des Kugelschreibers. »Lass mal den Experten
ran.«

»Bitte schön«, erwiderte Jan ausgesucht höflich und schob
Hark die Teile hin. »Viel Vergnügen.«

Verständnislos blickte Ella zwischen den beiden Männern
hin und her. Was um alles in der Welt diskutierten die beiden

da? Sie konnte sich beim besten Willen keinen Reim darauf machen. Dafür rauschte noch immer zu viel Adrenalin durch ihre Adern. Entschlossen richtete sie ihren Rücken Wirbel für Wirbel gerade. »So schnell gebe ich nicht auf. Das kann Winkler vergessen. Wenn ich schon untergehe, dann aber spektakulär.«

»Das ist die richtige Einstellung.« Jan nickte ernst. »Aber so weit wird es nicht kommen. Wir holen zum Gegenschlag aus.«

»Aha«, machte Hark. »Und wie?«

»Wir organisieren eine Veranstaltung, bei der wir Unterschriften zum Erhalt des Käptäns Eck sammeln. Das Bauvorhaben der Becker-Gruppe muss gestoppt werden, im Interesse von uns allen hier auf Borkum. Dieser versnobte Schickimicki-Kasten könnte der Anfang einer Reihe von Veränderungen sein, deren Folgen keiner absehen kann. Die meisten von uns wollen, dass die Traditionen und der ursprüngliche Reiz der Insel erhalten bleiben.« Jan blickte in die Runde. »Wir müssen für ordentlich Rummel sorgen. Je mehr Leute kommen, umso besser. Jede Stimme zählt.«

Verblüfftes Schweigen.

»Lumpiges Plastikzeug«, schimpfte Hark und ließ die Teile des kaputten Kulis schwungvoll auf Jans leerem Kuchenteller landen. »Hast du den aus dem Ein-Euro-Shop?«

Jan zischte etwas zurück, das Ella nicht verstand, aber es klang verdächtig nach »Du kannst mich mal«. Mit vor Aufregung pochendem Herzen wandte sie sich an Jan. »Du meinst, wir sollten eine Art Bürgerinitiative ins Leben rufen? Ernsthaft?«

»Das ist der Plan.« Jan nickte bedächtig.

Tausend Gedanken schossen durch Ellas Kopf. Die Idee war toll, aber ließ sich das so einfach stemmen? Sicher gab es dabei etliche Vorschriften zu beachten. »Kriegen wir das hin?«, erkundigte sie sich mit vor Aufregung pochendem Herzen. »Ist das nicht furchtbar aufwendig?«

»Na ja, für eine *richtige* Bürgerinitiative bräuchten wir eine Gründungsversammlung und all so was. Aber so weit müssen wir ja nicht gehen. Es genügt schon, wenn wir kräftig auf uns aufmerksam machen«, erwiderte Jan. »Die Presse holen wir auch dazu. Geschichten über alteingesessene Traditionskneipen, die von skrupellosen Großinvestoren plattgemacht werden, sind ein gefundenes Fressen für die Journalisten.«

Beeindruckt lehnte sich Ella zurück. Die Idee war großartig. Im Geiste legte sie bereits eine Liste von Dingen an, die organisiert werden mussten. *Plakate, Flugblätter, eine Tombola vielleicht, und natürlich Dekoration. Schön wäre es, wenn der Tag unter einem bestimmten Motto stünde ... Und was das Büfett betraf ..., da würde sich wohl Fingerfood am besten eignen.* Nachdenklich klopfte sie sich mit dem Kaffeelöffel gegen einen Zahn. Plötzlich kam ihr ein Gedanke, der ihrer Hochstimmung einen empfindlichen Dämpfer versetzte. Mit sorgenschwerer Miene wandte sie sich an Jan. »Und wie entkräften wir die Gerüchte über das verdorbene Essen?«

»Überhaupt nicht.« Gelassen zuckte Jan mit den Schultern. »Je mehr Beachtung wir üblen Nachreden schenken, umso mehr fliegen sie uns um die Ohren.«

»Wir tun, als wäre nichts gewesen?« Ella holte verdattert Luft. Dann legte sie den Kaffeelöffel beiseite und verschränkte die Arme vor der Brust. Jan mochte in der Sache vielleicht recht haben, aber nichtsdestotrotz meldete sich ihr Gerechtigkeitsempfinden zu Wort. Egal, wie sie es drehte und wendete, die Gerüchte zu ignorieren, fühlte sich falsch an. Immerhin hatte sie sich nichts zuschulden kommen lassen.

»Ich kann mir denken, was dir durch den Kopf geht.« Hark hob die Hand und ließ sie sanft auf ihre Schulter sinken. Ellas Herz schlug bis zum Hals. Eine Hitzewelle raste durch ihren Körper, während etwas in ihr Feuer fing ... Beinahe automatisch schmiegte sie sich etwas tiefer in seine Berührung.

Verflixt noch mal, du wolltest Abstand halten!, keuchte ihre innere Stimme.

Wie denn, bitte schön?, schimpfte sie im Geiste zurück.

Den Arm wegzuziehen, wäre viel zu auffällig gewesen. Sicher war es besser, so zu tun, als wäre alles völlig normal. Was es vermutlich auch war, zumindest aus Harks Sicht. Er verhielt sich einfach freundschaftlich. Mehr war da nicht. *Verdammt,* stöhnte sie lautlos und verdrehte innerlich die Augen. Sie musste sich unbedingt abgewöhnen, zu viel in sein Verhalten hineinzuinterpretieren.

»Ich bin Jans Meinung.« Hark zog seine Hand weg. Augenblicklich fühlte Ella eine seltsame Enttäuschung. »Alles, was du zu dem Thema sagst, klingt nach Rechtfertigung. Am besten hilft Flucht nach vorne. Schließlich ist nichts so langweilig wie die Schlagzeilen von gestern.«

»Also lassen sie uns weiter grün werden?«, erkundigte sich Carla und blickte gespannt in die Runde. »Wir warten ab, bis die Leute etwas anderes zu tratschen haben?«

»Richtig.« Jan nickte. »Wenn ich euch erzähle, was ich vorhabe, werdet ihr begeistert sein.«

»Egal was es ist, ich bin dabei«, erklärte Carla und hieb energisch mit der Faust auf den Tisch. »Das wird dieser Truthahn noch bereuen. Die Blutwurst soll er kriegen!«

»Sie meint, wir verpassen diesem jungen Schnösel einen Denkzettel«, erklärte Ella auf Jans fragenden Blick hin. »Also schön. Wie soll das Ganze ablaufen?«

»Zuerst einmal brauchen wir einen Publikumsmagneten«, erklärte Jan so beiläufig, dass es schon auffällig war. »Ich kenn da jemanden. Er ist ziemlich *heiß.*«

»Tatsächlich?«, fragte Hark gelangweilt und spuckte einen Kirschkern auf den Teller. »Wer soll das sein? So was wie die deutsche Version von Bradley Cooper?«

»Vergiss Bradley Cooper«, erwiderte Jan abschätzig. »Der Typ, den ich meine, ist um Längen besser.« Er legte eine übertrieben lange Pause ein, obwohl alle bereits an seinen Lippen klebten. »Es ist Einstein.«

»Großartiger Vorschlag.« Hark spuckte einen zweiten Kirschkern auf den Teller. »Einstein ist seit gefühlten hundert Jahren tot. Hast du vor, eine Seance zu veranstalten und ihn erscheinen zu lassen?«

»Doch nicht *der* Einstein.« Jan schüttelte genervt den Kopf. »Der andere.«

»Du meinst doch wohl nicht diesen Typen aus der Castingshow? Den Übergewichtigen mit den zotteligen Haaren und dem Vollbart, der aussieht wie das letzte lebende Groupie der Rolling Stones?«, fragte Hark und stocherte misstrauisch in seinem Stück Kuchen herum. Er hob den Blick und starrte in die Runde. »Hat irgendjemand die Kirschen entkernt?«

»Wenn dir mein Kuchen nicht schmeckt, brauchst du ihn nicht zu essen«, erwiderte Jan in aller Gelassenheit. »An einem Kern ist schließlich noch niemand gestorben. Und ja, ich spreche von Einstein, dem Sänger, der bei ›Germany's Golden Voice‹ mitgemacht hat. Ich kenne ihn aus Hamburg. Ist mal in 'ne üble Schlägerei verwickelt worden, als ich noch Bulle war. Ich habe vor Gericht für ihn ausgesagt. Seitdem habe ich bei ihm etwas gut. Und, nur mal so am Rand bemerkt, Einstein hat ziemlich viele Fans. Auch auf Borkum.«

»Ja«, bestätigte Hark mit einem Nicken. »Die hat er. Aber nicht, weil er so gut singt, sondern weil die Leute Wetten abschließen, ob es ihm gelingt, wenigstens einen Ton zu treffen.«

»Ach was! Er hat Unterhaltungswert. Darauf kommt es an. Aber bitte!« Jan hob abwehrend die Hände und lehnte sich beleidigt zurück. »Wenn du eine bessere Idee hast, nur zu. Wir können ja stattdessen eine Vorführung machen, bei der die Leute zusehen, wie du Kai Uwes Kuh besamst.«

»Können wir«, gab Hark ungerührt zurück. »Ich treffe wenigstens.«

»Einstein«, stöhnte Carla und verdrehte schwärmerisch die Augen. »Den kenne ich, der hat was. Einstein ... das ist pure, ungezügelte Leidenschaft. Er macht mich scharf wie ein Motorrad. Und er ist witzig.«

»Sag ich doch.« Jan beugte sich vor und griff nach dem Tortenheber. »Noch jemand Kuchen? Nein? Dann nehme ich mir.«

»Moment.« Ella rieb sich die Stirn, als es ihr zu dämmern begann. »Reden wir von diesem Sänger aus Venezuela? Dem mit den Bongotrommeln und den halb nackten Damen im Federkostüm?«

»Er hat versprochen, auf die Damen zu verzichten. Die wären übrigens bei unserem Budget gar nicht drin.« Jan stopfte sich ein Stück Kuchen in den Mund. Es gab ein knirschendes Geräusch. Ohne die Miene zu verziehen, kaute er weiter. »Wir lassen ihn das Borkumlied singen.«

»Die Insel meiner Träume ...« Verzückt trällerte Carla die ersten Takte des Refrains.

»Das alleine reicht nicht als Programmpunkt«, wandte Ella ein.

»Keine Sorge, natürlich wird er noch mehr zum Besten geben, aber dennoch hast du recht. Wir brauchen weitere Highlights.« Jan spülte den Kuchen mit einem großen Schluck Kaffee hinunter. »Das ist der Punkt, an dem Hark und ich ins Spiel kommen.«

»Oh nein«, wehrte Hark entschieden ab. Er wirkte alarmiert. »Ich singe nicht. Auf keinen Fall. Und ich ziehe mich auch nicht nackt aus oder setze mich auf ein Brett, um mich mit Bällen abwerfen zu lassen, bis ich in einem Becken mit kaltem Wasser lande.«

Jan zog eine Augenbraue hoch und musterte Hark. »Du hast vielleicht schräge Fantasien. Aber wenn du auf so was stehst …, vielleicht machen wir das beim nächsten Mal, was? Pass auf, ich stelle dir eine Preisfrage: Was ist dein liebstes Hobby?«

»Angeln«, sagte Hark.

»Das nicht«, sagte Jan. »Das andere.«

Hark wirkte kurz verwirrt, aber dann erhellte sich sein Gesicht. »Verstehe. Du redest von meinem selbst gebrauten Bier.«

»Unser selbst gebrautes Bier«, korrigierte ihn Jan. »Schon vergessen? Wir sind Partner. Deine Idee, übrigens. Du meintest, alleine am Kessel zu stehen, wäre eine verfluchte Zeitverschwendung.«

»Jetzt fällt es mir wieder ein.« Hark kratzte sich die Stirn. »Das war nach dem Desaster mit dem letzten Sud, richtig?«

»Du sagst es. Ein Glück, dass du mich hast. Brauen liegt mir im Blut, ich stamme sozusagen in direkter Linie von Luther ab. Und der hat das Brauen überhaupt erst flächendeckend eingeführt.«

Hark wiegte den Kopf hin und her. »Ich weiß nicht. Meinst du, das Zeug wird gut genug, dass wir es an lebende Menschen ausschenken können, ohne dafür gelyncht zu werden?«

»Klar. Craft Beer ist total in. In Hamburg läuft das wie verrückt. Vor allem die flippigen Geschmacksrichtungen. Weißt du noch, wie uns das Malz zu heiß geworden ist? Danach hat das Bier nach Banane geschmeckt. Du fandest es eklig, aber ich sage dir, die Leute fahren auf so etwas ab.« Jan strich sich mit der Hand eine verschwitzte Haarsträhne aus der Stirn. Er hatte sich regelrecht in Begeisterung geredet.

»Selbst wenn«, entgegnete Hark skeptisch. »Das kriegen wir doch nie wieder so hin.«

»Wer sagt das?« Jan nahm den Block zur Hand und blätterte darin. Schließlich tippte er mit der nackten Kugelschreibermine auf eine bestimmte Stelle. »Hier. Da steht es. Ich habe unsere Versuche genau protokolliert.«

»Wie gut, dass du so zuverlässig bist.« Hark grinste hämisch. »Falls wir beim Brauen mal aus Versehen wasserlöslichen Superkleber oder Sprengstoff fabrizieren, verkaufen wir deine Notizen für eine hübsche Stange Geld an die Industrie. Dann schmeiß ich hin und verbring mein Leben am See beim Angeln.«

»Gibst du mir mal den Stift und den Block, bitte?« Mit erhitzten Wangen wandte sich Carla an Jan und unterbrach damit die Diskussion. Vor Aufregung wechselte sie ins Spanische *»Dios mio, tengo una idea fantastica!«*

»Vielleicht könntest du es uns auf Deutsch erklären, ja?«, bat Ella. »Wir Normalsterblichen verstehen leider nur ein paar Brocken Spanisch.«

»Ich entwerfe ein Logo für das Bier. Und das Schwein steht Pate.« Carla legte die Kugelschreibermine beiseite. Dann steckte sie zwei Finger in den Mund und pfiff. »Rasmus! Kannst du Günther hierherbringen? Ich brauche ihn als Modell.«

Kurz darauf beugten alle die Köpfe über die Zeichnung, die Carla auf dem Block hatte entstehen lassen. Das Schweinchen darauf sah niedlich aus, mit seinen Kulleraugen und den Engelsflügeln auf dem Rücken.

»Cool«, meinte Jan. »Damit haben wir auch schon einen Namen für unser Spezialbier. Wie wäre es mit ›Ein Schwein am Strand‹?«

»Abgefahrener Name«, grinste Hark. »Am besten stellen wir gleich den ganzen Tag unter das Motto. Was meinst du, Rasmus, wärt ihr beide schon bereit, ein paar Tricks vorzuführen? Das könnte ein weiterer Programmpunkt sein.«

»Na logo!« Rasmus hüpfte begeistert auf der Stelle. Seine Wangen glühten. »Günther ist echt schlau. Ihr werdet staunen!«

Lächelnd betrachtete Ella ihren Sohn. So begeistert hatte sie ihn lange nicht mehr erlebt. Was hatte die Lehrerin beim letzten Elterngespräch gemeint? Der Junge sei nicht grundsätzlich faul. Er brauche nur den richtigen Anreiz, um bessere Leistungen zu zeigen. Nun, offensichtlich tat Günther dem Jungen gut. Er gab sich alle Mühe mit dem Schweinchen. Sollte sie ihrem Herzen vielleicht einen Schubs geben und Rasmus erlauben, Günther zu behalten? Nachdenklich hielt sie die Kaffeetasse mit beiden Händen umklammert und ließ den Blick über die am Tisch versammelte Runde schweifen. Ihr wurde warm ums Herz. Wenn alle zusammenhielten, konnte sie es vielleicht schaffen. Entschlossen stellte sie ihre Tasse beiseite und straffte den Rücken. »Na schön. Klingt, als hätten wir einen Plan. Wie viel Zeit haben wir?«

»Nicht viel.« Jan seufzte. »Der Entscheid über das Bauvorhaben wurde vorgezogen. Winkler scheint Druck bei der Gemeinde gemacht zu haben. Uns bleiben weniger als zwei Wochen.«

»Wie bitte?« Ella stockte förmlich der Atem. Bisher war sie von mindestens einem Monat ausgegangen.

»Unmöglich.« Hark setzte die Tasse ab und wischte mit der Handfläche über seinen Mund. »Das schaffen wir nie.«

»Das sehe ich anders. Wenn alle helfen, kriegen wir das hin. Das Bierbrauen kann ich schon mal locker in meiner Freizeit übernehmen«, hielt Jan dagegen.

»Und wie willst du den Rest organisieren?« Hark kniff die Augen zusammen und starrte Jan über den Tisch hinweg herausfordernd an.

Ella spürte, wie ihr das Herz in die Hose rutschte. Der dünne Schimmer Hoffnung, der im Laufe der Unterhaltung zwischen ihnen am Tisch Platz genommen hatte, stahl sich klammheimlich durch das Gartentürchen davon. Plötzlich hielt sie es in der Runde nicht mehr aus. Mit gezwungenem Lächeln schnappte sie sich die Thermoskanne. »Ihr entschuldigt mich. Ich gehe uns frischen Kaffee machen.«

* * *

Die alte Bauernküche des Pfarrhauses war aufgeräumt, aber man spürte, dass sie sich dringend nach Liebe und Aufmerksamkeit sehnte. Unter leisem Bedauern rieb Ella mit dem Finger über die Kalkflecken am Wasserhahn. Jan lebte in Scheidung, und das schon seit Längerem. Er tat sein Bestes, um den Haushalt auf Vordermann zu halten, aber leicht fiel es ihm nicht, das sah man. Es fing bei den ganz einfachen, praktischen Dingen an. Beispielsweise bei der Anordnung der Küchengeräte. Ella selbst hätte die Kaffeemaschine nicht aus- gerechnet neben dem Herd platziert, wo sie beim Braten mit heißem Öl aus der Pfanne bespritzt wurde. Die Arbeitsfläche gegenüber wäre ein viel geeigneterer Platz gewesen. Aber Jan schien sich über solche Dinge keine Gedanken zu machen. Als Seelsorger der Gemeinde hatte er anderes um die Ohren. Seufzend nahm sie einen Lappen zur Hand und rieb die Fettspritzer von der Maschine, bevor sie sie befüllte und den Schalter drückte. Während das Wasser zischend in den Filter tropfte, nahm sie Zitronensäurepulver aus dem Schrank unter der Spüle, verrieb es auf einem nassen Lappen und wickelte ihn um die verkalkte Armatur. Dann wartete sie, bis die Kaffeemaschine zu Ende gesprudelt hatte. Ihr Blick wanderte aus dem Fenster.

Vorhin, als Hark den Arm um sie gelegt hatte, hatte sie sich ohne nachzudenken an ihn geschmiegt. Ganz instinktiv. Ach verflixt! Ohnmächtig stöhnte sie auf und verbarg das Gesicht in den Händen. Es war zum Verzweifeln. Im Grunde hätte sie sich genauso gut vornehmen können, mit dem Atmen aufzuhören.

Die Gefühle, die sie für Hark empfand, ließen sich einfach nicht zurückdrängen.

Sie hatte sich geirrt, schoss es ihr plötzlich durch den Sinn. In Wahrheit war die Geschichte von Hark und Ella noch nicht zu Ende geschrieben. Zwischen den Bücherstapeln versteckt, gab es einen zweiten Band, den sie bislang übersehen hatte. Jetzt war sie wie von Zauberhand zwischen die Seiten gestolpert und wusste nicht, ob sie das Buch beiseitelegen oder weiterlesen sollte. Die Handlung war spannend, die Chance auf ein Happy End allerdings so gut wie nicht vorhanden.

»Ella?«

Der Klang von Harks Stimme ließ sie herumfahren.

»Kaffee ist gleich fertig«, beeilte sie sich zu sagen und griff mit hochrotem Kopf zum Wischlappen. Mit Feuereifer bearbeitete sie die Flecken an der Armatur. »Möchtest du so lange einen Schluck Wasser?«

»Äh ... gern ... Sorry, wenn ich gerade in irgendetwas reingeplatzt bin. Ich wollte dich nicht stören.« Verlegen kratzte Hark sich das Kinn. »Jan meinte, es wäre okay, wenn ich mir einen Toast mache. Dieser Kirschkuchen ist irgendwie nicht mein Ding.«

»War klar.« Unwillkürlich musste sie grinsen. »Du hasst Kerne im Kuchen. Problem dabei ist nur, wenn sich irgendwo einer versteckt, landet er mit hundertprozentiger Sicherheit auf deinem Teller.«

»Gesetz der Anziehung. Deswegen bin ich auch hier«, grinste er zurück und zuckte die Schultern.

Wie betäubt starrte sie ihn an. Es dauerte einen Moment, bis sie begriff, dass er von den Kirschkernen sprach. Ihre Wangen glühten noch mehr als zuvor. Verlegen wischte sie die verschwitzten Hände an ihrer Jeans trocken. »Wie wäre es mit einem Spezialsandwich?«

»Das wäre ein Traum.« Hark seufzte sehnsüchtig.

Kurz darauf duftete es nach gebräuntem Toast. Ella stand am Herd und wendete Speck in der Pfanne, während Hark Käse aus der Verpackung nahm.

»Das mit dem frischen Kaffee war eine Ausrede, stimmt's?«, fragte er, so unvermittelt, dass sie vor Schreck beinahe den Pfannenwender fallen ließ.

»Wie kommst du denn darauf?«

Als Antwort drehte er sich zu ihr um und warf ihr einen langen Blick zu. Wortlos griff er nach dem Messer, um den Käse zu entrinden.

Gereizt stocherte sie in der Pfanne herum. »Ich brauchte einfach ein paar Minuten für mich, um über Jans Idee nachzudenken«, sagte sie schließlich leichthin und hoffte, dass er ihr den Schwindel abnahm. »Außerdem, uns bleiben gerade mal zwei Wochen. Das wird verdammt eng.« Sie stockte, den Blick auf seine kräftigen Hände geheftet. Die Art, wie Hark an dem Käse herumsäbelte, traf sie mitten ins Herz. Sie hatte Jahre gebraucht, um über ihn hinwegzukommen. Wie hatte das alles so schnell ins Wanken geraten können? Hier in der Küche neben ihm zu stehen und zuzuschauen, wie er mit der Rinde kämpfte, war beinahe mehr, als sie ertragen konnte. Sie kannte niemanden außer Hark, der beim Schneiden das Messer ähnlich umklammerte wie er. Unwillkürlich musste sie dabei immer an die berühmte Duschszene in dem Hitchcock-Film denken. Früher hatte sie sich stets darüber lustig gemacht. Jetzt brachte es sie fast zum Weinen.

»Lass mich das machen«, sagte sie, ärgerlich über sich selbst, und nahm ihm das Messer aus der Hand. »Für einen Tierarzt, der täglich mit dem Skalpell arbeitet, stellst du dich ziemlich ungeschickt an.«

»Wie du meinst.« Er grinste schief. »Dann kümmere ich mich so lange um unsere Spezialmayonnaise.«

Ella spürte einen Stich in der Brust. *Unsere* Mayonnaise, sagte er. Als wäre alles noch genau wie früher. Mit wild hämmerndem Herzen trennte sie die Rinde sauber vom Käse. Hark brachte ein angebrochenes Glas Fertigmayonnaise, Senf, Kapern, Tomatenmark und Gewürze zutage. Schweigend stand er neben ihr und rührte in der Schüssel, ein warmer, vertrauter Geist aus der Vergangenheit.

Schließlich legte er den Löffel beiseite und stützte sich mit beiden Händen auf der Erlenholzfläche ab. »Ich verstehe es einfach nicht.« Kopfschüttelnd blickte er ihr ins Gesicht. »Jahrelang gehen wir uns aus dem Weg. Und dann auf einmal stolpern wir ständig übereinander.«

Verblüfft starrte Ella ihn an. Den gleichen Gedanken hatte sie auch schon gehabt, allerdings hätte sie es nie über sich gebracht, ihn auszusprechen. Schließlich senkte sie den Blick. »Das sagt der Richtige«, seufzte sie und stapelte die mittlerweile geschnittenen Käsestücke zu einem ordentlichen Haufen. »Schließlich bist *du* heute bei dem Treffen aufgekreuzt. Noch dazu freiwillig.«

Hoch konzentriert rührte er in der Mayonnaise. »Vielleicht möchte ich genauso sehr wie du, dass das Käptäns Eck erhalten bleibt. Meine Kindheitserinnerungen hängen an dem Lokal. Abgesehen davon, du ohne deine Kneipe …, das ist genauso unvorstellbar wie ich ohne die Tierarztpraxis. Und dass ich dich nicht im Stich lasse, weißt du.« Er legte den Löffel beiseite und sah sie mit diesem Grinsen an, das sämtliche Schmetterlinge in ihrem Bauch aufgeregt durcheinanderflattern ließ. Kopfschüttelnd blickte er zu ihr herüber. »Erinnerst du dich nicht mehr? Das habe ich dir versprochen, als du fünf warst und dieser Ole aus der Kindergartengruppe mit der Bastelschere ein Loch in deine neue Jacke geschnitten hat.«

Gegen ihren Willen lachte sie auf. »Ich weiß noch, wie ich Angst hatte, es meiner Mutter zu sagen, weil ich überzeugt war, dass sie mir die Schuld geben würde.«

161

»Na siehst du. Ich habe dir mein Ehrenwort gegeben. Das bindet.« Er zwinkerte ihr zu. »Schmeiß mal den Speck rüber.«

Sie tat, worum er sie gebeten hatte. Nachdenklich beobachtete sie, wie der Käse sich unter dem heißen Speck zu verformen begann. »Mal ehrlich, Freundschaft zwischen uns, wie soll das funktionieren?« Unsicher, ob sie weitersprechen sollte, unterbrach sie sich. Schließlich fasste sie Mut. »Unser schlimmer Streit am Ende. Dabei ist so viel zu Bruch gegangen. Wir beide haben Dinge gesagt, die unverzeihlich sind. Sollen wir so tun, als wäre das nie passiert?«

Hark gab keine Antwort. Schweigend stand er da, die Hände tief in den Taschen seiner Hose vergraben, und starrte vor sich hin. Dann ließ er die angestaute Luft aus den Lungen entweichen und machte einen unsicheren Schritt auf sie zu. »Das ist doch ewig her. Wir waren jung, fast noch Kinder. Was verstanden wir schon von Liebe? Seitdem ist viel Zeit vergangen. Wir haben uns verändert.« Wieder unterbrach er sich. Dieser Blick … »Das Leben hat uns verändert.«

Sie schluckte, unfähig darauf zu antworten. An dem, was er sagte, war viel Wahrheit.

»Ella …« Die Art, wie er ihren Namen aussprach, klang wie eine zärtliche Umarmung, in die sie sich fallen lassen konnte. »Du schaffst das nicht alleine. Selbst wenn wir zu viert sind, wird es eng.«

Sie biss sich auf die Unterlippe. »Ich weiß.«

»Wovor hast du Angst?« Er sah sie an, als könnte er direkt hinter ihre Stirn blicken. Vermutlich war es auch so, dachte Ella. Bevor sie antworten konnte, wandte er sich ab und strich sich über das dichte, zu einem Pferdeschwanz gebundene Haar. Plötzlich wirkte er entschlossen. »Ich sorge dafür, dass wir nicht wieder Krach miteinander bekommen. Wenn es dir hilft, halte ich mich so weit wie möglich im Hintergrund. Svea könnte das mit den Printsachen übernehmen. Ich frage sie, ob sie Lust dazu hat. Dann kannst du alles Weitere mit ihr und Jan besprechen. Mich bekämst du dann erst bei der Veranstaltung wieder zu Gesicht.«

Ella zögerte. Im Grunde gab es nichts, was dagegensprach. Außer, dass ein unvernünftiger Teil von ihr sich nichts sehnlicher wünschte, als Hark in den nächsten zwei Wochen häufiger zu sehen statt weniger. Zu verwirrt, um einen klaren Gedanken zu fassen, griff sie nach einer Bürste und machte sich an den Kalkablagerungen am Wasserhahn zu schaffen.

»Was sagst du dazu?«, wollte er wissen.

»Du weißt doch, wie schnell geredet wird.« Sie zuckte die Schultern, unfähig ihm in die Augen zu sehen. »Wenn die Leute sehen, dass wir die Veranstaltung gemeinsam planen, denken sie doch sofort, dass wir etwas miteinander haben.«

Er lachte amüsiert. »Ich hatte nicht vor, dich zu befummeln.«

»Spar dir die Witze, du weißt, wie das läuft.« Ärgerlich pfefferte sie die Bürste in die Spüle. »Die dämlichsten Sachen bekommen Bedeutung. Zum Beispiel, wenn du mich mit deinem Hark-Grinsen ansiehst und ich aus Versehen zurücklächle.«

»Deal.« Feierlich hob er die Hand zum Schwur. »Ich verspreche, ich lächle dich nicht an. Kein einziges Mal.«

Schweigen.

»Als ob das alles so einfach wäre«, meinte sie schließlich. Unsicher schielte sie zu ihm hinüber. »Ich weiß nicht. Irgendwie habe ich kein gutes Gefühl dabei.«

»Schade«, antwortete er ruhig, ohne seinen Blick von ihr zu lösen. In seinen Augen lag wieder dieses Flackern. »Wir haben uns also zu sehr gestritten, um Freunde zu sein?«

»Nein.« Langsam schüttelte sie den Kopf. »Wir haben uns zu sehr geliebt, um Freunde zu sein.«

Der Satz hing noch in der Luft, als Hark die Küche längst verlassen hatte.

KAPITEL 13

»Also so geht das nicht«, entrüstete sich Frauke und ließ die Kompaktkamera sinken. »Wie sieht das denn später auf der Website aus! Die Leute bekommen Angst, wenn du so böse schaust.«

Hinni erwiderte nichts. Dafür zog sie die Mundwinkel hinab und schmollte. Die Hängebäckchen in dem apfelrunden Gesicht schmollten mit.

»Noch schlimmer!«, kommentierte Frauke ungerührt. »Jetzt siehst du aus wie Meister Yoda, dem man das Lichtschwert weggenommen hat. Kannst du nicht mal für eine Sekunde so tun, als ob du dich wohlfühltest?«

»Ja, wie denn?« Verärgert zerrte Hinni an der Haube, die eher an einen Feuerwehrhelm erinnerte. »Erst muss ich Tracht tragen, und dann zwingst du mich, dieses Ding aufzusetzen.«

»Du wieder!« Frauke stemmte die Hände in die Taille. Ihr linkes Augenlid zuckte nervös. »Als ob das so schlimm wäre!«

»Ich komme mir verkleidet vor«, jammerte Hinni. »Das hier entspricht nicht meinem wahren Ich. Warum kann ich nicht tragen, was ich sonst auch trage?«

Stöhnend verdrehte Frauke die Augen. »Das habe ich dir doch schon verklootfiedelt. Zu einer original Borkumer

Teezeremonie gehört nun mal original Borkumer Tracht.« Mit einem Seufzen, als laste alles Elend der Welt auf ihren Schultern, nahm sie ein Tuch und rieb einen imaginären Fleck von der blitzblanken Edelstahlkanne.

»Blödsinn«, widersprach Hinni energisch. »Ich habe in meinem Leben an mehr Teezeremonien teilgenommen als der Dalai Lama Botschaften verkündet hat, aber eine Schürze habe ich dabei nie getragen. Und dann erst dieses schreckliche Mieder … Es quetscht meine Brüste ein.« Genervt zupfte sie den Ausschnitt über ihrem wogenden Busen zurecht. »Wozu haben wir damals unsere BHs verbrannt? Du wirfst die zweite Frauenbewegung komplett über den Haufen, und Woodstock dazu, wenn du mich in Rollenklischees zwängst. Meine Brüste wollen Freiheit.«

»Also bitte«, schnaubte Frauke, ihre Stimme floss über vor Unverständnis.

»Diese Haube verstößt gegen Artikel zwei des Grundgesetzes, freie Entfaltung meiner Persönlichkeit. Außerdem bringt sie meine Chakren ins Ungleichgewicht.« Hinni schüttelte so empört den Kopf, dass ihr die Haube über die Augen rutschte. Einen bangen Moment lang taumelte sie im Blindflug zwischen dem altmodischen Gasherd und der Vitrine mit Fraukes Sammlung blau-weißer Teekannen hin und her, bis diese ihr mit energischem Griff den Hut vom Kopf riss. »Lass den Unsinn«, fauchte sie. »Wir sind hier nicht auf einem Kindergeburtstag. Wenn du Blindekuh spielen willst, bitte schön! Aber nicht in meiner Küche.«

»Und jetzt?« Hinni schürzte die Lippen. Ihr Doppelkinn bebte herausfordernd.

»Mein Gott! Dann eben nicht. Du hast gewonnen.« Mit einer gebieterischen Geste warf Frauke die Haube in den Korb mit dem Feuerholz neben dem Kamin. »Aber der Rest bleibt.«

»Wie wär's, wir fangen jetzt an? Svea und ich haben nicht den ganzen Tag Zeit, auch wenn Wochenende ist«, warf Hark ein. Bis jetzt hatte er das Geschehen schweigend verfolgt, inzwischen wurde er zunehmend ungeduldig.

»Wunderbare Idee.« Frauke zückte die Kamera. »Hinni, schenk Tee ein. Aber achte darauf zu lächeln.«

Hinni holte Luft. Ihr Gesichtsausdruck veränderte sich von widerspenstig zu heiter, allerdings öffnete sie beim Grinsen so übertrieben den Mund, dass es wirkte wie bei Jim Carrey in »Die Maske«. Mit einer silbernen Zange gab sie Kandis in die dünnwandigen Tassen mit dem typisch ostfriesischen Rosendekor, das Hark von klein auf begleitet hatte. Kurz darauf dampfte der heiße Tee in der Tasse, der Kluntje knackte vor sich hin. Hark lehnte sich zurück und faltete die Hände im Schoß. Das Geräusch katapultierte ihn augenblicklich zurück in seine Kindheit. Wie oft hatte er zusammen mit Ella an diesem Tisch gesessen, Tee getrunken und original Borkumer Sanddorntorte gegessen, während die Pendeluhr an der Wand leise vor sich hin tickte? Obwohl er es gehasst hatte, bei Schietwetter im Haus bleiben zu müssen, hatte Ella sogar aus kalten, regenfeuchten Sonntagnachmittagen spannende Abenteuer werden lassen. Ihre Fantasie hatte keine Grenzen gekannt. Irgendetwas Verrücktes war ihr immer eingefallen. Bei der Erinnerung daran, wie sie aus umgekippten Stühlen, Besen, Schrubbern und Putzeimern eine Zirkusmanege gebaut und mit imaginären Elefanten und Tigern Kunststücke geübt hatten, musste er grinsen. Während die anderen Jungs aus seiner Klasse die Zeit mit ihren Sammelalben totschlugen, hatten Ella und er sich durch einen selbst geschaffenen Dschungel gekämpft oder als Polizeistreife Verbrecher zur Strecke gebracht. Gedankenverloren starrte er in den Tee. Es gab so viele Bilder von Ella und ihm, dass es seinen Kopf überschwemmte.

»Langsam wird es so, wie ich mir das vorstelle.« Fraukes Stimme riss ihn aus seinen Gedanken. Stirnrunzelnd blinzelte er in die Kamera. Hoffentlich mussten sie nicht alles zum fünften Mal wiederholen. »Jetzt noch ein paar Bilder, die euch beim Teetrinken zeigen. Hinni, die Sahne, bitte.«

»Kommt sofort.« Der lange schwarze Trachtenrock rauschte, als Hinni mit dem Sahnekännchen in der Hand herbeieilte. In einer geübten Bewegung schöpfte sie mit dem Löffel dickflüssige Sahne aus dem Kännchen und ließ sie am Tassenrand in den Tee fließen. Dabei führte sie den Löffel linksherum, wie es sich gehörte. Geistesabwesend starrte Hark in die Wölkchen, die vom Boden der halb vollen Tasse aufstiegen. Zwei Wochen blieben ihnen, um genügend Unterschriften zur Rettung des Käptäns Eck zu sammeln. Ella gegenüber hatte er sich optimistisch gezeigt. Doch wenn er ehrlich war, machte er sich ernsthaft Sorgen um ihre Zukunft. Er hätte sie so gern stärker unterstützt. Und mehr noch als das wünschte er sich, dass sie wieder Freunde hätten sein können. Ihre Gesellschaft tat ihm gut, das hatte er bei ihren letzten Begegnungen gemerkt. Wenn er mit ihr zusammen war, spürte er das Loch weniger, das Julias Tod in seinem Herzen hinterlassen hatte.

Frauke legte die Kamera beiseite. Suchend glitt ihr Blick über den Tisch. »Wo sind die Kekse, Hinni? Hast du sie *vergessen*?«

Auf dem letzten Wort lag eine Betonung, bei der sich Harks Nackenhaare unwillkürlich aufstellten. Er fixierte Frauke mit einem bohrenden Blick. »Kekse? Du sprichst doch nicht etwa von Hinnis Selbstgebackenem? Falls ja, ich rühre nichts davon an.«

»Wozu habe ich mir so viel Mühe mit deiner Erziehung gegeben, wenn alles umsonst war?« Frauke hielt seinem Blick ohne mit der Wimper zu zucken stand. »Du solltest dringend an deiner Sozialkompetenz arbeiten. Es ist unhöflich, so etwas zu sagen. Hinni backt ausgezeichnet.«

»Wenn sie nicht gerade Hasch in den Teig mischt …«

»Wie kommst du denn auf so etwas?«, fragte Frauke mit Unschuldsmiene.

»Euch beiden ist alles zuzutrauen. Vielleicht gehört das zu eurem Entspannungskonzept für gestresste Paare, so wie der ganze romantische Unsinn hier«, erwiderte Hark. Mit einem grimmigen Lächeln deutete er auf die brennenden Kerzen, die auf dem Tisch verstreuten rosa Herzchen, die Herzengirlande und die über ihren Köpfen schwebenden rosa Luftballons, auf denen »Küss mich« stand. Frauke musste das gesamte übrig gebliebene Valentinstagssortiment bei Woolworth aufgekauft haben.

Frauke hob tadelnd eine Augenbraue. »Haschkonsum ist illegal.«

»Als ob Hinni das stören würde«, knurrte Hark.

»Es sind Jaffa-Kekse«, erklärte Hinni beschwichtigend und wedelte mit der Packung. »Eine neue Sorte. Granatapfel-Geschmack. Sehr lecker. Ella hat sie mir empfohlen, ich habe sie gestern im Supermarkt getroffen. Sie kauft immer Jaffas für ihre Mutter.«

Hark warf Svea quer über den Tisch einen eindringlichen Blick zu. »Was meinst du? Sollen wir das Risiko eingehen?«

Svea runzelte die Stirn. »Na toll. Jetzt werde ich auch noch in einen Streit zwischen deiner Mutter und dir verwickelt. Ehrlich, Hark, irgendwas stimmt mit dir nicht. Bist du zufällig paranoid oder so? Was soll an Keksen aus dem Supermarkt denn verkehrt sein?«

Eine ganze Menge, dachte Hark, verkniff sich aber die Bemerkung.

»Mit Hark ist alles in bester Ordnung«, beeilte Frauke sich zu sagen. »Er ist nur etwas überarbeitet in letzter Zeit. Der nächste Punkt der Teezeremonie wird ihm guttun. Und dir sicher auch.«

»Welcher Punkt? Wollten wir nicht einfach nur ein paar Fotos schießen, und das war's?«, fragte Hark und kniff misstrauisch die Augen zusammen. »Was kommt denn jetzt noch?«

»Wie du weißt, muss das ganze Programm getestet werden«, erklärte Frauke so geduldig, als sei Hark besonders schwer von Begriff. »Dazu müssen wir uns streng an den Ablauf halten.«

»Yaay«, jubelte Hark emotionslos. »Ich fühle mich wie eine Laborratte. Vielleicht besitzt du die Liebenswürdigkeit, uns näher zu erläutern, was ihr vorhabt? Wenn wir dieses dämliche Paarspiel durchziehen sollen, bei dem wir Rücken an Rücken sitzen und durch hirnrissige Fragen herausfinden sollen, wie gut wir unseren Partner kennen, vergiss es! Dabei mache ich nicht mit.«

»Also bitte, Hark. Als ob ich so etwas Banales nötig hätte.« Frauke hob indigniert das Kinn. »Bei unseren Fragen geht es selbstverständlich um andere Dinge. Dinge, die wirklich von Bedeutung sind. Hier. Lies selbst.« Sie zog einen Flyer aus ihrer Handtasche und hielt ihn ihm unter die Nase.

»Drink, wat kloor is, segg, wat wohr is … Borkumer Teezeremonie entdecken und Ihren geheimen Bedürfnissen begegnen«, stand da.

»Ach du Schande.« Hark stöhnte gequält auf. Das hatte er ja ganz verdrängt. »Das ist nicht euer Ernst. Was hattet ihr dabei im Kopf? Eine Neuauflage von ›Fifty Shades of Grey‹?«

»Also bitte, Hark! Was soll denn Svea denken, wenn du so etwas sagst! Was im Flyer steht, ist doch nur der erste Entwurf. Blindtext sozusagen«, echauffierte sich Frauke.

»An den exakten Inhalten arbeiten wir noch«, erklärte Hinni freundlich.

»So ist es«, stimmte Frauke ihr zu. »Aber dafür brauchen wir unbedingt einen Probedurchlauf.«

»Wenn euch zu einer bestimmten Frage nichts einfällt, macht einfach mit der nächsten weiter.« Hinni lächelte und reichte jedem von ihnen einen handbeschriebenen Zettel.

»Die Antworten müsst ihr uns nachher nicht mitteilen«, merkte Frauke an. »Außer ihr möchtet das.«

»Alles auf freiwilliger Basis«, erklärte Hinni entgegenkommend. »Allerdings erwarten wir danach ein Feedback, wie euch die Teezeremonie gefallen hat. So als Paar.«

»Wir sind kein Paar«, presste Hark zwischen zusammengebissenen Zähnen hervor.

Svea lachte laut heraus, als hätte er einen richtig guten Witz gemacht, und stieß ihm ihren spitzen Ellbogen unsanft in die Seite. Hark runzelte die Stirn. Fast war er ein wenig beleidigt. So abwegig war die Idee ja nun auch wieder nicht, oder wie sollte er das verstehen?

»Das wissen wir.« Hinni nickte. »Jetzt greift zu. Wir lassen euch dann mal alleine.«

»Na gut. Tun wir ihnen eben den Gefallen«, sagte Svea, nachdem Frauke und Hinni sich entfernt hatten. Schulterzuckend nahm sie einen der Kekse vom Teller. »Jaffa-Kekse hat meine Oma immer gegessen. Das ist End-Retro.«

Hark spürte einen dumpfen Schmerz hinter der Stirn. Seine Kehle war wie ausgetrocknet, sein Magen fühlte sich hohl an. Abgesehen von einem Brötchen mit Nutella und einem Becher Instantkaffee im Stehen hatte er heute noch nichts zu sich genommen. Keineswegs ausgesöhnt mit der Situation trank er einen Schluck Tee. Wie auf Borkum üblich, ohne umzurühren, durch drei Schichten hindurch. Erst der Geschmack der Sahne, dann das leicht Bittere des Tees und zum Schluss die Süße des Kluntjes.

»Probier mal die Kekse«, forderte Svea ihn auf und schmatzte genüsslich. Hark betrachtete sie fasziniert. An ihrer Oberlippe klebte Schokolade. Großzügig hielt sie ihm ihr angebissenes Stück hin. »Ich hatte sie anders in Erinnerung, weicher irgendwie, aber sie sind echt lecker.«

»Na schön.« Hark seufzte. Inzwischen war ihm alles gleich. Er wollte das Ganze nur so schnell wie möglich hinter sich bringen. »Danke. Ich nehme mir selbst einen.«

»Essbar, auch wenn der Geschmack nicht so ganz meins ist«, stellte er kurz darauf fest. Schulterzuckend schob er sich den dritten Keks in den Mund, dabei schielte er skeptisch zur Tür. Er hätte seinen rechten Arm darauf verwettet, dass Frauke und Hinni im Flur standen und lauschten. Egal, beschloss er, diesen ganzen Unsinn hier konnte ohnehin niemand ernst nehmen. Merkwürdigerweise begann er sich zu entspannen. Mit einem Grinsen, das er sich selbst nicht erklären konnte, leckte er sich Granatapfelfüllung vom Daumen, dann tippte er auf Hinnis Zettel. »Legen wir los?«

»Klar«, sagte Svea und zuckte die Schultern. Sie war bei ihrem fünften oder sechsten Keks. Hark wunderte sich, wie sie so viel Süßes essen und dennoch so dünn sein konnte.

»Also schön«, sagte er und beugte sich über das Blatt. »Frage eins: Was hast du gedacht, als du mich zum ersten Mal gesehen hast?«

»Schwierig.« Svea furchte die Brauen. »Wahrscheinlich konnte ich bei unserem ersten Treffen gerade mal laufen, und du hast deinem Vater bei der Visite auf unserem Hof geholfen.« Sie rutschte unruhig auf dem klapprigen Bugholzstuhl hin und her. Die Beine stöhnten und ächzten unter ihrem Fliegengewicht. »So kommen wir nicht weiter. Wir müssen improvisieren. Hm ...« Nachdenklich massierte sie sich die Nasenwurzel. »Wie wäre es damit: Was hast du gedacht, als wir uns vorhin hier getroffen haben?«

»Passt ausgezeichnet.« Hark lehnte sich zurück und verschränkte die Hände vor der Brust. »Gut, dass du es ansprichst.

Was ich dachte, war, dass ich deinen fachlichen Rat brauche. Wir müssen das Käptäns Eck retten.«

»Jaaa«, meinte Svea gedehnt, nachdem Hark berichtet hatte. »Das könnte klappen. Ich tue mein Bestes, um euch zu unterstützen. Übrigens«, sie kräuselte nachdenklich die Nase. »Ich kenne da ein paar Leute bei einem Hamburger Fernsehsender. Das könnte nützlich sein.«

Die Tür knarrte. Auf leisen Sohlen trippelte Hinni auf den Kaffeetisch zu, eine beachtliche Leistung bei ihrem Gewicht. Sie bedachte erst Svea, dann Hark mit einem reizenden Lächeln. »Ich wollte nur mal sehen, ob alles passt. Kommt ihr vorwärts? Möchtet ihr vielleicht frischen Tee?«

»Uns geht es gut«, sagte Hark und kniff die Augen zusammen. »Ist das eine Kontrolle?«

»Aber nein, wo denkst du hin?« Hinni kicherte, als hätte er einen Scherz gemacht. Sie klemmte sich eine Haarnadel zwischen die Zähne, strich eine herabhängende Strähne zurück und befestigte sie mithilfe der Nadel am Dutt.

»Um auf deine Frage zurückzukommen, wir sind erst am Anfang«, erklärte Hark. »Wenn du uns jetzt freundlicherweise weitermachen ließest?«

»Aber sicher«, sagte Hinni und schlich betont unauffällig aus dem Zimmer.

»Und richte Frauke aus, dass ich mit meinem Leben zufrieden bin, so, wie es ist«, rief er ihr hinterher. Svea warf ihm einen fragenden Blick zu. »Frage Nummer acht«, erklärte er schulterzuckend.

»Frage neun.« Grüblerisch wickelte sich Svea eine kinnlange Strähne um den Finger. »In welcher Situation hast du dich richtig hilflos gefühlt?«

»Beim Tod meiner Frau«, antwortete Hark, schneller, als er denken konnte. Im nächsten Moment hätte er sich ohrfeigen können. Er hatte nicht vorgehabt, über Julia zu reden. Das tat er nie.

»Verständlich.« Svea reichte über den Tisch und tätschelte seinen Arm. Es fühlte sich nicht unangenehm an, also ließ er sie gewähren. »Aber ich glaube, Extremsituationen zählen hier nicht. Wann noch?«

Wie rücksichtsvoll von Svea, das Thema zu wechseln. Er lächelte ihr dankbar zu. In einem langen Atemzug stieß er die Luft aus. »Als ich angefangen hatte, in Hannover zu studieren und meine Beziehung mit Ella in die Brüche ging. Da habe ich mich so richtig ohnmächtig gefühlt.«

»Komisch, wenn ich an früher denke, sehe ich euch in meiner Erinnerung ausschließlich zusammen, so, als hätte es euch als Einzelpersonen gar nicht gegeben.« Versonnen nippte sie an ihrem Tee. »Ich habe nie verstanden, warum ihr euch getrennt habt. Wie kam es?«

»Seltsam, dass du fragst. In letzter Zeit denke ich häufiger darüber nach. Wahrscheinlich werde ich mit fortschreitendem Alter sentimental.« Er nahm den Löffel von der Untertasse und ließ ihn gedankenverloren gegen das dünne Porzellan klirren. »Ella und ich schienen füreinander bestimmt. Sie war meine erste große Liebe und für lange Zeit meine einzige. Ich hatte nie Zweifel, dass wir zusammen alt werden würden. Aber dann ging ich zum Studium aufs Festland, und Ella kam damit nicht klar. Du weißt ja, wie das ist. Neue Stadt, neuer Freundeskreis, neue Interessen. Dazu mein Studium …«

»Sich mit Anfang zwanzig in einer Fernbeziehung wiederzufinden, muss schwer sein«, meinte Svea verständnisvoll. »Du hast dich verändert, dazu die räumliche Trennung …«

»Ach was!« Er schüttelte vehement den Kopf. »Solange man Vertrauen zueinander hat, spielt Entfernung keine Rolle.«

»Also hat das Vertrauen bei euch nicht gestimmt?«, hakte Svea nach.

»Anfangs schon, dann nicht mehr. Es fing harmlos an. Zuerst rief Ella ständig bei mir an, um mir belanglose Dinge zu erzählen. Zum Beispiel, wen sie beim Bäcker getroffen oder wer sich gerade von wem getrennt hatte.«

»Da ist nichts dabei, wenn du mich fragst.«

»Schon, aber wenn du gerade für das Staatsexamen lernst und Ella zum fünften Mal hintereinander anruft, obwohl sie genau weiß, dass du Ruhe brauchst, ist das kein Spaß mehr.« Bei der Erinnerung an damals versteifte sich sein Nacken. Unwillig rollte er die Schultern. »Ich bekam immer mehr den Eindruck, dass es ihr nicht darum ging, mir etwas zu erzählen. Möglicherweise war es ihr nicht bewusst, aber damit hat sie mich in den Wahnsinn getrieben.«

»Hm … Glaubst du, sie wollte sichergehen, dass du nicht mit einer anderen Frau im Bett lagst?«

»Was weiß ich? Vorstellbar wäre es. Zu der Zeit hatten wir uns immer öfter in den Haaren. Meistens, weil ich ihrer Meinung nach zu selten anrief oder übers Wochenende nicht nach Borkum kommen konnte. Und wenn ich dann anrief, war es auch verkehrt, weil ich es angeblich nur aus schlechtem Gewissen tat. Was auch immer ich machte, es endete im Streit.« Er zuckte die Schultern. »Und dann begegnete ich Julia. Den Rest kennst du.«

Svea schmiegte die Wange an die warme Teetasse und schenkte ihm einen mitfühlenden Blick. »Klingt nach der klassischen Beziehungsfalle. Ella hat angefangen zu klammern, weil sie Angst hatte, dich zu verlieren. Damit hat sie dich überhaupt erst auf Abstand gebracht, denn du hattest das Gefühl, immer mehr kontrolliert zu werden.«

»Gut auf den Punkt gebracht.« Hark grinste. »Wann bist du so weise geworden?«

Svea winkte ab. »Frag besser nicht. Sagen wir einfach, ich habe in der Vergangenheit selbst ein paar spektakuläre Fehler gemacht.«

Mit einem unerwarteten Gefühl der Erleichterung leerte Hark die vierte Teetasse. Insgeheim musste er schmunzeln. Unter dem Strich waren Fraukes und Hinnis Fragen gar nicht so verkehrt. Auf eine verquere Art tat ihm das Teetrinken mit Svea gut. Es hatte eine beinahe kathartische Wirkung, mit ihr zu reden. Ein wohliges Gefühl von Wärme und Zufriedenheit strömte durch seinen Körper. Er hatte Mühe, sich aus dem angenehmen, schwebenden Zustand zu reißen und auf Hinnis Zettel zu konzentrieren. Seine Augen tasteten über die Buchstaben, die sich langsam zu drehen begannen. Fasziniert hob er das Blatt vor die Augen. Seit wann verwendete Hinni holografische Schrift? Mit äußerster Willenskraft zwang er die Buchstaben dazu, gerade stehen zu bleiben. »Ha!« Triumphierend blickte er zu Svea hinüber. »Hier Frage dreizehn. Das ist interessant: Wann wusstest du, dass aus uns etwas wird?«

»So als Team?« Svea kicherte. Inzwischen schien sie die Teezeremonie ausgesprochen witzig zu finden. »Ich weiß nicht.« Sie wischte sich eine Lachträne aus dem Auge und stieß ihm kumpelhaft mit dem Ellbogen in die Seite. »Vermutlich vor ungefähr neunzig Minuten.« Sie deutete auf die Pendeluhr mit dem gedrechselten Aufsatz an der Wand.

»Was?« Hark fuhr herum. Entgeistert starrte er auf das Zifferblatt. Ihm war gar nicht bewusst gewesen, dass so viel Zeit vergangen war. Überhaupt schien mit dem antiken Teil etwas nicht zu stimmen. Das Pendel bewegte sich im unregelmäßigen Tempo von einer Seite zur anderen, so als wäre es aus dem Zeit-Raum-Kontinuum herausgefallen. Irritiert wandte er sich wieder dem Blatt zu. »Egal. Lassen wir das. Punkt vierzehn: Wo siehst du uns in zehn Jahren?«

»Wie jetzt? In *zehn* Jahren?« Svea verdrehte ihre bernsteinfarbenen Augen, die wirklich ausgesprochen hübsch waren, wie Hark urplötzlich bemerkte. Sie hielt sich den Bauch vor Lachen. »Keine Ahnung? Ich weiß ja noch nicht mal, wo ich uns in zehn Tagen sehe. Auf dem Mond vielleicht?«, schob sie hinterher, was Hark zum Lachen brachte. Je alberner das Ganze wurde, umso besser ging es ihm.

»Sekunde«, brachte er zwischen zwei Lachflashs heraus. »Ich gebe dir gleich die perfekte Antwort. Ich trage sie seit ein paar Jahren in meiner Brieftasche herum und warte nur auf die passende Gelegenheit.« Er entfaltete einen Zettel, der reichlich mitgenommen aussah. Umständlich räusperte er sich und machte ein feierliches Gesicht. »Svea, *sinulla on kauniit silmät.*«

Vor Lachen schlug Svea mit der flachen Hand auf den Tisch. Die Teetassen klirrten. »Geil. Kannst du das bitte noch mal sagen? Du klingst wie der irre schwedische Koch aus der Muppet-Show. Der mit dem Smörrebröd.«

»Gern«, gluckste Hark und schlug sich vergnügt auf die Schenkel, obwohl er keinen blassen Schimmer hatte, worauf Svea anspielte. »Das war übrigens Finnisch. Dieser bekannte finnische Symphonic-Metal-Rockstar ist mal mit seinem kranken Waran bei mir in der Sprechstunde aufgetaucht. Übrigens konnte der Waran auf Kommando Pfötchen geben. Irre komisch, oder?«

»Abgefahren. Warte mal eben.« Svea zog ihr Handy aus der Tasche. »Ich nehme den Satz als WhatsApp-Sprachnachricht auf und lasse es später über Textr laufen. Die sind ziemlich gut mit Übersetzungen. Okay. Leg los.«

»Wahnsinnsidee!« Hark tat ihr den Gefallen. »Achtung, ich hab noch einen«, prustete er ausgelassen. »*Rakastan sinua,* Svea.«

»Spitze«, jubelte Svea. »Wenn ich das meinen Freundinnen vorspiele, kriegen die sich nicht mehr ein. Die fahren voll auf Nightwish ab.«

»Dann setz ich noch einen drauf.« Hark grölte vor Lachen. So prächtig hatte er sich schon lange nicht mehr amüsiert. Svea lag voll auf seiner Wellenlänge. Eine Hammerfrau, warum war ihm das zuvor noch nicht aufgefallen? Er holte Luft und konzentrierte sich. Dennoch brauchte er drei Anläufe, bis er es richtig herausbrachte. Seine Zunge wickelte sich immer wieder um die Buchstaben, statt sie loszulassen. »Svea, *haluaisitko mennä naimisiin kanssani?*«

»Du bist schwer in Ordnung, Hark. Jetzt kann ich mir in Finnland schon mal einen Kaffee bestellen oder nach dem Weg fragen«, freute sich Svea und strahlte ihn an. Unvermittelt beugte sie sich vor und gab ihm einen Kuss auf die Wange.

»So ähnlich.« Hark lachte und küsste Svea im Überschwang der Gefühle gleich zurück. Schließlich wollte er nicht unhöflich sein.

»Ihr Süßen«, rief Frauke begeistert von der Küchentür aus. Dicht hinter ihr stand Hinni und strahlte über beide Apfelbäckchen. »Ich freu mich so für euch. Ich wusste, dass ihr perfekt zusammenpasst.«

»Wie meinst du das?« Hark ließ sich zurück auf den Stuhl sinken. Die Heiterkeit verschwand schlagartig, dafür fühlte er sich auf einmal tierisch müde. Seine Augenlider wurden schwer. Angestrengt blinzelte er in den Nachmittag.

»Hark hat mir Finnisch beigebracht«, erklärte Svea und lächelte zuvorkommend. »Wollt ihr mal hören?« Unaufgefordert spulte sie die drei Aufnahmen hintereinander ab.

»Schön«, sagte Hinni. »Und was heißt das?«

»Warte.« Sveas Kopf glühte vor Aufregung. »Ich muss das nur kopieren und an die Textr-App schicken, dann hören wir es. So, hier bitte.« Sie hielt das Handy in die Luft.

»Du hast schöne Augen«, sagte die Stimme vom Band. »Ich liebe dich. Willst du mich heiraten?«

Svea schnappte japsend nach Luft, wirkte dabei aber alles andere als glücklich. Komisch. Dabei hätte Hark seinen rechten Arm darauf verwettet, dass die meisten Frauen sich insgeheim einen Heiratsantrag ersehnten.

Aus den Augenwinkeln bemerkte er, wie Hinni sich aufgeregt mit beiden Händen Luft zufächelte. Er war sich nicht hundertprozentig sicher, aber er meinte, Tränen in ihren Augen glitzern zu sehen.

»Kinder, was für eine Überraschung!« Übertrieben auffällig zog Hinni ein Taschentuch aus dem Mieder hervor und schnäuzte sich. »Du hast doch ja gesagt, Svea?«

»Sei nicht albern, Hinni«, fauchte Frauke. »Das Ganze ist doch nicht ernst. Ich habe dir gleich gesagt, du sollst vorsichtig sein mit der Dosierung.«

»Ach, meinst du? Wegen dem bisschen? Das kann ich mir nicht vorstellen.« Hinni winkte ab. »Trotzdem würde mich interessieren, ob Svea ja gesagt hat.«

»Ja zu was? Ich hab keine Ahnung, wovon ihr redet?« Svea starrte mit geröteten Augen ins Leere. »Aber ich bin schrecklich müde. Nehmt es mir nicht übel, ich gehe jetzt nach Hause und leg mich hin.«

»Ich würde dich ja fahren«, bot Hark sich an und gähnte ausgiebig. »Aber mir geht's genauso. Bestimmt penne ich hinter dem Steuer ein. Am besten haue ich mich gleich hier aufs Ohr.«

Schwankend stand er auf und machte sich auf der ungepolsterten Küchenbank neben dem Herd lang. Seine Lider waren bleischwer geworden, er schaffte es nicht, die Augen länger geöffnet zu halten. Fraukes Worte drangen wie durch Watte an sein Ohr.

»Hinni«, hörte er seine Mutter sagen. »Das kann unmöglich so bleiben. Wir müssen dringend die Rezeptur der Kekse ändern, bevor die ersten Kunden kommen.«

KAPITEL 14

Am Mittwoch goss es wie aus Eimern. Ella stand am Küchenfenster und beobachtete, wie der Regen beinahe waagrecht gegen die Scheibe prasselte. Ihr Blick wanderte über den Fensterrahmen, von dem die Farbe abplatzte, hin zu den Spinnweben in der Ecke über dem Schrank, die sie beim letzten Hausputz übersehen hatte. Zu tun gab es reichlich, also krempelte sie die Ärmel hoch und begann, die Vorratsgläser im Regal neben der Spüle mit einem feuchten Lappen abzuwischen.

Im Käptäns Eck war wenig los gewesen. Carla hatte angeboten, die Stellung zu halten, und eigentlich hatte Ella den Nachmittag nutzen wollen, um Brigitte zum Friseur zu fahren. Als sie ihre Mutter anrief, um zu sagen, dass sie sie in einer halben Stunde abholen würde, war diese einverstanden gewesen. Umso überraschter war Ella, wenig später ein leeres Haus vorzufinden. In der Hoffnung, ihre Mutter bei Martha, ihrer Cousine anzutreffen, war sie nach nebenan gegangen. Doch da war sie auch nicht. Martha erwähnte, dass Brigitte vorgehabt habe, eine Bekannte ein paar Häuser die Straße runter zu besuchen. Mit finsterem Blick rubbelte Ella an der Fett-Staub-Schmiere herum, die sich auf dem Glasdeckel abgelagert hatte. Sie fühlte sich wütend und verletzt. Erst Brigittes vorwurfsvolle Blicke, weil sie es letzte Woche nicht zum Friseur geschafft hatten, und nun das! Was ging bloß in ihrer Mutter vor? Eigenmächtig den Termin über den Haufen zu schmeißen, einfach so, ohne Bescheid zu geben, das war alles andere als fair! Ella spürte, wie ihr Magen sich vor Ärger zuschnürte. Die Veranstaltung zur Rettung des Käptäns Eck war für Samstag in einer Woche geplant. Bis dahin gab es reichlich zu tun. Sie hätte den freien Nachmittag nutzen können, um mit Kai Uwe zu reden. Der sollte ihr nämlich Liegestühle und zwei Strandzelte für die Deko zur Verfügung stellen. Jetzt musste sie das eben morgen erledigen. Mit einem schweren Seufzer rückte Ella das Glas auf dem Regal zurecht. Einfach war es mit Brigitte noch nie gewesen, aber seit sie zusammen in einem Haus lebten, hatte sich das Verhältnis zwischen ihnen deutlich verschlechtert. Immer öfter ertappte sie sich dabei, ungeduldig mit Brigitte zu werden. Dabei wollte Ella nur, dass sich ihre Mutter bei ihr wohlfühlte. Doch das tat sie offensichtlich nicht. Ella spürte einen stechenden Kopfschmerz. Bisher hatte sie sich verboten, darüber nachzudenken, aber vielleicht war es doch die bessere Lösung für beide Seiten, wenn Brigitte sich entschloss, in ein Heim für betreutes Wohnen zu ziehen. Auf Borkum gab es hervorragende Einrichtungen, die über freundliche, komfortable Zimmer, gemütliche Gemeinschaftsbereiche und attraktive Freizeitangebote verfügten. Vielleicht würde Brigitte die Gesellschaft anderer Senioren guttun, wenn sie erst einmal Anschluss gefunden hatte? Es kam auf einen Versuch an.

Gedankenverloren legte sie den Lappen beiseite und starrte aus dem Fenster. Der Regen ließ allmählich nach, dafür nahm der Wind zu. Die Zweige der kugelförmig geschnittenen Robinien vor dem Haus rauschten im Wind. Eine Möwe segelte mit gekonntem Schwung auf den Vorgarten zu und ließ sich flügelschlagend auf dem Kiesweg zwischen den Rabatten nieder. Ella spürte, wie ihre Brust eng wurde. Wäre sie ein anderer

Mensch gewesen, hätte sie darauf gedrängt, dass Brigitte sich zumindest gedanklich mit den diversen Wohnmöglichkeiten für Senioren auseinandersetzte.

Aber sie war kein anderer Mensch.

Seufzend legte sie die Stirn in Falten. Alt werden war sicher nicht einfach. Erst recht nicht für Brigitte, die sich zeit ihres Lebens vom Schicksal benachteiligt fühlte. Ändern ließ sich daran nichts. Also würde sie es hinnehmen und versuchen, möglichst kein Drama aus Brigittes Launen zu machen. Entschlossen, ihre Energie nicht länger auf Grübeleien zu verschwenden, widmete sie sich den Kräutern auf dem Fensterbrett. Die hatten Pflege dringend nötig. Rosmarin, Basilikum, Pfefferminze und Oregano ließen die Zweige hängen. Rasch ließ sie Wasser in die Spüle laufen und stellte die Töpfe hinein. Auf dem frei geräumten Fensterbrett entdeckte sie eine tote Fliege, ihr Leib schimmerte grün. Angeekelt griff sie zum Kehrblech. Als sie über den Sims fegte, bemerkte sie das Tierarztauto. Es hielt direkt vor ihrem Haus. Angespannt fuhr sie sich über die Frisur. Auf Besuch war sie nicht vorbereitet, erst recht nicht auf den von Hark. Ihre Füße steckten in Plastikcrocs, das Make-up war verlaufen, unter ihren Nägeln hatten sich beim Putzen Schmutzränder gebildet. Zu spät, sich Gedanken zu machen. Mit entschlossenen Schritten eilte Hark auf das Haus zu, einen Futtersack über der Schulter. Um ihre Nervosität zu vertreiben, nahm sie einen tiefen Atemzug, so wie Frauke es ihr bei einer Yogasitzung gezeigt hatte. Dann trat sie an die Tür und öffnete.

»Störe ich?« Er wischte sich den Regen aus dem Gesicht und schenkte ihr sein typisches Hark-Grinsen. Mit einer Geste, die ihn fast verlegen wirken ließ, deutete er auf den Sack. »Futternachschub für Günther. Ich dachte, das könntest du gut gebrauchen, bei seinem Appetit.«

»Ähm … sehr aufmerksam …«, bemerkte sie, unfähig, den Blick von ihm zu lösen. Mit dem gebräunten Teint, den Lachfältchen und den Oberarmmuskeln, die sich klar unter dem Shirt abzeichneten, sah er selbst in den Arbeitsklamotten unglaublich heiß aus. Ein Schwarm Zitronenfalter flatterte aufgeregt durch ihre Brust.

»Wie läuft es so mit dem Schwein?«, erkundigte sich Hark. »Kommt ihr klar miteinander?«

»Sicher …« Sie zögerte. »Wenn du Günther Hallo sagen möchtest, er liegt in seinem Körbchen und pennt. Bei Schietwetter will er nicht in den Auslauf.«

Hark grinste. »So ähnlich hatte ich mir den freien Nachmittag auch vorgestellt, auf der Couch liegen und pennen. Aber dann kam ein Notfall nach dem anderen herein.« Er zuckte leidgeprüft die Schultern. »Du weißt, wie es ist.«

»Allerdings.« Sie biss sich auf die Lippen, aus Angst, etwas Falsches zu sagen. Einen unbehaglichen Moment standen sie sich schweigend gegenüber, während die Sekunden an ihnen vorbeizogen.

»Und du? Machst du dir immer noch so viele Sorgen wegen der Kneipe?«, meinte Hark schließlich. Er machte einen halbherzigen Schritt zur Seite und stützte sich mit der Hand gegen den Türrahmen, offenbar unsicher, ob er bleiben oder gehen sollte. Sein Zögern ließ die Schmetterlinge in ihrer Brust erneut aufflattern.

Sie nahm sich einen Moment und überlegte, bevor sie antwortete. »Tagsüber geht es. Aber die Nächte sind der reinste Horror. Seltsam, wie kompliziert einem das Leben gegen drei Uhr morgens scheint.«

»Ja, damit kenne ich mich aus.« Etwas schob sich vor seine Augen, er wirkte abwesend. »Die Dunkelheit bringt dich um. Mit jedem Atemzug sehnst du dich danach, dass es dämmert, aber die Zeit klebt fest.« Mit einem Ruck stieß er sich von der

Tür ab. »Bevor ich es vergesse, da ist etwas, was ich dir geben wollte. Ich habe es gefunden, als ich im Keller aufgeräumt habe.«

Ella hatte Mühe, mit dem jähen Themenwechsel klarzukommen. Harks Worte hinterließen einen dumpfen Widerhall in ihrem Kopf. Allem Anschein nach war Hark noch immer nicht über Julias Tod hinweg. Die Frage war bloß, würde er es je sein? Resigniert betrachtet sie die große, vertraute Gestalt in der Tür. Nach außen hin mochte Hark stark und unerschütterlich wirken, doch im Kern war er sensibel und verletzlich.

»Willst du nicht wissen, was es ist?«, fragte Hark.

»Tut mir leid. Ich war mit den Gedanken woanders.« Sie bemühte sich, ein Lächeln aufzusetzen, obwohl ihr nicht danach war. »Ich hoffe, es ist nicht der grässliche Pullover, den ich dir mal gestrickt habe«, schob sie hinterher und verdrehte die Augen.

»Der war nicht grässlich, der war ... ungewöhnlich. Avantgardistisch, sozusagen. Übrigens ... ich habe ihn aufgehoben. Für den Fall, dass asymmetrische Ärmel eines Tages schwer in Mode kommen.« Er zwinkerte ihr zu.

»Ich hätte mir mehr Zeit beim Zusammennähen nehmen sollen.«

»Ach was. Er ist perfekt, so, wie er ist. Hier ...« Er griff in eine der Taschen an seiner Cargohose und überreichte ihr eine alte Philips C-60-Magnetband-Kassette. »Erinnerst du dich?«

Überrascht drehte sie die Kassette in den Händen. »Songs von 1994« stand in seiner schwungvollen Handschrift auf dem Zettel in der durchsichtigen Klapphülle. Das Blau der Tinte war ausgebleicht. Ellas Herzschlag setzte einen Schlag aus. In der Regel war sie selten um eine Antwort verlegen, aber nun brachte sie keinen Ton heraus.

»Oh mein Gott«, hauchte sie schließlich. Der Boden unter ihren Füßen schien sich in Treibsand zu verwandeln. Benommen strichen ihre Finger über den glatten, scharfkantigen

Gegenstand. Ihr Verstand sagte ihr, dass es nichts weiter war als eine Plastikhülle mit einem Magnetband darin.

Doch in Wahrheit war es so viel mehr. Es war … Magie. Eine Zeitkapsel, die sie zurück in jenen Sommer reisen ließ, der so voll von Hoffnung, Liebe und Gier nach Leben war, dass alle anderen Sommer daneben verblassten.

»Weißt du noch?« Harks dunkles Timbre drang wie durch Nebel an ihr Ohr. »In unserem letzten Jahr auf dem Internatsgymnasium haben wir alle unsere Lieblingssongs aus dem Radio auf Tape aufgenommen.« Er schüttelte gedankenverloren den Kopf. »Mein Gott, wie oft haben wir das Ding laufen lassen? Ein Wunder, dass das Band nicht gerissen ist.«

Ella nickte stumm. Szenen tauchten vor ihrem geistigen Auge auf, jede einzelne davon ein Meer aus Emotionen.

»Hast du einen Kassettenrekorder, der noch funktioniert?«, erkundigte sich Hark.

»Ja.« Sie löste sich aus dem Strudel der Erinnerungen. »Er braucht nur neue Batterien.«

»Mein Rekorder hat vor Jahren den Geist aufgegeben. Ich schenke dir die MC, wenn du möchtest.« Er rieb sich den Nacken, als sei er nicht sicher, wie sie auf sein Angebot reagieren würde.

Schweigend starrte sie ihm in die Augen. Ihr Gehirn fühlte sich leer an. »Wow«, brachte sie schließlich hervor. »Danke.«

»Kein Thema«, sagte er, ohne den Blick von ihr zu nehmen. »Du siehst erschöpft aus.«

»Hm … Um ehrlich zu sein, bin ich das auch.« Unschlüssig drehte sie die Kassette in den Händen. »Wenn wir schon dabei sind, du wirkst auch nicht gerade glücklich.«

»Kein Wunder. Meine Mutter treibt mich in den Wahnsinn.« Hark verzog das Gesicht. »Seit letztem Sonntag hege ich Mordgelüste.«

Erstaunt blickte sie ihn an. »Und ich dachte, nur mir ginge es so!« Sie hob fragend eine Augenbraue. »Vielleicht sollten wir uns zusammentun? Du erzählst mir die schrecklichen Dinge, die deine Mutter tut, und ich erzähle dir die schrecklichen Dinge, die meine Mutter tut.«

Er grinste anzüglich. »Prima Idee. Selbsthilfegruppen fand ich schon immer scharf.«

»Dann komm rein. Hast du Hunger? Jede Wette, dass du heute noch nichts gegessen hast, außer Nutellabrot und Dosenravioli.«

»Cleveres Mädchen.« Sein Grinsen wurde breiter. »Wie hast du das erraten?«

»Einfach«, winkte sie ab. »Ich kenne dich. Spezialsandwich?«

Er seufzte genüsslich. »Klingt super.«

Kurz darauf saßen sie sich in der Küche gegenüber, jeder mit einem Glas Bier und einem Sandwich. Ohne Speck, versteht sich. Den brachte Ella nicht mehr hinunter, seit Günther bei ihr wohnte. Im Hintergrund lief der Kassettenrekorder. Das Band leierte und quietschte, aber Ella störte es nicht. Manche der Songs hatte sie seit einer Ewigkeit nicht mehr gehört. »7 Seconds Away« von Neneh Cherry, »Baby I Love Your Way« von Bob Marley, »Cotton Eye Joe« von den Rednex, »Macarena« von Los Del Río, »Summer in the City« von Joe Cocker, »The Cure« von Burn, »Circle of Life« von Elton John, eine eigenwillige Mischung, die sich einen Dreck darum scherte, dass die Genres nicht zusammenpassten.

Während sie aßen, herrschte weitgehend Schweigen. Jeder schien in seiner eigenen Welt versunken. Schließlich schob Hark den Teller beiseite und lehnte sich zurück. »Okay. Reden wir über unsere Mütter. Du zuerst.«

Vor Schreck verschluckte sie sich an ihrem Bier. Hüstelnd schlug sie sich mit der Faust gegen die Brust. »Ich? Wieso das?«

»Liegt auf der Hand.« Er grinste herausfordernd. »Schließlich war es deine Idee.«

»Puh … na schön«, meinte sie und tat, als wäre nichts dabei. Aber so ganz wohl fühlte sie sich bei der Sache nicht. »Was ich über meine Mutter zu sagen habe, ist allerdings nicht nett.«

»Ich garantiere dir Straffreiheit.«

Unschlüssig schob sie ihr Bierglas auf dem Tisch herum. Wie war sie überhaupt auf diese dämliche Idee gekommen?

»Also?«, drängte Hark.

Seufzend betrachtete sie die Schaumreste, die sich an der Innenseite des Bierglases abgesetzt hatten. »Es wird immer schlimmer mit Mama. Ständig muss ich mir anhören, wie sehr ich sie enttäuscht habe.«

»Aha. Und wodurch?«

»Hauptsächlich geht es um Jens, wo sie ihn doch von Anfang an nicht leiden konnte. Sie findet, durch ihn hätte ich mir mein Leben gründlich verpfuscht.«

Hark blickte sie forschend an. »Schätze, mit ihrer offenen Abneigung gegen Jens hat sie dich erst recht dazu gebracht, ihn zu heiraten.«

Sie zuckte die Schultern. »Mag sein.« *Außerdem warst du da bereits mit Julia verheiratet …*, flüsterte ihre innere Stimme. Nervös drehte sie das Glas in den Händen. »Mama wirft mir vor, dass ich zu sehr in der Vergangenheit festhänge. Sie findet, ich sollte einen Schlussstrich ziehen und etwas Neues beginnen.« Mit hämmerndem Herzen lehnte sie sich zurück. Bisher hatte sie sich gescheut, es auszusprechen, aber nun war es heraus. Der Punkt, der es ihr so schwer machte, war, dass Brigitte im Grunde ja nicht unrecht hatte. Rein vernunftmäßig war es sicher besser, die Kneipe zu verkaufen. Ihr Blick tastete vorsichtig zu Hark. Er wirkte gelassen. Ein Fels in der Brandung, genau wie früher.

»Und du?«, erkundigte er sich mit ruhiger Stimme. »Wie denkst du darüber?«

»Du weißt, dass Verkaufen für mich nicht infrage kommt«, stieß sie aufgebracht hervor. Im nächsten Moment bereute sie, ihn so angefahren zu haben. Zerknirscht knetete sie die Hände im Schoß. »Sorry, aber ich weiß selbst nicht, warum ich mich so aufrege …« Sie schürzte die Lippen. »Wahrscheinlich könnte ich den Streit mit Mama lockerer nehmen, wenn sie wenigstens versuchen würde, mich zu verstehen. Aber davon ist sie meilenweit entfernt.«

»Ich kann dich verstehen.«

»Wirklich? Ich schäme mich dafür, aber inzwischen gehe ich ihr schon so gut wie möglich aus dem Weg. Die gemeinsamen Mahlzeiten sind der blanke Horror. Ich halte es kaum an einem Tisch mit ihr aus …« Betreten senkte sie den Blick. Ihre Wangen glühten vor schlechtem Gewissen. »Eigentlich sollte ich Mama vorhin zum Friseur fahren, aber als ich heimkam, war sie weg. Einfach so, ohne Bescheid zu geben. Und weißt du was …?«

»Was?«

Verteidigend hob sie die Hände. »Jetzt wird es richtig böse. Als ich hörte, dass Mama zu ihrer Freundin gegangen ist, statt auf mich zu warten, war ich kurz davor, eine Party mit mir selbst zu schmeißen. Ich dachte, hoffentlich bleibt sie lange weg, damit ich mir nicht schon wieder ihr Gemecker anhören muss. Ist das nicht schlimm? Ich komme mir schrecklich vor!«

»Tja, vielleicht sollten wir Mütter tauschen?«

Sie grinste. »So wie in diesen Fernsehsendungen? Prima Idee. Deine Mutter war schon immer die coolste von allen. Sie ist so anders als die meisten Mütter.«

»Ja«, erwiderte Hark gedehnt. »*Anders*, das trifft es. Jetzt will sie sich zusammen mit Hinni selbstständig machen. Spirituelle Erleuchtung und so.« Er verdrehte bedeutungsschwer die Augen.

»Klingt obszön, wenn du es so betonst.«

»Haha. Wenn du wüsstest! Die zwei haben ein ayurvedisch angehauchtes Konzept für gestresste Paare entwickelt. Es soll Leidenschaft und Harmonie in Beziehungen bringen.«

»Tantra-Sex?« Sie musste kichern.

»Hoffentlich nicht. Für gymnastische Verrenkungen beim Sex habe ich nichts übrig …«

Ella biss sich angestrengt auf die Lippe. Sie hatte das anders in Erinnerung, beschloss aber, sich in vornehmer Zurückhaltung zu üben.

»Und jetzt müssen Svea und ich Versuchskaninchen spielen.« Hark blickte gequält.

Schlagartig wurde sie ernst. So war das also … Es fühlte sich an, als hätte sie einen Eimer Wasser mitten ins Gesicht geklatscht bekommen. Hark und Svea waren ein Paar … War es das, was er ihr durch die Blume mitteilen wollte? Am liebsten wäre sie schreiend vom Tisch aufgesprungen. Sie war enttäuscht von ihm und wütend zugleich. Er war mit einer Frau zusammen. Na schön. Aber warum machte er so ein Geheimnis daraus? Und wieso war es ihr nicht schon von selbst aufgefallen?

Unbehagliches Schweigen machte sich breit. Mit halbem Ohr registrierte Ella, welchen Song der alte Kassettenrekorder gerade spielte. Es war »Don't Turn Around« von Ace of Base. Ausgerechnet …

Düster schwebten die Worte in der Luft. Mit aller Beherrschung, die sie aufbringen konnte, erklärte sie mit leicht unterkühltem Ton: »Hab ich was verpasst? Seid ihr ein Paar, Svea und du?«

Mit so viel Direktheit schien Hark nicht gerechnet zu haben. Erschrocken prustete er in sein Bier. Er verschluckte sich und musste husten, sein Kopf lief rot an. Statt aufzustehen und ihm auf den Rücken zu klopfen, saß Ella einfach nur da und beobachtete das Ganze mitleidslos. Sollte er ruhig ersticken.

»Svea und ich? Großer Gott! Wie kommst du denn darauf?«, keuchte er schließlich.

»Wieso nicht? Schließlich bist du Single. Und Svea ist bildhübsch.« Ein wenig zu gleichgültig zuckte sie die Schultern.

Hark starrte sie mit großen Augen an. »Es reicht schon, dass Frauke mich ständig verkuppeln will. Fang bitte nicht auch noch damit an.«

»Äh, okay … Vielleicht erklärst du mir dann, was los ist.«

Seine Augen verengten sich zu Schlitzen. »Ich könnte Frauke umbringen. Dieses bescheuerte Pärchendings, das ich zusammen mit Svea durchziehen soll … Im Grunde ist es nur ein weiterer irrer Versuch, mit dem sie sich in mein Leben mischt. Sie ist nämlich überzeugt davon, dass es mir nicht guttut, Witwer zu sein.«

»Und? Was findest du?«

»Keine Ahnung.« Hark nahm eine Papierserviette und faltete sie umständlich zu einem Papierflieger. Nachdenklich hielt er ihn in die Luft und betrachtete ihn von allen Seiten. »Ehrlich gesagt, bin ich nicht scharf darauf, mein restliches Leben alleine zu verbringen. Andererseits muss die Frau, die mit einem Tierarzt klarkommt, ohne sich vernachlässigt zu fühlen, erst geboren werden.«

»Tja, schätze, das ist so …«

Hark führte den Papierflieger mit zwei Fingern probeweise durch die Luft. »Wenn Frauke so weitermacht, weigere ich mich, bei diesem dämlichen Testlauf mitzumachen. Die Teezeremonie am Sonntag war eine einzige Katastrophe. Es gab Space Cookies!«

»Sind das nicht Haschkekse?«, warf Ella ein.

Harks Stimme klang merkwürdig gepresst. »Frauke und Hinni haben behauptet, es wären Jaffas. Inzwischen vermute ich, dass sie die Kekse präpariert haben.«

»So etwas würden sie doch nie machen.«

»Frauke ist alles zuzutrauen, wenn sie sich etwas in den Kopf gesetzt hat.« Grimmig schüttelte er den Kopf. »Svea hat sich bis heute noch nicht von dem Schock erholt. Ich war so neben der Spur, dass ich ihr auf Finnisch einen Heiratsantrag gemacht habe.«

»Verstehe. Dann hattet ihr es quasi mit einer Manifestation zu tun«, kommentierte Ella trocken. »Frauke hat gewünscht, und das Universum hat geliefert.«

»Du machst mir Angst.« Hark rollte die Augen. »Was, wenn sie als nächstes Enkel beim Universum bestellt?«

»An deiner Stelle wäre ich vorsichtig«, spottete sie und betrat damit ein Gelände, das voller Minen aus einem vergangenen Krieg war.

»Seltsam.« Hark knüllte den Papierflieger zusammen. »Julia und ich hatten nie vor, Kinder zu bekommen. Irgendwie war immer der falsche Zeitpunkt. Mit dir dagegen …«

Ella spürte ein Flattern in der Brust. »Wir waren uns immer einig, dass wir so früh wie möglich welche wollten.«

»Mindestens drei. Und alle hätten Augen in der Farbe von Dünengras gehabt, so wie du. Rasmus sieht dir übrigens unglaublich ähnlich.« Er griff zu seinem Bierglas, doch statt daraus zu trinken, umschloss er es mit beiden Händen. Sein Blick wurde eindringlich. »Und du? Wie geht es dir damit, Single zu sein?«

Erneut wäre sie am liebsten vom Tisch weggerannt, zum zweiten Mal innerhalb von Minuten. Dass er ihr eine so intime Frage stellen würde, hatte sie nicht kommen sehen. Sie fühlte sich wie bei einer dieser TV-Sendungen, wo jemand vor Publikum auf den heißen Stuhl gesetzt wird. Unsicher, verlegen und voller Angst, das Falsche zu antworten. Einen Wimpernschlag lang war sie versucht, ihm die Wahrheit zu gestehen. Aber dann entschloss sie sich anders.

Ihr Blick wanderte zum Fenster. Vor einer halben Stunde hatte es ausgesehen, als ob es aufklaren würde, jetzt war draußen wieder alles grau in grau. »Ich komme prima zurecht«, behauptete sie. »Nur die angetrunkenen Männer, die einen in der Kneipe anbaggern, sind ein Albtraum.«

Er nickte, sagte aber nichts. Sein Blick lastete schwer auf ihr.

Nervös rutschte sie auf ihrem Stuhl hin und her. Die Spannung zwischen ihnen war zum Greifen. »Es ist einsam«, sagte sie in sein Schweigen hinein.

»Hey …« Er beugte er sich vor und legte die Hand sanft gegen ihre Wange, so, wie er es früher häufig getan hatte.

Sie hätte den Kopf beiseite drehen sollen. Freundlich, aber entschieden. Wirklich jeder wusste, dass die Erinnerung an die erste Liebe besonders intensiv war. Nur ein Idiot hätte dem, was gerade passierte, Bedeutung zugemessen.

Nur ein Idiot hätte die Wange weiter gegen Harks Hand geschmiegt.

Nur ein Idiot hätte ausgesprochen, was er fühlte.

Aber gehörte die Fähigkeit, sich gelegentlich zum Idioten zu machen, vielleicht zum Leben dazu?

»Es tut mir leid«, begann sie, brach dann aber ab.

Er sah ihr fest in die Augen. »Wofür genau entschuldigst du dich gerade?«

»Dass … ich damals so unreif reagiert habe. Als du zum Studium weggingst, habe ich durchgedreht. Ich fühlte mich plötzlich so … unbedeutend und langweilig.«

»Unbedeutend? Du hast keine Ahnung«, sagte er und holte Luft. In seinen Augen lag ein Glitzern.

Ellas Herz hämmerte wie wild, während sie darauf wartete, dass er weitersprach.

Sein Blick wurde eindringlich. »Wir haben es vermasselt. Alle beide. Weißt du überhaupt …«, setzte er an, wurde aber vom Klingeln der Türglocke unterbrochen.

»Entschuldige.« Sie erhob sich. Enttäuschung legte sich auf ihre Schultern. Benommen ging sie hinaus und öffnete. Augenblicklich zuckte sie erschrocken zusammen. Ihre Augen weiteten sich. Im strömenden Regen stand Hannes, der Leiter des Supermarkts im City Center. Er hatte Brigitte untergehakt und hielt schützend einen Schirm über sie.

»Großer Gott.« Ella schlug die Hand vor den Mund, unfähig, ihr Entsetzen zu verbergen. Brigittes Gesicht war rot und blau verfärbt, als wäre sie schwer gestürzt. Das Haar klebte wirr an ihrem Kopf, ihre Hände zitterten. So hilflos und erschöpft hatte Ella ihre Mutter noch nie erlebt.

»Keine Sorge«, versuchte Hannes, sie zu beruhigen. »Es ist nicht so schlimm, wie es aussieht. Klaus vom Rettungsdienst war zufällig im Laden und hat Brigitte durchgecheckt. Er meint, es sei alles in Ordnung.«

»Was … ist passiert?«, brachte Ella mühsam hervor.

»Ich bin zwischen die Automatiktür geraten«, sagte Brigitte, ihre Stimme klang dünn. »Ich verstehe nicht, wie das passieren konnte. Ich mache mir solche Vorwürfe.«

»Ach was, jeder kann mal einen schlechten Tag haben«, behauptete Hannes. Ella blickte ihn stirnrunzelnd an. Es kam ihr vor, als hielte er mit etwas hinter dem Berg. »Eigentlich ist es meine Schuld. Ich wollte den Mechanismus schon längst überprüfen. Er reagiert zu empfindlich.«

»Was wolltest du denn im Supermarkt, Mama?«, fragte Ella, ihre Gedanken überschlugen sich. »Martha meinte, du seist zu Tine gegangen.«

»Das hatte ich vor. Aber dann dachte ich, wie unhöflich, mit leeren Händen zu kommen. Also bin ich rasch zum Bäcker im Einkaufszentrum gelaufen, um Kuchen zu holen.«

»Bei dem Regen? Du hattest noch nicht mal einen Schirm dabei.«

»Das bisschen Wasser«, tat Brigitte es ab.

»Und was ist mit unserem Friseurtermin? Hast du den vergessen? Ich hatte doch angerufen und gesagt, dass ich dich in einer halben Stunde abhole.«

»Ach so. Tja, den Friseurtermin hab ich abgesagt.«

»Aber wieso das denn?« Ella wusste gar nicht, was sie davon halten sollte.

»Mein Haar sitzt noch gut. Es wäre hinausgeschmissenes Geld.«

»Wieso hast du das nicht gleich gesagt? Ich habe mir extra den Nachmittag frei genommen.« Verständnislos runzelte Ella die Stirn.

»Aber das habe ich doch«, erwiderte Brigitte, ebenso verständnislos. »Gestern beim Abendessen sagte ich, dass wir gern noch warten können. Wahrscheinlich hast du mir nicht zugehört. Wie so oft in letzter Zeit.«

»Das kann nicht sein. Daran würde ich mich erinnern«, erklärte Ella bestimmt. Sie bekam immer mehr den Eindruck, dass die Geschichte hinten und vorne nicht zusammenpasste.

»Das spielt doch jetzt keine Rolle«, sagte Hark. Ella wandte den Kopf. Sie hatte ihn gar nicht kommen hören. »Ab ins Warme! Soll ich dir einen Tee machen, Brigitte? Du siehst so aus, als könntest du einen gebrauchen.«

»Ja, bitte«, sagte Brigitte schwach und ließ sich von ihm in die Küche führen.

Ella war aufrichtig dankbar für Harks Eingreifen. Als sie mit Hannes alleine war, holte sie tief Luft und blickte ihm direkt ins Gesicht. »Okay. Was war wirklich los?«

»Keine Ahnung.« Hannes schüttelte den Kopf. »Mit der Tür ist alles in Ordnung. Deine Mutter hat uns einen ganz schönen Schreck eingejagt.«

»Verflixt!« Ellas Knie zitterten.

»Ich mach' mich wieder auf den Weg.« Hannes tippte sich zum Abschied gegen die Stirn.

Sie schloss die Tür hinter ihm. Dann lehnte sie erst mal den Rücken gegen den Türrahmen und atmete tief durch.

Gleich morgen würde sie bei Dr. Jörgensen anrufen und um einen früheren Termin bitten. Vielleicht reagierte sie gerade über, aber das ungute Gefühl in ihrem Bauch sagte das Gegenteil. Irgendetwas war nicht in Ordnung mit Brigitte.

KAPITEL 15

Im Nachhinein fragte Ella sich, wie sie so blind hatte sein können. Seit dem Unfall vorgestern sprangen ihr die Merkwürdigkeiten in Brigittes Verhalten nur so ins Auge: Schwierigkeiten, länger als ein paar Minuten bei einer Sache zu bleiben, Stimmungsschwankungen, Reizbarkeit, der krampfhafte Versuch, Fehler zu vertuschen … Brigitte war noch nie sonderlich umgänglich gewesen, doch jetzt war es noch schwieriger mit ihr geworden. Ella musste zugeben, dass sich die Persönlichkeit ihrer Mutter verändert hatte. Sie fühlte sich seltsam hohl. Der Tod war plötzlich kein abstrakter Begriff mehr. Wie viel Zeit blieb ihr mit Brigitte? Warum hatte sie nicht längst darauf bestanden, dass sie zum Arzt ging?

Sorgenschwer blickte sie zu ihrer Mutter hinüber, die neben ihr auf einem der Plastikstühle im Wartezimmer saß, die Hände ängstlich ineinander verkrampft.

»Frau Lübbens?«

Ella wandte sich um. Mit gemischten Gefühlen sah sie der jungen asiatischen Ärztin ins Gesicht, die die Vertretung von Dr. Jörgensen übernommen hatte. Zunächst war Ella erschüttert gewesen, dass der Arzt, der Brigitte seit Jahren betreute, ausgerechnet jetzt eine mehrwöchige Auszeit nahm. Doch dann, bei der Untersuchung heute Morgen, hatte Dr. Wu mit ihrer ruhigen, einfühlsamen Art zusehends ihr Vertrauen gewonnen.

»Wenn Sie so freundlich wären, zu mir ins Sprechzimmer zu kommen? Die Blutwerte liegen vor. Ich würde sie gern mit Ihnen beiden gemeinsam besprechen.« Dr. Wu lächelte. Unbestimmt, und doch auf eine gewisse Weise so mitfühlend, dass Ellas Magen sich verkrampfte.

»Ich möchte gleich zum Punkt kommen«, erklärte Dr. Wu, nachdem sie um den schweren antiken Schreibtisch Platz genommen hatten. Sie faltete die Hände auf der Tischplatte. Ihr Blick wanderte zwischen Brigitte, Ella und dem Bildschirm ihres PCs hin und her. Ruhig, beherrscht, den Überblick bewahrend. »Frau Lübbens, sowohl die Blutwerte als auch die Symptome deuten darauf hin, dass Sie möglicherweise unter transitorischen ischämischen Attacken, genannt TIA, leiden. Lassen Sie mich bitte erklären«, kam sie Ella zuvor, bevor diese nachfragen konnte. »Ihre Blutwerte machen mir Sorge. Die Cholesterinwerte sind zu hoch, Sie leiden unter Bluthochdruck und Diabetes, die Sauerstoffkonzentration im Blut ist niedrig. Dann geben Sie an, zu rauchen. Dadurch erhöht sich der Risikofaktor um ein Vielfaches. Das alles zusammen gefällt mir nicht. Ich würde Sie gern an einen Spezialisten überweisen, der ein MRT durchführt. Dadurch lassen sich andere Störungen wie Krampfanfälle oder ein Hirntumor ausschließen.«

Ella stieß scharf die Luft aus. »Du hörst, was Dr. Wu sagt, Mama. Wie oft habe ich dich darum gebeten, mit dem Rauchen aufzuhören?«

»Das muss Ihre Mutter selbst wollen«, erklärte Dr. Wu, an Ella gewandt. »Schließlich ist es ihr Leben.«

»Ich möchte nicht zu einem Spezialisten gehen«, meinte Brigitte kleinlaut.

»Du *musst,* Mama.« Ella griff nach Brigittes Hand. Sie fühlte sich kalt und feucht an. »Wir können nicht einfach so tun, als wäre nichts gewesen.«

»Aber jetzt geht es mir doch gut«, wandte Brigitte ein. »Es war nur ein kleiner Schwächeanfall.«

»Ganz so harmlos ist es leider nicht.« Dr. Wu blickte ernst hinter ihren Brillengläsern hervor. »TIA ist eine Art Mini-Schlaganfall. Dabei treten vorübergehende Lähmungen sowie Sprach- oder Sehstörungen auf, aber eben nicht dauerhaft. Problematisch ist, dass der TIA oft ein großer Schlaganfall folgt.«

Ella schluckte. Sehstörungen, natürlich, das konnte die Erklärung sein, warum Brigitte zwischen die Automatiktür geraten war. Mit einer Mischung aus Hoffnung und Sorge wandte sie sich an die Ärztin. »Dann sind wir diesmal mit dem Schrecken davongekommen?«

»Nicht nur diesmal.« Etwas veränderte sich in Dr. Wus Gesichtsausdruck. Ella hätte nicht genau sagen können, was es war. Am ehesten konnte man es als Behutsamkeit beschreiben. Dr. Wu schob die Brille hoch. Die nächste Frage war an Ella gerichtet. »Ich hatte Sie darum gebeten, einen Fragebogen aus-zufüllen. Wie es scheint, gab es in den letzten Wochen gewisse Auffälligkeiten im Verhalten ihrer Mutter. Sie schildern ver-mehrte Reizbarkeit, Konzentrationsschwäche ...«

»Ich kann nicht fassen, dass du das über mich geschrie-ben hast. Warum verbreitest du solche Lügen?« Brigittes Mundwinkel wirkten verkniffen. Halsstarrig erhob sie sich. »Ich höre mir das nicht länger an. Dr. Jörgensen kennt mich viel besser. Ich warte, bis er zurück ist. Bis dahin weigere ich mich, irgendeinen Zirkus zu veranstalten.«

»Setz dich wieder, Mama, bitte ...«

»Ich möchte nach Hause. Jetzt sofort.«

Ella spürte einen stechenden Schmerz hinter ihrer Stirn. Wie sie ihre Mutter kannte, war die immun gegen gutes Zureden und vernünftige Argumente. Um es nicht auf eine Szene ankommen zu lassen, würde Ella nichts übrig bleiben, als einen neuen Termin zu vereinbaren.

Dr. Wu reagierte gelassen. Sie lehnte sich auf dem Stuhl zurück, ihre gesamte Körperhaltung war offen und verständnisvoll. »Natürlich steht es Ihnen frei zu gehen, Frau Lübbens. Übrigens kann ich sehr gut verstehen, dass Sie außer sich sind, das erlebe ich häufig bei ähnlich gelagerten Fällen. Ich möchte ehrlich zu Ihnen sein. Es werden Fragen auf Sie zukommen, mit denen Sie sich vermutlich noch nicht auseinandergesetzt haben und mit denen Sie sich auch nicht auseinandersetzen möchten. Anders ausgedrückt, es wird Einschnitte in Ihrem Leben geben, aber es bedeutet nicht das Ende. Zumindest nicht, wenn Sie hierbleiben und mir zuhören. Bis jetzt hatten Sie Glück. Beim nächsten Mal ist es vielleicht anders.«

Brigitte machte immer noch keine Anstalten, sich wieder zu setzen, aber immerhin schien sie nicht mehr aus dem Zimmer flüchten zu wollen.

Dr. Wu rückte ihre Brille zurecht. »Für mich sieht es aus, als hätte es bereits mehrere kleinere Schlaganfälle gegeben, die unbemerkt geblieben sind. So etwas kommt häufiger vor, als man meint. Mein Ziel für heute ist es, einen Medikamentenplan mit Ihnen zu besprechen und abzuklären, welche Spezialisten wir hinzuziehen sollten. Einverstanden?«

In Brigittes Augen traten Tränen. Einen schmerzlichen Moment lang stand sie unschlüssig da, dann ließ sie sich mit hängenden Schultern auf den Stuhl fallen. »Wenn Sie darauf bestehen, Dr. Wu. Ella, würdest du dir bitte Notizen machen? Ich habe Angst, etwas zu vergessen.«

* * *

»Auf keinen Fall gehe ich ins Heim«, erklärte Brigitte steif. Sie stand vom Abendessen auf, nahm den nahezu unberührten Teller und stellte ihn auf die Arbeitsfläche neben der Spüle.

»Das verlangt doch auch keiner von dir, Mama.« Ella seufzte und legte eine Hand auf ihren schmerzenden Magen. Sie fühlte sich, als könnte sie einen Schnaps gebrauchen. Dass sie ebenfalls kaum einen Bissen von den Tuffelschluffkes runtergebracht hatte, lag an der angespannten Atmosphäre. Seit sie von dem Besuch bei Dr. Wu zurückgekehrt waren, hatte Brigitte kein Wort gesprochen, abgesehen davon, dass sie darum gebeten hatte, in Ruhe gelassen zu werden. In ihre eigene Welt versunken, hatte sie den sonnigen Nachmittag alleine auf der Veranda verbracht und in der Hollywoodschaukel gesessen. Dabei hatte sie ganze Zeit über unbewegt vor sich hingestarrt. Ab und zu hatte Ella von der Küche aus beobachtet, wie sie ein Stück von ihren Pferdeäpfeln – ein Borkumer Gebäck, das hauptsächlich aus Marzipan, Haselnüssen und verschiedenen Kernen bestand – in winzige Stücke zerbröselt und den Spatzen hingeworfen hatte. Umso verblüffter war Ella nun, dass Brigitte sich so abrupt und entschieden äußerte.

»Ich weiß, dass du mich am liebsten loshättest. Ich bin dir doch nur ein Klotz am Bein«, erklärte Brigitte mit einer Mischung aus Trotz und Weinerlichkeit.

»So ein Unsinn«, gab Ella kopfschüttelnd zurück. »Immerhin war ich diejenige, die dir vorgeschlagen hat, zu mir zu ziehen. Dass das Zusammenleben nicht immer ganz leicht sein würde, war klar. Schließlich sind wir zwei sehr unterschiedliche Menschen mit sehr unterschiedlichen Meinungen.«

Unangenehmes Schweigen machte sich breit. Brigitte stand regungslos neben der Spüle, ihre Schultern hingen herab. »Ich mische mich zu sehr ein. Das ist es, nicht wahr?«, stieß sie nach einer ganzen Weile hervor.

»Mag sein«, gab Ella ohne Nachdenken zurück, zwei Worte, die sie im nächsten Moment bereute.

Brigittes Gesicht fiel in sich zusammen. Ihre Hände verkrampften sich ineinander. »Deshalb willst du mich loswerden …«

»Das ist deine Sicht der Dinge.« Ella sah Brigitte durchdringend an. »Mit der Wirklichkeit hat das nichts zu tun.«

»Dabei meine ich es nur gut mit dir.« Brigitte verzog kläglich das Gesicht. »Immerhin bin ich deine Mutter.«

»Ach, Mama.« Ella sprang auf und legte den Arm um sie. Dabei bemerkte sie, wie Brigitte sich unter der Berührung versteifte. »Alles, was ich möchte, ist, dass du dich bei mir wohlfühlst. Es stimmt, in letzter Zeit war ich angespannt, aber das hat doch mit dir nichts zu tun. Ich habe eben gerade viel um die Ohren. Wenn ich ungeduldig war oder dir zu wenig Aufmerksamkeit geschenkt habe, tut es mir leid. Bitte sag mir, was ich tun kann, damit wir besser miteinander auskommen.«

Brigitte löste sich aus der Umarmung und sah Ella direkt ins Gesicht. »Verkauf das Käptäns Eck und heirate Hark.«

»Wie bitte?« Vor Verblüffung machte Ella einen Schritt zurück. »Hark und ich, wie kommst du denn auf so etwas?«

Brigitte musterte sie. »Ich habe Augen im Kopf. Ihr beide habt schon immer zusammengehört, daran hat sich bis heute nichts geändert.«

»Das … ist doch Blödsinn.« Ella spürte, wie ihre Wangen glühten.

»Bitte, wie du meinst.« Brigittes Gesicht verschloss sich wieder. »Du hast mich gefragt, was du tun sollst. Wozu sollte ich dir etwas vorlügen? Für solche Spielchen bin ich zu alt. Wenn du klug bist, hörst du auf meinen Rat. Vielleicht könnte ich dann auch wieder besser schlafen.«

»Du schläfst schlecht? Meinetwegen?«, brachte Ella ungläubig hervor.

»Es war ein anstrengender Tag. Wenn du mich bitte entschuldigst. Ich bin müde und gehe auf mein Zimmer. Wir reden morgen weiter.«

Kopfschüttelnd blickte Ella ihr hinterher. Schritte erklangen über ihrem Kopf, dann wurde es still. Kurz darauf drang sonores Schnarchen aus Brigittes Zimmer. Ellas Herz hämmerte so wild, dass das Blut in ihren Ohren rauschte. Mitten in dem schwierigen Thema hatte Brigitte das Gespräch abgebrochen. Wie konnte sie da an Schlaf auch nur denken? Ella wusste jetzt schon, dass sie selbst kein Auge würde zumachen können. Sie hasste es, einen Streit mit ins Bett nehmen zu müssen. Weil ihr nichts Besseres einfiel, um ihre Nerven zu beruhigen, ging sie zum Kühlschrank und öffnete eine Flasche Chardonnay. Sie lehnte sich mit dem Rücken gegen die Spüle und schloss die Augen. Kühl und frisch lief der Wein durch ihre Kehle. Angenehme Schwere machte sich in ihrem Kopf breit.

Gerade als sie mit dem Gedanken spielte, einen Spaziergang zum Strand zu unternehmen, klingelte es an der Tür. Als sie öffnete, stand eine besorgt blickende Frauke vor ihr.

»Guten Abend, meine Liebe. Ich hoffe, ich störe nicht.« Frauke zupfte verlegen an dem Seidentuch, das sie um ihre Stirn geschlungen hatte. »Hannes hat mir erzählt, dass Brigitte einen Unfall hatte. Es klang beunruhigend. Deshalb musste ich gleich bei euch vorbeischauen. Wie geht es ihr?«

»Inzwischen ganz gut.« In kurzen Sätzen berichtete Ella, was sich ereignet hatte. »Wenn du mit Mama sprechen möchtest, muss ich dich allerdings enttäuschen. Sie ist zu Bett gegangen. Aber … vielleicht möchtest du auf ein Glas Wein hereinkommen? Ich habe gerade einen Chardonnay offen.«

»Da sag ich doch nicht nein«, erwiderte Frauke und tätschelte Ellas Arm. Im nächsten Moment rauschte sie, energiegeladen wie immer, an ihr vorbei ins Haus. »So jung kommen wir schließlich nie wieder zusammen, wie man so schön sagt.

Außerdem gäbe es da noch eine Kleinigkeit, um die ich dich bitten wollte ...«

In Ellas Magengegend machte sich ein ungutes Gefühl breit. Sie mochte Frauke wirklich gern. Allerdings war es ihr schon immer schwergefallen, Harks temperamentvoller Mutter einen Gefallen abzuschlagen. Und im Moment hatte sie mit der Vorbereitung der Veranstaltung alle Hände voll zu tun. Nur noch wenige Tage ... Nachdenklich nahm sie ein zweites Glas aus dem Schrank und schenkte ein. Alleine hätte sie nie geschafft, in der Kürze der Zeit alles zu organisieren, aber zum Glück hatten Carla, Svea und Jan sie nach Kräften unterstützt. Jan hatte sich um die Genehmigung der Veranstaltung gekümmert und, wie versprochen, Bier gebraut. Svea hatte Flyer und Plakate entworfen und unter die Leute gebracht. Carla hatte eine Schablone mit einem geflügelten Schweinchen darauf angefertigt und quadratische Leinwände in leuchtenden Farben besprayt. Es gab pinkfarbene, grüne und lila Schweinchen vor einem jeweils kontrastierenden einfarbigen Hintergrund. Ella selbst hatte mit Kai Uwe gesprochen und Liegestühle organisiert. Im Großen und Ganzen stand das Programm, und eigentlich hätte Ella sich entspannt zurücklehnen können. Doch seit der Hamburger Fernsehsender zugesagt hatte, eine Reportage zu senden, und angekündigt hatte, mit einem zweiköpfigen Team bei ihr aufzutauchen, machte sie sich selbst mehr Druck als nötig. Was ihrer Meinung nach fehlte, war eine ausgefallene Idee, die aus einer professionellen Veranstaltung ein Highlight machte, das ganz Borkum nicht so schnell vergaß. Das Tüpfelchen auf dem i sozusagen. Doch mitten in ihre Überlegungen hinein war überraschend die Sorge um Brigitte dazugekommen. Wie, bitte schön, sollte man kreativ sein, wenn einem kaum Zeit zum Luftholen blieb? Seufzend arrangierte sie eine Auswahl handgefertigter Pralinen auf einem Teller und trug sie zusammen mit dem Wein zu Frauke ins Wohnzimmer hinüber. Wenn es schon dick kam, dann richtig, schoss es ihr durch den Kopf. Hoffentlich war es nichts allzu Zeitaufwendiges, um das Frauke sie bitten wollte.

»Das sieht ja göttlich aus, meine Liebe.« Mit einem genüsslichen Seufzer stürzte sich Frauke auf die Pralinen. »Eigentlich hatte ich ja vor, auf meine Linie zu achten, aber was soll's? Schließlich lebt man nur einmal.«

»Da ist was dran«, sagte Ella und schob sich ebenfalls einen Trüffel in den Mund. »Worum wolltest du mich bitten?«

Frauke griff zu dem Wein und nippte probeweise. »Nicht der Rede wert«, winkte sie ab und genehmigte sich einen Schluck. »Hast du morgen Abend schon etwas vor?«

»Äh, warum genau fragst du?«, erkundigte sich Ella vorsichtig.

»Es geht um deine Veranstaltung am Samstag. An dem Tag musst du in Höchstform sein. Schließlich kommt man nicht alle Tage ins Fernsehen, nicht wahr?« Frauke klimperte bedeutungsvoll mit den Wimpern. »Stell dir vor, mir ist eine ganz wunderbare Idee gekommen, wie du dir etwas Gutes tun und gleichzeitig entspannen kannst.«

»Äh, ich glaube nicht, dass ich dafür Zeit habe ...«

»Keine Ausreden.« Mit einer gebieterischen Geste erstickte Frauke sämtliche möglichen Einwände im Keim. »Es ist schon alles mit Carla besprochen. Morgen Abend hast du frei.«

»Wie bitte?« Erschrocken prustete Ella in ihr Glas.

»Du hast richtig gehört«, sagte Frauke und wirkte ausgesprochen zufrieden mit sich selbst. »Magischer Sternenzauber erwartet dich.«

»Ach du meine Fresse«, entfuhr es Ella. Plötzlich dämmerte es ihr. Hatte Hark nicht erzählt, dass Frauke und Hinni an irgendeinem verrückten Programm für gestresste Paare arbeiteten? Wenn sie nicht alles täuschte, war das der Punkt gewesen, an dem die Haschkekse ins Spiel gekommen waren. Der Punkt also, an dem Hark und Svea … sie verbot sich, den Gedanken zu Ende zu denken. Irritiert rieb sie mit einem Finger über den Rand des Glases. »Entschuldige, ich meinte natürlich, das kommt sehr überraschend. Leider wird daraus nichts werden.«

»Ach? Und weshalb nicht?«

Ella richtete sich im Sessel auf. Sorgsam legte sie die Fingerspitzen beider Hände aneinander, sodass diese ein Dreieck bildeten. Dann räusperte sie sich. »Wie du völlig richtig bemerkt hast, erwarten wir bei der Veranstaltung ein Team von einem Hamburger Sender. Wir alle wissen, dass es im Fernsehen in erster Linie um Einschaltquoten geht. Also werden die alles dransetzen, dass meine Kneipe angestaubt und skurril rüberkommt, wie ein Relikt aus alter Zeit.«

»Verstehe.« Frauke pfiff durch die Zähne. »Ein Griff in die Klischeekiste, um niedere Bedürfnisse zu befriedigen.« Mit düsterem Blick schob sie sich die nächste Praline in den Mund.

»Na ja, *möglicherweise* ist das jetzt etwas übertrieben formuliert«, versuchte Ella, die aufkommende Dramatik zu dämpfen. »Auf alle Fälle setzen die darauf, dass wir uns ordentlich blamieren.«

»Das dürfen wir auf keinen Fall zulassen«, erklärte Frauke und schlug mit der flachen Hand auf den Tisch.

»Eben.« Ella lächelte höflich. »Und genau deshalb habe ich morgen Abend leider keine Zeit, obwohl das Ganze natürlich sehr verlockend klingt. Tut mir leid, aber bevor mir nicht eine zündende Idee gekommen ist, wie ich eine verstaubte Kneipe in ein hippes In-Lokal verzaubere, kann ich mir leider keine Freizeit gönnen.«

»Hm …«, machte Frauke. »Vielleicht fällt ja mir etwas ein.« Sie tippte mit dem Finger gegen ihre Lippe. Dann kniff sie die Augen zusammen. »Budget?«

»So gut wie keines«, antwortete Ella wie aus der Pistole geschossen.

»Zusätzliche Helfer?«

»Nö.« Ella schüttelte triumphierend den Kopf.

»Schwierig.« Frauke knabberte an einem ihrer frisch manikürten Fingernägel.

»Schwierig«, wiederholte Ella und seufzte, um die Tragweite des Dilemmas zu unterstreichen.

Schweigend saßen sie sich gegenüber. Unauffällig schielte Ella auf die Zeiger der Wanduhr über Fraukes Kopf. Eine Minute verstrich, ohne dass Frauke etwas gesagt hatte. Damit war sie beinahe schon auf der sicheren Seite, dachte Ella, beschloss aber, noch mal dreißig Sekunden draufzulegen, damit Frauke später nicht behaupten konnte, zu wenig Zeit zum Nachdenken gehabt zu haben.

»Das war's dann leider mit dem Sternenzauber«, sagte Ella und versuchte, kläglich zu blicken.

»Mir kommt gerade eine großartige Idee«, sagte Frauke im selben Moment. »Wie wäre es mit einer Erdnusskneipe? Das ist total in.«

»Ich habe keine Ahnung, was du meinst.« Ella stöhnte.

»Ganz einfach. Du kaufst eine große Menge ungeschälter Erdnüsse, das kostet nicht viel. Dann füllst du sie in hübsche Gläser und verteilst sie in der ganzen Kneipe, je mehr, desto besser. Kostenlos zu den Getränken, versteht sich. Die leeren Nussschalen werden auf den Boden geworfen. Du glaubst nicht, was für einen Heidenspaß das für die Gäste ist. Am Ende ist der ganze Boden damit bedeckt. Klingt verrückt, aber glaub mir, in den Großstädten ist das unglaublich *hip*!«

Ella starrte mit großen Augen zu Frauke hinüber. »Das … könnte tatsächlich funktionieren«, gab sie zu, in ihrem Bauch kribbelte es.

»Vertrau mir«, antwortete Frauke strahlend. »Für die Innendeko sorge ich und vor dem Käptäns Eck bauen wir eine Pop-up-Bar auf. Ich dachte dabei an eine Jolle. Wenn wir ein

Brett darüberlegen, eignet sich das wunderbar. Und obendrein sieht es toll aus. Ich bin sicher, die Surfschule leiht uns ein Bötchen für den Tag. Und Surfbretter. Mit denen lässt sich viel anfangen. Dann brauchen wir noch ein Schiffssegel als Sonnenschutz oder für den Fall, dass es regnet, und – schwuppdiwupp! – schon bist du dein verstaubtes Image los. Was sagst du dazu?«

»Das könnte wirklich die Lösung sein. Wie bist du auf die Schnelle darauf gekommen?«

»Ach, das ist doch nichts«, erwiderte Frauke bescheiden abwinkend. »Man muss nur hier und da Augen und Ohren offenhalten. Du kennst doch das alte Sprichwort: Wer nicht mit der Zeit geht, geht mit der Zeit.«

»Hm. Und was planst du als Innendeko?«

»Da brauchen wir einen richtigen Knaller.« Frauke leerte ihr Glas in einem Zug. »Überlass das Nachdenken ruhig mir. Ich liebe Herausforderungen. Also dann, meine Liebe, ich erwarte dich morgen Abend um acht am Loopdeelenweg, der vom Café Sturmeck zum Spielplatz am Jugendbad führt.«

»Aber was soll ich denn da?« Ella erstarrte. Sie konnte sich nicht entsinnen, Frauke zugesagt zu haben, zum magischen Sternenzauber zu erscheinen.

»Das wirst du dann schon sehen.« Frauke zwinkerte geheimnisvoll. »Es wird großartig. Ich muss jetzt los, Hinni erwartet mich.« Sie erhob sich und küsste Ella zum Abschied auf die Wange. »Übrigens, natürlich wirst du nicht alleine in den Dünen sitzen.«

»Aha.«

»Hark kommt auch. Also dann, gute Nacht, meine Liebe, und richte Brigitte aus, dass ich sie ein anderes Mal besuchen komme.«

Ella stand da wie erstarrt. Mit einem leisen Klicken fiel die Haustür hinter Frauke ins Schloss. Dann hörte sie, wie draußen auf der Straße der Motor startete und Frauke mit dem Auto davonfuhr. Im Wohnzimmer war es so still, dass Ella meinte, das Pochen ihres Herzschlags zu hören.

Hark und sie. Und magischer Sternenzauber.

Oh Gott! Eigentlich sollte sie sich schleunigst irgendeine dämliche Ausrede für morgen einfallen lassen. Eigentlich sollte sie alles daransetzen, sich keinesfalls mit Hark zu einem romantischen Date in den Dünen zu treffen.

Eigentlich …

Verdammt.

Geistesabwesend kaute sie an ihrer Lippe. Sie hatte sich schon lange nicht mehr so sehr auf etwas gefreut wie auf den morgigen Abend.

KAPITEL 16

»Findest du nicht, wir übertreiben?« Jan saß neben Hark auf einer der überdachten Bänke am Borkumer Fährterminal und zupfte unsicher an seinem viel zu weiten Fischerhemd herum.

»Ach was«, erwiderte Hark und schob sich die Schiffermütze tiefer ins Gesicht. Es hatte ihn genügend Energie gekostet, Jan davon zu überzeugen, nichts dem Zufall zu überlassen und Einsteins Auftritt zu proben, sobald dieser den Fuß auf die Insel setzte. Was er im Internet über den exaltierten Künstler gelesen hatte, das hatte ihm schlaflose Nächte verursacht. Ganz im Gegensatz zu Jan. Dieser schien ungetrübtes Gottvertrauen in Einstein zu setzen. So langsam hatte Hark es verdammt satt, auf Jan einreden zu müssen wie auf eine kranke Kuh. Mit ernstem Blick wandte er sich an den Freund: »Noch mal: Ellas Zukunft hängt von der Unterschriftenaktion ab. An dem Tag darf nichts schiefgehen. Einstein ist unser Aushängeschild, da muss er auch das passende Bild liefern, statt wie ein schräger Doppelgänger von Neil Diamond rüberzukommen.« Harks Nackenhärchen stellten sich auf, als er an die Fotos von Einstein im lila Glitzeranzug oder in Leopardenjeans und Tanktop dachte.

»Wie kommst du denn darauf?« Jan tat, als hätte er keine Ahnung, worauf Hark anspielte. In aller Seelenruhe löste er die

Verschlüsse seines Akkordeons und stimmte die ersten Töne des Borkumlieds an.

Hark verzichtete auf eine Antwort und deutete stattdessen auf eine Gruppe überdreht kichernder Frauen, die trotz des eisigen Windes in Stretchkleidchen und High-Heels an der Absperrung zur Fähre warteten. Eine von ihnen hielt ein Schild mit der Aufschrift »Herzlich willkommen auf Borkum, Einstein« in die Höhe. Eine andere outete sich eindeutig als glühender Fan des Künstlers, indem sie ohrenbetäubend laut auf eine Sambatrommel einhieb, die an einem Gurt vor ihrem Bauch hing.

»Du siehst, was passiert, wenn wir das Ding nicht von Anfang an in unsere Richtung lenken«, erklärte Hark finster. Sein schlimmster Albtraum schien gerade wahr zu werden. »Bist du sicher, dass er die Sambatänzerinnen mit den Stringtangas und den Federboas zu Hause gelassen hat?«

Jan stieß geräuschvoll Luft aus. »Wow. Ich wusste ja, dass Einstein beliebt ist, aber dass er sogar auf Borkum Groupies hat, hätte ich nicht gedacht. Woher wissen die, mit welcher Fähre er kommt?«

»Frag mich nicht.« Hark verdrehte die Augen. »Immerhin beweist es, dass Sveas Publicity-Strategie aufgeht. Hoffen wir nur, dass Einstein nicht über die Stränge schlägt.«

»Ach was, alles nur Show.« Jan winkte ab und stellte das Akkordeon beiseite. »Einstein ist schwer verheiratet. Im Grunde ist er stockbieder, dafür lege ich meine Hand ins Feuer. Den ganzen Aufwand hier hätten wir gar nicht betreiben müssen.« Demonstrativ setzte Jan die Mütze ab und streckte sich. Plötzlich erstarrte er mitten in der Bewegung. »Du wirst nicht glauben, wer da kommt«, knurrte er und deutete auf eine blässliche Gestalt im schlecht sitzenden Polyesteranzug und mit Strohhut auf dem Kopf.

Hark folgte seinem Blick. Leise pfiff er durch die Zähne. »Winkler? Was hat der denn hier zu suchen?«

»Das würde mich auch interessieren.« Jan hob misstrauisch eine Augenbraue. »Entweder er bekommt Besuch vom Festland oder er spioniert uns hinterher.«

»Warum sollte er?«

»Keine Ahnung«, erwiderte Jan. »Aber du kannst wetten, dass ihm unsere Veranstaltung schwer auf den Magen schlägt. Wenn wir genügend Unterschriften zusammenbekommen, kann die Becker-Gruppe ihr großkotziges Projekt vergessen.«

»Tja ...« Hark kratzte sich den Nacken. »Vielleicht sieht er deshalb so sauer aus. Für ihn steht einiges auf dem Spiel.«

»Was meinst du ...« Nachdenklich trommelte Jan mit den Fingern über das Akkordeon. »Soll ich zu ihm hinübergehen und mich ein wenig mit ihm unterhalten?«

Hark dachte kurz nach. »Vergeudete Energie«, meinte er schließlich. »Eigentlich kann uns egal sein, was Winkler vorhat. Konzentrieren wir uns lieber auf unsere Pläne. Es gibt noch genug zu tun.«

Lautes Kreischen von der Damengruppe. Mit wachsender Besorgnis fühlte sich Hark an einen Junggesellinnenabschied erinnert.

Sogar Jan wirkte irritiert, als er zu den Groupies hinüberblickte, die in ausgelassener Stimmung Sekt aus Plastikbechern tranken. Er wandte sich an Hark. »Wie sieht es aus heute Abend? Ich wollte mit Einstein essen gehen und ein wenig quatschen. Du bist doch dabei, oder?«

»Sorry, da bin ich schon verplant.« Frustriert zuckte Hark mit den Schultern.

»Ach?« Jan hob belustigt eine Augenbraue. »Immer noch dieses Pärchendings? Ich dachte, weder Svea noch du hättet nach dem Desaster mit den Haschkeksen groß Lust darauf.«

Hark unterdrückte ein Stöhnen. »Du kennst Frauke schlecht. Um die Paarmassage und die Bikram-Session konnte ich mich drücken, aber der bescheuerte Sternenzauber bleibt mir nicht erspart. Sie hat mich quasi am Wickel.«

»Du meinst, sie erpresst dich?« Jan horchte auf. Seine Augen verengten sich, der Kriminalbeamte in ihm meldete sich zu Wort. Mit dem Zeigefinger tippte er gegen Harks Schulter. »Rechtlich gesehen macht sie sich damit strafbar.«

»Ohne Sprechstundenhilfe bin ich aufgeschmissen«, erwiderte Hark düster. »Wanda ist noch die ganze nächste Woche krankgeschrieben. Wenn ich nicht mitspiele, weigert sich Frauke, Dienst in der Praxis zu schieben.«

»Scheiße. Was ist mit Svea? Wird sie auch von Frauke erpresst?«

»Svea ist raus aus der Nummer. Endgültig. Das Experiment ›Befrei die Waldgöttin in dir‹ hat sie echt fertiggemacht. Sie tat mir richtig leid, die Arme.«

»Erzähl«, forderte Jan ihn auf. »Fällt unter die Schweigepflicht.«

Unschlüssig spielte Hark an den Knöpfen seines Fischerhemds herum, dann warf er alle Skrupel über Bord. Vielleicht tat es gut, sich den Unsinn, den Frauke ihm eingebrockt hatte, von der Seele zu reden. Die Augen fest auf die Fähre der AG Ems geheftet, die gerade an der Reede festmachte, legte er los. »Hinni und Frauke haben einen Programmpunkt ausbaldowert, bei dem man zur inneren Mitte findet, indem man eins mit den Kräften der Natur wird.«

»Bäume umarmen und so?«, hakte Jan ein. »Das ist gar nicht schlecht. Ich kenne da ein paar Leute, die machen das regelmäßig. Scheint ihnen gutzutun.«

»Keine Ahnung, wovon du redest, aber bei uns lief das anders.« Hark schüttelte unangenehm berührt die Schultern.

211

»Wir sollten unter dem Baum sitzen und meditieren, statt ihn zu umarmen.«

»Der Weg der Erleuchtung. Wow!« Jan pfiff anerkennend durch die Zähne. »Das hätte ich den beiden gar nicht zugetraut. Wusstest du, dass Siddhartha höhere Weihen erlangte, indem er tagelang unter einem Bohdi-Baum saß und nachdachte?« Verlegen drehte er die Schiffermütze in den Händen. »Um ehrlich zu sein, habe ich selbst schon mit dem Gedanken gespielt, das auszuprobieren.«

»Lass besser die Finger davon.« Hark verdrehte die Augen. »Jedenfalls, wenn du mit einer Frau unterwegs bist, die Stille und Einsamkeit nicht aushält. Und unter Ängsten leidet«, fügte er seufzend hinzu.

»Furcht vor Bäumen? Svea leidet unter Dendrophobie?«, erkundigte sich Jan interessiert. »Und was heißt Einsamkeit? Ich dachte, ihr wart zu zweit unterwegs.«

»Anfangs ja. Aber die Aufgabe war, alleine für sich schweigend dazusitzen und über das Leben nachzudenken. Danach mussten wir ein Bild zeichnen, das unsere Empfindungen zum Ausdruck bringen sollte.« Hark spürte, wie sich bei der Erinnerung daran sein Stressnacken versteifte. Er unterbrach sich und rollte die Schultern. »Die Birke, unter der ich sitzen musste, war so weit von Svea entfernt, dass wir uns nur durch lautes Rufen verständigen konnten. Irgendwie zu viel für Svea. Bei ihr ist all das hochgekommen, was sie in den letzten Wochen verdrängt hat. Du bist nicht der Einzige mit einem schwierigen Beziehungsstatus.«

»Erinnere mich bloß nicht an meine Ex. Die Scheidung zieht sich jetzt schon seit drei Jahren in die Länge.« Jans Gesicht verfinsterte sich. »Was Svea betrifft, es wäre mir nicht aufgefallen, dass es ihr schlecht geht. Sie macht so einen gechillten Eindruck.«

»Alles nur gespielt. Übrigens steht Svea nicht auf Männer. Seltsam, dass mir das nicht spätestens bei der Teezeremonie aufgefallen ist.« Hark schüttelte den Kopf. »Wie ist es mit dir? Hast du dich nie gefragt, warum sie nicht längst wieder nach Hamburg zurückgefahren ist, obwohl sie dort einen Job und eine Wohnung hat? Sie hat Liebeskummer.«

Jan blickte so erschrocken drein wie jemand, der auf eine grobe Pflichtverletzung hingewiesen wird. »Ich hatte keine Ahnung. Ehrlich gesagt, habe ich mir nie groß Gedanken um Svea gemacht. Dabei sehe ich sie sonntags regelmäßig in der Messe.«

»Vielleicht bin ich derjenige von uns, der Pfarrer hätte werden sollen.« Stirnrunzelnd blickte Hark in Jans bestürztes Gesicht. »Egal. Jedenfalls wollte Svea heiraten, aber ihre Freundin besteht darauf, zuvor ihrem künftigen Schwiegervater vorgestellt zu werden. Und der hat bis jetzt keine Ahnung davon, dass Svea mit einer Frau zusammen ist.«

»Hm. Meinst du, Kai Uwe ist grundsätzlich gegen gleichgeschlechtliche Ehen?«

»Kann ich mir nicht vorstellen. Kai Uwe ist ein alter Brummbär, aber im Grunde will er, dass Svea glücklich ist. Ich vermute, Sveas Unsicherheit hat eher mit dem großen Streit zwischen den beiden zu tun. Sie hat Angst, dass wieder etwas zwischen ihnen steht.«

»Die beiden sollten dringend miteinander reden«, sagte Jan. »Und was ist mit der Hochzeit?«

»Wurde bis auf Weiteres abgesagt. Beziehungspause und so. Svea leidet unglaublich darunter. Tja, ich hoffe sehr für sie, dass alles wieder gut wird.«

»Das hoffe ich auch.« Jan nickte. Urplötzlich schlich sich ein Grinsen in sein Gesicht. »Arme Frauke. Dabei hatte sie sich in den Kopf gesetzt, euch miteinander zu verkuppeln.«

»Sei bloß leise«, stöhnte Hark. »Ich möchte gar nicht wissen, wen sie zum Sternenzauber anschleppt.«

»Wie? Du hast keine Ahnung, mit wem du dich triffst?«

Hark schüttelte den Kopf.

»Ein Blind-Date.« Jan feixte und erhob sich. »Na, da wünsche ich dir viel Spaß. Los, komm. Die lassen schon die Gangway herunter.«

Genau genommen hätte er Hark nicht darauf aufmerksam machen müssen, denn im selben Moment kreischten die Groupies los.

»Ich sehe ihn. Da ist er.« Jan packte Hark am Ärmel. Misstrauisch musterte Hark den kräftig gebauten Südamerikaner mit dem schwarzen, zotteligen Haar und dem Spitzbart, der gerade von Bord ging. Einstein war wie ein Weihnachtsbaum mit Goldketten behängt. Zu dem bis zum Bauchansatz offenem Hemd trug er Frack mit silbernen Litzen und Epauletten. Es sah aus, als hätte er sich für den Karneval als Zirkusdirektor verkleidet. Das Kreischen der Fans steigerte sich zur Kakofonie. Dicht an dicht drängten sich die Damen für ein Selfie mit ihrem Star. Einstein ließ eine Reihe makellos weißer Zähne blitzen und strahlte in die Kameras. Dass sein Hemd dabei Lippenstiftflecken abbekam, schien ihn nicht zu stören.

Hark versuchte, nicht laut aufzustöhnen. »Ich wusste, es wird schlimm … Kannst du ihn dazu kriegen, die Goldkreolen, das Stachelhalsband und die Chokerketten abzulegen? Sag mal, was tut Winkler denn da?« Er deutete mit einer Kopfbewegung zu dem Hoteldirektor, der ebenfalls sein Handy gezückt hielt und Aufnahmen von Einstein und den hysterisch kreischenden Groupies machte.

»Keine Ahnung.« Jan zuckte gleichgültig die Schultern. »Vielleicht zählt er auch zu den Fans von Einstein und traut sich nicht, ihn um eine Autogramm zu bitten.«

»Wie auch immer. Es reicht«, erklärte Hark entschlossen. »Wir sollten ihn uns schnappen, bevor die Mädels endgültig durchdrehen. Ohnmachtsanfälle fallen nicht in mein Ressort als Tierarzt.«

Ein in ein Fischerhemd gekleideter Einstein quälte sich wenig später auf den Beifahrersitz von Jans schwarzem Mini Cooper. Hark saß am Steuer und tauschte erleichterte Blicke mit Jan, der auf der Rückbank saß und sein Akkordeon auf den Knien hielt.

»*Me encanta!*«, rief Einstein und betrachtete sich von allen Seiten in der Handykamera. »*Me siento como en uno* ... wie sagt man ... Ich komme mir vor wie in einem Shantychor.« Er steckte das Handy weg, faltete die Hände vor der Brust und verneigte sich übertrieben. »Danke, Freunde, für den wunderbaren Empfang.«

»Keine Ursache«, erwiderte Hark und schaltete krachend in den vierten Gang. »Möchten Sie?« Er griff zu der Kaugummidose in der Konsole und hielt sie Einstein hin, bevor er sich selbst ein Kaugummi in den Mund schob. Anscheinend hatte Einstein sich die Zeit an der Bordbar vertrieben. Er roch eindeutig nach Alkohol.

»Sag ruhig *du* zu mirrrr«, bot Einstein an. Mit Mühe riss Hark den Blick von dem Brilli los, der an Einsteins Vorderzahn blitzte, und richtete ihn wieder auf die Fahrbahn.

Hark fischte ein Blatt aus der Brusttasche seines Fischerhemds. »Hier. Das ist der Text des Liedes, das du singen sollst. Ich dachte, wir könnten gleich mal loslegen und üben, falls es dir nichts ausmacht.«

»Hier? Im Auto! *Seguramente!* Einstein ist immer bereit.«

»Okay. Jan spielt dir die Melodie vor, damit du besser reinkommst.«

»*No hay problema.* Ich kann Noten lesen.« Einstein strahlte und schmetterte siegessicher drauflos:

Jeden Sommer habe ich ja immer nur ein Ziel …
freu mich schon auf Urlaub, schöne Frauen, Spaß und
Spiel …

»Erholung«, verbesserte Hark mit zusammengepressten Zähnen. »Es muss Erholung heißen, nicht schöne Frauen. Ich möchte deine künstlerische Freiheit ja nicht einschränken, aber könnten wir uns darauf einigen, dass du den Originaltext singst?«

Einen Moment blickte Einstein gekränkt, dann erwiderte er: »*Pero por supuesto!* Aber bitte gern doch! Wenn du darauf bestehst …, aber mit der einen oder anderen Änderung könnten wir einen *echten* Hit landen.«

Mit finsterer Miene lenkte Hark den Wagen über die Landstraße. So viel zu *cooler Typ* und *super zuverlässig* … Das war das erste und das letzte Mal, dass er sich auf Jans Urteil verlassen hatte. Dieser Einstein war nicht nur ein miserabler Sänger, er hatte auch eindeutig einen an der Waffel.

KAPITEL 17

Leicht atemlos bog Ella in den Loopdeelenweg ein. Das nervöse Kribbeln in ihrem Bauch war den ganzen Tag über schon da gewesen, jetzt aber wurde es unerträglich. Ein Blick auf ihre Uhr bestätigte ihre Befürchtung: Sie war beinahe zwanzig Minuten zu früh dran. Die Hand in ihre stechende Seite gepresst, blieb sie stehen und gönnte sich einen Moment des Luftholens. Warum machte sie sich eigentlich so verrückt? Immerhin war sie nicht auf dem Weg zu einem richtigen Date, auch wenn ein Picknick mit Hark am Strand an Romantik kaum zu überbieten war. Zumindest aus ihrer Sicht. Verflixt! Was war nur mit ihr los? Mühsam rief sie sich in Erinnerung, dass sie und Hark heute Abend nur Schauspieler einer Inszenierung waren, die zwar märchenhaft klang, aber mit der Realität zwischen Hark und ihr absolut nichts zu tun hatte. Unsicher strich sie mit der Hand über das knöchellange, weit fallende Kleid im Boho-Stil, das sie für das Strandpicknick gewählt hatte. Die warmen Orange- und Rosttöne schmeichelten ihrem Teint, der tiefe V-Ausschnitt wirkte sexy, aber nicht übertrieben. Um die Schultern hatte sie eine cremefarbene Fransenstola gelegt, die sie sich bei ihrem letzten Festlandbesuch aus einer Laune heraus in einem Vintageshop in Hamburg gegönnt hatte. Dazu trug sie bunte Perlenarmbänder, ihre Füße steckten in modischen Ethno-Sandalen mit Zehenring. Alles in allem konnte sie zufrieden mit ihrem Aussehen sein. Allerdings fragte sie sich, ob sie nicht etwas zu bemüht wirkte. Wären Jeans und T-Shirt vielleicht doch die bessere Wahl gewesen? Hark musste ja glauben, dass sie es auf ihn abgesehen hatte. Mit wild hämmerndem Herzen legte sie den Kopf in den Nacken und blickte in den Abendhimmel.

Es war ein spektakulärer Sonnenuntergang. So schön, dass Ellas Herz überlief. Die Sonne stand knapp eine Handbreit über dem Horizont. Der weite, wolkenlose Himmel glühte in spektakulären Lilatönen. Den ganzen Tag über hatte ein ungemütlicher Nordostwind die Temperatur tiefer erscheinen lassen, als sie tatsächlich war. Nun hatte der Wind sich gelegt. Die Luft war lau und so mild, dass Ella sie wie einen leisen Hauch auf ihrer Wange fühlte. Das unablässige Rauschen der Wellen gab ihr ein Gefühl von Geborgenheit. Manche Menschen störten sich an dem immerwährenden Tosen der Brandung. In ihren Ohren aber war es die schönste Melodie, die sie kannte. Ein Leben ohne das Meer und den ständigen Wechsel der Gezeiten mochte sie sich nicht vorstellen.

»Ella? Du bist mein Date für heute Abend?«, hörte sie Hark mit dunkler Stimme hinter sich sagen.

Langsam drehte sie sich um. Er stand da, in schwarze Jeans und schwarzes T-Shirt gekleidet und einen grauen Strickpullover um die Schultern. Die Hände hatte er tief in die Taschen der Jeans vergraben, um seine Mundwinkel spielte das Grinsen, das sie so sehr an ihm liebte. Für einen Moment konnte sie nichts weiter tun, als dazustehen und ihn anzustarren. Mit den Fältchen um die meerblauen Augen und den silbrigen Fäden in seinem dunklen Haar strahlte er eine so unglaubliche Anziehungskraft aus, dass sich ihr Herz vor Sehnsucht zusammenkrampfte.

»Was für eine wunderbare Überraschung.« Sichtlich erfreut schlenderte Hark auf sie zu und küsste sie zur Begrüßung auf die Wange. »Picknick am Strand mit meiner ältesten und besten Freundin, was kann dabei schon schiefgehen?«

»Schiefgehen?«, echote sie schwach. »Was soll das heißen?«

»Wenn du wüsstest, was Frauke in den letzten Wochen alles angestellt hat, um mich mit Svea zu verkuppeln.« Er atmete tief durch. »Die Sorge muss ich mir zum Glück heute nicht machen. Einfach mal nette Gesellschaft genießen und am Strand entspannen, das habe ich mir schon lange nicht mehr gegönnt.«

Ella spürte einen Stich der Enttäuschung in ihrer Brust. Mit einem Plumps landete sie auf dem Boden der Realität. Hark schien zu bemerken, dass er sie gekränkt hatte, denn im nächsten Moment legte er den Arm um sie und blickte entschuldigend. »Das war als Kompliment gemeint. Sorry, wenn es falsch rüberkam. Ich habe es einfach satt, dass Frauke ständig meint, sie wüsste, was das Beste für mich ist.«

»Verstehe.« Sie befreite sich aus seiner Umarmung. »Und mit mir ist es also … *nett?*«

»Mit dir ist es super. Zehn Punkte auf einer Skala von null bis zehn.«

»Das … freut mich.« Sie beschloss, das Thema zu wechseln. »Wie läuft es mit Einstein? Ist er gut angekommen?«

»Ist er.« Hark nickte. »Jan hat ihn unter seine Fittiche genommen und bei sich im Pfarrhaus untergebracht.«

»Und?« Ella blickte ihm irritiert ins Gesicht. Es kam ihr vor, als würde sich Hark jedes einzelne Wort aus der Nase ziehen lassen. Seltsam. Wo er doch sonst eher gesprächig war.

»Jou.« Hark hob die Hand und fuhr sich über das Haar. »Alles gut so weit. Scheint ein netter Kerl zu sein. Er hat noch leichte Schwierigkeiten mit dem Text, aber bis Samstag ist noch reichlich Zeit, daran zu arbeiten.«

Ein Gedanke schoss Ella durch den Kopf. Aller Enttäuschung zum Trotz musste sie grinsen. »Was ist mit den Samba-Girls? Die hat er doch hoffentlich nicht mitgebracht, oder?«

»Keine Sorge«, gab Hark wie aus der Pistole geschossen zurück. »Einstein ist alleine. Außerdem hat er von uns einen vollkommen neuen Look verpasst bekommen. Jetzt sieht er aus, als hätte er schon immer ins Käptäns Eck gehört.«

»Da bin ich ja beruhigt«, log sie und maß Hark mit einem langen Blick. Irgendetwas an ihm wirkte eine Spur zu glatt. Verheimlichte er ihr etwas? Bevor sie sich entschließen konnte nachzufragen, nickte er mit dem Kopf Richtung Düne. »Komm.« Er zwinkerte ihr zu. »Ich freue mich riesig über deine Gesellschaft. Was auch immer Frauke und Hinni sich diesmal ausgedacht haben, wir werden es uns gut gehen lassen.«

Gemeinsam liefen sie den Loopdeelenweg hinunter. Frauke und Hinni erwarteten sie bereits mitten in den Dünen. Überrascht über ihre Aufmachung starrte Ella zu ihnen hinüber.

»Na, endlich. Ich habe mich schon gefragt, wo ihr bleibt.« Frauke schüttelte zur Begrüßung tadelnd den Kopf. Der Stoff ihres Saris raschelte.

»Wieso?« Hark kniff die Augen zusammen. In seiner Stimme schwang Skepsis. »Acht Uhr war ausgemacht. Wir sind pünktlich. Was habt ihr vor? Wartet hier irgendwo ein Heißluftballon, der uns näher zu den Sternen bringt? Falls ja, vergiss es! In so ein Ding setze ich lebend keinen Fuß.«

»Du gleich wieder!«, entrüstete sich Frauke kopfschüttelnd, wurde aber von Hinni gebremst.

»Willkommen«, flötete sie. »Oder besser …« Sie faltete die rundlichen Arme vor der Brust und verneigte sich. »*Shanti, shanti, shanti.* Friede für Geist, Körper und Seele.«

»Was geht hier ab?«, knurrte Hark.

Ella knuffte ihn in die Seite. »Sei nicht so«, murmelte sie hinter vorgehaltener Hand. »Du siehst doch, dass die beiden sich richtig Mühe geben.«

»Ihr seht wunderbar aus.« Mit einem anerkennenden Lächeln wandte sie sich an Frauke und Hinni. Anlässlich des magischen Sternenzaubers trugen beide identische türkisfarbene Saris und Haremshosen mit schrillem Batikmuster. Dazu hatten sie sich Bindis mit Glitzersteinen auf die Stirn geklebt, Hände und Unterarme waren mit hennafarbenen Mendhis verziert, die auf den ersten Blick wie echte Bemalungen wirkten. Beim näheren Hinsehen bemerkte Ella allerdings, dass es sich um Sticker handelte. Das Muster auf Hinnis rechtem Arm war verknittert, als wäre ihr beim Aufkleben ein Malheur passiert. Sie zwinkerte den beiden zu. »Ihr verdient schon fünf Sterne auf Tripadvisor nur für die Aufmachung.«

Hinni lächelte geheimnisvoll. »Wartet mal ab, bis ihr das Picknick seht.« Erneutes Verneigen.

»Hier entlang, bitte«, forderte Frauke sie auf und rauschte den Trampelpfad in die Dünen hinunter. Der Saum der Haremshose bauschte sich anmutig um ihre Knöchel. Hinni folgte ihr auf den Fersen. Bei ihren kurzen Beinen saß die Hose so tief, dass sie beim Gehen eine Spur aus Sand hinter sich herzog.

»Da wären wir«, verkündete Frauke und blieb so abrupt stehen, dass die anderen fast in sie hineingestolpert wären. Gespannt reckte Ella den Kopf und spähte über Fraukes Schulter.

Der Platz lag in einer Senke, durch wogenden Strandhafer geschützt vor Wind und neugierigen Blicken. Der Anblick war so umwerfend, dass es Ella förmlich umhaute. Frauke und Hinni hatten ein Märchen aus Tausendundeiner Nacht entstehen lassen. Im sanften Zwielicht der Dämmerung flimmerten Aberdutzende Fackeln, die so tief in den Boden gesteckt waren, dass es aussah, als würden Feenlichter über dem Sand schweben. Die Picknickfläche selbst war mit Strohmatten bedeckt. Darüber waren Bassetti-Plaids und orientalische Kissen verteilt, die so einladend und kuschelig wirkten, dass Ella sich am liebsten sofort hätte hineinsinken lassen. Nach hinten wurde die Fläche von einem aus Treibholz gefertigten, knapp mannshohen Tipi abgeschlossen. Kunstvoll um die Äste geschlungene weiße Stoffbahnen flatterten im Wind. Dicke Kerzen in Windlichtern malten ein Spiel aus Licht und Dunkel in den Himmel. In einem mit Eiswürfeln gefüllten Gefäß befanden sich mehrere Flaschen unterschiedlicher Weine. Ella lief das Wasser im Mund zusammen, als sie die silbernen Tabletts mit den verschiedenen Currys, dem Naambrot und den Samosas entdeckte. »Wow«, hauchte sie ehrfürchtig.

»Das … ist toll«, hörte sie Hark neben sich sagen. Aus den Augenwinkeln bemerkte sie, wie er die Hand hob und sich den Nacken kratzte. Einen Moment herrschte Stille, untermalt von der Chill-Out-Musik aus der Soundbox. Ein Ruck ging durch Harks gut gebauten Körper. »Okay…« Argwöhnisch verschränkte er die Arme vor der Brust. »Wo ist der Haken?«

»Es gibt keinen«, gab Frauke zurück und stemmte empört die Arme in die Seite. »Dein Misstrauen ist äußerst verletzend. Ich weiß nicht, womit ich mir das verdient habe.«

Hark gab sich unbeeindruckt. »Du weißt genau, was ich meine. Wo ist die Liste mit den Aufgaben?«

»Es gibt keine«, erwiderte Frauke schmallippig.

»Glaub ich nicht«, blaffte Hark zurück und verzog ebenfalls das Gesicht. »Alberne Fragen beantworten, meditieren und Bilder malen hatten wir schon. Was ist es diesmal? Sollen wir uns Gedichte schreiben?«

»Ach, hör doch auf«, fauchte Frauke.

»*Om Shanti*, meine Lieben«, mischte sich Hinni in das Gespräch. Sie hob die rechte Hand, den Daumen und zwei

Finger gestreckt. »Ich schwöre feierlich, dass ihr nichts weiter tun müsst, als den Abend zu genießen und uns später Feedback zu geben, was wir am magischen Sternenzauber vielleicht noch verbessern könnten. Das ist alles.«

»Tatsache?« Hark hob eine Augenbraue.

»Großes Ehrenwort«, versprach Hinni und legte die Hand auf ihren füllingen Busen. »Dort drüben vor dem Tipi steht euer Picknick. Falls ihr irgendetwas vermisst, schreibt es auf. Wir sind dann mal weg.« Energisch hakte sie Frauke unter. »Los. Verdrücken wir uns.«

»Na schön«, meinte Hark schulterzuckend, als sie alleine waren. Ganz Gentleman reichte er Ella den Arm und verneigte sich förmlich. »Darf ich bitten?«

»Sehr gern.« Ella lächelte zurück und verlor sich einen Augenblick zu lange in seinen Augen. Wortlos ließ sie sich von ihm über den Sand führen. Verflixt, was hatte Frauke ihr da nur eingebrockt? Es war ohnehin schon schwer, Harks Charme nicht zu erliegen. Ein romantischer Abend unter einem weiten, flimmernden Sternenhimmel würde es ihr nicht unbedingt leichter machen, sich gegen die wachsende Intensität der Gefühle zu wehren, die sie für Hark empfand. Erschrocken über sich selbst, biss sie sich auf die Lippe.

Es hatte keinen Sinn, sich etwas vorzumachen.

Hark war von Anfang an ihre große Liebe gewesen, und er war es noch immer. Nichts und niemand auf der Welt würde daran etwas ändern können.

»Prosecco?«, schlug Hark vor und beugte sich über den Kühlbehälter. »Oder hättest du lieber Roséwein?«

»Prosecco«, entschied sie zögernd. Alkohol auf nüchternen Magen war nicht die klügste Idee, aber irgendwie musste sie dieses seltsame Date hinter sich bringen, ohne dass sie vor Sehnsucht nach Harks Armen wahnsinnig wurde.

»Setzen wir uns?«, schlug Hark vor und reichte ihr ein Glas.

»Meinetwegen.« Ihr Herz schlug bis zum Hals. Gespielt gleichgültig zuckte sie die Schultern. »Die beiden haben sich unglaublich Mühe gegeben, die Vorbereitung hat sicher ewig gedauert.«

»Hm, ehrlich gesagt, bin ich schwer beeindruckt«, gab Hark zu. »Nach den Erfahrungen, die ich bisher mit diesem Testlauf gemacht habe, hatte ich mit dem Schlimmsten gerechnet. Aber diesmal … Ich finde, wir sollten uns darauf einlassen.«

»Einlassen, worauf?«, fragte Ella gedehnt. Ihr Magen zog sich zu einem Knoten zusammen.

»Auf einen entspannten Abend am Meer.« Als ob er den Hintergrund ihrer Frage nicht kapiert hätte, kratzte sich Hark den Nacken. »Wusstest du, dass ich das schon lange mal wieder tun wollte?«

»Äh, nein … Was genau?«, erkundigte sie sich vorsichtig.

»Am Strand liegen und die Sterne beobachten. Früher haben wir das ständig gemacht.« Mit einer fließenden Bewegung hob er die Arme, löste seinen Haargummi und band sich den Pferdeschwanz neu. Eine Geste, die sie früher oft an ihm beobachtet hatte und die seine Unsicherheit verriet. Unverwandt starrte sie ihn an, während sie einen Stich in der Brust fühlte. Sie kannte ihn so gut, dass es schmerzte. Trotzdem konnte sie sich keinen Reim darauf machen, was gerade in ihm vorging. Und Hark … Ahnte er, was mit ihr los war? Verflixt, wie konnte sie sich ihm so nahe und gleichzeitig so fern fühlen, dass es sie schier zerriss? Mit Mühe unterdrückte sie ein Stöhnen. Es war zum Verzweifeln.

Hark hüstelte. Sein Gesichtsausdruck war im Zwielicht der fortschreitenden Dämmerung schwer zu deuten, aber für ihn schien alles völlig unproblematisch zu sein. »Anscheinend wird von uns erwartet, dass wir uns wie ein Liebespaar verhalten. Darum geht es bei diesem Testlauf«, schob er hinterher, eine

Spur zu unbefangen für ihren Geschmack. »Also schön. Wenn wir ein Paar wären, was würden wir jetzt tun?«

»Vermutlich würden wir uns auf die Decke setzen«, hörte sie sich sagen. Im nächsten Moment senkte sie erschrocken den Blick. Was hatte sie sich nur dabei gedacht? Plötzlich lag eine Spannung in der Luft, die zu elektrisierend war, als dass sie das Spiel hätte beenden können.

»Vermutlich.« Hark nickte. »Das wäre der erste Programmpunkt. Wollen wir?« Er deutete auf die verführerisch weichen Plaids.

Schweigend und mit einem nervösen Flattern im Magen machte sie es sich auf den Kissen bequem. Hark nahm einen Zweig vom Boden, zerbrach ihn in Stücke und übte Weitwurf damit. Eine Weile saßen sie da, in gebührendem Abstand zueinander, ohne dass einer von ihnen etwas sagte.

Unauffällig musterte Ella ihn von der Seite. Im ungleichmäßigen Schein der Fackeln wirkte sein Gesichtsausdruck weicher und verletzlicher, als sie es von ihm gewohnt war. Sie biss sich auf die Innenseiten ihrer Wangen. Mit Mühe unterdrückte sie den Impuls, aufzustehen und ihre Arme um seinen Hals zu schlingen.

»Wir schlagen uns gar nicht so schlecht«, meinte er unvermittelt. Mit seinem unvergleichlichen Grinsen prostete er ihr zu. Prickelnd perlte der Prosecco über ihre Lippen. Sie hob die Hand und wischte sich vorsichtig über den Mundwinkel. Plötzlich hielt sie in der Bewegung inne und ließ die Hand sinken. Sie fühlte sich ertappt. Sichtlich amüsiert blickte Hark zu ihr hinüber »Und jetzt?« Er beugte sich zur Seite und grub eine Kuhle in den Sand. Sanft nahm er ihr das Glas aus der Hand. Mit kräftigen Händen, die jederzeit zu wissen schienen, was sie taten, vergrub er ihre Drinks bis zum Stiel im Sand. »Wie geht es jetzt weiter?«

Sie zögerte. »Vermutlich würden wir nicht so weit auseinander sitzen.«

Gehorsam erhob er sich und setzte sich zu ihr. Ihre Schultern berührten sich. Als sie die Hitze seines Körpers neben sich spürte, zog sich alles in ihr vor Sehnsucht zusammen. »Schätze, als Nächstes würde ich fragen, ob ich meinen Arm um dich legen darf.«

»Nein«, sagte sie und schüttelte benommen den Kopf. »Du würdest nicht fragen müssen. Du würdest es tun.«

»Das … ist richtig.« Fest und bestimmt zog er sie in eine Umarmung und ließ sich rücklings mit ihr in die Kissen sinken. Seine Hand fuhr spielerisch durch ihr Haar und drückte ihren Kopf sanft an seine Brust. Den Blick in den Sternenhimmel gerichtet, lag er da und hielt sie gegen seinen warmen, nach leicht verschwitztem Mann riechenden Körper. *So wie früher*, dachte Ella. Ein Tropfen Wehmut schwebte über ihr und verdampfte im Nichts.

Ella hätte heulen können vor Frustration. *Selbst schuld, du dumme Gans*, sagte ihre innere Stimme. *Warum hast du dich auf diesen Unsinn eingelassen?*

»Früher haben wir fast jede Nacht am Strand verbracht. Erinnerst du dich?«, sagte Hark. Sein Brustkorb vibrierte dunkel beim Sprechen. »Komisch, damals kam mir der Himmel viel größer vor und die Sterne heller. Meinst du, das liegt an der Lichtverschmutzung?«

»Vielleicht hat es damit zu tun, dass wir jung und verliebt waren«, gab Ella zurück und bemühte sich, ihre Stimme unbeschwert klingen zu lassen.

Angespannt wartete sie auf seine Antwort, aber Hark schwieg. Seine Atemzüge wurden tiefer und verschwammen zu einer Melodie, die ihr so vertraut war wie das Rauschen der Wellen.

Sie konnte sich nicht vorstellen, einzuschlafen oder aufzuwachen ohne das beständige Rollen der Brandung in ihrem Ohr.

Mit Hark verhielt es sich ähnlich. Bis jetzt war es ihr nicht bewusst gewesen, wie sehr ihr seine leisen Atemgeräusche gefehlt hatten. In diesem Augenblick hätte sie alles dafür gegeben, aus der Zeit aussteigen und diese Umarmung wie in einer gläsernen Kugel für ewig konservieren zu können.

»Was glaubst du? Wann hat der erste Mensch zu den Sternen geblickt?«, fragte Hark sanft in ihre Gedanken hinein.

Sie biss sich auf die Lippe. »Ich weiß es nicht«, sagte sie schließlich. Mit einem Seufzer rollte sie den Kopf herum und starrte in den funkelnden Sternenhimmel. Das breite Band der Milchstraße leuchtete über ihnen, hell, klar und so zuverlässig, dass es schmerzte. Was auch immer in ihrem Leben passierte, die Sterne würden weiter unverändert am Himmel blinken.

»Warum haben die Menschen damit aufgehört? Ich meine, warum nimmt sich kaum noch jemand Zeit, Sterne zu betrachten?«, fragte Hark und strich sanft mit der Hand über ihr Haar.

Überrascht runzelte sie die Stirn. Hark schienen ähnliche Dinge durch den Kopf zu gehen wie ihr, nur dass er es anders ausdrückte.

»Weißt du was?« Sein Atem streifte ihre Wange. »Ich glaube, je mehr wir uns mit aller möglichen Technik umgeben, umso mehr verlieren wir den Kontakt zu uns selbst.«

Sie nickte bestätigend.

Er rollte sich auf die Seite und suchte ihren Blick. »Geht es dir gut?«

Sie schluckte. »Klar. Alles okay«, erwiderte sie schließlich. Damit war nicht zu viel gesagt, aber auch nicht zu wenig. »Und bei dir?«

»Puh … ich fürchte, mein Arm ist eingeschlafen.« Mit einer geschmeidigen Bewegung setzte er sich auf. »Hast du Hunger?«

»Irgendwie nicht.« Sie legte die Hand auf die Stelle am Hals, an der sie eben noch seinen warmen Atem gespürt hatte. Auf dem Loopdeelenweg erklangen Schritte, überlagert von einem Durcheinander von Stimmen, die einer Gruppe von Jugendlichen gehörten. Die Verschlüsse von Bierflaschen ploppten, dann klirrte Glas aneinander. Anscheinend waren sie auf dem Weg zu einer Fete am Jugendbad. Wie bekannt Ella die Situation vorkam. Als sie nach dem Schulabschluss nach Borkum zurückgekehrt war, hatte sie ständig bei den Strandpartys herumgehangen. Es kam ihr vor, als wäre es in einem anderen Leben gewesen.

»Okay«, sagte er, in seinem Blick lag ein Flimmern, das Ella nicht ganz einordnen konnte. Irritiert blinzelte sie in das flackernde Licht der Kerzen. Womöglich hatte sie es sich auch nur eingebildet.

»Wechseln wir zu Wein?«, schlug Hark vor.

»Warum nicht?«

Er erhob sich. Schweigend verfolgte Ella jede seiner Bewegungen. Schließlich wandte er sich ihr zu, in jeder Hand ein Glas, und schenkte ihr ein Lächeln, das sie förmlich dahinschmelzen ließ. Es machte *Klirr!*, und der letzte Stein der Mauer, die sie um ihr Herz gezogen hatte, zerbröselte.

»Bitte sehr.« Er beugte sich zu ihr herunter und reichte ihr beide Gläser. »Bin gleich zurück.« Mit einem gequälten Stöhnen deutete er über die Schulter. »Das Picknick ist große Klasse, aber dieses Chill-Out-Gedudel macht mich wahnsinnig. Ich versuch mal, die Soundbox mit meinem Handy zu koppeln.«

Die Lounge-Musik verstummte. In der plötzlichen Stille drang das Rauschen der Wellen an Ellas Ohr, untermalt vom Kreischen der Möwen. Sie legte sich auf den Rücken und blickte in den funkelnden Abendhimmel. Wieder einmal hingen ihre Gedanken in der Vergangenheit fest, und damit bei Hark. Er war es, der ihr beigebracht hatte, mehr zu sehen als flirrende Punkte vor dem schwarzen Samt der Nacht. Mühelos konnte sie auch heute noch Namen nennen und Verbindungslinien ziehen, durch die wie bei einem Punkterätsel Sternbilder entstanden. Jungfrau im Süden, darüber Bärenhüter und Löwe, deren hellste Sterne Spika, Arktur und Regulus das Frühlingsdreieck bildeten. Ein bittersüßer Schmerz schlich sich in ihre Brust. Es fühlte sich an, als müsste ihr Herz überfließen bei all den Gefühlen, die ungelebt in ihr wohnten. Mitten in ihre Schwermut hinein erklang ein akustisches Signal, als die Soundbox sich via Bluetooth mit Harks Handy verband. Sie setzte sich auf, zog die Beine an die Brust und ließ ihren Kopf auf den Knien ruhen. Gespannt lauschte sie in die Stille hinein. Für welche Musik hatte Hark sich wohl entschieden?

Leise, nagelnd wie eine Dampfmaschine, dann immer kräftiger und klarer, schwebten Beats in den Nachthimmel, dann erklang Bonos kräftiger Tenor.

Only to be with you …

Eines der Lieder von der Kassette … Seitdem Hark ihr die MC vorbeigebracht hatte, hatte sie den Song wieder und wieder gehört. Ihre Brust wurde eng. Bei der Zeile »*But I still haven‹t found what I‹m looking for*« hätte sie heulen können. Wie hatte U2 es geschafft, all das in Noten und ein paar Liedzeilen zu packen, was sie mit Worten nicht auszudrücken vermochte? Die ganze Einsamkeit der letzten Jahre breitete sich vor ihr aus wie ein sanfter Klangteppich, gewebt in den Farben ihrer Seele.

Harks Bariton mischte sich zu Bonos Stimme. Mühelos traf er die Töne. Ella schloss die Augen. Was für ein seltsamer Abend! Schön und schrecklich zugleich.

»Was sagst du zu meiner Musikwahl? Besser?« Mit einem wohligen Seufzer streckte sich Hark neben ihr auf der Decke aus.

Ella öffnete die Augen. Die Luft war schwer vom Geruch des brennenden Öls der Fackeln. Leicht schwindelig blinzelte sie in das flackernde Licht. »Du hast unsere MC digitalisiert«, erwiderte sie, halb Feststellung, halb Frage.

Hark grinste. »Klar. Ich kann dir den Spotify-Link schicken, wenn du möchtest.«

Nachdenklich sah sie in seine Augen, in denen sich das Leuchten der Flammen spiegelte. Unmöglich zu deuten, was in Hark vorging. »Schon okay.« Sie zuckte die Schultern. »Um ehrlich zu sein, ist mir die Kassette lieber.«

Hark zwinkerte ihr zu. »Hoffnungslos oldschool?«

Ella zog die Brauen zusammen. »Bei manchen Dingen schon.«

»Na dann.« Hark griff nach seinem Wein und prostete ihr zu. »Auf die alten Zeiten.«

Der Kloß in ihrer Kehle brannte wie Feuer. Schweigend nickte sie ihm über den Rand ihres Glases zu.

Hark stützte den Oberkörper auf den Ellbogen. Eine ganze Weile lagen sie einfach nur so da und lauschten der Musik, während Harks Fuß im Takt mitwippte. »You're the Voice« von John Farnham, »Total Eclipse of the Heart« von Bonnie Tyler, »I'm On Fire« von Bruce Springsteen, dann ihr Lieblingssong von den Simple Minds, »Won‹t You Come See About Me?«.

Mit einer hypnotisch langsamen Bewegung streckte Hark den Arm nach ihr aus. Träge strich er mit dem Finger über ihren Unterarm. So leicht, dass sie die Berührung kaum spürte. Und doch reagierte ihr Körper mit heftigem Begehren.

»Ella …« Er rollte sich herum und beugte sich über sie, so nah, dass sein Kopf beinahe ihre Stirn berührte. »Es ist schön mit dir. Warum haben wir das nicht schon längst einmal gemacht?«

»Ich weiß nicht«, murmelte sie, irritiert von der Leidenschaft, die sie plötzlich zu verschlingen drohte. Die Spannung zwischen ihnen hatte sich wellenförmig den ganzen Abend aufgebaut. Jetzt war sie kurz davor, sich zu entladen.

Won‹t you ...

Langsam, fast zögerlich, hob er die Hand und strich mit dem Daumen sanft über die Konturen ihres Mundes. Seine Lippen senkten sich ihr entgegen. Ella sog scharf die Luft ein und schloss die Augen.

Won‹t you ...

Eine unbehaglich lange Sekunde passierte nichts.

Etwas in ihr verschloss sich.

Als sie die Augen wieder öffnete, starrte Hark ausdruckslos vor sich hin. »Entschuldige«, murmelte er tonlos, dann ließ er sich zurück auf die Decke fallen und versank in sich selbst.

Mit pochendem Herzen setzte Ella sich auf. Ihr war schlagartig kalt geworden, gleichzeitig fühlte sie sich wie betäubt. Ihr Verstand weigerte sich zu begreifen, was gerade passiert war. Hatte sie etwas falsch verstanden? Wieder und wieder spielte sie die Szene in ihrem Kopf ab, aber sie wollte einfach keinen Sinn ergeben. Das Blut rauschte durch ihre Adern, sie fühlte sich gedemütigt, wütend und verletzt. Verdammt ...! Sie hatte ihm keinerlei Avancen gemacht. Die Initiative war eindeutig von ihm ausgegangen. Dennoch hatte er ihr die schlimmste Abfuhr aller Zeiten erteilt. Wutentbrannt funkelte sie ihn an. Wie konnte er einfach so daliegen und schweigen?

Verdammt! Verdammt! Verdammt! Ihr Atem ging stoßartig. Was für ein Desaster! Und noch immer lag Hark da und starrte in den Himmel. Hatte er vor, für immer so dazuliegen? Zumindest eine Erklärung war er ihr schuldig. Ihre Gedanken rasten durcheinander, auf der Suche nach einer Möglichkeit, ihn zu erreichen.

»Hark?« Langsam hob sie den Kopf. Mit Vorwürfen hätte sie alles nur schlimmer gemacht. Also atmete sie tief durch und meinte mit größtmöglicher Beherrschung: »Fünf Cent?«

Er gab sich einen Ruck. Mit einem Schmerz, der zu groß schien, um ihn in Worte zu packen, blickte er ihr ins Gesicht.

»Entschuldige«, sagte er tonlos. »Aber … Es wäre nicht fair gewesen.«

Schweigen.

»Als ich dich küssen wollte, musste ich an Julia denken.«

»Ich verstehe«, hörte Ella sich sagen. Sie fühlte sich, als stünde sie außerhalb ihres Selbsts und beobachtete sich dabei, wie sie aufstand und sich den Sand vom Kleid klopfte. Verwundert stellte sie fest, dass sie nichts spürte, keine Wut, keine Traurigkeit, keinen Schmerz. Dort, wo ihr Herz gewesen war, befand sich gähnende Leere in ihrer Brust.

»Du musst mir nichts erklären.« Ihre Stimme klang seltsam emotionslos in ihren Ohren. »Bitte richte Frauke aus, dass an dem Konzept nichts geändert werden muss. Das Essen sieht hervorragend aus. Unter normalen Umständen wäre das einer jener Abende gewesen, die zu den schönsten Erinnerungen im Leben zählen.« *So gehört er zu den schlimmsten überhaupt,* fügte sie in Gedanken hinzu. Bevor Hark etwas erwidern konnte, drehte sie sich um. Barfuß eilte sie über den Holzdielenweg davon. Scharfkantiges Dünengras kratzte über die weiche Haut ihrer Unterschenkel. Mit beißender Ironie schwebten die Töne von Chers »If I Could Turn Back Time« über den Strand. Mit einem Schluchzer presste sie die Hände gegen die Ohren und rannte davon.

KAPITEL 18

Die nächsten Tage vergingen wie im Flug. Ella ließ den Blick über die Wackelfiguren-Landschaft auf den Fensterbrettern des Käptäns Eck gleiten und nahm die gleichmäßigen, klappernden Geräusche bewusst wahr. Bei den vielen Vorbereitungen war kaum Zeit gewesen, Luft zu holen oder an das grauenvolle Date mit Hark zu denken. Mit der Planung der Veranstaltung war erstaunlicherweise alles glatt gelaufen. *Zu glatt,* überlegte Ella, ihr Bauch kribbelte vor Nervosität. Noch drei Stunden, bis sie die Veranstaltung mit einer kurzen Ansprache eröffnen würde. Im Geiste ging sie die Punkte ihrer imaginären Liste noch einmal durch. Ihr Gefühl sagte ihr, dass sie etwas übersehen hatte. Aber was? Verflixt! Skeptisch starrte sie auf den mit dem Kopf nickenden Darth Vader und den tanzenden Elvis. »Sieht aus, als hätte ich einen Container Plastikspielzeug für den Ein-Euro-Shop gekauft.« Sie nahm eine flügelschlagende Eule vom Brett und wandte sich stirnrunzelnd an Frauke. »Findest du, wir sollten das Zeug verschwinden lassen?«

»Nein. Das wäre ein Fehler.« Frauke nahm das Klemmbrett mit der echten Liste zur Hand und hielt es Ella unter die Nase. Mit dem Stift tippte sie auf Punkt drei unter der Rubrik »Ziele«.

»Hier: ›Besonderes Flair transportieren. Was macht das Käptäns Eck unverwechselbar?‹«

»Sollte die Antwort nicht ›hervorragendes Essen und freundliche Bedienung‹ lauten?« Irritiert schielte Ella auf das Blatt.

»Ach was«, entgegnete Frauke abwinkend und schüttelte den Kopf. »Das sind die Standardphrasen der Bewertungsportale. So etwas Banales haben wir nicht nötig. Wir sind retro *und* trendy zugleich. Das macht uns so schnell keiner nach.« Schwungvoll warf sie das um ihre Schultern flatternde, dezent weiße Seidentuch zurück. »Ich will mich ja nicht loben, aber ich finde, wir haben uns selbst übertroffen. Und Sveas Idee, die Unterschriftenaktion online zu stellen, war umwerfend!« Zufrieden strich sie sich über das offene, zur Außenwelle geföhnte Haar. Ella musterte sie verstohlen. Mit der weißen Bluse und dem schwarzen Hosenanzug wirkte sie heute wie eine professionelle Veranstaltungsmanagerin.

»Kompliment an dich«, beeilte sich Ella zu sagen. Sie hob die Hand und stupste eine von der Decke baumelnde, geriffelte Badekappe an. Sie gehörte Frauke. »Die Idee mit den Fischernetzen und dem Strandzeug war großartig.«

Frauke legte das Klemmbrett beiseite und zupfte zufrieden an dem Schiesser-Badeanzug aus den Siebzigern herum, der zusammen mit anderen Badeartikeln zur Innendeko gehörte. »Da zahlt es sich doch mal wieder aus, dass ich nichts wegwerfe. Harks Schwimmflügelchen machen sich wunderbar. Schade, dass ich seine alte Badebüx nicht gefunden habe.«

»Hmpf«, machte Ella. Eine von Harks Badehosen aufzuhängen, wäre eine Möglichkeit gewesen. Theoretisch. In der Praxis eher nicht. Alles, was an Hark erinnerte, machte die Sache nur noch schlimmer. Hoffentlich plante er nicht, vorbeizuschauen, dachte sie mit finsterer Miene.

»Unverwechselbares Flair«, wiederholte Frauke strahlend und hakte Ella unter. »Schau dich um. Der Hamburger Sender wird begeistert sein.« Langsam drehte sie sich mit ihr um die Achse.

Zugegebenermaßen, Ella war selbst überrascht, wie verändert die Kneipe wirkte. Im Eingangsbereich hatte Carla Sand aufgeschüttet und Klapp-Liegestühle aufgestellt, die Kai Uwe ihnen geliehen hatte. Dazu hatte er ihnen in einem Anfall guter Laune noch Schäufelchen, Förmchen, Schnorchel, Schwimmtiere, Sonnenbrillen, Schwimmreifen und Bikini-Oberteile zur Verfügung gestellt. Alles Dinge, die sich im Laufe der Zeit in seiner Fundtruhe angehäuft hatten. Und damit nicht genug. Neben dem mit Strohmatten verkleideten Tresen befand sich ein original Borkumer Strandzelt, ebenfalls gesponsert von Kai Uwe. Darin stand eine Bank, die normalerweise zum Umkleiden diente. Heute lagen dort Unterschriftenlisten und Stifte aus. Passend zum Motto »Ein Schwein am Strand« hatte Carla das Zelt mit geflügelten rosa Schweinchen dekoriert, die Glitzerkrönchen und Federkrägen trugen. Ein Restposten von Silvester, den der Geschäftsführer des örtlichen Einrichtungshauses spendiert hatte. Neben dem Eingang zum Zelt befand sich ein Gastroaufsteller, auf den Carla mit Kreide »Rettet das Käptäns Eck« geschrieben hatte. Großzügig im Raum verteilt befanden sich Windlichter mit dicken weißen Kerzen darin. Auf den Tischen und auf der Theke standen Plastikeimer, bis zum Rand gefüllt mit ungeschälten Erdnüssen. Ella war gespannt, wie die Borkumer auf diese Idee reagieren würden. Hoffentlich hatten alle Spaß daran, mit Erdnussschalen um sich zu werfen.

»Hallo, ihr beiden«, hörte Ella eine wohlbekannte Stimme sagen.

Wie vom Donner gerührt fuhr sie herum. »Hark ... Was machst du denn hier?«

»Es wird aber auch Zeit, dass du dich blicken lässt«, erklärte Frauke gleichzeitig. Mahnend hob sie eine Augenbraue. »Wo du schon während des ganzen Aufbaus durch Abwesenheit geglänzt hast!«

»Ich hatte zu tun«, gab Hark zurück und schob die Hände tiefer in die Taschen.

»Das ist ja nichts Neues«, stellte Frauke ungerührt fest. »Die Praxis braucht dringend einen zweiten Tierarzt. Aber davon willst du ja nichts wissen.«

»Alles zu seiner Zeit.« Hark bohrte mit der Fußspitze im aufgeschütteten Sand. Sein Gesichtsausdruck machte klar, dass das Thema für ihn beendet war.

»Wem nicht zu raten ist, dem ist nicht zu helfen«, schnaubte Frauke indigniert. »Nun, egal. Übrigens, wo ich euch beide endlich gemeinsam erwische, wie fandet ihr überhaupt den Sternenzauber? Ihr habt mir noch kein Feedback gegeben.«

»Ähm, stimmt«, sagte Hark und kratzte sich den Nacken.

»Das Konzept ist großartig«, hörte Ella sich sagen. »Ich bin sicher, die Kunden werden es lieben.«

»So?«, machte Frauke gedehnt. Ihr Blick wanderte zwischen Ella und Hark hin und her. »Wenn alles so toll war, warum habt ihr das Essen kaum angerührt? Und warum seid ihr so schnell verschwunden? Hinni und ich haben gegen zehn vorbeigeschaut, um zu fragen, ob alles in Ordnung ist, aber da wart ihr schon weg.«

Hark schluckte trocken. »Es tut mir leid.« Er machte einen Schritt auf Frauke zu, blieb dann aber stehen, den Blick auf den Boden geheftet. »Es lag nicht am magischen Sternenzauber, dass wir so früh gegangen sind. Es lag … an mir.« Pause. Ellas Herz hämmerte wie verrückt. »Ich habe einen Fehler gemacht.«

»Ich versteh' nicht, was du meinst.« Verdattert ließ Frauke sich auf einen Stuhl fallen. »Was heißt denn bitte schön *Fehler?*«

Ellas Magen zog sich zu einem festen Knoten zusammen. »Genau genommen war es kein Fehler«, erklärte sie aus einem unbestimmten Impuls heraus.

»Wie denn jetzt?« Ungeduldig klimperte Frauke mit ihren Armreifen. »Ich versteh' überhaupt nichts mehr! Kann mir bitte jemand erklären, was los war?«

Ella schluckte. Sie brachte es einfach nicht über sich, Frauke die Wahrheit zu sagen. Nicht einmal so sehr aus Rücksicht Frauke gegenüber. Eher, weil sie das Gefühl hatte, dass das, was passiert war, nur Hark und sie etwas anging. Bevor Hark etwas sagen konnte, schob sie sich zwischen Frauke und ihn. Angespannt zog sie die Augenbrauen zusammen. »Hark war einfach … pflichtbewusst«, improvisierte sie frei von der Leber weg. »Ein Anruf. Er musste weg zu einem Notfall. Und natürlich hast du recht. Ein zweiter Tierarzt würde den Stress erheblich reduzieren. Aber Hark muss selbst wissen, was er tut.«

»Ach, wie ärgerlich!«, rief Frauke mit einer unverkennbaren Schärfe in der Stimme. »Wisst ihr, wie lange Hinni und ich gebraucht haben, damit alles perfekt war? Wenn ich an die ganzen Stunden denke, die ich an der Fritteuse verbracht habe, bis die Samosas die richtige Bräune hatten!«

»Es tut mir sehr, sehr leid«, betonte Hark. Verstohlen tastete er nach Ellas Hand und drückte sie. Ein Schauer lief über Ellas Arm. »Wie kann ich es wiedergutmachen?«

Irritiert wandte sich Ella zu ihm um. Einen Moment lang war sie unsicher, ob die Entschuldigung Frauke oder ihr galt. Bevor sie zu einem Ergebnis kommen konnte, stürmte Carla durch die Tür. »*Dios mios! Ser un bonbon!* Einstein ist unglaublich attraktiv. Rrrrr …« Sie spreizte die Krallen und fauchte wie ein Tiger. »Ich komme mir vor, als hätte ich den blauen Prinzen gefunden.«

»Den blauen Prinzen?« Hark runzelte die Stirn.

»Ein spanischer Ausdruck. Übersetzt heißt das etwa so viel wie den perfekten Mann finden«, erklärte Ella.

»Du liebe Güte!« Frauke schoss von ihrem Stuhl hoch und schnappte sich mit einem feldmarschallmäßigen Blick die Liste. »Was macht der denn schon hier? Einsteins Auftritt ist für fünfzehn Uhr vorgesehen. Jetzt ist es gerade mal zwölf. Hier ...« Sie tippte auf das Blatt:

14.00 Uhr Ankunft des Fernsehteams und Begrüßung ... 15.00 Uhr Eröffnung mit kurzer Ansprache von Ella ... 15.10 Uhr Auftritt von Einstein ... 15.30 Uhr Ansprache Hark, dann Moderation durch den Nachmittag ...

»Moment.« Ella glaubte, sich verhört zu haben. Mit offenem Mund starrte sie zu Hark hinüber. »Habe ich etwas verpasst? Du willst ...«

»... etwas zur Rettung des Käptäns Eck beitragen«, beendete Hark den Satz. »Hast du etwas dagegen?«

Es dauerte einen Moment, bis Ella ihre Schockstarre überwunden hatte. »Das war so nicht abgesprochen.«

»Ich habe den Punkt kurzfristig eingeschoben«, erklärte Frauke und lächelte liebenswürdig. »Hark bestand darauf. Ein persönliches Anliegen, wenn du so willst. Wenn ihr mich jetzt entschuldigt? Ich möchte Einstein begrüßen. Mein Gott, ist das alles aufregend! Ein echter Promi. Die kennt man ja sonst nur aus den Illustrierten. Übrigens bin ich überhaupt nicht mehr auf dem Laufenden, was den Jetset betrifft. Aber Hark musste ja unbedingt das *Bunte*-Abo für die Praxis kündigen und stattdessen den *Spiegel* abonnieren. Den liest übrigens immer noch keiner.« Mit vorwurfsvollem Blick rauschte sie an Hark vorbei nach draußen.

238

»Entspann dich«, meinte Hark schulterzuckend, als Ella ihn weiterhin entgeistert anstarrte. »Die Veranstaltung braucht einen Moderator. Das wirkt professioneller.«

»Aha.« Etwas Gehässiges mischte sich unter die Verwirrung und die Kränkung, die sie in seiner Nähe empfand. Mit sardonischem Blick hob sie eine Augenbraue. »Und dieser Moderator bist wohl du?«

»Ich dachte an kurze Interviews mit dir, Carla und Einstein.« Hark wirkte verlegen. Er lehnte sich mit der Schulter gegen den Türrahmen. »Die können wir über den Nachmittag verteilt einschieben und die Leute daran erinnern, dass sie aus gutem Grund hier sind, nämlich um die Petition zu unterschreiben.«

»Du musst das nicht machen«, meinte sie unterkühlt.

»Schon klar.« Unbeholfen zuckte er die Schultern.

»Warum tust du es dann?«, sagte sie in einem Ton, der selbst in ihren Ohren verletzend klang.

»Du weißt, warum. Ich möchte, dass du die Kneipe behältst.«

»Verstehe.« Ihr war bewusst, dass sie sich unmöglich benahm. Dennoch konnte sie nichts dagegen tun. Eisern ignorierte sie seinen Blick und starrte auf die klackernden Wackelfiguren. Sie fühlte sich … verwirrt? … vor den Kopf gestoßen? … verletzt? Vor Anspannung spürte sie einen dumpfen Stich hinter der Stirn. Was bildete sich Hark ein, einfach hier aufzukreuzen und zu tun, als gehörte er dazu? Verdammt, er hatte kein Recht, sich in ihr Leben zu mischen. Nicht nach dem, was er sich in der Nacht am Strand geleistet hatte. Entschlossen verdrängte sie die Erinnerung an seine Nähe, so schnell, wie sie gekommen war. Bei allem Verständnis, das sie für seine Situation aufbrachte, aber jetzt ging es um sie. Etwas in ihrem Inneren hatte sich verschlossen. Aus gutem Grund.

Wenn sie nicht mit gebrochenem Herzen enden wollte, musste sie Grenzen setzen.

»Falls du ein schlechtes Gewissen hast wegen letztens, das ist nicht nötig.« Noch immer kehrte sie ihm halb den Rücken zu. »Mir war von Anfang an klar, dass Freundschaft zwischen uns nicht funktioniert.«

»Hey ... Ich verstehe ja, dass du sauer auf mich bist.« Aus den Augenwinkeln bemerkte sie, wie er sich von der Tür abstieß und einen halben Schritt auf sie zu machte. Zögerlich strich er sich über das Haar. »Wegen dieser Nacht am Strand ... Es tut mir leid, dass ich an dem Abend so dämlich drauf war. Ich weiß auch nicht, was los war. Die romantische Stimmung bei dem Picknick, die Erinnerungen an früher und deine Nähe.« Er unterbrach sich und schüttelte den Kopf. »Irgendwie hat mich das überfordert.«

»Das habe ich gemerkt.« Mit verschränkten Armen drehte sie sich zu ihm um.

In seinen Augen lag ein merkwürdiger Ausdruck. »Gib uns eine Chance. Als Freunde. Wir haben es noch nicht wirklich versucht.«

»Hm.« Sie sah ihn gerade lange genug an, um zu bemerken, wie verletzlich er wirkte, dann senkte sie den Blick. »Sorry, aber ich glaube nicht, dass ich das will.«

Stille.

»Warum nicht?«, fragte er schließlich in das Schweigen hinein. »Wir stehen uns immer noch nahe, das habe ich in den letzten Wochen deutlich gemerkt. Ich bin gern mit dir zusammen.«

»Das geht mir ähnlich. Allerdings gibt es dabei ein Problem.« Sie biss sich auf die Lippe.

»Nämlich?«

Dass ich immer noch etwas für dich empfinde ..., hörte sie ihre innere Stimme sagen. Ihr Herz zog sich zusammen, sie nahm einen tiefen Atemzug. »Wie heißt es so schön in den Ansagen der Bahn, wenn es nicht weitergeht? Personen im Gleis? Ich finde das ein sehr passendes Bild.« Schulterzuckend ließ sie ihn stehen. Sie konnte seinen Blick in ihrem Rücken immer noch spüren, als sie nach draußen in die Sonne trat.

Carla kam auf sie zugeeilt, ein Glas Sekt in der Hand. »*Hola! Da bist du ja. Darf ich dir unseren Star vorstellen?*«, flötete sie. Dazu klimperte sie auffällig mit den Wimpern. Sie stellte das Glas ab und schob Ella energisch auf einen untersetzten Südländer mit zotteligen Haaren und Spitzbart zu. »Hierrrr«, raunte sie mit gutturaler Stimme. »Das ist Einstein. Einstein, darf ich dir die Wirtin vorstellen? Das ist Ella.«

Ellas Nackenmuskeln verspannten sich. Mit einer Mischung aus Faszination und Entsetzen ließ sie ihre Augen über den Mann wandern, den Jan als Stargast der heutigen Veranstaltung aufgetrieben hatte. Einen schrecklichen Moment lang kam sie sich vor, als wäre sie in einer Neuauflage von »Fluch der Karibik« gelandet, mit einem Jack Sparrow, der schwarze Jeans mit riesiger Gürtelschnalle, ein bis zum Bauchansatz offenes schwarzes Hemd und geschnürte Stiefel mit Glitzerabsätzen trug, dazu einen hohen, mit Silbermünzen verzierten Piratenhut, der mit einem dicken Lederriemen unter dem Kinn befestigt war. Abgerundet wurde das Ganze mit unzähligen Goldketten, an denen Amulette klimperten. Unfähig, ein Wort über die Lippen zu bringen, streckte Ella ihm die Hand entgegen.

»Freut mich. Ganz außerordentlich.« Mit einem großzügigen Lächeln ignorierte Einstein die dargebotene Hand. Stattdessen kam er mit weit geöffneten Armen auf sie zu. Bevor sie wusste, wie ihr geschah, schlang er die Arme um ihre Schultern und drückte sie an sich. Ein überwältigender Geruch von Männerparfüm stieg in Ellas Nase, Einsteins üppige Brustbehaarung streifte ihren Hals. Dann gab er sie frei. Benommen strich sich Ella das verrutschte T-Shirt glatt.

Dieser Einstein besaß ein überschäumendes Temperament. Wahrscheinlich war das nötig, um in der Showbranche zu überleben, dachte Ella. Sie gab sich einen Ruck. »Äh, freut mich ebenfalls, Sie kennenzulernen.«

»*Hola, chica!*« Einsteins Gesicht verzog sich zu einem Grinsen, als hätte jemand das Flutlicht im Fußballstadion angeknipst. »Wenn ich alt bin und im Schaukelstuhl sitze, werde ich meinen Enkeln von dem wunderbaren Tag erzählen, an dem ich für Sie singen durfte.«

»Das … ist toll«, erwiderte Ella schwach. Mit einem leichten Schaudern deutete sie auf das Piratenkostüm. Es sah aus, als stammte es aus einem drittklassigen Kostümfundus. »Ist das das Outfit, in dem Sie auftreten?«

»*Por supuesto!* Aber sicher. Ist das nicht schärfer als eine Acht?« Selbstverliebt warf er sich in Pose. Dabei stemmte er eine Hand in die Hüfte und drehte Ella mit erhobenem Kinn das Profil zu.

Ella starrte ihn lange schweigend an. Schließlich befreite sie sich aus ihrer Erstarrung. »Es ist ein sehr schönes Kostüm. Darf ich fragen, nach welchen Kriterien Sie es ausgewählt haben?«

»Als ich den Namen Ihrer Kneipe hörte, hatte ich sofort ein Bild im Kopf. Käptäns Eck, das schreit nach einem grandiosen Kostüm«, erwiderte Einstein und schenkte ihr ein Blitzlicht-Lächeln.

»Es steht Ihnen wirklich ganz ausgezeichnet«, mischte Frauke sich in das Gespräch. »Lass mich das übernehmen«, raunte sie im Vorbeigehen in Ellas Ohr. Mit einem charmanten Grinsen hakte sie Einstein unter. »Kommen Sie, ich möchte Ihnen den Platz zeigen, den wir für Ihren Auftritt vorbereitet haben. Hoffentlich hält das Wetter. Sonst müssten wir Ihre Darbietung nach drinnen verlegen.«

»Das ist mein Background?« Stirnrunzelnd musterte Einstein die Jolle, die neben dem Eingang zum Käptäns Eck in einem aufgeschütteten Sandberg vor Anker gegangen war. Carla hatte sie mittels einiger weiß lackierter Bretter und Fischernetze zur Bar umfunktioniert. »Es sieht eher nach Fischerhafen aus.«

»Gut erkannt«, lobte Frauke und machte ein Gesicht, als hätte Einstein die Millionen-Euro-Frage richtig beantwortet. »Wie Sie sich sicher denken, ist es uns wichtig, den inseltypischen Flair Borkums zu betonen.«

»Davon hat Jan nichts erwähnt«, meinte Einstein und rückte indigniert den Piratenhut gerade. »Wenn ich das geahnt hätte! In meinem Schrank hängt eine wunderschöne Kapitänsuniform. Mit Goldkragen und Glitzer. Darin hätte ich vor dieser Kulisse besser gewirkt.«

»Ach.« Frauke winkte ab. »Machen Sie sich mal keinen Kopf. Ich bin sicher, Jan hat etwas Passendes für Sie besorgt. Er wollte gleich nach der Messe hier sein. Ansonsten behalten Sie das Johnny-Depp-Outfit einfach an. Darf ich Ihnen so lange einen Kaffee anbieten? Carla?« Suchend blickte sie sich nach der spanischen Kellnerin um.

»Bin schon da«, rief Carla und eilte mit zwei Gläsern Caipirinha herbei. Eines davon reichte sie Einstein »Chinchin! Lass uns anstoßen! Auf meinen Star und seinen größten Fan.«

Die Gläser klirrten hell durch den sonnigen Mittag.

»Meinst du nicht, es ist etwas früh für Alkohol?«, fragte Ella stirnrunzelnd.

»Seit wann bist du so ein Spielverderber?« Mit einem breiten Grinsen wischte Carla die Bedenken beiseite. Ella hätte gern etwas darauf erwidert, doch in diesem Moment klingelte ihr Handy.

Wie betäubt ließ sie ein paar Minuten später den Arm sinken. Ihre Knie fühlten sich an, als würden sie jeden Moment nachgeben. Mit wild pochendem Herzen ließ sie sich auf den Rand der Jolle fallen. Verflixt. Sie war heute Morgen schon mit einem unguten Gefühl aufgestanden. Jetzt wusste sie, woher das gekommen war.

»Was ist los?«, erkundigte sich Frauke besorgt und legte ihr einen Arm in den Rücken. »Du siehst schrecklich aus.«

Mit zittrigem Atem holte Ella Luft. Es war ihr fast unmöglich, es auszusprechen. Es in Worte zu kleiden bedeutete, anzuerkennen, dass etwas Schreckliches passiert war. Etwas, was ihre Welt von einer Sekunde auf die andere aus den Fugen hob. Plötzlich erschien ihr die Sorge um das Käptäns Eck lächerlich und unbedeutend. Sie hätte es sich nie verziehen, wenn Brigitte etwas zustoßen wäre, während sie mit vermeintlich wichtigen anderen Dingen beschäftigt war. Ihr Puls dröhnte so laut in ihren Ohren, dass es schmerzte. Mit allem Mut, den sie aufbringen konnte, wandte sie sich an Frauke: »Brigitte ist verschwunden.«

»Wie bitte? Was soll das heißen?« In Fraukes hagerem Gesicht spiegelte sich Unverständnis.

»Das eben am Telefon war Kristian«, erklärte Ella tonlos. Es fiel ihr schwer, in geordneten Sätzen wiederzugeben, was der alte Kutscher gesagt hatte. In ihrem Kopf ging alles durcheinander. »Wie es aussieht, hat er Brigitte mitgenommen, als er heute Morgen mit den Badegästen ins Ostland gefahren ist. Dort haben sie wie immer Kaffeepause gemacht.« Mit einem schweren Atemzug ließ Ella die angestaute Luft entweichen. »Als er die Pferde klarmachte, um zurückzufahren, hat Brigitte sich geweigert, in die Kutsche zu steigen.«

»Wie bitte?« Der Bug der Jolle machte einen Ruck in die Luft, als Frauke sich neben Ella auf das Heck fallen ließ. »Was wollte sie denn im Ostland?«

»Wenn ich das wüsste.« Ella rang hilflos die Hände. »Zu Kristian hat sie gesagt, sie wolle zur Olden Düne laufen. Wegen der Aussicht. Das war vor ungefähr einer Stunde. Kristians Handy lag im Stall. Deshalb konnte er nicht gleich anrufen.«

»Und dann? Wie wollte sie denn heimkommen?«

»Keine Ahnung.« Ella biss sich auf die Lippe. »Sie meinte, es würde sich schon eine Möglichkeit ergeben. Kristian hatte kein gutes Gefühl, sie auf der Bank sitzenzulassen, aber was konnte er machen? Schließlich musste er die Tour zu Ende fahren. Die Badegäste wurden ungeduldig.«

»Komisch.« Frauke drehte nachdenklich an einem der Perlmuttknöpfe ihrer Jacke. »Das klingt gar nicht nach Brigitte.«

Ella zuckte zusammen. Die Worte wirkten wie ein Verstärker für ihre Angst. Frauke hatte den Nagel auf den Kopf getroffen. Ihr wurde leicht übel. Es sah Brigitte nicht ähnlich, einen Ausflug zu unternehmen. Ella konnte sie ja kaum dazu bewegen, sich bei schönem Wetter in den Garten zu setzen, anstatt sich mit einer dicken Strickjacke auf dem Sofa einzumummeln. Genauso wie es untypisch für sie war, alleine zum Einkaufen zu gehen. Mit Schaudern dachte Ella daran zurück, wie blass und müde Brigitte gewirkt hatte, als Hannes vor ein paar Tagen mit ihr vor der Haustür gestanden hatte. Mitten im strömenden Regen … Die junge Ärztin hatte es gut erkannt. Etwas war ganz und gar nicht in Ordnung mit Brigitte. Mit schwerfälligen Bewegungen erhob Ella sich.

»Es tut mir leid, Frauke. Brigitte braucht mich. Ich kann sie nicht im Stich lassen.« Mit besorgtem Blick schielte sie zu Einstein hinüber, der munter mit Carla flirtete und zwischendurch an seinem Strohhalm sog. »Ich weiß nicht, wie, aber ihr müsst die Veranstaltung ohne mich wuppen.«

KAPITEL 19

Die Luft im Ostland roch nach Salz und blühendem Raps. Ellas Füße hinterließen eine einsame Spur im Sand, als sie den Pfad zur Aussichtsdüne hinaufkletterte. Oben angekommen, blieb sie stehen, hob die Hand vor die Augen und blickte sich um. Entlang der Küstenlinie brachen sich schäumend die Wellen am Sand. Tief ziehende graue Wolken bedeckten den Himmel und ließen die Containerschiffe am Horizont wie eiserne Kolosse wirken. Über ihrem Kopf kreischten Möwen auf der Suche nach etwas Essbarem. Urplötzlich trieb ihr der Wind prickelnde Gischtnebel ins Gesicht. Sie kniff die Augen zusammen und ließ den Blick über das von den Böen gepeitschte Dünengras zum Strand wandern. Da vorne, bewegte sich da etwas? Ihr Mund wurde trocken vor Aufregung. Mit klammen Fingern griff sie nach dem Feldstecher an ihrem Hals. Enttäuscht ließ sie ihn kurz darauf wieder sinken. Was sie für eine menschliche Gestalt gehalten hatte, war Plastikmüll, der sich an einem Stück angeschwemmtem Treibholz verfangen hatte.

Sie presste die Faust gegen ihren Mund, um vor Enttäuschung nicht aufzuschreien, und wandte sich zum Gehen. Seit dem Anruf von Kristian befand sich ihr Gehirn im Ausnahmezustand. Immer wieder gingen ihr die schlimmsten

Schreckensszenarien durch den Kopf. Brigitte konnte einen Schlaganfall erlitten haben und ohnmächtig abseits der Wege im Gras liegen. Sie konnte sich sonst wie verletzt haben und orientierungslos umherirren. Oder tot sein … Ellas Brustkorb hob und senkte sich in schnellen Zügen. Oder spurlos verschwunden sein und nie wieder auftauchen. So etwas passierte. Die Zeitungen berichteten regelmäßig von solchen Fällen. Schwindel ergriff sie. Vor ihren Augen tanzten schwarze Punkte. Angestrengt spähte sie durch das Fernglas. Leuchtend gelb wogten die Rapsfelder im Wind, dazwischen schlängelte sich die Straße, die ins Ostland führte. Ihre Sinne erschienen ihr überscharf. Sie nahm Details wahr, für die sie im Normalfall keinen Blick hatte. Von einem Felsbrocken flatterte eine Rohrdrossel auf, in den Pfützen am Wegrand schimmerte Brackwasser. Weiter links, auf dem Spielplatz vor dem Café, schaukelten Kinder. Das kleinste von ihnen trug einen gelben Sandeimer. Der Wind wehte das Gewirr ihrer Stimmen bis herauf an Ellas Ohr. Das Gestänge der Rutsche war rostig, neben dem Sandkasten wirbelte ein benutztes Papiertaschentuch über den Boden. Hinter dem Café fuhr ein Traktor brummend auf dem Feldweg, an seinen Reifen klebte Matsch, die Fenster waren mit Schlamm bespritzt.

Mit vor Anspannung zusammengepressten Kiefern ließ sie das Fernglas sinken und schritt die Düne hinunter. Hinter einer Biegung, ganz am Ende des Pfades, kam ihr eine Gestalt entgegen. Es war Jan. Ella spurtete los. Obwohl sie so schnell lief, wie sie konnte, hatte sie das Gefühl, sich in Zeitlupe zu bewegen.

Keuchend blieb sie vor Jan stehen und stemmte die Hände in die stechende Seite. »Und? Hast du etwas herausfinden können?«

Jan nickte. »Die Kellnerin im Café konnte sich daran erinnern, dass Brigitte eine ganze Weile an einem Tisch unter der Linde gesessen und eine Zigarette geraucht hat. Als sie sie fragte, ob sie ihr etwas bringen dürfe, hat sie abgelehnt. Fünf Minuten später war sie verschwunden.«

»Verdammt! Das klingt nicht gut.« Ella war den Tränen nahe. Verzweiflung machte sich in ihr breit. »Und dann? Hat sie danach noch jemand gesehen?«

»Nein.« Jan wirkte bedrückt. So, als hätte er etwas Wichtiges zu sagen, wüsste aber nicht, wie er es ihr beibringen sollte.

Ella fühlte einen Stich in ihrer Brust.

»Als Brigitte in dem Café saß, war da noch ein anderer Senior. Ich habe mich mit ihm unterhalten. Er war ziemlich aufgebracht«, fuhr Jan fort.

»Und? Hat er mit Brigitte gesprochen?« Ella hätte Jan am liebsten an den Schultern gepackt und geschüttelt. Wenn es schon schlechte Nachrichten gab, dann wollte sie lieber sofort wissen, worauf sie sich einstellen musste. Seine Rücksichtnahme machte alles nur noch schlimmer.

»Nein.« Jan holte Luft. »Mit Brigitte gesprochen hat er nicht. Soweit ich verstanden habe, wohnt der ältere Herr ganz in der Nähe. Er saß ebenfalls im Garten des Cafés und hatte sich Kuchen bestellt. Nachdem er aufgegessen hatte, ging er nach drinnen, um zu bezahlen. Dabei muss er wohl länger mit der Bedienung geklönt haben. Jedenfalls, als er wieder nach draußen kam, war sein Rollator verschwunden. Und Brigitte ebenfalls.«

Ella schüttelte verständnislos den Kopf. »Was sagst du? Brigitte ist mit dem Rollator abgehauen?«

»Wie es aussieht, ja.«

»Wann war das?«

»Vor zirka neunzig Minuten.« Jan richtete einen mit Sorge erfüllten Blick gen Himmel. »Hoffen wir, dass das Wetter hält. Es sieht nach Gewitter aus.«

»Scheiße«, entfuhr es Ella. Ihr Herz hämmerte wie verrückt. Die Realität kam ihr wie ein bizarrer Albtraum vor. Sie fühlte sich außerstande zu entscheiden, wie es nun weitergehen sollte. Mit wackligen Knien wandte sie sich an Jan. »Was machen wir jetzt?«

Er seufzte. »Die Polizei verständigen. Etwas anderes wird uns nicht übrig bleiben.«

Ella fühlte sich, als hätte man ihr einen Faustschlag in die Magengrube versetzt. Die Polizei verständigte man nur, wenn man das Schlimmste befürchtete. Doch so erschütternd der Gedanke war, Jan hatte recht. Es gab keine Wahl. Schweigend beobachtete sie, wie Jan zum Handy griff, während sich ein Angstschauer nach dem anderen durch ihre Eingeweide fraß.

KAPITEL 20

»Da bin ich, Doc. Ich bin so schnell gekommen, wie ich konnte.« Mit quietschenden Reifen hielt Wanda neben der mit Jans selbst gebrautem Bier bestückten Jolle und schwang sich vom Rad.

Vor Erleichterung hätte Hark ihr um den Hals fallen können. Stattdessen schenkte er Wanda das zuversichtlichste Lächeln, zu dem er fähig war. »Du bist der Hammer, Wanda. Ich habe ein furchtbar schlechtes Gewissen, weil du eigentlich noch krankgeschrieben bist. Aber ...« Er ließ die Schultern sacken und strich sich durch das Haar. »Ich habe keine Ahnung, wie ich das hier ohne deine Hilfe schaffen soll.«

»Schon gut.« Wanda befestigte das Rad mit einem Schloss an einem Laternenmast. »Dein Anruf klang ziemlich dramatisch. Gibt es schon etwas Neues von Ella und Brigitte?«

»Nein.« Harks Kehle war rau. Er biss sich auf die Lippen. In der letzten halben Stunde hatte er im Geiste Selbstgespräche geführt, um sich zu beruhigen. Was um ihn herum passiert war, hatte er nur am Rande wahrgenommen. Er war viel zu fixiert auf sein Handy und musste sich mit Gewalt davon abhalten, nicht alle fünf Minuten Ellas Nummer zu wählen. Am liebsten hätte er sich in sein Auto gesetzt, um ins Ostland zu fahren.

Sein Gefühl sagte ihm, dass er jetzt bei Ella sein sollte, statt die Dinge im Käptäns Eck am Laufen zu halten.

»Okay.« Mit wachem Blick baute sich Wanda vor ihm auf und schob die Ärmel ihrer schwarzen Bikerjacke zurück. »Sag mir, was ich tun soll.«

»Keine Ahnung.« Hark kratzte sich das Kinn. Es gab selten Situationen, in denen er sich überfordert fühlte. Das hier war eine davon. Nachdenklich ließ er den Blick über die Aufsteller schweifen, auf den Carla in schwungvoller Kreideschrift »Ein Schwein am Strand« geschrieben und darunter ein geflügeltes Ferkel gezeichnet hatte.

»Es gibt einen Ablaufplan, oder?« Wanda hob fragend eine Augenbraue.

»Ach ja.« Hark zog einen zerknitterten Zettel aus seiner Hosentasche und hielt ihn so, dass sie gemeinsam darauf blicken konnten. »Hier. Das Fernsehteam kommt gegen 14.00 Uhr.«

»Okay.« Wanda nickte. »In zehn Minuten also?«

»Scheiße«, entfuhr es Hark. »Ich hatte keine Ahnung, dass es schon so spät ist. Eigentlich sollte Ella die Reporter begrüßen und herumführen.«

»Das kann ich übernehmen«, bot Wanda an. Sie zuckte beiläufig die Schultern. »Was meinst du, wen ich über den Wolken schon alles bedient habe. Medienleute muss man gut behandeln, dann fressen sie dir aus der Hand.«

»Hm. Als ehemalige Flugbegleiterin hast du das sicher besser drauf als ich.«

»Klar, Doc, mach dir keinen Kopf. Wo stecken eigentlich die anderen?«

»Hinni wird gleich hier sein, um die Bar zu schmeißen. Frauke ist kurz nach Hause gefahren, weil sie Ellas Rede übernimmt und dafür in Ruhe daheim vor dem Spiegel üben wollte. Von Carla und Einstein habe ich schon länger nichts gesehen. Ich vermute, sie sind im Gastraum. Einstein ist noch nicht ganz textsicher mit dem Borkumlied, Carla probt mit ihm. Und Jan ist drüben im Ostland und hilft Ella bei der Suche«, erklärte Hark. Irritiert wischte er mit dem Handrücken über sein Kinn. Die Worte waren so aus ihm herausgesprudelt, dass kleine Spuckefäden in seinem Ziegenbart hingen.

»Wie wär's mal mit atmen, Doc?«, schlug Wanda vor. Sie verschränkte die Arme vor der Brust und musterte ihn eindringlich. »Ich verstehe ja, dass du dir Sorgen um Brigitte machst, aber findest du nicht, dass du überreagierst?«

Hark schluckte trocken. Er wusste nicht, was er daraufhin antworten sollte. Irgendwie hing alles zusammen. Natürlich war er um Brigitte besorgt, aber was ihm mehr zu schaffen machte, war Ella. So viel stand auf dem Spiel. Er kannte sie. In- und auswendig, besser vielleicht sogar als sie sich selbst. Wenn es hart auf hart käme und sie das Käptäns Eck aufgeben müsste, würde sie Borkum den Rücken kehren und auf das Festland ziehen.

So war Ella. Sie hasste Abschiede. Dabei war es gleich, ob es sich um Menschen, Tiere, oder das Käptäns Eck handelte. Als der alte Kletterbaum vor ihrem Haus gefällt werden musste, hatte sie als Teenager vor Kummer tagelang nichts essen können. »Abschied ist wie sterben«, sagte sie immer, in Anlehnung an das Gedicht von William Powell über Maria Stuart. Eher würde sie Borkum verlassen, als miterleben zu müssen, wie die Kneipe abgerissen wurde.

Die angestaute Luft verursachte eine qualvolle Enge in seiner Brust.

Borkum ohne Ella, das war unvorstellbar.

Die letzten Wochen hatten ihm verdeutlicht, wie wichtig ihm ihre Freundschaft war.

»Doc?« Wanda fixierte ihn mit gerunzelter Stirn. »Du hast meine Frage nicht beantwortet. Findest du nicht, dass du dir ein bisschen viel Druck machst?«

»Mag sein.« Sein Herz pochte wild. Aus irgendeinem blödsinnigen Grund fühlte er sich ertappt. Mit zusammengekniffenen Lippen stand er da und wartete darauf, dass Wanda weiterbohrte, aber nichts geschah.

Als er es satthatte, schweigend ihrem Blick standzuhalten, baute er sich breitbeinig vor ihr auf. »Was willst du? Ella ist meine älteste und beste Freundin. Verständlich, dass ich mir ihretwegen Stress mache, oder nicht?«

»Definiere Freundin«, forderte Wanda und blinzelte unnatürlich lange nicht mit den Augenlidern.

»Was? Du willst …? Sag mal, spinnst du?« Er fühlte sich, als hätte ein Bus ihn gerammt. Unfähig, drei zusammenhängende Sätze zu formulieren, stemmte er die Hände in die Hüften, während in seinem Inneren ein ganzer Dampfkessel an Emotionen zu brodeln begann. Wut über Wandas dämliche Fragerei, Sorge um Ella und schließlich Verwirrung darüber, dass ihn der Gedanke, Ella könnte Borkum verlassen, so schmerzte, dass er kaum Luft holen konnte.

Das Schweigen zwischen ihnen dauerte an.

Schließlich verzogen sich Wandas Mundwinkel zu einem wissenden Grinsen. So, als hätte er einen Splitter im Auge, der für jeden anderen ein Balken war. »Hab ich was verpasst, Doc?«

»Keine Ahnung, wovon du redest.«

»Aha. Du weißt aber schon, dass du diesen seltsamen Blick bekommst, wenn du von ihr sprichst?«

»Bitte?« Hark lachte kurz und hart. »Keine Ahnung, was du dir da einbildest. Liegt vielleicht an dem Zeug, das sie dir im Krankenhaus gespritzt haben.«

»Schon klar, Doc.« Wandas Grinsen wurde spöttisch. »Du brauchst dich nicht herauszureden. Ich erkenne einen verliebten Mann, wenn ich ihn sehe.«

»Warte mal …« Hark starrte sie an. Sein Herz hämmerte gegen den Brustkorb. »Du glaubst doch wohl nicht, ich bin in Ella verliebt, oder?«

»Klar.«

»Das ist der größte Blödsinn, den ich je gehört habe.« Herausfordernd reckte er das Kinn und sah Wanda gerade in die Augen.

Er rechnete damit, dass Wanda die Diskussion vertiefte, aber alles, was sie sagte, war: »Na schön. Du musst es ja wissen. Also.« Sie nickte mit dem Kopf Richtung Käptäns Eck. »Wo soll ich anpacken?«

Irritiert stierte Hark vor sich hin. Schließlich gab er sich einen Ruck. »Hier draußen ist alles startklar.« Er schritt auf das Käptäns Eck zu und rückte eines der Gemälde mit den geflügelten Schweinchen zurecht, die in den Fensternischen lehnten. »Lass uns nach drinnen gehen und nachsehen, wie es mit Einstein läuft.«

Wanda verdrehte verzückt die Augen. »Wow! Einstein. Im Fernsehen kommt er total heiß rüber. Ich bin megagespannt, ob er in echt auch so gut aussieht.«

Hark verzog gequält das Gesicht. Er hatte das Gefühl, einer Fremden gegenüberzustehen. Vermutlich hatten Aliens die echte Wanda gekidnappt und durch ein kreischendes Wanda-Groupie ersetzt. Sein steifer Nacken meldete sich zurück. Er hob die Hand und massierte die schmerzende Stelle. »Was habt ihr eigentlich alle? Was findet ihr an dem Typ so unglaublich toll?«

Wanda schenkte ihm einen jener Blicke, die klarmachten, dass Reden sinnlos war. Hark seufzte resigniert. Er würde nie kapieren, was die Damenwelt an dem übergewichtigen Südamerikaner im Glitzerdress fand. Andererseits hatte er den Hype um Neil Diamond auch nie nachvollziehen können.

Kopfschüttelnd schob er die Hände in die Taschen und folgte Wanda nach drinnen.

Der Gastraum war leer, aus der Küche dröhnte Einsteins schräger Bass. Ein Schauer lief Harks Wirbelsäule hinunter. Mit Schwung stieß er die Flügeltür auf. Einstein stand neben dem Herd und schmetterte munter drauflos, während Carla auf einem Hocker saß und Einstein anhimmelte, als hätte sie eine Offenbarung.

»Marmor, Stein und Eisen bricht …«

»Was zur Hölle ist hier los?« Fassungslos blickte Hark von einem zum anderen.

Abruptes Schweigen. Einstein starrte mit geröteten Augen zu ihm herüber.

Es dauerte eine kurze Schrecksekunde, dann hatte Hark das gesamte Ausmaß der Katastrophe erfasst. Mit einem wütenden Aufschrei stürzte er sich auf Carla und nahm ihr das Caipi-Glas aus der Hand. Mit der anderen griff er nach dem Cachaça, der vor ihr auf dem Tisch stand. »Bist du verrückt geworden?«, zischte er. »Habt ihr den ganzen Pitú gesoffen?«

»Ich bin unschuldig«, beteuerte Carla und blickte mit blutunterlaufenen Augen zu ihm auf. »Einstein leidet unter srrrrrecklichem Lampenfieber. Künstler sind ja so sensibel! Und der Text von diesem Lied, das er singen soll, ist wirklich Hölle. Das kann sich doch kein Swwwein merken.«

»Yupp«, hickste Einstein und pikste mit dem ausgestreckten Zeigefinger ein Loch in die Luft. »Kein Schwein am Strand. Darum ging es, oder?«

Carla blickte zu Einstein hinüber, grenzenlose Bewunderung in den Augen. »*Aqui vamos!* Leg los und zeig den beiden, wie gut wir geübt haben.«

»Sehrrr gern!« Einstein öffnete den Mund zu einem Grinsen und ließ eine Reihe blendendweißer Zähne sehen, der Brilli an seinem linken Schneidezahn blitzte. Dann legte er los. Hark zuckte schmerzerfüllt zusammen.

Jeden Sommer habe ich ja immer nur ein Ziel,
freu mich schon auf Urlaub und Erholung, Spaß und
Spiel.
Den Koffer her und da kommt nur das Nötigste hinein,
warum Stress mit weiten Reisen? Urlaub kann auch hier
ganz herrlich sein …

Sambamäßig schwang er die Hüften und deutete siegessicher mit dem Zeigefinger auf Hark.

Die Insel meiner Träume ist Amrum ganz allein …

»Stopp!« Hark spürte, wie ihm die Gesichtszüge entglitten. Sollte ihm Jan je wieder über den Weg laufen, würde er ihn umbringen. Ganz sicher. Mit äußerster Beherrschung senkte er die Lautstärke seiner Stimme auf ein fast normales Niveau. »Borkum. Es heißt Borkum, nicht Amrum …«

»Ach, da seid ihr, Kinder!« Hark fuhr herum. Hinni stand im Gastraum, in original Borkumer Tracht gekleidet. Der üppige Busen wogte über dem bestickten Mieder. »Die Journalisten sind da. Wer kümmert sich um sie?«

Wanda, die schweigend neben Hark gestanden hatte, meldete sich zu Wort. »Lass mich das machen. Ich gebe mein Bestes, um sie von der Küche fernzuhalten. In der Zwischenzeit sorgt ihr dafür, dass Einstein wieder nüchtern wird. Hier.« Sie trat an den Kühlschrank und nahm einen Pappkarton heraus. »Macht ihm Rührei. Mit richtig viel Fett. Popcorn, wenn ihr welches auftreiben könnt. Dazu Gurkenwasser mit Honig. Und Kaffee. Am besten Espresso mit Zitrone darin. Wenn er das überlebt, müsste er mit etwas Glück bis zum Auftritt halbwegs vorzeigbar sein.«

»Unseren Star übernehme ich«, erklärte Hinni. Die Apfelbäckchen in ihrem Gesicht leuchteten. »Mit Wandas Tipps und meinem *Spezialrezept* ist er ruckzuck wieder auf den Beinen.« Hark bemerkte, wie sich ein entschlossener Zug um Hinnis Lippen legte. Einstein tat ihm fast leid. Die Art, wie Hinni das Wort Spezialrezept betonte, bereitete ihm Sorge.

»Prima.« Wanda nahm eines der roten Bänder vom Tisch und hängte es sich um. Damit war sie als Mitglied des Organisationsteams erkennbar. »Okay, Doc, Showtime. Schnapp dir deine Erkennungsmarke und los geht's. Du musst dabei sein, wenn ich mit den Fernsehfuzzis rede. Unbedingt.«

Zögernd griff Hark nach dem Band. Die Verspannung in seinem Nacken schmerzte schlimmer denn je. Der Umgang mit den Medien gehörte ganz sicher nicht zu seinen Stärken. Warum bestand Wanda darauf, dass er dabei war? Er fühlte sich überrumpelt. Doch statt seine Bedenken zu äußern, zuckte er nur mit den Achseln und nahm einen tiefen Atemzug. Wenn es half, dass er mit dem Fernsehsender redete, dann würde er es eben tun, und zwar so gut wie möglich. Seine Selbstzweifel mussten zurückstehen. Hier ging es um alles oder nichts. Also riss er sich zusammen und folgte Wanda nach draußen. Im Vorbeigehen erhaschte er einen Blick auf sein Gesicht in den chromglänzenden Flächen. *Ich erkenne einen verliebten Mann, wenn ich ihn sehe ...* Seit Wanda ihm den Satz eingeimpft hatte, ließ er sich nicht mehr abschütteln. Irritiert blieb er stehen und fuhr mit der Hand über das glatt zurückgebundene Haar. *Verliebt ...* So ein Unsinn! Er sah aus wie immer. Gut, seine Augen wirkten vielleicht eine Spur entschlossener, aber das lag garantiert an dem Stress, den er gerade hatte.

Als er hinter Wanda ins Freie trat, standen die beiden Reporter des Hamburger TV-Senders neben der Jolle und warfen einen interessierten Blick auf die Bierflaschen, auf deren Etikett ein geflügeltes Schweinchen über den Strand schwebte.

»Herzlich willkommen auf Borkum, und natürlich im Käptäns Eck«, flötete Wanda und warf schwungvoll das lange braune Haar zurück. »Mein Name ist Wanda Jahnsen. Ich bin als Feel-Good-Managerin dieser Veranstaltung für die Gesamtkoordination zuständig.«

»Freut mich«, erwiderte der Größere der beiden. Wie sein Kollege trug er weißes Hemd und schwarze Hosen. Zudem balancierte er eine Aufnahmekamera auf der Schulter, während der etwas Untersetztere ein Mikro in der Hand hatte. »Ich bin Horst, und das ist mein Kollege Walter.«

»Läuft das schon?«, fragte Wanda und fuhr sich mit der Zunge die Lippen nach.

»Nee, keine Sorge. Wir sprechen zuvor alles mit euch ab«, erklärte Horst. Hark bemerkte den bewundernden Blick, den Horst über Wandas Erscheinung schweifen ließ. In dem schwarzen Minirock und den High-Heels kamen ihre schlanken Beine besonders gut zur Geltung. »Was genau macht denn eine Feel-Good-Managerin? Von dem Job habe ich noch nie gehört.«

»Wirklich? Das ist ja merkwürdig.« Kopfschüttelnd stemmte Wanda die Arme in die Seite. »Dabei werde ich von internationalen Auftraggebern gebucht. Weltweit. In Deutschland steigt die Bedeutung von Feel-Good kometenhaft. Nun.« Sie zog eine Sonnenbrille aus der Jackentasche und setzte sie auf ihr langes, glänzendes Haar. »Wie der Name sagt, sorge ich dafür, dass sich meine Kunden *wohlfühlen*. Bislang war ich vor allem in höheren Etagen tätig, aber das ständige Jetten um die Welt wurde mir auf Dauer zu anstrengend. Also habe ich mir bodenständigere Kunden gesucht. Mein Motto ist ›Genieße den Moment, denn sonst hast du ihn schon verpasst.‹«

»Da ist was dran«, meinte Walter und strich sich nachdenklich über die Glatze. »Hast du vielleicht eine Visitenkarte für uns?«

»Nein, tut mir leid.« Bedauernd nahm Wanda eine Strähne ihres Haares und wickelte sie sich um den Finger. »Das mache ich schon lange nicht mehr. Ich arbeite nur auf persönliche Empfehlung. Meine Telefonnummer ist ausschließlich Priority Members vorbehalten. Ich kann mich schließlich nicht zerteilen.«

»Boah … das ist echt schade.« Horst wirkte, als hätte er eben erfahren, dass es dieses Jahr keine Geschenke zu Weihnachten geben würde. »Kannst du nicht mal eine Ausnahme machen? Feel-Good, das wäre total was für unseren Sender.«

»Hm«, machte Wanda und seufzte bedeutungsschwer. »Ich weiß nicht. Aber ich denke darüber nach, versprochen?«

»Cool. Das wäre super von dir.« Walter klopfte probeweise mit der flachen Hand gegen das Mikro. »Ist Frau Lübbens bereit zum Interview?«

»Hach«, machte Wanda. Bekümmert schob sie die Unterlippe vor und warf den Reportern einen herzzerreißenden Augenaufschlag zu. Hark hüstelte. Er hatte den dringenden Verdacht, dass Wanda sich den Blick bei Krümelchen, ihrer Cockerspanieldame, abgeguckt hatte. »Das tut mir ja so leid.« Sie zupfte verlegen am Ausschnitt ihres weißen, tief ausgeschnittenen Spitzentops herum. »Frau Lübbens ist in einer dringenden Familienangelegenheit unterwegs.«

»Interessant«, kommentierte Walter. Seine Augen verengten sich kaum merklich. »Das heißt also, dass ihr andere Dinge wichtiger sind? So wichtig, dass sie an der Aktion zur Rettung ihrer Kneipe nicht persönlich teilnimmt?«

Wanda legte den Kopf schräg und blinzelte. »Verstehe ich dich richtig?« Nachdenklich klopfte sie mit dem Zeigefinger gegen ihren Zahn. »Du bist also der Meinung, dass Ella Lübbens

259

sich einen schönen Tag am Strand macht und der ganze Wirbel hier nur ein billiger Promo-Trick ist, um den Umsatz mal gehörig auf Vordermann zu bringen?«, fragte sie ausgesucht liebenswürdig.

Pause.

Betretenes Schweigen.

Dann Wanda: »Falsch. Das ist keineswegs der Fall.« Schlagartig wurde sie ernst. »Ella gehört zu den Personen, für die Werte wie Menschlichkeit, Wertschätzung, Verlässlichkeit und Liebe noch Bedeutung haben.«

»Hm.« Walter verzog spöttisch die Mundwinkel. »Besonders wertschätzend und verlässlich ist es nicht, dass sie uns einfach sitzen lässt. Zumal wir uns im Sender vor Anfragen kaum retten können.«

»Ja«, gab Wanda gedehnt zurück. »Das glaube ich gern. Die Berichte auf eurem Sender sind ja auch immer erste Sahne. Nichts Reißerisches oder Negatives, sondern ehrliche, einfühlsame Berichterstattung. Das ist es, was eure Zuschauer so an euch lieben. Ich empfehle meinen Kunden immer, euren Sender einzuschalten, wenn sie ihre Batterie aufladen möchten.«

Horst hüstelte. »Positive Berichterstattung … Unser Erfolgsrezept quasi, das hast du gut erkannt. Aber vielleicht könntest du etwas genauer ins Detail gehen? Was genau meinst du mit *dringende Familienangelegenheit*?«

Hark zuckte zusammen. Das roch gewaltig nach Fangfrage. Unauffällig stupste er Wanda mit dem Ellbogen in die Seite, aber diese schien vollkommen in ihrem Element und plauderte munter lächelnd drauflos: »Wisst ihr, wir alle kennen ja Berichte über alte Menschen, die in die Pflege abgeschoben werden. Erst kürzlich las ich von einem Fall, bei dem die demenzkranke Mutter vorübergehend in einem Heim untergebracht werden sollte, weil die Familie zwei Wochen Urlaub in Südafrika plante.« Wanda seufzte herzzerreißend. »Das war vor zwei Jahren. Seitdem sitzt die Seniorin auf einer Bank auf dem Gelände des Heims, neben sich ihren Koffer, und wartet darauf, abgeholt zu werden.«

Pause. Hark krümmte sich innerlich. Wie bitte? Was um alles in der Welt faselte Wanda da? Er hatte keine Ahnung, worauf sie hinauswollte. Er räusperte sich. »Fürchterlich, so etwas«, warf er ein und suchte verzweifelt nach einer Möglichkeit, dem Thema eine neue Wendung zu geben. Mit einem kumpelmäßigen Grinsen bückte er sich und fischte zwei Bierflaschen aus der Jolle. »Wie wäre es mit einer Erfrischung? Craft Beer. Mega in. Eigenhändig von uns gebraut. Auf Borkum. Übrigens wurde das Logo passend zum Motto ›Ein Schwein am Strand‹ gestaltet.«

»Gern«, erwiderte Horst und griff dankbar zu. »Was ist denn nun mit Frau Lübbens?«

Wanda warf ihr Haar zurück. »Ella kümmert sich sehr aufopfernd um ihre pflegebedürftige Mutter. Für sie käme es nie infrage, die alte Dame ins Heim zu stecken, nur weil diese hin und wieder unpässlich ist und dringend Ellas Hilfe benötigt. So wie heute. Ella wird daher etwas später kommen.«

»Verstehe.« Walter nickte. Seine Miene war undurchdringlich. »Leider wirft das unseren kompletten Terminplan über den Haufen. Wie wäre es, wenn wir stattdessen ein Interview mit Einstein einschieben? Er ist doch sicher schon hier? Oder hat er auch eine kranke Mutter?«

»Selbstverständlich nicht«, erwiderte Wanda strahlend. »Und ja, er ist bereits da. Allerdings …« Ihr Blick verdüsterte sich. »Als Feel-Good-Managerin muss ich darauf bestehen, dass wir mit dem Interview bis nach dem Auftritt warten. Wir alle wissen, wie sensibel Künstler sind, nicht wahr, Doc?«

»Und wie!«, bestätigte Hark und verdrehte innerlich die Augen. Den Satz hatte Carla vorhin auch verwendet. Hoffentlich war Hinnis Ausnüchterungsprogramm erfolgreich.

»Dann führ uns doch schon mal in der Kneipe rum«, schlug Horst vor und rückte unmerklich ein wenig näher an Wanda heran. »Oder verstößt das auch gegen irgendwelche Feel-Good-Prinzipien?«

»Ach was, natürlich nicht.« Wanda wedelte lässig mit der Hand. »Problem ist nur, dass Einstein darum gebeten hat, auf gar keinen Fall gestört zu werden. Er muss sich nämlich gerade einsingen. *In* der Kneipe. Drinnen also«, schob sie zur Verdeutlichung hinterher.

»Und was machen wir so lange?« Walter schnalzte ungeduldig mit der Zunge.

»Ich hätte da etwas ganz Spezielles für euch.« Wanda warf Hark einen seltsamen Blick zu. »Ein Thema, das in den Medien gerade brandheiß gehandelt wird …« Sie blickte sich vorsichtig um und senkte die Stimme zum Flüsterton. »Stichwort Schlachthofskandal.«

»Hammer!«, sagte Horst und schluckte trocken. »Wenn du uns da irgendwie einschleusen kannst, machen wir eine Undercover-Reportage über die Missstände. So Günter-Wallraff-mäßig. Mit Bildern von der Tierquälerei. Das wird mega!«

»Ja … das wäre eine Möglichkeit.« Wanda legte nachdenklich die Stirn in Falten. »Allerdings ist das nichts, woraus die Zuschauer positive Energie ziehen. Ich hätte etwas, was viel besser zur Personality des Senders passt.«

Hark presste die Lippen zusammen. Dass ein Sender eine Persönlichkeit besaß, war ihm neu. Langsam machte er sich Vorwürfe, dass er Wanda dazu gedrängt hatte, die Klinik schnellstmöglich zu verlassen. War die Gehirnerschütterung vielleicht doch schlimmer gewesen, als er gedacht hatte?

»Darf ich vorstellen?« Mit einem charmanten Grinsen trat Wanda einen Schritt zur Seite und schob Hark in den Mittelpunkt. »Das hier ist der Tierarzt der Insel. Doktor

Harksen hat in einer spektakulären Aktion ein Zeichen gegen den tierquälerischen Umgang mit schwarz-bunten Jungbullen gesetzt. Wie wir alle wissen, gehen diese Tiere in die Kälbermast. Dem Futter wird Eisen entzogen, damit das Fleisch besonders zart ist. Wenn die Kälbchen krank sind, wird kein Cent für die Behandlung ausgegeben, da der Schlachtpreis teilweise nur zwanzig Euro beträgt, weniger als ein Wellensittich im Zoohandel kostet. Und über die Transporte möchte ich an dieser Stelle gar nicht reden.«

»Krass«, erwiderte Walter. Seine Augen klebten an Wandas Lippen. Und an ihrem Dekolleté, wie Hark feststellte.

»Doktor Harksen hat eines dieser Kälber gerettet und großgezogen«, fuhr Wanda fort. »Sein Name ist Frodo. Frodo sprang dem Tod mehrfach haarscharf von der Schippe, dank des großen Herzens des Docs. Übrigens steht Frodo gleich hier in der Nähe. Der Doc geht regelmäßig mit ihm Gassi.«

»Boah, das könnte tatsächlich eine geile Reportage werden.« Horst sog scharf die Luft durch die Nase, wie ein Jagdhund, der eine Fährte aufgenommen hat. »Helft mir noch mal auf die Sprünge ... was für eine Art Nutztier ist Frodo genau?«

»Frodo«, wiederholte Wanda, ihre Mundwinkel zuckten. »Er ist etwas ganz Besonderes. Er ist ein Nixnutztier. Eines der unabdinglichen Basics in jedem professionellen Feel-Good-Programm.«

»Wie bitte?« Horst horchte verwirrt auf.

»Ich denke, ich habe mich klar ausgedrückt.« Wanda lächelte geheimnisvoll. »Alles Weitere wird euch Hark bei einer kurzen Stallbesichtigung gern erklären. Wenn ihr euch gleich auf den Weg macht, seid ihr pünktlich zu Einsteins Auftritt zurück. Also dann!« Resolut machte sie auf dem Absatz kehrt und warf den beiden Reportern einen kecken Blick über die Schulter zu. »Bis gleich! Freu mich schon auf später. Einsteins Auftritt wird der Knaller!«

KAPITEL 21

»Nur mit der Ruhe, Frau Lübbens. Ihre Tochter ist ja jetzt da.«
Polizeimeister Dieter Skowera, der seit vielen Jahren seinen
Dienst auf Borkum schob, erhob sich von dem Resopaltisch im
Wartebereich des Borkumer Flughafens. Umständlich kramte
er ein paar Münzen aus seiner Hosentasche und warf sie in
den Schlitz des Getränkeautomaten. Mit einem Gefühl von
Schwindel im Kopf verfolgte Ella seine Bewegungen. Es war
ewig her, seit sie das letzte Mal im Flughafengebäude gewesen
war. Seitdem hatte sich wenig verändert. Die Abfertigungshalle
war im Vergleich zu internationalen Flughäfen klaustropho-
bisch klein. Durch die geschlossenen Türen roch es nach
Kerosin und Motorenöl. Draußen auf dem Rollfeld parkte
eine Cessna der DLT mit weißem Rumpf und roten Flügeln.
Leise Loungemusik drang aus den Deckenlautsprechern. Außer
ihnen befand sich keine Menschenseele im Gebäude, da keine
Flüge auf dem Plan standen. Ellas Blick wanderte durch die
Halle. Der Boden war vom Rollen der Koffer verschrammt. Der
schwarze Stoff des Förderbands hatte Risse. Kurzum, es sah aus
wie auf jedem Inselflughafen dieser Größe.

»Kaffee, Jan?«, rief Dieter über die Schulter hinweg.

»Für mich nichts, danke«, erwiderte Jan, der in der Eingangstür lehnte und sich betont im Hintergrund hielt.

»Kaffee mit Milch und Zucker für dich, Ella?«, fragte Dieter.

»Ja, bitte«, erwiderte Ella und ließ sich auf den Stuhl neben Brigitte nieder. Nachdenklich betrachtete sie ihre Mutter. Brigitte wirkte in sich gekehrt und verletzlich. Ella musste automatisch an Beschreibungen in Büchern denken, in denen Personen im Krankenbett lagen und auf einmal so winzig wirkten, als wären sie nur noch die Hälfte ihrer selbst. Genau so kam Brigitte ihr jetzt vor. Aus Angst, Brigitte könnte eine Umarmung als übergriffig empfinden, tastete sie nach ihren Händen auf dem Tisch und streichelte sie. »Mama …«

Brigitte hob den Kopf und blickte sie mit seltsam verlorenem Blick an. »Tut mir leid, Liebes, ich wollte dir keinen Kummer machen.«

»Ach, Mama.« Ellas Kehle wurde eng. Sie schniefte. »Das spielt doch alles keine Rolle. Hauptsache, ich habe dich wieder, und es geht dir gut.«

»So sehe ich das auch«, meinte Dieter. Er stellte einen Becher Kaffee vor Ella ab und einen mit Gemüsebrühe vor Brigitte. Mit ernstem Gesicht setzte er sich zu ihnen an den Tisch. Der Stuhl ächzte unter seinem Gewicht.

Ella ließ Brigittes Hände los und wandte sich an den Polizisten. »Ich bin so froh, dass ihr meine Mutter gefunden habt.«

»Dafür sind wir da. Aber ihr solltet überlegen, wie ihr so etwas in Zukunft verhindern könnt. Diesmal ist alles gut gegangen …« Dieter ließ den Satz unbeendet.

Brigittes Atem ging stoßweise, ein Zittern lief durch ihren Körper. Ella brachte es nicht fertig, ihr in die Augen zu sehen. »Dieter hat recht. Wir können das nicht auf sich beruhen lassen, Mama«, sagte sie so gelassen wie möglich, obwohl sie am liebsten weinend vom Tisch aufgesprungen wäre. Es war ein Schock, Brigitte so hilflos zu erleben. Ella kam es vor, als hätten sie die Rollen getauscht. Alles in ihr rebellierte. Es fühlte sich grundverkehrt an, dass sie diejenige sein sollte, die Entscheidungen für das Leben ihrer Mutter traf. Sie spürte Tränen auf ihren Wangen und wischte sie widerwillig mit den Fingern weg. Durch den feinen Schleier hindurch bemerkte sie, wie Jan, der ruhende Pol in dem Geschehen, sich von der Tür abstieß und auf sie zukam. Im Vorbeigehen ließ er seine Hand kurz auf Ellas Rücken ruhen. Eine sanfte, tröstliche Berührung. Dann nahm er einen Stuhl, stellte ihn neben Brigitte und setzte sich, den Oberkörper nach vorne gebeugt, die Hände locker auf den gespreizten Knien ruhend. Schweigend saß er da, den Blick von unten auf Brigitte gerichtet, und wartete, bis sie sich aus ihrer Regungslosigkeit löste.

»Ihr müsst nicht so einen Aufstand um mich machen«, presste sie mit bebendem Kinn hervor. In ihren Augen spiegelte sich Trotz. Ella war fast erleichtert. Ein Stück der alten Brigitte war zurück.

Jan nickte und musterte Brigitte mit einem durchdringenden Blick. »Ich verstehe, dass Ihnen die Situation unangenehm ist, Frau Lübbens. Aber für Ihre Tochter ist das auch nicht leicht. Sie hat sich Sorgen gemacht. Vielleicht können Sie mir sagen, was los war? Kristian erzählte, dass Sie einen Ausflug ins Ostland machen wollten …?«

»Warum muss ich immer für alles Rechenschaft ablegen?«, brach es aus Brigitte hervor. »Wenn ich zu Hause bin, muss ich mir anhören, dass ich an die Luft gehen soll. Und wenn ich einen Ausflug mache, kommt die Polizei hinter mir her.«

Jan tauschte kurz Blicke mit Ella. »Tja, vielleicht wäre es einfacher für alle, wenn Sie Ella sagen würden, wohin Sie gehen.« Er legte die Fingerspitzen beider Hände aneinander und lehnte das Kinn dagegen. »Sicher wissen Sie noch, wie es war, als Ella zum ersten Mal abends lange weggeblieben ist, obwohl sie eigentlich um zehn zu Hause sein sollte, nicht wahr?«

»Daran möchte ich mich gar nicht erinnern«, presste Brigitte mit schmalen Lippen hervor.

»Ja, so ist das mit uns Menschen«, sagte Jan langsam und nickte. »Wir machen uns Sorgen um unsere Liebsten.«

»Dazu besteht kein Grund«, erwiderte Brigitte. »Ich hatte keineswegs vor, auf immer zu verschwinden.«

In Ellas Magen grummelte es. Unter ihr Mitgefühl mischte sich unterdrückter Ärger. Sie öffnete den Mund, um Brigitte darauf hinzuweisen, dass dies nicht der Punkt war, um den es ging, wurde aber von Jan mit einem mahnenden Blick gebremst. Mit starrer Miene blickte sie auf ihren unberührten Kaffeebecher.

»Natürlich wollten Sie nicht verschwinden, Frau Lübbens.« Jan unterbrach sich, nahm die Hände vom Kinn und schenkte Brigitte ein einfühlendes Lächeln. Mit dem Finger deutete er auf den Becher vor Brigitte, der mittlerweile aufgehört hatte zu dampfen. »Wie wäre es mit einem Schluck Brühe? Mir tut das immer gut, wenn ich ausgelaugt bin.« Er kräuselte die Nase und schnupperte. »Riecht lecker. Kommt zwar aus dem Automaten, aber probieren Sie doch mal, wie es schmeckt.«

Gehorsam nahm Brigitte den Becher und nippte daran. Jan wartete, bis sie ein paar Schluck getrunken hatte. »Ostland also«, sagte er schließlich im beiläufigen Ton. »Da bin ich auch gern. Erzählen Sie doch mal, wie Sie Ihren Tag geplant hatten.«

»Geplant hatte ich nichts«, erklärte Brigitte zunächst zögernd, dann immer flüssiger. »Es war eine spontane Idee. Das Wetter war so schön, und Kristian meinte, er könnte mich auf dem Kutschbock mitnehmen. Früher, als mein Mann noch lebte, bin ich oft mitgefahren.« Brigittes Blick verklärte sich. Sie holte tief Luft. »Später musste Kristian wieder umkehren, und ich hatte Lust auf einen Kaffee.«

»Also sind Sie geblieben«, hakte Jan ein.

»Ja. Danach wollte ich auf die Aussichtsdüne laufen, aber dann wurde es bewölkt. Da dachte ich, ich mache mich lieber auf den Weg.«

»Und dabei klaust du einfach einen Rollator?«, warf Ella ein, heftiger als beabsichtigt. Brigittes Sorglosigkeit machte sie fassungslos.

»Ich bin sicher, Sie wollten ihn nur kurz ausleihen, nicht wahr, Frau Lübbens?«, wiegelte Jan ab.

Brigitte wurde blass. Ihr Gesichtsausdruck veränderte sich. Ella meinte, unterdrückte Panik und Schuldgefühle zu erkennen. »Ich … weiß überhaupt nicht mehr, was ich wollte. Auf einmal stand da dieser Rollator … Ich habe so ein Ding noch nie benutzt, aber er sah sehr stabil aus, und meine Knie schmerzen, wenn ich längere Strecken gehe.«

»Also wollten Sie damit zurück nach Hause laufen«, schlussfolgerte Jan.

»Nach Hause?« Brigitte schob sich mit einer fahrigen Bewegung das Haar zurecht. »Nein. Ich wollte zum Flughafen. Da war ich auch schon lange nicht mehr. Früher gab es hier Rundflüge.« Ihr Blick glitt durch die Abfertigungshalle.

»Die gibt es auch heute noch.« Jan nickte. »Wenn ich das richtig verstehe, sind Sie also zuerst Kutsche gefahren, dann saßen Sie im Café, danach fanden Sie den Rollator und sind damit zum Flughafen gelaufen, stimmt das so?«

Schweigen. Brigitte blickte auf einen unbestimmten Punkt an der Wand. Ihre Nasenflügel bebten. »Wenn ich das so höre …« Sie hielt inne, ihre Augen glitzerten feucht. »Klingt reichlich seltsam, nicht wahr? Manchmal frage ich mich …« Schweigend senkte sie den Kopf und nestelte an dem Stoff ihrer Bluse.

Ellas Brust wurde eng.

»Was fragen Sie sich?«, erkundigte Jan sich sanft.

»Manchmal frage ich mich«, wiederholte Brigitte und biss sich auf die Lippe. Ella zerriss es beinahe, als sie erkannte, welch schmerzhaften Kampf Brigitte mit sich austrug.

Die Stille füllte die gesamte Abfertigungshalle aus. Benommen blickte Ella aus dem Fenster. Ein Schwarm Raben kreiste über dem Rollfeld, schwarze Schatten, die geisterhaft durch die leere Landschaft schwebten.

»Ich bin eine Belastung für alle. Vielleicht wäre es besser, ich wäre tot«, hörte sie Brigitte sagen.

Entsetzt sprang sie auf und schlang Brigitte spontan die Arme um den Hals. »Wie kannst du so etwas behaupten? Ich brauche dich. Du bist meine Mutter. Ohne dich fehlt etwas ganz Entscheidendes in meinem Leben.«

»Ich gehe nicht in ein Heim«, stammelte Brigitte mit brüchiger Stimme. »Eher sterbe ich.«

»Wir finden eine Lösung, Mama, ich verspreche es.« Ellas Tränen ließen sich nicht länger zurückhalten. In Bächen strömten sie über ihre Wangen.

»Wie denn?«, schluchzte Brigitte. »Du musst arbeiten. Wer weiß, auf welche Ideen ich das nächste Mal komme? Ich will nicht, dass du dir ständig Sorgen machst.«

»Also, ich hätte da eine Lösung«, sagte Jan, ein Lächeln auf dem Gesicht. »Einer der Seniorinnen, die ich betreue, ging es genauso. Statt in ein Wohnheim zu wechseln, hat die Familie nach einem Senioren-Au-Pair gesucht.«

»Senioren-Au-Pair?«, erkundigte sich Ella verwundert.

»Ja, ein junges Mädchen aus Polen. Sie lebt bei der Dame, spricht fließend Deutsch und ist absolut zuverlässig. Tagsüber hilft sie im Haushalt und leistet der Seniorin Gesellschaft, abends übernimmt die Familie.«

Ella runzelte die Stirn. »Klingt nicht verkehrt.«

»Wenn die Chemie passt, sind alle glücklich.« Jan zuckte die Schultern. »Manchmal besser als ein Platz im Heim.«

»Was meinst du, Mama?« Ella strich sanft über Brigittes Rücken. »Wäre das eine Idee? Sollen wir versuchen, so jemanden für dich zu finden?«

Ein Lächeln der Erleichterung glitt über Brigittes Gesicht. Ella konnte beobachten, wie sich die Anspannung in Brigittes Körper allmählich löste. »Ja.« Brigitte nickte langsam. »Das klingt gut.«

KAPITEL 22

»… und denken Sie daran zu lächeln, wenn die Kamera auf
Sie gerichtet ist. Wir haben ein Fernsehteam aus Hamburg
zu Gast. Und nun übergebe ich das Mikro für den nächsten
Programmpunkt.« Unter begeistertem Applaus trat Frauke
von der Bühne. Mit einer Mischung aus Ungläubigkeit und
Faszination starrte Ella zu Frauke hinüber. Wer hätte gedacht,
dass Harks Mutter ein ausgemachtes Talent als Moderatorin
besaß? Mit ihrem Scheinwerferlächeln und der aufrechten
Haltung strahlte sie eine Präsenz aus, als hätte sie ihr Leben
lang nichts anderes getan, als im Unterhaltungsfernsehen auf-
zutreten. Ein wenig bedauerte Ella es zwar schon, dass sie die
Veranstaltung nicht persönlich hatte eröffnen können – sie war
gerade noch rechtzeitig gekommen, um das Ende von Fraukes
Ansprache zu hören –, aber dafür war mit Brigitte alles halbwegs gut. Momentan war sie bei Ellas Cousine untergebracht
und morgen, wenn der Trubel im Käptäns Eck vorüber war,
würden sie gemeinsam eine Lösung finden, mit der alle glücklich waren. Das hatte Ella sich vorgenommen.

»Hey, da bist du ja!« Wanda drängte sich zwischen den
Besuchern durch. Ella spürte eine feuchte Hundeschnauze an
ihren nackten Beinen. Als sie sich bückte, um Krümelchen zu

streicheln, leckte ihr die Cockerdame über das Ohr. »Was ist mit Brigitte?«, wollte Wanda wissen. »Habt ihr sie gefunden?«

Ella erhob sich aus ihrer gebückten Haltung und berichtete.

»Puh, ich bin froh, dass jetzt alles okay ist.« Wanda schenkte Ella einen mitfühlenden Blick. Dann legte sie einen Finger vor die Lippen und schaute zur Bühne. »Entschuldige, ich möchte hören, was der Doc zu sagen hat.«

»Was? Hark? Aber wieso?« Irritiert drehte Ella sich um. Tatsächlich. Hark stand auf der Bühne, wie immer ein Fels in der Brandung, und wartete, bis die Aufmerksamkeit der Besucher sich auf ihn richtete. Als er bemerkte, dass Ella zu ihm hinübersah, hob er die Hand und lächelte ihr zu. Zögernd lächelte sie zurück, während sie sich von der Überraschung erholte, dass Hark im Begriff war, ans Mikro zu treten. In ihrer Magengegend kribbelte es. Warum engagierte sich Hark dermaßen für das Käptäns Eck? Aus rationaler Sicht ergab das keinen Sinn. Erst recht nicht bei Hark, dem Workaholic, der 24/7 im Einsatz für kranke Tiere war. Warum setzte er sich so ein? War es Nostalgie? Versuchte er, die Erinnerungen an seine Jugend zu retten? Oder hatte er ein schlechtes Gewissen wegen des Abends am Strand? Mit einem prüfenden Blick musterte sie ihn. Okay, schuldbewusst sah er nicht gerade aus, eher … kämpferisch? Aber weshalb? Schließlich war es nicht seine Schlacht, sondern ihre. Sie zupfte Wanda am Ärmel. »Sag mal, weißt du, was er da tut?«

Wanda verzog das Gesicht. In ihren Augen lag ein Ausdruck, den Ella nicht richtig einordnen konnte. »Seltsam, dass die Frage ausgerechnet von dir kommt.«

»Du meinst, weil es um das Käptäns Eck geht, oder?« Ella warf einen hastigen Blick zu Hark hinüber.

»Nein«, erklärte Wanda gedehnt. »Das meinte ich nicht. Ich frage mich nur … wie kompliziert wollt ihr beide es denn noch machen?«

»Ähm. Ich verstehe nicht?«

Wanda zog eine Grimasse. »Komm schon. Hark macht das doch nicht wegen der Kneipe, sondern wegen dir.«

Für einen Moment verschlug es Ella regelrecht die Sprache. »Das kann nicht sein«, murmelte sie schließlich, halb in der Hoffnung, von Wanda bestätigt zu bekommen, was sie sich nicht vorzustellen wagte.

»Okay, dann habe ich mich wohl getäuscht.« Wanda zuckte die Schultern. Ella wich ein Stück zurück. Sie fühlte sich, als hätte Wanda ihr einen Eimer kaltes Wasser ins Gesicht geklatscht. Gleichgültig blickte Wanda zu ihr herüber. »Du bist diejenige, die es wissen muss.«

Ein hoher Pfeifton schrillte aus den Lautsprechern. Hark hob das Mikro an den Mund. »Herzlich willkommen auch von meiner Seite. ›Um eine gute Stegreifrede zu halten, brauche ich drei Tage Vorbereitungszeit‹, sagte schon Mark Twain.« Er blickte in die Kamera und lächelte sein typisches Hark-Grinsen. »Da ich diese Zeit nicht hatte, habe ich aufgeschrieben, was ich zu sagen habe.« Hark hielt ein Blatt in die Kamera. »Aber wenn ich mich hier so umsehe, blicke ich überall in Gesichter von Menschen, denen der Erhalt unseres inseltypischen Flairs ebenso am Herzen liegt wie mir. Ich spreche von Ihnen, liebe Freunde, hier vor Ort im Käptäns Eck und zu Hause an den Bildschirmen. Und wenn man mit Freunden redet«, Hark zerriss demonstrativ den Zettel und ließ die Fetzen zu Boden flattern, »dann kann man offen sagen, wie einem ums Herz ist.«

Bravorufe und anerkennende Pfiffe. Hark wartete, bis wieder Ruhe eingekehrt war.

»Liebe Freunde, ich weiß nicht, wie es euch geht, aber für mich sind die Erinnerungen an meine Kindheit oft schwer zu greifen. Natürlich sind da Bilder, Gefühle, Worte, aber sobald man sie fassen will, verschwimmt alles zu einem Nebel. Wie ein Traum, der sich nicht festhalten lässt. Vielleicht ist das einer der

Gründe, warum das Käptäns Eck für mich ein magischer Ort ist. Ein Ort, der Zeitreisen ermöglicht und die Vergangenheit zurückbringt. Wenn ich an die Sonntage zurückdenke, die ich als Kind hier verbracht habe, wird mir richtig warm ums Herz. Ich weiß noch genau, wie ich mit Ella zwischen den Tischen Fangen gespielt habe, wie wir bei einer Tasse Kakao die Köpfe über einem Comic zusammengesteckt haben oder später gemeinsam fürs Abi gebüffelt haben, an einem der Wochenenden, die wir nicht im Internat verbringen mussten. Ella und die Kneipe, das gehört für mich untrennbar zusammen. Ich könnte mir das eine nicht ohne das andere vorstellen.« Er hielt inne und lächelte traurig. »Wer mich kennt, weiß, dass ich mir früher ein Leben ohne Ella an meiner Seite ebenfalls nie hätte vorstellen können. Leider kam alles anders, wie es im Leben oft so ist ...«

Für einen Moment versagte Harks Stimme. Er unterbrach sich und nahm einen Schluck Wasser.

»Ich weiß, dass ich in der Vergangenheit Fehler gemacht habe, an denen ich nichts ändern kann, aber wir alle zusammen haben hier und heute die Chance, die Zukunft zu gestalten. Und zwar in eine Richtung, die uns allen am Herzen liegt.« Pause. »Wollen wir wirklich zulassen, dass die Kneipe, die uns allen viel bedeutet, abgerissen wird, um Platz zu machen für eines dieser Großobjekte, wie man sie überall an unseren Küsten aus dem Boden sprießen sieht?«

Raunen und Kopfschütteln in der Menge.

»Mit diesem Appell richte ich mich auch an Sie, liebe Hamburger.« Hark blickte ernst in die Kamera. »Lassen Sie uns das Unmögliche wagen. Gemeinsam gelingt es uns, die Zeit umzukehren. Unterzeichen Sie online auf der hier eingeblendeten Website die Petition und tragen Sie bei zum Erhalt eines unwiederbringlichen Stücks Borkum. Den Link zu unserem Video finden Sie ebenso auf dieser Seite. Herzlichen Dank! Und nun zum Stargast des heutigen Nachmittags. Meine Damen und Herren, exklusiv für Sie heute im Käptäns Eck: der Sieger der beliebtesten Castingshow Deutschlands, Einstein!« Hark trat das Mikro an Horst ab und entfernte sich von der Bühne.

Ella stand da wie in Trance. Hatte sie sich verhört oder hatte Hark gerade vor versammeltem Publikum über seine Gefühle gesprochen? Verblüfft drehte sich Ella zu Wanda um: »Wovon redet Hark? Und seit wann haben wir eine Seite im Netz?«

Mit einem geheimnisvollen Grinsen strich sich Wanda das Haar aus der Stirn. »Die Idee, die Petition online zu stellen, stammt von Svea. Und Hark hat gemeinsam mit Einstein, Rasmus und Günther ein Video produziert. Er hat eine ganze Nacht lang Sequenzen zusammengeschnitten.«

»Aha«, machte Ella, ihr fehlten die Worte. »Das ist … wow!«

Wanda fixierte Ella mit einem Blick, als hätte diese den springenden Punkt verpasst.

»Was ist los?«, fragte Ella verwirrt in das Schweigen hinein.

»Oh, nichts.« Wanda zuckte die Schultern. »Jedenfalls nichts, was du nicht selbst herausfinden könntest.« Damit drehte sie sich um und ließ Ella stehen.

Nervös zog Ella ihr Handy aus der Tasche und rief die YouTube-Seite auf. Als sie »Käptäns Eck Borkum« in die Suchleiste eingab, erschien der Link zu dem Video. Mit offenem Mund starrte sie auf das Display. Die Einstellung zeigte eine Außenaufnahme des Käptäns Eck. Radfahrer fuhren vorbei, Tassilo lief schwanzwedelnd herum, an den Tischen saßen gut gelaunte Gäste bei Kaffee, Kuchen und Bier. Nur, dass der Film *rückwärts* lief. Dazu erklangen die ersten Takte von Chers »If I Could Turn Back Time«. Ihre Brust zog sich zusammen. *Himmel, genau das Lied, das gelaufen ist, als ich vom Strand flüchtete …* Bevor Ella Zeit hatte, weiterzugrübeln, erschien Einstein in der Aufnahme, in ein schwarzes, bis zum Bauchnabel offenes

Glitzerkostüm gehüllt. Mit Inbrunst schmetterte er sehnsüchtige Worte ins Mikro.

Dreh doch die Zeit zurück …

Dabei war er umringt von …fünf? … sieben? … langbeinigen Mädels im Matrosenoutfit und mit kurzem Röckchen. Ella konnte nicht genau zählen, weil die Damen andauernd unter aufreizenden Verrenkungen um Einstein herumwirbelten. Die Gesichter jedoch kamen Ella vage bekannt vor. Hatte sie die Blonde mit der Lockenmähne nicht erst gestern beim Einkaufen gesehen? Und die Brünette da drüben, war das nicht die Single-Mutter, die bei Rasmus' letztem Elternabend so auffällig mit dem Lehrer geflirtet hatte? Schnitt. Das Bild wechselte, und Rasmus erschien, zusammen mit Günther. Langsam und mit großen Schritten setzte er einen Fuß nach dem anderen nach hinten, wobei Günther Slalom durch seine Beine lief. Natürlich sah es nur so aus, als ob die beiden rückwärtsgingen, in Wirklichkeit war es auch jetzt der Film, der rückwärtslief. Als Nächstes vollführten die beiden gemeinsam ein paar kunstvolle Drehungen. Vor Stolz presste sich Ella die Hand vor den Mund. Unglaublich, Rasmus und Günther hatten gemeinsam Dogdancing trainiert, oder eher Minipigdancing, und das ganz alleine und in Rekordzeit. Dass die beiden zusammengehörten, wurde beim Zusehen glasklar. Ellas Herz lief über vor Rührung. Spontan beschloss sie, Hark zu bitten, dass Günther für immer bei ihnen wohnen durfte, obwohl sie ja eigentlich vom Grundsatz her gegen ein Haustier war. Wenn man Tierbesitzer auf Borkum war, bedeutete das, dass Besuche in Harks Praxis programmiert waren. Aber Rasmus und Günther zu trennen, wäre grausam gewesen. Mit pochendem Herzen sog sie die Luft ein.

Wieder Schnitt. Ella schluckte. Die Großaufnahme zeigte ihr strahlendes Gesicht beim Bierausschenken, beim Plaudern mit den Gästen, beim Arrangieren der Wackelfiguren, im Gespräch mit Carla … alles natürlich rückwärts. Dazu immer wieder Cuts, die Rasmus mit dem Schweinchen zeigten oder den singenden Einstein mit seinen Girls:

Dreh doch die Zeit zurück
Ich suche nach dem Weg
Ich lösch die Worte, die dich verletzen
Und hätte dich so gern zurück

Ungläubig ließ Ella das Handy sinken. Wann um alles in der Welt waren die Aufnahmen von ihr entstanden? Hark musste sie heimlich gefilmt haben. Sie schluckte. Wenn sie es nicht besser gewusst hätte … Das Ganze fühlte sich an, als ginge es nicht um das Käptäns Eck. Es fühlte sich an wie eine versteckte Entschuldigung. Oder eine Liebeserklärung.

Letzteres war natürlich Unsinn. Ärgerlich über den Streich, den ihr ihre Sinne spielten, und frustriert darüber, dass ihre Träume so weit von der Realität entfernt waren wie Neptun von der Erde, straffte sie den Rücken. Mit entschlossenen Schritten ging sie auf die Jolle neben dem Eingang zu und nahm ihren Platz hinter der improvisierten Bar neben Carla ein. Die gewittrige Stimmung hielt noch immer an. In der Ferne schoben sich dunkle Wolkenwände über den Horizont, während es gleichzeitig ungewöhnlich schwül für die Insel war. Drüben am Grill stand Hinni, in eine Wolke aus Rauch gehüllt und mit glühenden Apfelbäckchen, und wendete Bratwürste. Bei dem Geruch lief Ella das Wasser im Mund zusammen. Sie bückte sich und zog eine der gekühlten Bierflaschen aus dem Bauch der Jolle. Auf dem Etikett hatte sich Kondenswasser gebildet. Nachdenklich rieb sie mit dem Finger darüber.

»Sie legen sich ganz schön ins Zeug, was?«

Als Ella aufblickte, stand Winkler vor ihr. Wie immer in Anzug und Fliege, und mit Strohhut.

»Hallo, Herr Winkler«, grüßte Ella steif und reichte die Bierflasche an Carla weiter, die ungewohnt schweigsam und mit leicht verlaufener Mascara neben ihr stand. »Wie Sie sehen, ist Borkum noch nicht untergegangen.« Sie verschränkte die Arme vor der Brust. »Was führt Sie hierher? Sind Sie immer noch auf der Suche nach Zitronentüchern?«

»Wie? Ähm, nein. Das nicht.« Winkler schob sich die Brille zurecht. »Ich wollte Sie wissen lassen, dass unser Kaufangebot nur noch bis morgen gilt. Danach ist die Becker-Gruppe nicht mehr interessiert.«

»Ist das so?« Mit gespielter Entrüstung schüttelte Ella den Kopf. Hätte sie sich tatsächlich entschlossen zu verkaufen, wäre Winkler der letzte Mensch auf der Welt gewesen, dem sie die Kneipe angeboten hätte.

»Das politische Pseudospektakel, das Sie hier veranstalten, bringt Ihnen nichts.« Winkler lächelte blässlich. »Wir sitzen am längeren Hebel.«

»Ach ja?« Ella hob eine Augenbraue. »Sie täuschen sich, Herr Winkler. Wer länger durchhält, sitzt am längeren Hebel.« Ihre Blicke verhakten sich ineinander. »Was mich betrifft, ich habe alle Zeit der Welt. Gilt das auch für Sie?«

»Denken Sie immer so eindimensional, Frau Lübbens, oder durchleben Sie gerade nur eine schwierige Phase?«, fragte Winkler ausdruckslos.

»Haha, guter Witz«, konterte Ella und spürte, wie ihre Wangen heiß wurden. »Wissen Sie, wenn Sie damit meinen, dass ich gradlinig mein Ziel verfolge und mich dafür einsetze, dass Heuschrecken wie Sie nicht über Borkum herfallen, dann bin ich gern eindimensional. Wenn Sie nun bitte zur Seite treten würden? Hinter Ihnen warten zahlende Gäste darauf, bedient zu werden.« Mit einem einnehmenden Lächeln blickte sie an Winklers Schulter vorbei. »Hallo, Kai Uwe. Was darf es sein? Ein Bier aufs Haus?«

»Dem hast du es aber gegeben.« Kai Uwe grinste, als Winkler außer Hörweite war. »Wo hast du gesteckt? Ich dachte schon, du tauchst überhaupt nicht auf.«

»Es gab ... Probleme. Aber jetzt ist alles gut. Ach du Schande!« Entsetzt blickte Ella zu Einstein hinüber, der unter grölendem Jubel aus dem Eingang des Käptäns Eck ins Freie trat. Er trug noch immer das merkwürdige Outfit von vorher, nur dass der Hut mittlerweile schief auf seinem Kopf saß und seine Augen leicht glasig blickten.

Kopfschüttelnd wandte sich Ella an Carla. »Wieso sieht Einstein so mitgenommen aus?«

»Mitgenommen? Der ist ganz schön hart im Nehmen«, keuchte Carla.

Ella machte einen Schritt zur Seite, als sie den Alkohol in Carlas Atem roch. Entgeistert wedelte sie den unangenehmen Geruch mit der Hand weg. »Sag mal, was war eigentlich hier los, während ich weg war?«

»Frag lieber nicht«, winkte Carla ab und lief puterrot an.

»Wen hat dieser verkappte Pirat denn da mitgebracht?«, unterbrach Kai Uwe das Gespräch. »Die Damen haben aber sehr wenig Stoff ...« Der Rest des Satzes ging in Lautsprechermusik unter.

»Die Insel meiner Träume ...«

Fasziniert schielte Ella zu den tanzenden Damen in den engen Minikleidern hinüber, die hüftenschwingend um den singenden Einstein herumtanzten. Stirnrunzelnd kniff sie die Augen zusammen. Jede Wette, dass das die Damen aus dem Video waren. Ach, egal, beschloss sie achselzuckend und ließ den Blick über die Menge schweifen. Man konnte von dem Auftritt halten, was man wollte. Jedenfalls sorgten die leicht bekleideten Damen dafür, dass die Stimmung ordentlich ange-heizt wurde. Das Publikum amüsierte sich prächtig. Nach dem Borkumlied erklang nahtlos das nächste und dann das über-nächste Lied. Die Menge begann zu schunkeln.

»*Marmor, Stein und Eisen bricht* …«, trällerte Einstein. Mittlerweile hielt er neben dem Mikro auch noch ein Bierglas in den Händen, an seinem Hals prangten Lippenstiftabdrücke. Fröhlich prostete er in die Runde, während die Tänzerinnen ihn anschmachteten, was das Zeug hielt.

»Stopp!«, rief eine energische Stimme. Einstein erstarrte mitten in der Bewegung. Mit offenem Mund stand er da, wäh-rend die Musik vom Band verstummte.

»Von wegen Marmor, Stein und Eisen!« Eine stämmige Frau in engen Jeans und mit kurzen roten Haaren bahnte sich ihren Weg durch die Menge. Bei ihrem Anblick wichen die Damen in den Minikleidern respektvoll zurück. Resolut baute sie sich vor Einstein auf. »Hatten wir nicht ausgemacht, dass du keinen Alkohol anrührst? Und wer sind *die* da?« Mit zusammengeknif-fenen Augen musterte sie die Tänzerinnen.

»Chiquita, Bärchen«, stammelte Einstein betreten. »Ich wollte doch nur …«

»Nix da! Interessiert mich nicht«, schnaubte die Rothaarige. »Wenn du es auf eine Scheidung anlegst, bitte schön! Mach nur so weiter.«

»Aber nein.« Einstein blickte entsetzt. Seine Mundwinkel sackten nach unten. »Hasi, ich kann dir das erklären …«

»Du kommst jetzt mit«, beschloss Einsteins Ehefrau. Sie packte ihren Mann am Handgelenk und zog ihn von den ent-täuschten Groupies weg. Als sie bemerkte, dass die Kamera auf sie beide gerichtet war, blieb sie stehen. Mit funkelnden Augen blickte sie in die Linse. »An alle Fans da draußen. Dieser Mann hier ist schwer verheiratet.«

Ohrenbetäubende Stille. Ein paar Sekunden später begann die Menge aufgeregt zu tuscheln. Ella beobachtete, wie die Fan-Girls in den Minikleidern sich in einer Ecke zusammenscharten und ihrem Star, der gerade neben seiner Ehefrau in ein mondänes Auto stieg, vorwurfsvolle Blicke hinterherschickten.

»Liebe Gäste!« Wandas Stimme klang durch die Lautsprecher. Ella reckte den Hals und spähte über die Köpfe hinweg. »Bevor wir zum nächsten Höhepunkt des Programms kommen, dem Auftritt des Shantychors Störtebekers Schatz, habe ich noch eine besondere Überraschung. Wie Sie vielleicht wissen, hat unser Pastor in altbewährter Kirchentradition ein Bier für den heutigen Tag kreiert. Ein würziges Lager, das das Motto der Veranstaltung auf dem Etikett trägt: ›Ein Schwein am Strand‹. Feiern Sie mit uns und seien Sie unsere Gäste. Und bitte denken Sie daran, die Petition zu unterschreiben. Na denn …« Sie hielt eine Bierflasche in die Kamera. »Proost.«

»Ähem.« Ein Räuspern hinter Ella ließ sie herumfahren. Winkler stand vor ihr, Blasiertheit im Gesicht. Sein arrogantes Lächeln wirkte auf Ella wie ein rotes Tuch. »Eine dumme Idee, die Kneipe weiterführen zu wollen, nach diesem Eklat. Wie gesagt, das Angebot der Becker-Gruppe gilt bis morgen.«

Ella spürte, wie aus ihren Augen Hassstrahlen schossen. »Ach, den Auftritt eben habe ich also Ihnen zu verdanken«, schnaubte sie wutentbrannt.

»An Ihrer Stelle wäre ich vorsichtig mit Behauptungen.« Winkler rückte sich die Brille zurecht. »Ganz Borkum lacht schon über Sie.«

»Da wäre ich mir nicht so sicher«, erklärte Hark in aller Seelenruhe. Ella hatte ihn nicht kommen sehen. Breitbeinig baute er sich vor Winkler auf und verschränkte die Arme vor der Brust. Dabei überragte er den Hoteldirektor um eine ganze Kopflänge.

Winkler schwieg angespannt und legte den Kopf in den Nacken, um Hark mit zusammengekniffenen Augen anzublicken.

»Sie sind zur gleichen Zeit wie Einsteins Frau hier aufgekreuzt, das habe ich gesehen. Komischer Zufall, oder? Sie wollen jetzt doch nicht leugnen, die Dame zu kennen?« Harks Gesicht zeigte keine Mimik. In bester Bruce-Willis-Manier starrte er auf Winkler hinunter.

»Das ist üble Verleumdung.« Winkler schnappte nach Luft. »So etwas lasse ich mir nicht bieten. Ich weiß nicht, wovon Sie sprechen.«

Entschiedenes Schweigen.

Ellas Atem ging stoßartig. Eine Welle von Wut baute sich in ihr auf. Dass Winkler den Ahnungslosen spielte, war zu viel. »Lügner!«, blaffte sie ihn an. »Wenn Sie nicht sofort …«

»Ich glaube, Herr Winkler wollte uns gerade verlassen«, fiel Hark ihr ins Wort, bevor sie den Satz zu Ende bringen konnte.

Mit vorwurfsvollem Blick starrte Winkler in die Runde. »Das war kein kluger Schachzug. Sie beschuldigen den Falschen«, erklärte er ominös. Damit wandte er sich um und verschwand in der Menge.

»Wow«, machte Ella fröstelnd und ließ die Luft stoßartig zwischen den Lippen hindurch entweichen. Ihr Herz klopfte immer noch wie verrückt. Langsam wanderte der Schock nach unten bis in ihre Knie. Schweigend blickte sie in Harks meerblaue Augen, die sie gerade besonders intensiv zu betrachten schienen. Plötzlich stieg eine ungeahnte Sehnsucht in ihr auf. Eine Sehnsucht nach Wärme. Eine Sehnsucht danach, seine Arme um ihren Körper zu spüren.

»Komm her«, sagte er. Im nächsten Augenblick zog er sie an sich, als hätte er ihre Gedanken gelesen. Ellas Herz krampfte sich zusammen. Einen unbeschreiblichen Moment lang ruhte ihr Kopf an Harks warmem, breit gebautem Oberkörper. Der

Hauch seines Atems strich über ihren Scheitel. Dann ging ein Ruck durch ihn. Mit Nachdruck gab er sie frei, einen aufgewühlten Blick im Gesicht, als hätte er etwas aus seiner Sicht unglaublich Dummes getan.

Stumm standen sie sich gegenüber.

Harks Brustkorb hob und senkte sich in einem langen Zug. Er rieb sich den Nacken, seine Stimme klang zögernd. »Ich war mir nicht sicher, ob ich mich einmischen sollte. Ich hoffe, du hattest nichts dagegen.«

»Scheiße, Hark«, platzte es aus Ella heraus. Aus Wut und Fassungslosigkeit traten ihr die Tränen in die Augen. »Ich war kurz davor, mich zu vergessen. Danke, dass du mich gebremst hast.«

»Gern geschehen.« Über Harks Gesicht breitete sich ein Grinsen aus. »Dieser Winkler ist ein Arsch. Mir blieb gar nichts anderes übrig, als dich zu retten.«

»Im Ernst?« Mit offenem Mund starrte Ella ihn an. »Deine Rede eben und das alles hier, warum machst du das?«

»Keine Ahnung.« Er schüttelte den Kopf. »Vielleicht weil ...« Der Satz schwebte unvollendet in der Luft.

»Weil, was?« Zitternd atmete sie aus.

»Entschuldigt, wenn ich störe.« Wanda drängte sich zwischen sie. Ihr Blick wirkte gehetzt. »Die Leute werden unruhig. Doc, du musst sofort mitkommen.«

Hark runzelte die Stirn. Sein Hirn schien einen Moment zu brauchen, um den Satz zu verarbeiten. »Warum das denn?«, fragte er entnervt.

»Störtebekers Schatz.« Ungeduldig wippte sie auf ihren hohen Absätzen. »Du singst im Shantychor.«

»Bist du völlig wahnsinnig geworden?«, keuchte Hark.

»Wieso?«, erwiderte Wanda in gespielter Unschuld. »Jan meint, du hättest eine geile Stimme. *Seine* Worte«, schob sie betont unschuldig hinterher.

Hark zog ein Gesicht wie sieben Tage Regenwetter. »Der Job als selbst ernannte Feel-Good-Managerin steigt dir zu Kopf«, kommentierte er missmutig. »Vielleicht kümmerst du dich lieber mal um die Fernsehheinis? Für die ist der Auftritt, den Einsteins Frau hingelegt hat, ein gefundenes Fressen. Du musst mit ihnen reden. Bring sie dazu, die Aufnahme zu löschen. Positive Berichterstattung und so, das war doch dein Mantra?«

»Nicht in diesem Fall.« Wanda lächelte sphinxmäßig.

»Was soll das heißen? Du wirst doch nicht wollen, dass das auf Sendung geht?« Hark wirkte ebenso verdattert, wie Ella sich fühlte.

»Was denn?« Wanda blickte von einem zum anderen und hob verständnislos die Hände. »Ein handfester Skandal ist das Beste, was uns passieren kann. Eigentlich müssten wir uns bei Winkler bedanken. Die Einschaltquoten werden durch die Decke gehen. Mehr Aufmerksamkeit geht nicht. Das Käptäns Eck macht Schlagzeilen und wir bekommen massenweise Unterschriften online. Übrigens …« Sie zog ihr Handy aus der Tasche und strich über das Display. »Hier, Doc. Das Schweinchenvideo mit Einstein hat schon jetzt 7 371 Aufrufe auf YouTube. Jetzt komm mit, Doc, Kai Uwe und Jan warten auf uns.«

»Verflixt noch mal, Wanda, darüber reden wir noch!«, stieß Hark zähneknirschend hervor. »Was glaubst du wohl? Ich bin Tierarzt, kein verdammter Entertainer!«

Es gelang ihm noch, Ella einen verzweifelten Blick zuzuwerfen, bevor Wanda ihn wegschleppte.

KAPITEL 23

»Das war ein voller Erfolg«, stellte Frauke drei Tage später zufrieden fest. Zusammen mit Carla und Ella saß sie an einem der Tische vor dem Käptäns Eck und trank Prosecco. »Ein Skandal, aber trotzdem ein Erfolg.«

»Wem sagst du das?« Ella schüttelte langsam den Kopf. Die letzten Tage waren wie ein Rausch an ihr vorbeigezogen. Der Bericht des Hamburger Senders über das Käptäns Eck und die Schlagzeilen rund um Einsteins Auftritt hatten für ordentlich Wirbel gesorgt. Seitdem war eine ganze Flut von Unterschriften auf dem Onlineformular eingegangen. Die Unterstützung für das Käptäns Eck in der Hamburger Bevölkerung war enorm. Und heute Morgen hatte ein Mitglied des Inselrats bei Ella angerufen und ihr mitgeteilt, dass die Becker-Gruppe den Antrag zum Umbau des Dünenblicks in ein mondänes Luxushotel zurückgezogen hatte. Man habe nun ein anderes Objekt auf dem Festland im Blick, hieß es. Ella konnte es immer noch nicht glauben.

»Hark wird sich freuen, wenn er hört, dass der Antrag vom Tisch ist.« Frauke spießte eine der Erdbeeren, die sie in einem Schälchen vor sich hatte, mit der Gabel auf, dippte sie in flüssige Schokolade und steckte sie sich in den Mund. »Hmm.

Himmlisch! Übrigens, erstaunlich, dass er sich die Zeit genommen hat, bei der Veranstaltung mitzuhelfen. Wo ich ihn doch sonst kaum dazu bewegen kann, *einmal* nicht an die Arbeit zu denken.«

Ella seufzte. *Hark ...* Der Gedanke an ihn schmerzte. Ihr war bewusst, dass sie bisher versäumt hatte, sich bei ihm für seine Hilfe zu bedanken. Das hieß, versäumt hatte sie es nicht, sie hatte sich eher darum gedrückt. Der Grund dafür war einfach. Sie hatte gehofft, dass in den drei Tagen, in denen sie sich von ihm ferngehalten hatte, die Sehnsucht nach ihm weniger werden würde, doch das Gegenteil war der Fall. Gedankenverloren drehte sie nun ein Sektglas in den Händen. Die Kneipe war gerettet, aber wie sollte sie jetzt weitermachen, hier, in Harks Nähe und doch ohne ihn, ohne verrückt darüber zu werden, dass er ihr gesamtes Denken und Fühlen beherrschte? Die letzten Wochen hatten sie komplett aus dem Gleichgewicht gebracht. So unausgeglichen kannte sie sich nicht. Es konnte unmöglich so weitergehen. Brigittes Worte hallten durch ihren Kopf: *Verkauf die Kneipe und fang neu an. Du bist noch jung ...* So ähnlich hatte sie es formuliert. Verdammt! Sie kaute auf ihrer Unterlippe. Vielleicht wäre es wirklich klüger gewesen, zu verkaufen und ihrem Leben eine neue Richtung zu geben. Amsterdam hätte sie gereizt. Eine Freundin von ihr führte dort eine Studentenkneipe und schwärmte in den höchsten Tönen von dem speziellen Flair der Stadt. Doch was sollte aus Brigitte werden?

Fraukes energischer Ton riss sie aus ihren Grübeleien. Als sie aufblickte, rollte Frauke die Augen. »Immer dreht sich bei Hark alles nur um den Beruf. Dabei täte ihm Ablenkung gut. Er ist völlig überlastet. Aber von einem zweiten Tierarzt will er ja nichts wissen.«

»Er ist ein eben richtiger Kerl.« Mit Feuer im Blick ergriff Carla Partei für Hark. »Nicht so ein Weichei wie die meisten. Schade, dass ich nicht sein Typ bin.«

»Nimm's nicht persönlich. Hark ist für niemanden zu haben«, kommentierte Ella und verzog die Mundwinkel. In dem Versuch, Hark aus ihrem Hirn zu verbannen, kippte sie den Prosecco hinunter. Ein leicht nebliges Gefühl machte sich in ihrem Kopf breit.

»Wo wir gerade von Weicheiern reden, oder besser von Truthähnen«, knurrte Carla und blickte missmutig an Ellas Schulter vorbei zur Straßenecke. »Ratet mal, wer da kommt.«

»Winkler«, presste Ella mit zusammengebissenen Zähnen hervor, ohne sich umzudrehen. Sie spürte, wie ihre Wangen vor Ärger rot wurden. »Was will der denn hier? Ich dachte, seine Mission wäre erledigt.«

»Hm«, machte Frauke und reckte interessiert den Kopf. »Dem Gesichtsausdruck nach zu urteilen, ist er in einer neuen Mission unterwegs. Huhu, Herr Winkler!« Ohne auf Ellas entgeisterten Blick Rücksicht zu nehmen, hob sie die Hand und winkte ihm zu.

»Hör auf damit«, zischte Ella.

»Wieso?« Frauke blickte so unschuldig wie ein neugeborenes Lamm. »Er hat uns ohnehin schon gesehen. Außerdem sterbe ich vor Neugier. Ich will unbedingt hören, was er von dir will.«

Ella hätte gern etwas erwidert, aber für eine Diskussion war keine Zeit. Winkler stand bereits vor ihnen.

»Tag zusammen.« Mit einem kaum merklichen Zögern zog er den Hut.

»Hallo«, erwiderte Ella knapp.

»Herr Winkler! Wie schön!«, freute sich Frauke und schenkte ihm als Einzige ein Lächeln. »Dürfen wir Ihnen ein Glas Prosecco anbieten? Nein? Schade. Sagen Sie, was haben Sie denn da mitgebracht? Soll das ein Geschenk sein?« Sie deutete auf den Schuhkarton in seiner Hand.

»So etwas in der Art.« Winkler hüstelte. »Ich hatte Frau Lübbens etwas versprochen.«

»Ach, wie schön!« Fraukes Grinsen wurde noch breiter. Sie entblößte eine ganze Reihe kräftiger Zähne. »Sie sind gekommen, um die Friedenspfeife mit Ella zu rauchen. Na, wer hätte das gedacht!«

Mit offenem Mund starrte Ella zu Frauke hinüber. Was war bloß in Harks Mutter gefahren? Kopfschüttelnd gab sie sich einen Ruck. »Herr Winkler«, erklärte sie steif. »Ich nehme an, Sie sind hier, um sich zu verabschieden.«

»Ähm, nein, nicht ganz.« Winkler stellte den Karton vor Ella ab. Nervös rückte er seine Fliege zurecht. »Hier. Für Sie.«

Ella beäugte das Geschenk so misstrauisch, als enthielte es eine Bombe. Ohne Winkler eines Blickes zu würdigen, nahm sie den Karton und schüttelte ihn. Es gab ein leises, klapperndes Geräusch. Als sie öffnete und hineinspähte, leuchtete ihr ein winziges Plastikgeweih entgegen. Sie räusperte sich. »Ist es das, was ich vermute?«

»Der Wackelelch aus dem Wohnzimmer meiner Mutter, richtig.« Verlegen drehte Winkler den Hut in den Händen. »Ich hatte ja angekündigt, dass ich ihn vorbeibringen würde. Übrigens, Gratulation zu Ihrem Erfolg.«

Ellas Augenbrauen schossen in die Höhe. Sie glaubte, sich verhört zu haben. »Sie gratulieren mir? Soll das ein Witz sein?«

Winklers Miene wurde ernst. »Ich weiß, dass Sie nicht viel von mir halten. Dabei gibt es keinen Grund. Auf der Veranstaltung hatte ich bereits erklärt, dass ich nicht mit linken Tricks arbeite. Die schlechte Bewertung für Ihre Küche stammt nicht von mir, aber Sie wollen mir ja nicht glauben. Nun, lassen wir das. Eigentlich bin ich hier, weil ich auf gute Nachbarschaft hoffe.«

Jetzt fiel Ella erst recht aus allen Wolken. »Gute Nachbarschaft? Ich dachte, der Umbau ist vom Tisch?«

»Das ist korrekt, aber nur zum Teil.« Winkler räusperte sich. »Richtig ist, dass wir Abstand von dem Großprojekt mit dem Infinitypool nehmen. Aber natürlich gab es von Anfang an nicht nur Plan A und B, sondern auch C.«

»Ach ja?« Ella verschränkte provokativ die Arme vor der Brust. »Möchte ich wissen, wie C lautet?«

Winkler zuckte kurz, schien dann aber entschlossen, Ellas scharfen Ton zu ignorieren. Er schenkte ihr ein feines Lächeln. »Es wird Sie freuen zu hören, dass unser neues Konzept hervorragend mit dem Flair der Insel harmoniert. Abgesehen von einem neuen Anstrich wird an der Fassade des Gebäudes nichts verändert. Das ist auch gar nicht nötig. Plan C sieht ein Retreat für Paare mittleren Alters vor. Stichwort: Heilende Energie und Nachhaltigkeit. Veganes Essen, Schwebetank, Salzbäder, ayurvedische Massagen, um nur ein paar Punkte zu nennen. Ich könnte mir vorstellen, dass unser Publikum gern auch mal in die Kneipe nach nebenan geht. Vielleicht möchten Sie ja ein spezielles Angebot für unsere Gäste erstellen? Wir würden im Gegenzug das Käptäns Eck empfehlen, wenn wir nach netten, ortstypischen Lokalen gefragt werden.«

Ella musterte ihn skeptisch, beschloss dann aber, ihr Misstrauen über Bord zu schmeißen und Winkler beim Wort zu nehmen. Was hatte sie schon zu verlieren? »Ein Retreat? Das klingt ja schon mal ganz anders«, entgegnete sie.

»Gut. Allerdings gäbe es da noch etwas«, druckste Winkler herum.

»Nämlich?« Ella stöhnte innerlich auf. Was konnte er denn jetzt noch wollen?

»Es geht um Frau Jahnsen.« Winklers Stimme klang erregt. »Die Feel-Good-Managerin, die Ihre Veranstaltung betreute. Sie hat einen tollen Job gemacht. Ich benötige händeringend Unterstützung bei der Umsetzung unseres Konzepts, auf freiberuflicher Basis. Da dachte ich an Frau Jahnsen.«

Ella verschluckte sich. Mit Mühe unterdrückte sie einen Lachanfall. »Verstehe. Warum fragen Sie sie nicht selbst?«

»Das wollte ich ursprünglich.« Winklers Mundwinkel sackten nach unten. »An der Veranstaltung habe ich sie um ihre Visitenkarte gebeten. Aber sie wollte sie mir partout nicht geben.«

Mehr prickelnde Lachbläschen stiegen in Ellas Bauch auf. Verzweifelt versuchte sie, ein ernstes Gesicht zu bewahren. »Joooo«, meinte sie schließlich mit quietschroten Wangen. »Frau Jahnsen heil wat besünders.« Japsend versteckte sie das Gesicht hinter einer Serviette und täuschte einen Hustenanfall vor.

»Ach, das trifft sich ja wunderbar!«, sprang Frauke für sie in die Bresche. Die Armreife an ihrem Handgelenk klimperten, sie streckte Winkler eine schlanke Hand entgegen. Zögernd ergriff er sie. »Mein Name ist Frauke Harksen. Wissen Sie, Frau Jahnsen ist leider sehr ausgebucht. Aber wir beide sollten uns unbedingt einmal unterhalten. Haben Sie schon gehört, dass ich zusammen mit meiner Geschäftspartnerin eine Wellnessoase eröffne, in der gestresste Paare sich erholen und gemeinsam zurück zur Balance finden? Dazu bieten wir spezielle Events, an Borkums schönsten Plätzen. Abseits der gewohnten Wege.« Verschwörerisch zwinkerte sie ihm zu. Dann zog sie einen Flyer aus der Tasche und reichte ihn Winkler. »Insidertipps, Sie verstehen. Den Testlauf haben wir gerade hinter uns. Alles hat hervorragend funktioniert. Wäre das nicht eine tolle Ergänzung für Ihr Programm?«

»Tatsächlich. Interessant«, murmelte Winkler. Er konnte die Augen gar nicht mehr von der Broschüre lösen, wie Ella vergnügt feststellte. Schließlich suchte er Fraukes Blick. »Dürfte ich Sie vielleicht um Ihre Telefonnummer bitten? Oder ist die auch geheim?«

»Aber nein«, wehrte Frauke ab und schmunzelte. »Die finden Sie im Prospekt.«

»Gut, vielen Dank. Ich werde mich bei Ihnen melden und wir vereinbaren einen Termin. Dann einen schönen Nachmittag.« Winkler nickte zum Abschied, doch bevor er ging, wandte er sich an Ella. »Übrigens, die Idee mit der Erdnussbar war großartig. Wenn Sie sich jetzt vielleicht noch durchringen könnten, Zitronentücher vorrätig zu haben …«

»Tut mir leid«, presste Ella hervor und lächelte gequält. »Aber bei Zitronentüchern endet die Freundschaft.«

Kapitel 24

»Das war der letzte Patient«, ließ Wanda Hark wissen, als der schwarz-weiße Cavalier-King-Charles-Spaniel seinen Besitzer an der Leine aus der Tür der Praxis zerrte. Sie fuhr den Computer herunter und warf Hark einen kritischen Blick zu. »Musstest du so unfreundlich sein?«

Hark nahm das Stethoskop vom Hals und stopfte es sich in die Tasche seiner Hose. »Ich war nicht unfreundlich, ich war genervt.«

»Hm.« Wanda bückte sich und hob den blinden George vom Boden auf. Der Kater gähnte, dann knetete er mit den Vorderpfoten Wandas Oberschenkel und rollte sich auf ihrem Schoß zusammen. Als Wanda ihn hinter den Ohren kraulte, schnurrte er wie ein kleiner Motor. Wanda runzelte nachdenklich die Stirn. »Vielleicht solltest du an deiner Kommunikation arbeiten? Anscheinend verstehen die Tierbesitzer nicht immer, was du meinst. Als ich noch Stewardess war, wurden wir trainiert, klare, unmissverständliche Ansagen zu machen. Ich könnte dir ein paar hilfreiche Tipps geben.«

Ungehalten trommelte er mit den Fingern über die Theke. »Reizend von dir. Zu meiner Verteidigung: Ich hatte klipp und klar gesagt, dass der Hund täglich zwei Tabletten von dem

Antibiotikum bekommen soll. Eine morgens, eine abends. Was zum Teufel ist daran missverständlich?«

»Vielleicht hättest du erwähnen sollen, dass der Hund die Tabletten zu fressen bekommen soll«, schlug Wanda vorsichtig vor. »Übrigens hatte ich gleich so ein komisches Gefühl, als der Typ heute Morgen anrief und meinte, die Ohrentzündung sei viel schlimmer geworden, und es würde nichts mehr reinpassen.«

Hark spürte, wie sein Magen schmerzte. Er verzog das Gesicht. »Manche Menschen sollten einfach keine Tiere halten. Der Hund hatte auf jeder Seite fünf Tabletten im Gehörgang stecken. Ganz tief drin. Ich musste sie mit der Zange rausholen. Kein Wunder, dass das arme Tier wie verrückt mit dem Kopf schlug.«

»Trotzdem, Doc«, sagte Wanda und massierte Georges Kinn. »Seit ein paar Tagen hast du fürchterliche Laune. Dabei verstehe ich das gar nicht. Die Veranstaltung im Käptäns Eck war ein voller Erfolg. Die Pläne sind vom Tisch, und Ella kann die Kneipe behalten. Schade übrigens, dass du das Ende der Party verpasst hast. Es war eine coole Feier.«

»Freut mich für dich«, grummelte Hark. Die Erinnerung daran, dass er kurz nach dem Auftritt des Shantychors zu einem Notfall gerufen wurde und Ellas großen Erfolg nicht miterlebt hatte, machte seine Laune nicht gerade besser. Da half es auch nicht, dass Ella ihm am Nachmittag eine WhatsApp geschickt hatte, in der sie sich mit netten, unverfänglichen Worten für seine Hilfe bedankte und ihn wissen ließ, dass sie das Käptäns Eck behalten werde. Er nahm ein Leckerli aus dem Glas und warf es Tassilo zu. Geschickt fing der kleine Dackel es in der Luft auf. »Hast du heute Abend schon etwas vor? Wie wäre es mit einer Pizza beim Italiener? Ich sterbe vor Hunger.«

»Sorry, Doc. Mo ist da. Wir wollten Kitebuggy am Nordstrand fahren.« Wanda zuckte die Achseln. »Warum fragst du nicht Ella, ob sie mit dir essen will?«

»Wieso sollte ich?« Hark spürte ein Ziehen in seiner Brust. Mit einer ungeduldigen Bewegung schlug er den Terminplaner vor sich auf dem Arbeitstisch zu. »Abgesehen davon hat sie sicher in der Kneipe zu tun.«

»Das kannst du nicht wissen, wenn du sie nicht fragst«, erklärte Wanda. George rekelte sich auf ihrem Schoß. Dann öffnete er das Mäulchen und schleckte inbrünstig mit der kleinen rosa Zunge über Wandas Finger. »Ehrlich, Doc, ihr beide seid schlimmer als Teenager. Alle beide schleicht ihr herum und lasst vor Liebeskummer den Kopf hängen, aber keiner von euch traut sich, den ersten Schritt zu machen.«

»Als ob Ella in mich verliebt wäre! Oder umgekehrt«, erwiderte Hark. Er hielt inne und legte sich den nächsten Satz zurecht. Betont langsam ließ er ihn über die Lippen gehen und überprüfte dabei, ob er sich richtig anhörte.

»Wir sind alte Freunde, mehr nicht.«

Mist.

Nachdenklich blickte er zu Tassilo hinunter, der mit der Pfote an seinem Bein kratzte. Das klang zutreffender, als es sich anfühlte.

»Doc …« Mit einem Seufzer setzte Wanda den erstaunten George zurück in sein Körbchen und erhob sich. Mit schief gelegtem Kopf baute sie sich vor ihm auf und blickte zu ihm empor. Ihre Mundwinkel verzogen sich. »Ich verstehe ja, dass es schwer ist. Aber findest du nicht, dass es an der Zeit ist, endlich mit deinem Leben weiterzumachen? Du kannst doch nicht immer in Julias Schatten leben.«

Schweigen. Tassilo hörte auf, mit der Pfote gegen Harks Schienbein zu stupsen und nach Leckerlis zu betteln. Mit vorwurfsvollem Blick rollte er sich auf den Rücken und blieb so liegen, die kurzen krummen Beine in die Luft gestreckt.

Wanda hüstelte. »Doc, ich habe Julia nicht gekannt, aber ich glaube, sie hätte nicht gewollt, dass du ihretwegen leidest. Sicher hätte sie sich gewünscht, dass du glücklich bist.«

Hark spürte, wie der Knoten in seinem Magen sich fester zusammenzog. Mit einem ungeduldigen Fingerschnipsen gab er Tassilo das Kommando aufzustehen. Wanda hatte recht. Das wusste er, nicht erst seit eben. Er hatte alle möglichen Ratgeber zum Thema Trauerbewältigung gelesen und kannte sich mit den vier Phasen aus, zumindest mit den ersten drei: Leugnen und Nicht-wahrhaben-wollen. Wut und andere aufbrechende Emotionen. Innere Auseinandersetzung mit dem Verlust. Phase vier lautete: Neuer Selbst- und Weltbezug. So weit war er noch nicht gekommen.

»Gut gemeint, Wanda.« Er hob die Hand und ließ sie kurz auf ihrer Schulter ruhen. »Aber manche Dinge brauchen eben ihre Zeit. Außerdem habe ich einen Job, der mich voll beansprucht.«

»Mag sein.« Wanda nickte, langsam und nachdenklich. »Trotzdem sollte man am Leben nicht vorbeihetzen, als ob es ein zweites gäbe.« Ohne auf eine Antwort zu warten, griff sie nach ihrer Tasche, die über der Lehne des Bürostuhls hing, und pfiff nach Krümelchen. Als der kleine Cocker begriff, dass es nach Hause ging, sprang er begeistert um ihre Füße. »Tschüüss, Doc. Bis morgen!«

Die Tür fiel hinter ihr ins Schloss. Hark atmete tief durch. Dann ging er ins Wartezimmer, ließ die leise quietschenden Rollos herunter und löschte das Licht.

Kurz darauf saß er auf der Couch in seinem Wohnzimmer über der Praxis. Neben sich den Dackel, auf den Knien einen Teller Ravioli, während vor ihm eine Doku über Sardinien über den Bildschirm flimmerte. Traumhafte Strände, wunderbares Essen und glückliche Menschen. Irgendwie war ihm das alles zu viel in Szene gesetztes Glück. Darüber verging ihm glatt der Appetit. Missgelaunt stellte er den Teller auf dem Regal hinter sich ab, sodass Tassilo ihn nicht erreichen konnte. Dann griff er zur Fernbedienung und schaltete den Fernseher aus.

Stille flutete den Raum.

Eine ganze Weile saß er nur da und starrte vor sich hin.

Dann erhob er sich und wanderte durch das Zimmer. Mit der Hand strich er im Vorbeigehen über den Sessel, in dem Julia so gern gesessen hatte, die Beine untergeschlagen und in ein Buch vertieft. Dann ließ er die Finger über das von Julia liebevoll dekorierte Bord mit dem Dekoschild »Home is where the heart is« und den kleinen Leuchttürmen gleiten. Jeder Winkel des Zimmers war so schwer von Erinnerungen, dass es ihm die Luft zum Atmen nahm. Da er nicht wusste, was er mit sich und dem Rest des Abends anfangen sollte, ging er hinüber ins Schlafzimmer und setzte sich auf das Bett, das schrecklich leer wirkte, seit Julia nicht mehr da war. Für ihn alleine war es viel zu groß. Ein schnarchender Dackel auf dem nackten Laken neben ihm füllte die Einsamkeit nicht aus, die er empfand, wenn er nachts wach lag und gegen die Decke starrte.

Wanda hatte recht. So konnte es nicht weitergehen.

Entschlossen stand er vom Bett auf. Dann nahm er den Einrichtungskatalog, der neben dem Zeitschriftenstapel im Wohnzimmer lag, und stapfte damit nach unten in die Praxis. Dort fuhr er den Computer hoch und ging auf die Seite des Möbelhauses. Eine halbe Stunde später hatte er zwölf Artikel in seinem Warenkorb, darunter ein neues, für seinen Bedarf ausreichend großes Bett, eine neue Matratze, eine neue Wohnzimmercouch, neue Sessel … Erschöpft, aber zufrieden mit seiner Wahl lehnte er sich zurück und verschränkte die Hände im Nacken.

Es war weniger schmerzlich gewesen, als er geglaubt hatte.

Egal, was passierte, Julia würde immer ein Teil von ihm bleiben. Aber das hieß nicht, dass er vor dem Leben davonlaufen musste. Er würde lernen müssen, trotz des Schmerzes wieder am Leben teilzunehmen und neu zu lieben. Und vielleicht, eines Tages, würde die Wunde heilen. Erneut gingen ihm Wandas Worte durch den Kopf, wie ein Keim, den sie ihm eingepflanzt hatte. *Ich erkenne einen verliebten Mann ...* Machte er sich selbst etwas vor? Empfand er mehr als Freundschaft für Ella? Stirnrunzelnd scrollte er über das Display seines Handys. In der WhatsApp-Liste erschien Ellas blonder Schopf. Strahlend lächelte sie ihn an. Er lächelte zurück. Aus einem Impuls heraus, den er sich selbst nicht erklären konnte, strich er mit dem Daumen über das Foto. Seine Brust zog sich zusammen. Er spürte eine brennende Sehnsucht nach Ella. Fast wünschte er sich, sie wäre jetzt hier gewesen. Dann hätten sie ... ja, was? Ella hatte ja noch nicht einmal Interesse an einer Freundschaft. Ganz zu schweigen von mehr.

Ärgerlich warf er das Handy auf den Tisch und zwang sich zur Vernunft. Mit prüfendem Blick überflog er die Bestellung. Dann füllte er das Zahlungsformular aus und klickte auf Senden. Geschafft. Draußen, im Verschlag im Garten, gackerten Agathe und Christie. George und Clooney stromerten auf ihrer Abendrunde durch die Hecke. Gelegentlich war ein leises Maunzen zu hören. Aufgeregt kratzte Tassilo mit der Vorderpfote an der Tür. Er wollte das Treffen im Garten nicht versäumen.

»Verräter«, knurrte Hark gespielt streng. »Verlass mich ruhig auch noch.« Kopfschüttelnd blickte er dem Dackel hinterher. Wie immer, wenn der Hund draußen im Garten herumtollte, ließ er die Tür einen Spalt offen stehen, bevor er wieder nach oben ging.

Seltsam, wie unerträglich still die Wohnung ohne das Klackern von Tassilos Krallen auf den Fliesen und ohne das leise Schnurren der Katzen war. Er zog das Handy aus der Tasche. Hin- und hergerissen zwischen dem Wunsch, Ellas Nummer zu wählen, und der Stimme der Vernunft, die ihm riet, das verdammte Ding wieder wegzustecken, starrte er auf das Display. Verflixt. Sollte er anrufen oder nicht?

Bevor er sich schlüssig war, kam ein Anruf herein und nahm ihm die Entscheidung ab. Es war die Nummer von Dirk, einem engagierten Jungbauern aus dem Ostland, der im letzten Jahr den alten Stall des Vaters geerbt und unter modernsten Tierschutzaspekten umgebaut hatte. Dazu gehörten nicht nur Digitalisierung, mittels derer Dirk die Gesundheit jeder einzelnen Kuh überwachen konnte, und ein Melkkarussell, das eigenständig von den Tieren betreten werden konnte, sondern auch, dass die Herde sich innerhalb der Laufboxen frei bewegen konnte. Die finanziellen Verpflichtungen, die Dirk sich dabei aufgeladen hatte, waren horrend. Trotzdem gehörte Dirk zu den Landwirten, die den Tierarzt lieber einmal zu viel kommen ließen, bevor sie ein Risiko für die Tiere eingingen. Kein Wunder, dass Dirk zu Harks Lieblingskunden zählte, nicht wegen des Geldes, das er an Dirk verdiente, sondern wegen des überragenden Verantwortungsgefühls, das Dirk bewies.

Hark drückte auf Annehmen. »Dirk, was gibt es?«

»Moin, Hark. Sorry, dass ich dich am Feierabend störe, aber eine meiner Kühe liegt fest. Milchfieber, vermutlich.«

»Kein Problem. Ich hatte ohnehin nichts vor.« Noch bevor Dirk zu Ende gesprochen hatte, eilte Hark die Treppe hinunter und schnappte sich die Gummistiefel. »Schon unterwegs«, versicherte er und legte auf. Kurz darauf stand er in einen sauberen Arbeitsoverall gekleidet hinter seinem Auto und überprüfte den Inhalt seines Medikamentenschranks. Hypokalzämie bei Kühen war ein ernst zu nehmender Zustand, der unbehandelt zum Tod führen konnte. Mit konzentrierten Bewegungen zog er eine Schublade nach der anderen auf und vergewisserte sich, dass er alles, was er benötigte, dabeihatte. Infusionsschlauch, steril in Blister verpackte grüne Kanülen, Ca-Gluconat oder je nach Zustand des Tieres Ca/Mg-Aspartat ... Mit Schwung schlug er die offene Hecktür zu, stieg ein und brauste los.

Dirk wartete am Eingang des Stalls auf ihn und schaufelte Mist zusammen. »Sportliche Leistung, Hark.« Schwungvoll klopfte er zur Begrüßung auf Harks Schulter. »Nummer 452, gleich hier vorne links. Ich komme mit.«

»Mach du ruhig weiter hier«, erwiderte Hark und nickte mit dem Kopf Richtung Stall. »Ich komm' klar. Schließlich kenn ich mich bei dir aus.«

Unter dem aufgeregten Gezwitscher der Schwalben, die zwischen ihren Nestern über den Balken hin und her schwirrten, schritt Hark die Stallgasse hinunter. Der vertraute Geruch empfing ihn. Im Vergleich zu draußen war es frisch im Stall. Er hob den Kopf. Der große Metallbehälter über seinem Kopf kühlte die Stalltemperatur mit einem leisen Surren auf dreizehn Grad herunter, Idealtemperatur für Rinder. Als er die Boxentür entriegelte und die Laufbox betrat, umringten ihn die Kühe, neugierig wie immer. »Ho ...« Hark murmelte ein paar beruhigende Worte, dann schob er die Tiere mit sanften, aber beharrlichen Bewegungen aus dem Weg. Nummer 452 lag auf der Seite, über ihre Flanken lief ein Zittern. Hark bückte sich und begann mit der Untersuchung. Das Fieberthermometer zeigte 38,5 Grad Celsius, Normaltemperatur. Herz- und Lungengeräusche waren unauffällig. Das Euter fühlte sich weich und warm an, keine Hinweise auf eine Entzündung. Behutsam, um die Tiere nicht zu erschrecken, stand er auf und befühlte die Ohren. Sie waren kalt, eines der Zeichen für Milchfieber. Mit geübten Bewegungen rollte er den Ärmel zurück und streifte sich den Rektalhandschuh über. Als er sich erneut bückte, um den Kot aus dem Darm zu räumen, näherte sich ihm die Leitkuh von der Seite. Kopfschüttelnd blieb sie hinter ihm stehen und blickte starr auf ihn herab. Ein ungutes Gefühl machte sich in Harks Magen breit. Ein Gefühl, von dem er wusste, dass es nicht da sein sollte. Beherrscht schob er es beiseite. Angst konnte er sich als Tierarzt nicht leisten. Also straffte er den Rücken. Mit leisen Worten redete er auf das Tier ein, dabei versuchte er einzuschätzen, wie gefährlich die Situation war. Das Tier wirkte nervös, aber nicht aggressiv. Kein Grund, Dirk bei der Arbeit zu stören, beschloss Hark. Er würde auch ohne Hilfe klarkommen. Geduldig gab er der Leitkuh Zeit, sich zu beruhigen. Dann setzte er die Untersuchung fort. Der Kot war fest und klebrig, wie erwartet. Mit der behandschuhten Hand strich er von innen den Urin aus, mit der anderen hielt er das Teststäbchen in den Strahl. Als er die Markierungen mit dem Ausdruck auf dem Etikett verglich, waren die Werte unauffällig. Er ging seitlich neben dem Tier in die Hocke. Mit der Faust staute er die Halsvene, bis das Blutgefäß deutlich unter dem kurzen braunen Fell hervortrat. Dann stach er zu und schloss den Infusionsschlauch an. Die Infusion lief gleichmäßig. Er nahm sich noch einen Moment, um das Tier am Hals zu kraulen, dann erhob er sich, den Infusionsbeutel in der Hand, und streckte den schmerzenden Rücken. Aus den Augenwinkeln bemerkte er eine Bewegung. Die Leitkuh senkte den Schädel und hielt direkt auf ihn zu. *Scheiße, Scheiße, Scheiße …* Bevor Hark wusste, wie ihm geschah, flog er einen halben Meter vorwärts durch die Luft und stieß gegen das Fressgitter. Einen Wimpernschlag später presste ihn die Leitkuh mit ihrem massigen Körper gegen das Metall. Hark keuchte. Mit einem stechenden Schmerz entwich die Luft aus seinem Brustkorb. Für den Bruchteil einer Sekunde schien die Welt um ihn herum stillzustehen. Beim zweiten Stoß hörte er das Splittern von Knochen. Beim dritten drehte sich sein Magen um. Röchelnd wischte er sich über die blutigen Mundwinkel.

Im nächsten Moment war Dirk neben ihm. Geistesgegenwärtig drosch er mit dem Stiel der Heugabel auf den Schädel der Leitkuh ein, bis diese unter wütendem Brüllen von Hark abließ und rückwärts wich. Kurz darauf trottete sie schwanzschlagend davon, als wäre nichts gewesen.

»Großer Gott, Hark, ist alles in Ordnung?« Sämtliche Farbe war aus Dirks Gesicht gewichen. Mit vor Schreck geweiteten Augen starrte er Hark an.

Hark stand regungslos da. Es dauerte eine Weile, bis er sich wieder sortiert hatte.

»Noch mal Glück gehabt«, ächzte er ein paar Atemzüge später. »Nimm ... Ich brauch kurz Luft.« Mit zusammengepressten Lippen drückte er Dirk den Infusionsbeutel in die Hand. Langsam, wie ein alter Mann, ging er auf die Boxentür zu, löste den Riegel und schleppte sich ein paar Meter die Stallgasse hinunter. Sein Atem ging flach. Bei jedem Luftholen durchbohrte ein stechender Schmerz seine Lunge. Schritt für Schritt quälte er sich vorwärts. Scheiße. Es war sein eigener Fehler gewesen. Er hatte die Situation falsch eingeschätzt. Wie hatte das passieren können?

Sosehr er sich auch zu konzentrieren versuchte, er fand keine Antwort auf die Frage. Sein Gehirn war wie leer. Es war kalt im Stall. So kalt, dass er von innen heraus fröstelte. Er spürte eine bleierne Schwere in seiner Brust, so, als würde sich sein gesamtes Körpergewicht in den Lungen zusammenballen. Blitze zuckten in seinem Gesichtsfeld auf. Er hustete Blut, stolperte, fing sich am Gatter, dann sackten ihm die Knie weg. Ganz am Rande seines Bewusstseins bemerkte er, wie er die Kontrolle über seinen Körper verlor. Noch bevor sein Kopf gegen den Betonboden schlug, verlor er das Bewusstsein.

KAPITEL 25

Ella eilte den Flur des Klinikums Leer entlang, an einem älteren Mann in Bademantel und Hausschuhen vorbei, der einen Infusionsständer mit einem halb leeren Beutel daran vor sich herschob. Die Neonbeleuchtung im Gang ließ das Gesicht des Patienten fahl und wächsern wirken. Ella fühlte, wie sich ihr Magen zusammenzog. Sie vertrug Krankenhäuser einfach nicht. Von der eigenartigen Luft in diesen Gebäuden bekam sie von jeher Kreislaufschwierigkeiten. Den Blick auf die Schilder an den Türen gerichtet, holte sie Luft und zwang sich, langsamer zu gehen. Harks Zimmer musste hier irgendwo sein. Ungefähr auf der Höhe, auf der sie es vermutete, standen zwei Stationsmitarbeiterinnen und unterhielten sich. Die Dunkelhaarige zog Tabletts mit Essen aus einem chromglänzenden Rollcontainer. Die andere, eine untersetzte Kurzhaarige mit Brille, stopfte einen Arm voll Schmutzwäsche in einen blauen Wäschesack. Als Ella mitbekam, dass sich die Unterhaltung um einen Tierarzt drehte, spitzte sie die Ohren. Mit pochendem Herzen näherte sie sich. Die Gummisohlen ihrer Sneakers machten quietschende Geräusche auf dem Linoleum.

»... ein Glück, dass sie ihn gleich mit dem Hubschrauber geholt haben. Auf Borkum hätten die ihn doch gar nicht behandeln können mit Pneumothorax.« Der Geruch von Kantinenessen wehte über den Flur. Die Dunkelhaarige balancierte ein Tablett mit einem Teller Kartoffelbrei, matschig aussehenden Erbsen, einer undefinierbaren Fleischsoße und einem Schälchen roten Glibberpudding in den Händen.

»Weißt du, wie es passiert ist?« Die Kurzhaarige hielt mit der Arbeit inne. Sie ließ ihre Hände auf dem Wäschecontainer ruhen. Sensationsgierig hing ihr Blick an den Lippen der Kollegin.

»Ein Unfall im Stall. Der Tierarzt wollte eine kranke Kuh behandeln.« Mit dem Ellbogen drückte die Dunkelhaarige die Edelstahltür des Containers zu. Das Geschirr auf dem Tablett klirrte. »Als die Leitkuh gesehen hat, wie der Tierarzt die Nadel zückte, wollte sie ihrer Freundin zur Hilfe kommen«, erklärte sie und verdrehte schwärmerisch die Augen. »Stell dir mal vor, ist das nicht unglaublich süß?«

»Und wie!« Die Frau am Wäschecontainer seufzte. »Ich liebe Kühe. Sie sind ja so empfindsam!«

Ella hatte genug. Mit einem verständnislosen Kopfschütteln rauschte sie an ihnen vorbei. Angriffe von Rindern waren alles andere als harmlos. Hark hätte tot sein können.

Leicht außer Atem stand sie vor der Tür mit der Nummer 23. Ihr Herz flatterte. Seit Fraukes Anruf war sie außer sich vor Sorge. Dass Hark zudem darauf drängte, Ella zu sehen, und zwar so schnell wie möglich, hatte sie vollends aus der Bahn geworfen. Während der Nacht hatte sie wach gelegen und im gefühlten Abstand von zwei Minuten auf die Digitalanzeige des Radios geschielt. So zäh fließend war ihr die Zeit noch nie vorgekommen. Bei Sonnenaufgang hatte sie sich ans Steuer ihres Fiat 500 gesetzt, um in Reede die erste Fähre zu nehmen.

Doch jetzt, so kurz vor dem Ziel, schienen ihre Nerven sie im Stich zu lassen. Sie hatte nicht die leiseste Idee, was Hark ihr Dringendes mitzuteilen hatte. Um das Zittern in ihren Händen zu kontrollieren, ballte sie sie zu Fäusten. Im Stillen zählte sie bis zehn und atmete dabei tief. Dann klopfte sie.

Hark antwortete nicht gleich. Sie hörte, wie er hustete. »Ja?«, rief er kurz darauf. Seine Stimme klang heiser.

Verunsichert drückte sie die Klinke hinunter. Die Tür glitt auf. Einen verstörenden Moment lang blieb sie auf der Schwelle stehen. Ihr Gehirn hatte Mühe, das Bild zu verarbeiten. Der hilflos wirkende Mann in dem Bett vor ihr hatte erschreckend wenig Ähnlichkeit mit dem sonst so energiegeladenen, breitschultrigen Hark. Mit Mühe zwang sie sich zu einem Lächeln. Dabei hoffte sie inständig, dass sie nicht aussah wie Jan, wenn er auf dem Weg zu einer Beerdigung war.

Das Krankenbett war horizontal gestellt und an den Seiten mit Gittern abgesichert. Hark lag flach auf dem Rücken und atmete zischend durch eine Sauerstoffmaske. Trotz der sonnengebräunten Haut sah sein Teint ungesund bleich aus. Mit dem offenen, dunklen Haar wirkte er nicht ganz so cool wie sonst mit Pferdeschwanz, aber dafür weicher, verletzlicher. Über seinen nackten Oberkörper war eine dünne Decke gebreitet, seine Hände ruhten an den Seiten. Der Zeigefinger der rechten Hand steckte in einem Pulssensor, der linke Arm war bandagiert. In Brusthöhe führte ein Drainageschlauch zu einem am Bett befestigten Beutel, in dem sich blutige Flüssigkeit sammelte. An der Wand hinter dem Bett blinkten Überwachungsgeräte, daneben waren ein Spender mit Desinfektionsmittel und ein weiterer mit Latexhandschuhen befestigt.

Ella räusperte sich. »Du solltest nur etwas kürzertreten. Davon, dass du dich ins Krankenhaus einliefern lässt, war nicht die Rede.« *Bescheuerte Begrüßung,* tadelte sie sich, aber es war ihr selten so schwergefallen wie jetzt, etwas Aufmunterndes zu sagen. Mit einem gezwungenen Lächeln ging sie auf das Bett zu. Auf dem Nachtkästchen stand eine gelbe Schnabeltasse mit Tee darin. Verlegen schob sie sie beiseite und stellte ihren Stoffbeutel daneben. Darin befand sich etwas für Hark. »Ich wusste deine Pyjamagröße nicht …«, begann sie und brach abrupt ab.

»Soll das deine merkwürdige Art sein, mir ein Geschenk zu überreichen?« Hark grinste unter der Maske hervor.

»Kein Geschenk. Eine Leihgabe«, erwiderte sie und biss sich nervös auf die Lippe. Sie hatte keine Ahnung, wie Hark reagieren würde, wenn er den Inhalt sah. Vielleicht war es eine völlig bescheuerte Idee. Viel zu gefühlsduselig. Pralinen wären eindeutig besser gewesen. Oder etwas Handfesteres? Gin vielleicht. Für die Zeit nach der Entlassung.

»Du machst es vielleicht spannend. Warte …« Er hob den Kopf leicht an, verzog dann aber schmerzerfüllt das Gesicht. »Mit dem Ding da kann ich nicht vernünftig reden.« Harks Bewegungen waren langsam. Ella hielt es kaum aus, zuzusehen, wie er sich damit quälte, die Sauerstoffmaske abzunehmen. Am liebsten wäre sie aufgesprungen, um ihm zu helfen, doch das hätte es für ihn nur noch schlimmer gemacht, das spürte sie. Endlich hatte er es geschafft. Ella lehnte sich innerlich zurück.

Hark drehte den Kopf zum Nachtkästchen. »Darf ich sehen, was es ist?« Ohne die Maske klang seine Stimme kräftiger, aber immer noch kratzig.

Sie nickte. In ihrem Bauch begann es zu flattern. Hin- und hergerissen zwischen Verlegenheit und gespannter Erregung, zog sie einen rechteckigen Gegenstand aus dem Beutel.

In Harks Augen leuchtete ein Funkeln. »Wow. Coole Idee.« Er unterbrach sich und musste erneut husten. »Der Kassettenrekorder. Ist unser Tape drin?«

»Klar. Was denkst du denn?«

»Keine Ahnung.« Er ließ den Kopf auf das flache Kissen sinken. »Bin gerade etwas geflasht. Übrigens, schön, dass du gekommen bist.«

»Ist doch selbstverständlich.« Scheinbar gleichgültig zuckte sie die Schultern, während ihr Herz wie verrückt pochte. Sie beschloss, das Thema zu wechseln. »Ach ja, es gibt Neuigkeiten. Svea hat sich ein Herz gefasst und mit Kai Uwe gesprochen. Anfangs war er wohl etwas perplex, aber jetzt freut er sich für sie. Er meinte, statt einer gleich zwei Töchter zu haben, wäre ein Geschenk.«

»Cool«, sagte Hark und lächelte.

Einen unbehaglichen Moment lang herrschte Schweigen.

»Ich möchte dich um einen Gefallen bitten«, erklärte er schließlich. Er befeuchtete sich die Lippe mit der Zunge. »Es ist wichtig.«

»Okay.«

»Wenn ich hier wieder raus bin, würdest du mit mir auf den Neuen Leuchtturm gehen? Auf die Plattform?«

»Kann ich machen.« Da waren sie wieder, die Schmetterlinge, die in Harks Nähe durch ihren Bauch flatterten. Mit Mühe hielt sie ihre gleichgültige Miene aufrecht. »Nur mal so, gibt es einen bestimmten Grund?«

»Es ist Zeit, dass ich meine Ängste bekämpfe …« Er stockte und schüttelte den Kopf. »Der Unfall war so etwas wie ein Wink mit dem Zaunpfahl.«

»Wie?« Verständnislos starrte sie ihn an. »Was hat der Unfall mit deiner Höhenangst zu tun?«

»Es geht nicht um die Höhenangst. Oder nicht nur«, räumte er ein.

»Sondern?«

»Es geht um uns.«

»Um uns?«, keuchte sie. Ihr Gehirn war wie leer.

Schweigen.

Er tastete nach ihren Fingern und umschloss sie vorsichtig mit der verletzten Hand. »Wenn ich sage, ich möchte meine Ängste bekämpfen, dann meine ich damit die Angst davor, neu anzufangen. Und zwar mit dir.«

Ihr Herz stolperte ein paar ungleichmäßige Schläge nach vorne. »Das … meinst du nicht wirklich.«

»Doch. Es ist mein voller Ernst.« Er schenkte ihr ein schiefes Lächeln. »Ella, sorry, dass ich so ein Idiot war. Einfach nur Freundschaft zwischen uns funktioniert nicht, das habe ich inzwischen kapiert.«

»Aha.«

»Ja. Ich hätte mich nicht so in meinem Schmerz vergraben dürfen. Und in meiner Arbeit. Dann wäre das hier vielleicht nicht passiert.«

Wieder breitete sich Schweigen aus. Ella war zu verwirrt, um eine Antwort zu finden. Draußen auf dem Flur brummte eine Poliermaschine vorbei.

Mit langsamen Bewegungen strich er über ihr Handgelenk.

»Das mit uns, ich verstehe es ja selbst nicht. Unsere gemeinsame Vergangenheit, Julias Tod, irgendwie war ich mit allem überfordert«, begann er stockend. »Aber ich weiß, dass du der wichtigste Mensch in meinem Leben bist. Schon immer warst. Ich will mit dir zusammen sein. Ich will … dich.«

Sie spürte eine so tiefe Sehnsucht in sich aufsteigen, dass sie es fast nicht aushielt. Gleichzeitig fühlte sie einen feinen Stich in ihrer Brust. Der Moment wäre perfekt gewesen, wenn nicht …

Sie schluckte. »Aber mit dem Herzen bist du noch bei Julia.« Eine Feststellung. Keine Frage. Sie vermied es, ihn anzusehen.

Hark antwortete nicht gleich. Das Surren der Poliermaschine vibrierte durch Ellas Eingeweide.

Schließlich seufzte er tief. »Ich habe Julia geliebt, aber sie ist tot. Ich muss lernen, damit klarzukommen. Bisher war ich zu feige. Was ist«, sein Blick ruhte merkwürdig unsicher auf ihr, »hilfst du mir dabei?«

Sie nickte. Etwas in ihrer Kehle schnürte sich zusammen.

»Das mit uns …« Er unterbrach sich. Irritiert sah sie ihn an. Auf seinem Gesicht lag ein Ausdruck, den sie schon lange nicht mehr an ihm bemerkt hatte. »Ich möchte, dass es diesmal klappt. Du und ich, wir gehören zusammen.«

Diesmal hielt sie seinem Blick stand. Dafür schlug ihr Herz so laut, dass es in ihren Ohren dröhnte. »Und wenn wir es wieder vermasseln?«

»Das wird nicht passieren.« Seine Miene wurde ernst. »Ich war ein Idiot, aber ich verspreche dir, dass ich alles dafür tun werde, dass wir es diesmal schaffen. Schritt für Schritt.«

»Okay.« Unauffällig wischte sie mit der Handkante die Träne weg, die sich aus ihrem Auge gelöst hatte.

»Hey.« Er drückte ihre Hand. »Weißt du noch, als wir mit der Schule auf dem Leuchtturm waren?«

»Logisch.« Sie grinste. »Da habe ich dir den ersten Kuss gegeben.«

Er erwiderte ihr Grinsen mit seinem typischen Hark-Lächeln »Wenn wir das nächste Mal auf der Plattform stehen, würdest du mich wieder küssen?«

»Hm.« Gespielt nachdenklich tippte sie sich mit dem Zeigefinger gegen die Nase. »Ich denke darüber nach.«

»Cool.« Er zog die Stirn in Falten. »Ella?«

»Ja?«

»So lange kann ich nicht warten. Wie wäre es mit jetzt?«

Sprachlos starrte sie ihn an. Dann warf sie alle Zweifel über Bord und beschloss zu springen. Ohne Netz und doppelten Boden. Sie hatte alle Gewissheit, die sie brauchte. Und eine Garantie gab es in der Liebe ohnehin nicht. Trotzdem war sie bereit, es zu wagen. Ohne länger zu zögern, beugte sie sich über sein Gesicht und legte die Sehnsucht, die sie so lange zurückgehalten hatte, in einen ausgiebigen Kuss. Ihr Herz wurde weit.

Sie war angekommen. Dort, wo sie hingehörte.

EPILOG

»Schnell, alle auf eure Plätze! Da kommen sie.« Ella verließ ihren Platz am Fenster, von dem aus sie durch einen Spalt im Rollo auf die Straße gespäht hatte. Dann klatschte sie in die Hände und scheuchte Günther und Rasmus in den Röntgenraum.

Aufgeregt rannten alle durcheinander. Ein paar Sekunden später herrschte Stille. Mit einem tiefen Aufatmen sah Ella sich um. Es war ihre Idee gewesen, eine Überraschungsparty für Hark zu schmeißen. Dass so viele Gäste kommen würden, um Harks Rückkehr nach Borkum zu feiern, hätte sie nicht gedacht. Die Praxis platzte fast aus den Nähten. Mit klopfendem Herzen huschte Ella zur Anmeldung und versteckte sich hinter der Theke. Nach zwei langen Wochen ohne Hark hielt sie es vor Sehnsucht nach ihm kaum noch aus.

Vor der Praxis erklangen Schritte. Dann hörte sie Jan sagen: »Lass mich die Tasche nehmen, Kumpel. Ich trag sie dir nach oben in die Wohnung.«

Schweigen. Dann Hark, zögernd: »Okay. Kommt mir zwar albern vor, aber wenn ich ehrlich bin, geht mir schon bei dem Gedanken an Treppenstufen die Luft aus. So ein Scheiß. Ich muss dringend Kondition aufbauen.«

»Das wird schon. Wenn du von der Reha zurückkommst, bist du wieder top in Form«, sagte Jan.

Der Schlüssel sperrte, dann flutete ein heller Streifen Abendsonne die Anmeldung. Ella hielt es kaum noch aus in ihrem Versteck. Ihr Herz hämmerte wie verrückt gegen den Brustkorb.

»Was soll das denn?« Harks Stimme überschlug sich fast vor Verwunderung. »Ich hoffe, die Rollos waren nicht die ganze Zeit geschlossen. Die Pflanzen vertragen das nicht.«

»Warte. Ich mach *Licht*.« Jan hob am Ende des Satzes kräftig die Stimme an und gab damit das Kommando, auf das alle gewartet hatten. Die Neonleuchten flammten auf. Ella drückte den Knopf der Fernbedienung und ließ die Rollos hochfahren.

»Überraschung!« Blitzschnell sprang sie hinter der Theke hervor und zückte ihr Handy, um Harks überraschtes Gesicht zu fotografieren. Im selben Moment öffneten sich die umliegenden Türen. »Überraschung!«, »Überraschung« hallte es von jeder Seite. Alle stürmten die Anmeldung und drängten sich um Hark. Tassilo befreite sich aus Wandas Griff und stürmte laut kläffend auf sein Herrchen zu. Dabei wurde er kräftig von Krümelchen unterstützt. Frauke schob Hinni beiseite und segelte mit offenen Armen auf Hark zu. Sogar Kai Uwe ließ sich von ihrer überschwänglichen Laune anstecken und klopfte Hark vor lauter Begeisterung so fest auf den Rücken, dass dieser zusammenzuckte. Wanda und Mo standen Händchen haltend daneben. Svea und ihre Verlobte, mit der sie sich zum Glück inzwischen wieder versöhnt hatte, hielten sich etwas abseits, grinsten aber über beide Backen. Dafür hüpfte Rasmus wie irre zwischen den Leuten umher, unterstützt von Günther.

Zu ihrer Freude bemerkte Ella, wie sich Hark über die Köpfe hinweg nach ihr umsah. Als er sie neben der Theke entdeckte, schenkte er ihr sein typisches Hark-Grinsen. In seinen Augen lag ein weicher, sehnsüchtiger Ausdruck.

»Lasst mich mal durch, Freunde«, sagte er dann und schob freundlich, aber bestimmt, seine Gäste beiseite. Ellas Herzschlag setzte einen Moment aus, als er auf sie zukam. Sie bemerkte, dass er sich langsamer bewegte als gewohnt. Die Ärzte hatten gemeint, es werde noch eine ganze Weile dauern, bis er wieder voll belastbar wäre. Ella nahm sich vor, darauf zu achten, dass er in den kommenden Tagen ausreichend Ruhe bekam. Doch jetzt war erst mal feiern angesagt.

»Ella …« Beim Klang seiner Stimme wurde ihr ganz schwindlig vor Verlangen. Sanft zog er sie an sich und schloss sie in seine Arme. Seine Nähe und die Wärme seiner Haut ließen ein elektrisierendes Prickeln durch Ellas ganzen Körper laufen. Eigentlich hätte sie erwartet, dass er sie küsste, aber stattdessen beugte er den Kopf und flüsterte in ihr Ohr, sodass nur sie es hören könnte. Erstaunt blickte sie zu ihm auf. Hatte sie sich verhört? Aber in Harks Augen spiegelte sich eine Zuversicht, die ihr die letzten Zweifel nahm.

»Sollen wir es ihnen sagen? Jetzt gleich?«, fragte Hark.

Schweigend nickte sie ihm zu. Dann senkten sich seine Lippen auf ihren Mund zu einem langen, ausgiebigen Kuss, und die Welt um sie beide herum löste sich in nichts auf.

»Na, ihr Frischverliebten«, ertönte Carlas Stimme neben Ella. »Habt ihr überhaupt noch Augen für uns? Wir wollen mit euch anstoßen.«

Ella öffnete die Augen und löste sich aus Harks Umarmung. Tassilo nützte die Gelegenheit und sprang aufgeregt jaulend an seinem Herrchen hoch.

»Ich hoffe, das ist Champagner.« Hark warf einen amüsierten Blick auf das Tablett, das Carla vor sich her balancierte.

»Logisch!« Carla nickte eifrig mit dem Kopf.

»Prima.« Hark hob den Arm. »Freunde, ich freue mich riesig, dass ihr da seid! Lasst uns zusammen auf unser aller

Wohl trinken. Aber zuvor möchte ich noch eine Ankündigung machen.«

Augenblicklich war es mucksmäuschenstill. Sogar Rasmus blieb wie festgenagelt stehen.

Ella spürte, wie Hark sie noch ein bisschen fester um die Taille packte.

»Wie ihr euch denken könnt, war es verdammt schwer für mich, zwei Wochen im Bett zu liegen und nichts zu tun …«

Zustimmendes Gelächter.

»Dafür hatte ich jede Menge Zeit zum Nachdenken. Der Unfall hat mir gezeigt, wie kostbar und wie zerbrechlich das Leben ist. Und als mir das klar wurde, habe ich beschlossen, dass ich zukünftig aus jedem einzelnen Tag meines Lebens einen besonderen Tag machen werde.«

»Super Idee!« Jan grinste breit. »Das heißt, wir gehen jeden Tag an den See angeln?«

»Das auch, Kumpel«, rief Hark zurück. »Zumindest, so oft es geht. Aber was ich eigentlich damit sagen will, ist Folgendes …«

Pause.

Hark wandte den Kopf und blickte tief in Ellas Augen. »Ich habe diese fantastische Frau hier gerade gefragt, ob sie mich heiraten will, und sie hat ja gesagt.«

Die folgenden Minuten verbrachte Ella wie im Rausch. Im Nachhinein hätte sie gar nicht mehr genau sagen können, was im Einzelnen passiert war. Sie wusste nur, dass sie umgeben war von einem Meer aus Liebe, Freundschaft und guten Wünschen.

Schließlich hob Frauke ihr Glas in die Luft und schlug mit einer Verbandsschere dagegen. »Ihr Lieben, ich möchte euch gern nach draußen in den Garten bitten. Hinni und ich haben eine kleine Überraschung vorbereitet.«

Ella bekam runde Augen. Davon wusste sie ja gar nichts. Wie hatten die beiden das denn unbemerkt eingefädelt?

»Komm«, sagte Hark und drückte ihre Hand. Gemeinsam gingen sie zu der Tür, die in den Garten führte. Hark drückte die Klinke und öffnete.

Eine ganze Weile lang konnte Ella nur dastehen und schauen. Der Garten war mit unzähligen Lichterketten geschmückt, die im dämmrigen Licht des Abends mit den ersten Sternen um die Wette funkelten. Auf mehreren Tischen türmten sich Teller mit indischem Fingerfood. Unter dem Apfelbaum war ein Tipi aufgebaut, davor lagen gemütliche Kissen und bunte Bassetti-Decken, wie vor wenigen Wochen bei dem Picknick am Strand. Augenblicklich fühlte sie sich in der Zeit zurückversetzt.

Schließlich kam sie wieder zu sich. »Das ist traumhaft schön«, flüsterte sie durch den brennenden Kloß in ihrer Kehle hindurch und spürte, wie ihre Augen feucht wurden. Mit belegter Stimme drehte sie sich zu Frauke und Hinni um. »Ich weiß gar nicht, was ich sagen soll. Wie seid ihr nur auf die Idee gekommen?«

Hinnis Apfelbäckchen strahlten. »Ach wisst ihr, wir fanden es so unglaublich schade, dass ihr unseren Magischen Sternenzauber nicht so genießen konntet, wie es geplant war. Da dachten wir, wir wiederholen das Ganze.«

»Ihr seid großartig.« Hark an ihrer Seite schüttelte den Kopf.

»Tja, da ist was dran«, meinte Frauke und zupfte verlegen an ihrem Stirnband. »Übrigens ist hier noch jemand, der euch begrüßen will. Vorhang auf für unseren Überraschungsgast.«

Auf ihr Stichwort hin erklang Musik. Eine wohlbekannte, leicht untersetzte männliche Gestalt kam hinter dem Tipi hervor und sang mit kräftiger Stimme: »Marmor, Stein und Eisen bricht ...«

»Einstein!« Ella schlug sich vor Überraschung die Hand an den Mund. »Aber wie kommt's?«

»Das kann ich dir erklären«, sagte Frauke. »Als Einstein von Harks Unfall hörte, war er zutiefst erschüttert. Und als er dann mitbekam, dass Hark aus dem Krankenhaus entlassen wird und wir eine Überraschungsparty planen, hat er es sich nicht nehmen lassen, zu kommen.«

»Das ist wunderbar.« Ella schmiegte sich noch ein wenig enger an Hark. Sie hätte nie gedacht, dass sie sich über Einsteins Anblick einmal so freuen würde, aber in diesem Moment erschien es ihr wie die Kirsche auf der Sahnetorte. Eine schönere Abrundung des Abends hätte sie sich nicht vorstellen können.

Dann kam die Feier so richtig in Schwung. Einstein sorgte für Stimmung. Zu dem Funkeln der Lichter tanzten die Pärchen eng umschlungen unter dem alten Apfelbaum. Ella hob den Kopf, den sie beim langsamen Takt der Musik an Harks Brust gelehnt hatte, und sah sich um. Alle wirkten glücklich und zufrieden, Wanda und Mo, Svea und ihre Verlobte, sogar Kai Uwe tanzte abwechselnd mit Frauke und Hinni. Nur Jan stand etwas verloren abseits und nippte an einem Bier. Für einen Moment tat er ihr als Single unter den Frischverliebten richtig leid. Ella wünschte ihm von Herzen, dass auch er bald wieder eine neue Liebe fände. Aus einem Impuls heraus blickte sie in den Himmel. Vielleicht entdeckte sie eine Sternschnuppe für Jan. Ein wenig Magie konnte nicht schaden … Und tatsächlich, nach kurzem Warten sah sie tatsächlich eine. Ella schloss die Augen und schickte einen Wunsch für Jan in den Himmel. Für sie selbst war alles, von dem sie geträumt hatte, bereits in Erfüllung gegangen.

Mitten in ihre Gedanken hinein klingelte es an der Tür. Überrascht suchte sie Harks Blick. »Wer kann das denn jetzt sein?«

»Keine Ahnung.« Hark runzelte die Stirn und seufzte. »Ich hoffe, kein Notfall. Allmählich sollte sich herumgesprochen haben, dass die Praxis momentan geschlossen ist.« Er löste seinen Arm und machte Anstalten, ins Haus zu gehen.

»Das übernehme ich.« Ella stellte sich ihm sanft, aber entschieden in den Weg. »Du kannst uns in der Zwischenzeit ein schönes Glas Wein besorgen.«

Mit raschen Schritten ging sie nach drinnen und öffnete.

Draußen vor der Praxis stand ein sehr verlegen wirkender Herr Winkler.

»Herr Winkler, was machen Sie denn hier?«, entfuhr es Ella. Im nächsten Moment tat es ihr leid, dass sie so forsch war.

»Ähm.« Winkler drehte seinen Strohhut in den Händen. »Es ist mir wirklich unangenehm zu stören, aber ich hörte Musik und Stimmen, und da dachte ich, ich klopfe einfach auf gut Glück.«

»Kein Problem. Aber wenn sie Hark sprechen möchten, muss ich sie enttäuschen. Er ist leider noch nicht einsatzfähig.«

Winkler schüttelte den Kopf. »Zu ihm wollte ich gar nicht.« Er druckste herum. »Eigentlich wollte ich zu Frau Harksen. Es ist nämlich so, ich hatte eine fantastische Idee, die ich unbedingt mit ihr besprechen muss. Brainstorming, Sie wissen schon. Als Feel-Good-Managerin ist sie wirklich unschlagbar. Meinen Sie, sie hat kurz Zeit?«

»Das müssen Sie sie schon selbst fragen.« Ella zuckte mit den Schultern. Dann gab sie sich einen Ruck. »Warum kommen Sie nicht auf ein Glas Sekt herein? Wir haben nämlich etwas zu feiern. Ich würde mich freuen, wenn Sie dabei wären. Dann können wir auch endlich auf gute Nachbarschaft anstoßen.«

»Wirklich?« Winkler wirkte verblüfft und erfreut zugleich. »Wenn Sie meinen, gern!«

»Na, dann hereinspaziert«, sagte Ella munter.

Bevor sie die Tür hinter ihm schloss, warf sie einen letzten Blick in den funkelnden Sternenhimmel. Ihr Herz wurde weit und leicht.

Danksagung

Liebe Leserin, lieber Leser,

wie wunderbar, dass du mich im zweiten Band der Serie nach Borkum begleitet hast! Ich hoffe, ich konnte dir ein paar schöne Stunden mit meinem neuen Roman schenken. Es ist und bleibt ein einziges großes Wunder für mich, dass ich meinen Traum leben und für dich schreiben darf. Dass meine Bücher so erfolgreich sind, verdanke ich dir. Danke, dass du ein Teil dieser unglaublichen Reise bist und mein Leben um so vieles reicher machst. Danke auch an dieser Stelle für all die Kommentare und Likes auf meinen Social-Media-Kanälen.

Ganz besonderer Dank gilt meinem Bloggerteam. Ihr seid die Besten! Ohne euer Engagement wäre vieles undenkbar. Fühlt euch von Herzen umarmt.

Wie immer gilt, ein Roman ist das Produkt vieler Menschen. Auch der zweite Teil von »Verliebt auf Borkum« konnte nur entstehen durch das Einwirken eines wunderbaren Teams. Danke für eure nicht endende Unterstützung: all die großartigen Menschen bei Amazon, allen voran Fabian Knecht und Dorothea Kenneweg, beste Lektorin ever. Den fantastischen Damen bei der Verlagsagentur Kolf. Tanja Übelmesser und Tierarzt Johannes Hermann. Meiner Tochter Svenja, beste

Tierärztin. Der Eisdiele L'Espresso in Niendorf, in der weite Teile dieses Romans durch massives Einflößen wunderbarer Espressi und unsagbar guter Eissorten entstanden. Tommy Lugano für das *Plopp!* der Bierflaschen, übrigens ... ich bin fertig! Und ganz besonders danke an meine Familie und die vielen anderen Menschen, die mich tagtäglich unterstützen, ihr seid in meinem Herzen.

Verliebt auf Borkum ist eine Romanserie, in der ich auf Originalschauplätze zurückgreife. Ich habe mich bei meinen Besuchen zutiefst in diese Insel verliebt. Dennoch nehme ich mir die Freiheit, das Setting gelegentlich zu verändern und um einige fiktive Orte zu bereichern. Alle Borkumer mögen mir verzeihen ...

Herzlich,

Eure

Cornelia Engel

PS: Ich freue mich auf den Austausch mit euch in meinem Newsletter sowie auf Instagram und meiner Internetseite Cornelia-Engel.com.

Hat Ihnen dieses Buch gefallen?

Möchten Sie informiert werden, wenn Cornelia Engel ihr nächstes Buch veröffentlicht? **Dann folgen Sie der Autorin auf Amazon.de!**

1) Suchen Sie auf Amazon.de oder in der Amazon App nach dem eben gelesenen Buch.
2) Klicken Sie auf den Namen der Autorin, um auf die Autorenseite zu gelangen.
3) Klicken Sie auf den »Folgen«-Button.

Noch schneller gelangen Sie zur Autorenseite, indem Sie diesen QR-Code mit Ihrem Smartphone oder Tablet scannen:

Wenn Sie dieses Buch auf einem Kindle eReader oder in der Kindle App lesen, wird Ihnen automatisch angeboten, der Autorin zu folgen, sobald Sie die letzte Seite des Buches erreicht haben.

Zeitfracht Medien GmbH
Ferdinand-Jühlke-Straße 7
99095 Erfurt, Deutschland
produktsicherheit@kolibri360.de

Druck:
CPI Druckdienstleistungen GmbH
im Auftrag der
Zeitfracht Medien GmbH
Ein Unternehmen der Zeitfracht - Gruppe
Ferdinand-Jühlke-Str. 7
99095 Erfurt